황제와 여기사

황제와 여기사

III

안경원숭이 장편소설

D&C BOOKS

차 례

16. 꽃뱀과 함께 춤을

16. 꽃뱀과 함께 춤을

높으신 분이 되면 인생의 근심 걱정이 사라져(대표적으로 돈) 언제나 행복할 것 같지만 의외로 그렇지 않다. 일부러 그러는지 모르겠지만 높으신 분들 중엔 언제나 고까운 표정으로 삶이 재미없음을 드러내는 사람이 제법 있었다.

가장 쉬운 예로 아이노 세키가 있다. 아크레아의 명문 세키 공작가의 장남이자 황제의 벗이며 대륙 최강의 기사인 그 남자는 어지간한 일로는 웃지 않았다.

단순히 웃지만 않으면 괜찮은데 뭐가 그렇게 불만인지 늘 뭐 씹은 얼굴을 하고 다녔다. 그 얼굴은 황제의 앞에서도 바뀌지 않으니 저 사람은 원래 그런가 보다 할 수밖에.

다른 예시론 폴리아나 윈터 후작을 들 수 있다. 웃어도 욕, 울어도 욕먹던 시기는 지났다. 그런데 습관이 들어 버린 탓인지, 아니면 감정을 대놓고 드러내는 건 채신머리없다는 생각에서인지, 폴리아나는 공무 중엔 무표정을 유지했다. 원래 인상이 강한 탓도 있어서 사람들 눈엔 사회에 불만이 많은 것처럼 보였다.

불만 많은 두 남녀가 인자한 미소를 뿌리는 황제 뒤에 서 있는 모습은 야파에서만 볼 수 있는 진귀한 장면이었다.

오늘도 폴리아나는 특유의 무표정으로 편지를 읽었다. 별다른 감흥이 없나 싶던 그녀의 눈이 먹이를 포착한 매처럼 번쩍였다. 전령은 괜히 긴장했다. 윈터 후작이 그럴 리야 없겠지만 세상엔 편지 내용이 마음에 안 든다고 전령을 죽이는 사람이 있었기 때문이다.

'왜 저러시지?'

집사가 호기심을 품었다. 전령이 가져온 편지는 남부에서 온 지극히 사적인 편지이다. 의동생 가족에게서 온 편지를 폴리아나는 콧노래를 부르며 읽었다. 그런데 오늘은 사뭇 진지했다. 사령부 막사에서 작전이라도 짜는 것처럼 한없이 근엄하던 폴리아나의 코에서 바람이 세게 뿜어져 나왔다. 그리고 느닷없이 호탕하게 웃었다.

"푸하하하하하!"

껄껄껄, 주위 시선을 신경 쓰지 않아 소리가 아주 우렁찼다. 그녀의 자택이라 더 주변 시선을 염두에 두지 않았을 것이다.

집사는 결국 호기심에 지고 말았다. 윈터 후작가의 집사는 편지를 가지고 온 전령에게 질문했다.

"어떤 내용일지 짐작 가는 게 있습니까?"

편지에 적혀 있을 내용이야 한 가지밖에 없다. 전령이 조심스럽게 전했다.

"비카 총독께서 외할아버지가 되셨습니다."

"아하."

전령의 설명에 집사가 고개를 끄덕였다. 비카 총독과 윈터 후작은 긴밀한 친분을 유지하고 있다. 비카 총독이 리보 백작과 함께 남부로 이주하면서 물리적 거리는 멀어졌지만 편지 왕래를 시작해 심리적 거리는 이전처럼 돈독했다. 이번에 득남한 하우 경은 폴리아나와 막역한 사이이고 득녀한 도나우 경은 폴리아나의 의동생이었다.

집사는 납득했다. 주인님이 체통을 잃고 우하하 웃기 충분했다.

"으하하하하!"

의동생과 친구가 득녀 득남했다. 폴리아나의 기쁨이 천장을 찌르다 못해 하늘로 솟구쳤다. 거센 콧김을 뿜다가 아랫배에 힘 꽉 주고 호탕하게 웃었다. 호방한 웃음에 전령이 감탄했다. 과연 휘하에 쟁쟁한 청년 수백을 거느린 대장님다운 풍모셨다.

집사는 전령이 놀라는 모습을 보고 뿌듯해했다. 우리 주인님은 웃는 모습도 남다르시지.

흥! 기쁨의 콧김이 쉬지 않고 분출되었다. 기쁨을 표출하는 행위는 거기에서 그치지 않았다. 휘익! 폴리아나는 채신머리없게 휘파람을 불었다. 자택이니 뭐 어떠랴 싶었다.

하우 경과 박시 부부는 아들을, 도나우 경과 바니사 부부는 딸을 출산했다. 산모와 아이 모두 건강하다. 며칠 간격의 출산으로 다들 제정신이 아니었단다.

세상에 이렇게 반갑고 기쁜 소식이 또 있을까. 휘파람이 뭐냐. 물구나무서서 발바닥으로 박수 쳐도 모자랐다. 폴리아나는 실행에 옮기려다 답을 기다리는 전령을 발견했다. 큼. 그녀는 헛기침을 해 위엄을 되살렸다.

"수고했다. 답장은 나나바에서 돌아오기 전에 써 두마."

"네, 알겠습니다! 소인은 이만 가 보겠습니다!"

폴리아나가 전령의 공을 치하했다. 집사는 저택에서 쉬었다 가라고 권했지만 나나바에서 증손주 소식을 목이 빠져라 기다리는 노부부가 있어 걸음을 늦출 처지가 못 되었다.

본래 이 사실을 가장 먼저 알아야 하는 인물은 아들 부부와 함께 남부로 이주하지 않고 나나바에 남기로 결정한 늙은 비카다. 그러나 나나바로 가는 길목에 폴리아나가 있으니 전령 입장에선 무시할 수도 없는 노릇.

졸지에 외증조할아버지, 외증조할머니보다 더 빨리 소식을 들은 의고모였다.

"안녕하십니까."

힘세고 강한 아침! 만일 내게 물으면 나는 폴리아나!

희소식을 들어 만면에 미소를 머금은 폴리아나가 만나는 사람마다 붙잡고 인사했다. 최종 목적지인 일터에 도착하자 레베카가 화답했다. 레베카는 폴리아나가 아침부터 기분이 좋은 이유를 알고 있었다. 윈터 후작저에 들른 전령과는 다른 전령이 황성에 들렀기 때문이다. 비카 가문과 리보 가문에 찾아온 경사에 많은 사람들이 기뻐했다.

황성에 들른 전령은 룩소스 1세에게만 보고했다. 시녀와 시종을 통해 전해 듣는 레베카가 알고 있는 사실엔 한계가 있었다. 레베카는 궁금한 점을 폴리아나에게 질문했다. 보통 아이가 태어났다는 이야기를 들었을 때 가장 먼저 묻는 건 역시.

"산모와 아이 모두 무사한가요?"

"네. 초산이지만 둘 다 순산이었다고 합니다."

"다행이네요."

산모와 아이의 생사 여부다. 신분 고하를 막론하고 출산 중 사망하는 일이 부지기수로 벌어졌다. 산모가 건강하면 아이는 다시 낳을 수 있다. 뭐니 뭐니 해도 건강이 최고였다. 산모 둘에 아이 둘, 도합 네 명의 건강을 확인한 후 레베카가 이어 물었다.

"아이들의 성별은 어때요?"

"하우 경이 장남을, 도나우 경이 장녀를 얻었습니다."

"그렇군요. 축하해요, 폴리아나."

레베카의 입가에 미소가 맴돌았다. 레베카는 폴리아나에게 축하의 말을 전했다. 폴리아나는 자기 애도 아니면서 어깨를 으쓱였다.

그날의 대화 주제는 단연 비카 총독이 얻은 외손자, 외손녀였다. 이제 태어나서 눈도 못 떴을 아이들인데 토리는 교육 환경을 얘기하고 스트라는 아이들의 결혼에 대해 얘기했다. 레베키는 말없이 미소만 지었다. 폴리아나는 아는 대로 털어놓기 분주했다.

물론 적당한 선에서 끊었다. 도나우 경이 보낸 편지는 단순히 아이의 탄생, 성별, 산모의 건강만 적혀 있지 않았다. 의누님에게만 쓸 수 있는 사적인 감정의 토로가 낱낱이 적혀 있었다.

한 아이의 아버지가 된 것이 믿기지 않는다는 감상, 아직 얼떨떨하지만 정말 기쁘고 행복하다는 것. 문장마다 행복이 넘쳐 파도가 되어 편지지 위에서 출렁였다.

좋은 감정만 싣지는 않았다. 불만 사항도 가득했다. 득녀하자마자 주변에서 하는 소리가 "다음엔 아들일 겁니다. 상심하지 마세요."였다나 어쨌다나. 도나우 경은 은근한 분노를 보였다. 당사자는 성별에 관계없이 무사히 태어나 준 것만으로도 고마운데 주위 참견이 성가셨던 모양이다.

쌍둥이를 예상하고 넉넉하게 보낸 선물은 다음 아이들에게 사용하겠다는 감사 인사도 있었다. 쌍둥이 자매는 산후조리가 끝나지 않아 편지를 쓰지 못하고 도나우 경이 대신 감사의 말을 적었다. 선물 문제로 토리에게 신세를 졌기 때문에 폴리아나는 편지에 적힌 감사 인사를 토리에게 대신 전달했다.

"정말 감사합니다."

"별말씀을요. 다시 말씀드리지만 후작께서 저와 상의해 주셔서 영광이어요."

토리가 입가를 가리고 호호 웃었다. 아이의 성별이 확실해졌으니 다음 선물은 정하기 쉬울 것이란다. 토리가 아크레아에서 아이가 태어났을 때 보내는 대표적인 선물을 열거했다. 얌전히 듣고 있던 레베카가 털가죽 부분에서 흠칫했다.

"남부에선 모피를 쓸 일이 별로 없어서요."

"남부여도 겨울엔 춥잖아요?"

"여름과 겨울보단 우기와 건기 수준의 차이에요."

'진짜 습했지.'

폴리아나는 축축하고 습하고 끈적끈적했던 남부를 떠올리고 질색했다. 그녀는 새삼 남부로 이주한 옛 상관과 의동생 가족들이 안쓰러웠다. 대륙에서 제일 추운 곳에서 살다가 제일 더운 곳으로 이주하다니. 폴리아나는 어지간해선 울지 않는데 눈물이 날 정도였다.

"후작, 어디 안 좋으세요?"

"아닙니다. 조카 생각을 했더니 눈물이 조금."

"알아요, 그 마음. 조카가 태어나면 정말 기쁘죠. 저도 첫 조카가 태어났을 때 감동해서 울어 버렸어요."

스트라는 그때의 감동을 잊지 못해 볼을 붉혔다.

"친남매 못지않게 우애 깊은 의남매라니 정말 멋져요!"

폴리아나가 말 잘 듣는 의동생이 정의임을 피력했다. 스트라는 상냥한 오빠가 얼마나 좋은지 설명했다.

"털가죽보단 은세공품을 더 많이 선물해요. 은제 세공품을 넣는 게 좋겠어요."

둘이 동생과 오빠 자랑에 여념이 없는 사이 다른 편에선 선물 이야기로 이야기꽃을 피웠다.

"남자아이에게 늑대 목도리는 필수인데…… 은은 너무 여성스럽지 않을까요?"

"은을 이런 식으로 두껍게 고리를 만들어서……."

대륙의 끝과 끝, 기후가 정반대이다 보니 실용적인 선물 목록 작성을 위해 레베카의 의견이 필요했다. 토리는 한 번 영광을 독점한 것으로 만족하고 레베카의 의견을 스스럼없이 받아들였다.

폴리아나와 스트라의 이야기는 편지 왕래로 넘어갔다. 스트라는 같은 중부에 있으면서 소홀해진 연락을 후회했다.

"저는 오라버니와 거리도 가까운데 편지를 자주 못 보냈지 뭐예요."

"가까워서 소홀해질 때도 있는 법이죠."

"네, 앞으론 자주 써야 할까……."

'조금 죄송한데.'

세 황비의 편지는 모두 중간에 빼돌려 검사한 후 주인에게 전달된다. 책임자인 폴리아나는 괜히 죄책감이 생겼다. 귀부인이 친지나 벗에게 보내는 편지를 읽는 것은 상당한 무례니까. 부하들은 대장님이 같은 여자라 죄책감이 덜하겠다고 말했다.

덜어지긴 개뿔이. 더 미안했다.

스트라는 아무것도 모르고 싱글생글 웃었다. 울기도 잘 울지만 웃는 건 더 잘 웃는 상냥한 황비마마였다.

"편지에 다른 내용은 없었나요?"

"별거 없습니다. 근황이나, 야파에 좋은 소식이 있으면 전해 달라는 거죠."

'좋은 소식은 무슨.'

폴리아나가 최근에 들은 소식 중에 가장 좋은 것은 남부에서 올라온 소식이었다.

'대박 사건이 있긴 한데.'

야파 성을 뒤집어 놓은 대형 사건이 터지긴 했다. 그런데 그건 폴리아나의 개인사가 아닐뿐더러, 그녀가 편지에 써서 남부로 보내기 전, 별도의 전령이 남부로 달려가거나 전서구를 날려 보내 알렸을 소식이었다. 아마 지금쯤 도나우 경도 대형 사건에 대해 전달받았을 것이다.

'아들일까, 딸일까.'

아직은 아무도 모른다. 윗배가 나오면 아들, 아랫배가 나오면 딸이라는 미신이 있지만 미신일 뿐이다. 미신 좋아하는 황제 폐하도 그런 미신은 믿지 않았다. 미신을 시험할 만큼 배가 나오지도 않았고.

"남부에선 남자들도 팔찌나 발찌를 차요. 이런 식으로 하면 잘 어울리죠."

레베카가 습관적으로 날씬한 배를 문질렀다. 아직은 개월 수가 차지 않아 겉으로 봐선 아무도 모른다. 폴리아나는 자물쇠 걸린 보물 상자를 보는 눈으로 레베카의 배를 응시했다.

아들이든 딸이든 그녀의 궁금증은 몇 개월 뒤 풀릴 것이다.

레베카의 임신이 확정되었을 때 룩소스 1세는 낙마하지 않았다.

전적이 있기에 침착해진 황제는 결코 경거망동해선 안 된다고 거듭 말했다. 주위 사람의 행동거지가 경솔하면 임부가 안정을 취하기 어렵다는 말도 함께 했다.

말은 쉽다.

우리의 황제 폐하께선 그런 말을 하신 직후 침실로 가는 내내 만나는 사람마다 붙잡았다. 그리고 근엄하게 말했다.

"짐이 아버지가 되겠구나."

굳이 그렇게 일일이 붙잡고 말해 줄 필요는 없으신데 말이다.

필연적으로 사람들의 이목이 레베카에게 집중되었다. 왜 하필 레베카냐는 말이 튀어나왔다. 몸이 약해 평소에도 병치레가 잦았기 때문이다.

물론 레베카는 잔병을 자주 앓을 뿐이지 아이를 낳지 못할 정도로 심각한 것은 아니다. 하지만 임신 초기부터 하혈과 같은 유산 기미를 보였다. 궁의는 절대 안정을 권고했다. 임신한 여자는 자유의 몸이 아니다. 레베카는 궁의의 권고가 떨어지기 무섭게 침대에 감금당했다. 화장실 갈 때를 제외하곤 여간해선 침대를 벗어나지 못했다.

스트라와 토리가 그런 레베카를 위해 주기적으로 방문했다. 레베카는 저번 주가 되어서야 침대를 내려와도 좋다는 확답을 얻었고 권고 조치가 내려진 후 3개월 만에 의자에 앉았다.

레베카가 낮잠을 자는 걸 확인한 폴리아나가 스트라와 토리의 얼굴도 확인했다. 부하들에게 보고를 받았어도 경비 책임자로서 눈도장을 찍으며 황비들의 안전을 확인해야 직성이 풀렸다.

토리는 이미 오전에 레베카를 방문했다. 폴리아나에게 오후 상태를 전해 듣고는 우아하게 고개를 기울였다. 기울어진 미녀의 얼굴에 수심이 가득했다.

"오늘은 혈색이 좋았다니 안심이네요. 앞으로도 계속 그러면 좋으련만."

토리가 작게 한숨을 뱉었다.

"저러다가 정말 큰일 나겠어요."

후궁의 실질적 우두머리로서 늘 우아하고 위엄 있는 귀부인의 모습만 보이던 토리가 기어이 눈물을 보였다.

폴리아나는 그녀를 위로했다. 레베카가 임신한 게 토리에게 마냥 좋은 일은 아니다. 그런 토리가 염려할 정도로 상태가 심각한가 싶어서 폴리아나도 덩달아 무서워졌다.

"의사는 괜찮다고 했습니다."

"앞으로 아이가 계속 자랄 거예요. 무거워지면 다시 침대로 돌아가야겠죠. 임신 전엔 괜찮았는데 갑자기 체력이 안 좋아져서……."

토리는 최악의 경우까지 상상했다가 현기증이 일어 팔걸이에 기댔다. 폴리아나가 너무 안 좋은 상상은 하지 말라며 토리에게 기운을 북돋는 말을 건넸다.

"말이 씨가 된다지 않습니까. 의사들도 노력하고 있고 레베카 님도 조금씩 기력을 찾고 있으니 심려치 마십시오."

"그렇죠, 좋은 생각 해야겠죠."

토리는 애써 웃었다. 토리와 레베카의 사이는 너무너무 애매했다. 심하게 근심하면 역으로 뒤에서 불미스런 소문이 돌 수도 있다. 걱정도 남이 보지 않는 곳에서 몰래 해야 했다.

폴리아나는 다른 쪽으로 화제를 돌렸다. 앞서, 토리가 레베카와 상의해 보낸 선물은 대호평이었다. 폴리아나는 그에 대한 감사 인사를 올리고 보답을 하고자 원하는 것을 물었다. 토리는 손을 내저었다.

"이번엔 저 혼자 한 게 아닌걸요. 그리고 제겐 영광스러운 일이니 필요한 게 있으면 언제든 알려 주세요."

"그럼 신세지는 김에 조금 더 지고 싶습니다. 다음 선물은 뭐가 좋을까요."

"어쩜, 정말 사이가 돈독하세요."

좋은 화제로 기운을 차린 토리가 활짝 웃었다. 그녀가 가볍게 친 박수에 지켜보던 시녀들의 기분까지 나아졌다.

토리는 성심성의껏 적절한 선물 목록을 나열했다. 폴리아나는 열심히 받아 적었다. 아이가 태어나기 전엔 성별을 몰라 확실하지 않았지만 이번엔 성별도 정해져 있으니 목록이 더욱 세부화되었다. 레베카와 상의하며 추가된 목록도 상당했다.

"남자아이에겐 장난감 활이 좋죠. 서너 살 때부터 갖고 놀면서 팔힘을 기르기 좋아요. 여자아이에겐 자수 책자가 좋을까요. 채색본을 보내면 화려해서 눈길을 끌 거예요. 남부와 북부는 주로 쓰이는 원단이 다르니 자수 책자는 남부 물건을 구해서 보내는 게 좋겠어요."

아이의 성별이 확실해져서일까. 토리는 전처럼 같은 물건을 여러 개 보내라는 말을 하지 않았다. 하지만 폴리아나는 바니사와 도나우 경을 떠올렸다.

딸이 태어나자마자 아들 타령에 시달리는 도나우 경이라면 장난감 활을 들려 주고 얘도 할 수 있다고 버럭 소리 지를 가능성이 농후했다.

아님 어때. 좋은 게 좋은 거, 많으면 더 좋은 것. 다다익선이다.

폴리아나는 토리가 불러 주는 모든 물품을 짝수로 구비하기로 마음먹었다. 그녀에겐 그럴 수 있는 재력이 있으니까. 돈 많은데 아껴서 뭐하겠어. 이럴 때 질러야지.

"산모 선물도 챙겨 주시면 좋아하실 거예요."

"당연하죠."

폴리아나는 반색했다. 애들 선물만 보내는 것보다 고생한 산모들의 선물을 챙겨 보내면 더 좋아할 것이다. 앞서선 산후조리에 좋다는 약재를 보낸 게 전부였다.

토리는 박시보다 바니사에게 보내는 선물에 더 공을 들이라는 조언을 첨언했다.

"많이 서운할 테니까요."

안 그래도 차남에게 시집가 축하 인사를 적게 받을 텐데 딸을 낳았으니 격차는 더 벌어졌을 것이다. 상심했을 바니사에게 신경을 써 달라는 말엔 경험담이 추가되었다.

토리가 시녀들의 귀에 닿지 않도록 작게 말했다.

"목숨을 걸고 아이를 낳았는데 상심한 남편의 얼굴을 보는 건 정말, 끔찍한 일이래요."

토리는 아직 아이가 없다. 그러니까 이 얘기는 그녀의 어머니, 혹은 자매, 혹은 외할머니, 혹은 친구의 경험담일 것이다.

다행히 폴리아나는 도나우 경의 인품에 자부심을 갖고 있었다. 그녀의 의동생은 절대 그런 맞을 짓을 하지 않을 것이다. 고생한 아내의 손을 꽉 잡고 눈물을 글썽이며 고맙다는 말을 했겠지.

하우 경도 그렇고 도나우 경도 그렇고, 바우팔로 경이 잘 가르쳤고 타고난 성품도 좋아서 그런 쪽으론 안심이었다.

'시어머니에겐 한 소리 들을지도.'

리보 부인이라면 한 소리 할지도 모른다.

비카 가문과 리보 가문의 격차가 있어 부인이 시집살이를 독하게 시키지 못하는 게 다행이었다. 래비 경도 그런 점을 노리고 혼사를 진행시켰으니까.

죽을 고생 해서 애를 낳았는데 왜 아들이 아니냐는 욕을 먹으면 어떻게 대처해야 하는 걸까.

온갖 쌍욕에 면역이 된 폴리아나도 감이 오지 않는 난제였다.

폴리아나는 퇴근하기 직전에 마지막으로 다시 레베카에게 들렀다. 낮잠에서 깬 저녁 식사를 하고 있던 레베카가 그녀에게도 식사를 권했다.

폴리아나는 당황했다. 그녀는 오늘 선약이 있었다.

"죄송하지만 전 오늘 선약이."

"제가 한 초대는 다음으로 미루셔도 괜찮습니다, 후작님."

폴리아나와 선약을 잡았던 시켈이 공손하게 의사를 밝혔다. 폴리아나가 난색을 표했다.

"당일 취소라니, 요리사도 그렇고 준비를 많이 했을 텐데."

갑자기 초대를 거절하는 것은 무례하기도 하지만 시켈의 체면에 손상 가는 것이 더 큰 문제다.

폴리아나를 초대한 건 시켈이고 허락한 것은 시켈의 아버지인 잉그레터 자작이다. 폴리아나가 당일 약속을 취소하면 초대한 시켈은 물론이고 허락한 잉그레터 자작의 체면을 구기는 무례였다. 폴리아나는 잉그레터 자작가의 삼형제와 괜찮은 교우 관계를 유지하고 있었고 앞으로도 그들과 의리가 상할 일을 만들고 싶지 않았다.

며칠 전이었으면 참석하지 못하는 사연을 밝히고 불참하거나 대타를 보내면 되었을 텐데.

레베카는 같이 식사를 하자는 권유를 했을 뿐인데 일을 꼰 것만 같아 더욱 난처해했다.

"얼른 가세요, 폴리아나."

"정말 괜찮습니다, 두 분. 그렇지 않아도 오늘 오라버니가 급하게 손님을 받게 되어 후작님께 어떻게 양해 말씀을 드려야 할지 고민이었어요."

"급하게?"

"네, 오라버니의 상관이라 날짜도 못 바꾸고 곤란했었답니다."

현재 잉그레터 자작가의 차기 가주 에이크 경은 제3근위대 소속으로 자이노 경 휘하에 있다. 비크 경은 재수가 부족한지 아이노 경에게서 벗어나지 못했다. 자이노 경은 형과 다르게 재수 있는 인간이라서 절대 막무가내로 이런 일을 저지를 위인이 아니었다.

할아버지의 이름을 걸 것도 없다. 범인은 아이노 경이었다. 아이노 경과 시켈 사이의 일을 모르는 레베카만 의아해했다. 폴리아나는 전후 사정을 파악한 뒤 이마를 짚었다.

보나 마나 뻔했다. 어디서 시켈이 폴리아나를 초대했다는 소문을 듣고 비크 경을 쪼았겠지. 상관 아닌 기사를 초대하면서 왜 나는 초대하지 않느냐, 뭐 이런 말을 해서 비크 경을 굴복시켰을 것이다.

상관이 여동생에게 품은 흑심을 모르는 비크 경은 노총각 상관이 유부남 부하에게 부리는 행패로 여겼을 것이고.

서른이 넘도록 장가 못 간(본인은 안 갔다고 주장한다) 아이노 경이 부하 집에 놀러 가 깽판 치는 건 유명했다. 이번엔 놀러 가는 목적이 분명했지만.

"집으로 갈 건가, 시켈 양?"

시켈이 생긋 웃었다.

"시집 못 간 집안의 망신이 귀빈을 모시는 자리에 꼭 나갈 필요는 없습니다. 궁에서 머무르려고요."

폴리아나가 연애운을 떠넘긴 보람이 있어 아이노 경은 절찬리에 차이고 있었다.

아크레아 제국의 황제 룩소스 1세는 오늘도 밤새워서 일을 해야 할 처지에 놓였다.

부인들 얼굴은커녕 임신한 부인 자는 모습밖에 못 보아 아름다운 얼굴에 서러움이 가득했다.

사랑하는 여자는 최근 그를 등한시하고 절친한 벗은 여자 쫓아다니느라 정신이 없다.

오늘도 같이 저녁 식사를 하기로 약속한 아이노 경이 황제를 바람맞혔다. 잉그레터 가문의 저녁 식사에 초대받았기 때문이다. 참 부럽게도.

'그래, 잡을 수 있으면 잡아야지.'

룩소스 1세는 한숨을 쉬었다.

본인이 좋아하는 여자와 이뤄지지 못한다고 하여 친구까지 물귀신처럼 붙잡을 수도 없는 노릇이다.

'도대체 무슨 조화를 부렸기에 식사 초대까지 받았을까?'

신기하게도 푸닥거리 이후에 아이노 경과 시켈이 붙어 있는 모습이 자주 목격되었다.

참 이상한 일이었다. 아이노 경의 복은 다 룩소스 1세가 받았거늘, 왜 아이노 경은 운이 좋고 룩소스 1세는 쉴 틈도 없이 바쁜가.

사랑이 아무리 좋아도 그렇지 친구를 버리나 그래.

'재수 없는 새끼.'

황제는 사무치는 외로움을 음식과 함께 삼켰다.

권력자가 길을 걸을 때 나오는 반응은 두 가지다. 기적이 일어난 것처럼 갈라지거나 모이라도 뿌린 것처럼 사람들이 몰려들거나.

폴리아나 윈터 후작은 거의 전자였다. 가끔 날 잡아서 용기를 낸 시녀들이 동시에 선물을 전해 주고 가는 게 아니면 그녀의 행보엔 장애물이 없었다. 길 가다 마주쳐서 대화하는 상대는 대부분 군인이거나 은퇴한 군인이었다.

룩소스 1세의 호위를 맡으면서 기록관과도 친분을 쌓았으나 그들은 대부분 과로로 얼굴을 보기 힘들었다. 문관의 부족을 경험한 황제가 경력 있는 기록관의 대다수를 행정 쪽으로 돌렸기 때문이다.

그 외의 직업군은 폴리아나에게 말을 붙이지 못했다. 안 하는 건지 못 하는 건지.

연회나 만찬장에선 그녀 또한 비둘기에 둘러싸인 모이통이 된다. 그러나 사교장 아닌 장소에선 다들 접근을 꺼렸다.

그래서 오늘도 폴리아나는 부하에게 식사 초대를 받았다.

그녀를 꺼리는 것은 다른 직종의 이야기다. 근위대장에게 잘 보이고 싶어 하는 기사와 무가는 발에 채일 정도로 많았다.

폴리아나가 부하 한 명의 초대를 받으면 다른 부하도 초대한다. 그렇게 제2근위대원 모두에게 초대를 받으면 한 달이 뭐야, 두 달도 부족했다.

폴리아나는 모두의 초대에 적극 응했다. 집에 가 봐야 아무도 없기 때문이다. 가족이 없는 혈혈단신이다 보니 저녁 식사 초대가 들어오면 거진 수락했다. 가끔 전체 회식도 있었기 때문에 폴리아나의 저녁 시간은 여느 권력자와 똑같이 바빴다.

레베카의 입덧이 날로 악화됨에 따라, 그녀의 응접실에서 진행되던 간식 시간도 덩달아 끊겼다. 식사도 제대로 못하는 사람을 앞에 두고 맛있게 간식을 먹는 일도 고역이기 때문이다.

레베카가 미안해하니 스트라가 대신 간식거리를 가져오는 경우도 있었지만 오늘은 아니었다.

푸짐하게 세끼를 먹고 오전과 오후에 간식 먹는 일에 익숙해진 폴리아나의 위장이 아우성쳤다.

꼬르륵. 빈 내장의 용틀임 소리에 폴리아나가 민망해하는 찰나, 프라우가 용기를 내 말했다.

“후작님, 시장하시면 저녁을 같이!”

“선약이 있다.”

남들 다 아는 사실을 꼭 혼자 모르는 사람도 존재하기 마련.

‘미련한 건지 눈치가 없는 건지.’

프라우가 다섯 번째 저녁 식사 초대를 퇴짜 맞았다. 그가 침울하게 고개를 떨어트렸다.

“그러십니까…….”

멀어져 가는 의사 양반의 뒷모습은 참 작아 보였다.

그걸 보니 폴리아나는 기분이 안 좋았다. 약한 사람을 괴롭힌 기분이 들었기 때문이다.

축 처진 어깨와 전체적으로 동그란 선. 무기 없이 맨손으로 싸워도 승리를 확신할 약한 인상의 남자는 언제부턴가 폴리아나 근처에서 어슬렁거렸다.

‘주위에서 해 주는 얘기 없나?’

윈터 후작이 어지간해선 저녁 식사 초대를 거절하지 않는다는 소문이 퍼져 있다. 그 소문은 사실이다.

역으로 그 말은, 폴리아나의 저녁 시간대는 대부분 선약이 있다는 말과 일맥상통한다.

'되는 날짜 말해 주면 먹자고 할 텐데.'

약속이 없는 날을 물어보고 식사를 하자 청하면 되는데. 의술을 공부하는 것과 주변머리는 쓰는 머리가 다른 모양인지 프라우는 그 쉬운 걸 몰라 헤맸다.

프라우는 이미 폴리아나의 안에서 약자로 인상이 잡혔다. 유약한 의사 양반이다 보니 축 처진 뒷모습은 폴리아나에게 죄책감을 불러일으켰다. 폴리아나는 억울했다.

후작과 준귀족이니 나서서 약속 잡기 어려운 마음이야 이해한다만.

'내가 그렇게 어려워 보이나?'

난 어려운 사람 아닌데!

연상의 룩소스 1세, 연하의 도나우 경, 동갑인 프라우에 이르기까지. 신분 고하와 나이를 막론하고 철벽을 치면서도 그녀는 자신이 철벽인 줄 몰랐다.

만일 누가 보았다면 윈터 후작은 공세는 물론이고 수세에도 능하다 말했을 것이다.

그래도 공성전은 가장 적극적인 군세가 돌파한다고 했던가. 프라우의 유독 허약한 인상과 잊을 만하면 청해 오는 저녁 식사는 폴리아나에게 깊은 인상을 남겼다. 폴리아나는 다음을 기약했다.

'다음에 또 이러면 그냥 내가 날짜를 잡아야겠네.'

폴리아나의 코에서 콧바람이 뿜어져 나왔다. 권력자로 사는 인생은 나름 분주했다.

그날 폴리아나가 초대받은 집은 재혼 가정이었다.

귀환한 병사와 기사들이 무조건 어리고 예쁜 여자만 찾은 건 아니다. 전우의 누이나 딸을 소개받고, 전사한 벗의 아내와 자식을 책임지겠다고 약속한 사람도 꽤 있었다.

황제가 연령차가 심하지 않은 결혼과 전사자의 과부를 책임져 주는 결혼을 적극 장려한 것도 효과를 발휘했다.

저녁 식사는 만족스러웠다. 음식은 별로여도 화목한 분위기로 충분했다. 전사자의 부인은 사랑은 없어도 자길 존중해 주는 새 남편이 만족스러운 눈치였다.

아이는 친아버지 얼굴도 기억 못하기에 새아버지를 친아버지처럼 따랐다. 대가리 좀 굵어졌다고 반항기에 일탈하지만 않는다면 이 가정은 계속 화목할 것이다.

누구는 결혼하고, 누구는 애를 낳고. 비슷한 시기에 결혼해서 그런지 아이도 다들 비슷하게 낳았다.

전후의 출산율이 높아지는 건 좋은 일이었다. 도시를 계획하고 정비하는 입장에서 보면 가파르게 상승하는 출산율이 염려스럽겠지만 폴리아나는 그쪽 일엔 관심이 없어서 많으면 그저 좋았다.

애는 많으면 많을수록 좋다. 다들 언제 죽을지 모르니까.

부하는 임신 중인 부인의 순산을 기원했다.

"아들은 이미 있으니 딸 아들 가리지 않고 무탈하게 태어나면 좋겠습니다."

"친아들이 아니어도 괜찮나?"

"대장님도. 우린 모두 피보다 진한 우정을 나눈 형제들 아닙니까."

친구 중에 전우가 짱이라더니.

폴리아나는 밀려오는 감동에 취해 술잔을 들었다. 부하가 히죽 웃었다.

"만약에 아들이면 잘 봐주십시오!"

부하가 과장되게 고개를 숙였다.

황제의 신임과 총애를 받고 있는 대귀족 윈터 후작은 현재 미혼이며 후계자도 없다. 폴리아나가 잔소리 퍼붓는 일당에게 직접 말하기를 "차남 이하로 됨됨이 괜찮은 놈 있으면 후계자로 생각해 보마." 하였기에 이처럼 농담을 하는 경우가 가끔 있었다.

폴리아나가 피식 웃었다. 그녀도 농담을 던졌다.

"아무나 안 받아. 애는 없는데 후보로 줄 선 부모가 스물이 넘는다. 시험이라도 봐야겠어."

"그거 재밌겠습니다. 윈터 후작 후계 선발 대회."

"어감이 안 좋은데."

"재고해 주시면 안 됩니까. 진짜 재밌을 것 같습니다."

"음…… 봐서. 진짜 아무나 안 고를 거니까."

"여부가 있겠습니까."

무려 후작위다. 룩소스 1세의 작위 개혁에 따라 본인의 삽질로 작위 등급이 낮아질 수 있어도 고위 귀족인 건 확실했다.

또한 상속받을 재산이 어마어마했다. 영지는 별개로 치더라도 광산에 항구에, 하사받은 전리품에. 아무나 골라 후계자로 들이기보단 고르고 골라 정말 괜찮은 인물에게 넘기는 게 마땅했다.

'폐하께서 주신 귀한 이름. 아무한테나 잇게 할 수 없지.'

폴리아나는 자식이 없으니 후계자로 들이는 이가 진정한 윈터 일문을 꾸리게 될 것이다. 룩소스 1세에게 직접 성을 받은 만큼 폴리아나는 아무에게나 물려줄 생각이 없었다.

"그런데 결혼 정말 안 하시렵니까?"

"가끔 하고 싶긴 해. 그런데 내게 필요한 건 가정이 아니라 부인 같단 말야."

"아하, 역시 대장님! 안주인 자리에 만족하지 못할 남자는 필요 없으신 거군요! 그럼 없죠, 못 하시죠. 고추 떼고 말지 누가 쪽팔리게 장가를 그렇게 가겠습니까."

부인도 있고 초대받은 입장이다. 가장의 체면을 구길 필요는 없었다. 폴리아나는 간단하게 수화로 전했다.

네. 고추. 없앤다.

부하는 농담이었다고 설설 기었다. 가만히 듣고 있던 안주인이 입을 열었다.

"후작님께선 잘생긴 남자랑 결혼하시면 좋겠어요."

안주인이 눈을 반짝였다.

"잘생기고, 돈도 많고, 신분이 고귀한 젊은 신사분과요."

성공한 남자는 예쁘고 어리고 집안 좋은 여자와 결혼한다. 폴리아나 또한 그렇게 했으면 좋겠다는 말에 폴리아나는 허허 웃었다.

"저도 그렇게 생각해요."

레베카도 동의했다. 심심해서 기절하려 하는 그녀를 위해 폴리아나가 어제 있었던 얘기를 해 주자 레베카는 열성적으로 고개를 끄덕였다. 심지어 안주인의 의견에 몇 가지 추가했다.

"능력도 좋고, 영민하고, 바람도 안 피워야 해요."

언제는 호구를 잡으라더니, 이제는 잘생기고 능력까지 겸비한 호구를 잡으란다. 왜 점점 요구하는 게 많아지는 것일까. 폴리아나는 기가 막혔다.

"그런 남자가 왜 제게 장가옵니까."

그렇게 잘난 남자가 있으면 성에서 근무하는 시녀들을 소개해 줘도 모자랐다.

레베카가 손가락을 들어 좌우로 저었다.

"폴리아나는 너무 본인의 위치를 몰라요. 폴리아나는 결혼할 남자를 고를 수 있는 유일한 여성이에요. 성공을 과시할 수 있는 부군을 얻을 자격이 충분하신걸요."

배우자를 통한 성공의 과시. 성공한 남자는 어리고 예쁜 여자를 부인으로 맞이한다. 성별만 전환했을 경우 성공한 여자는 어리고 잘생긴 남자를 남편으로 맞이할 수 있는 것이다.

여자의 성공이 좋은 집안으로 시집가 아들을 낳는 것에 불과한 현시점에서 폴리아나는 유일하게 남자를 고를 수 있는 위치였다.

처음엔 폴리아나의 존재 자체가 낯설어 아크레아 귀족 사회에선 폴리아나를 거부했다. 밀어내서 변두리까지 몰아낸 다음 어설픈 접촉만 허용했다. 하지만 시간은 지나고 사람들은 익숙해진다. 황제의 총애는 불변. 폴리아나는 버젓이 근위대의 푸른 제복을 입고, 대장의 금줄을 차고 야파를 활보했다.

처녀 총각 몇의 혼사에 사견을 조금 더했을 뿐인데 귀족 사회의 위상도 높아졌다. 매해 영지의 세리가 찾아와 그녀의 재산을 보고했다. 쥐고 있는 부와 권력이 홀로 누리기엔 규모가 컸다. 같이 누리고 싶어 하는 사람은 얼마든지 있었다.

"혼담이 오진 않던가요?"

"있기야 있었습니다. 다 어려서 그렇지."

폴리아나가 정색했다. 과거, 비카 부인은 그녀에게 오십 대인지 육십 대인지 하는 남자의 재취 자리를 소개했다. 박색에 불임 소문 있는 여성이 선택할 수 있는 귀족 남성의 마지노선이었다.

그때의 폴리아나는 작위와 영지의 소유 여부가 불투명했고 지금처럼 근위대로 근무할 수 있으리란 확신도 없었다. 비카 부인이 소개한 사람은 인품 자체는 나쁘지 않았으니까.

요즘은 십 대 소년의 신상과 초상화가 날아왔다. 폴리아나의 위치가 그 정도로 격상했음을 증명한다.

당연하지만 둘 다 폴리아나로선 내키지 않았다. 가뜩이나 룩소스 1세가 나이 차 심한 혼인을 꺼리는 판에 그녀에게 십 대 소년을 들이밀다니.

놀리는 거라고 생각했기 때문에 일언지하에 거절했다. 그러자 남자의 연령대가 점점 높아졌지만 그녀와 동년배의 신상은 날아오지 않았다. 그녀 또래 남자는 모두 결혼했기 때문이다.

안 했다면 아주 고귀하신 귀인이거나 아주 덜떨어진 놈팡이였다. 그녀에게 가져다 댈 수 없었다.

주로 날아오는 것은 하급 귀족 가문의 3남 이하, 가끔 차남을 보낼 때도 있다.

고위 가문에서도 슬슬 폴리아나를 황금 돼지로(주인 없는!) 인식하기 시작했는지 슬쩍 혼담을 넣었다. 이 경우엔 4남 이하부터. 부와 권력은 나누고 싶어도 애 못 낳고 검 찬 며느리는 용납할 수 없다는 의지가 느껴졌다.

"마음에 드는 남성은 없으세요? 아마 폴리아나가 먼저 혼담 넣으면 절대 거절 못할걸요?"

"없습니다."

함께 일하면서 미약하게 호감을 품었던 상대는 모두 결혼했다. 멀쩡히 잘 살고 있는 가정에 평지풍파를 일으킬 이유가 없었다.

그 정도로 좋아했던 것도 아니다. 잘생긴 총각이 매너 있게 행동해 줘서 기분이 좀 좋았던 정도?

동년배 남자는 모두 유부남인 현실. 미혼은 모두 연하인데 폴리아나가 군인이라 그런지 나이가 들어서 그런지 모두 애송이로 보였다.

계급이나 나이의 문제가 아니다. 그냥 남자로 느껴지지 않았다. 아마 그들도 폴리아나가 여자로 느껴지지 않을 것이다.

"하긴, 폴리아나와 비슷한 연배는 모두 가정이 있네요."

레베카는 화제를 접고 다른 화제로 넘어갔다.

"오늘도 저녁 식사 함께하시겠어요?"

"아, 죄송합니다. 선약이 있습니다."

어지간하면 레베카를 우선시하겠지만 오늘의 약속 상대는 벤티에 경이다. 그녀의 직속상관이었던 적은 없지만 전장에선 언제나 부사령관으로서 높으신 분이었고 지금은 제국의 재상이라 여전히 높으신 분이시다.

폴리아나 마음대로 약속 일정을 바꿀 수 있는 상대가 아니었다. 오히려 저녁 식사 초대받은 것을 영광으로 알고 소문내고 다녀야 할 분이셨다.

'이런 거지.'

바로 이런 점 때문에 레베카는 여자들이 갇힌 벽을 느꼈는지도 모른다. 그녀는 황제의 세 명뿐인 부인이지만 실질적 권력이 없기에.

레베카는 섭섭해하지 않았다. 오히려 의아해했다.

"어머, 재상과도 교류가 있으셨나요."

"사적으로 친하지는 않습니다만 일단은 같이 전장에 나갔던 아군이었습니다."

벤티에 경이 원로들을 배신하고 황제와 손잡은 건 비밀이다. 폴리아나는 여전히 벤티에 경과 데면데면한 사이를 위장하고 있었다. 그렇지만 둘 다 야파에서 위상 높은 귀족이기에 적절히 어울려 주는 견제용 보여 주기도 필요했다.

이런 사정을 레베카에게 이야기해 줄 수도 없는 노릇이다. 폴리아나는 공식적인 답변을 둘러댔다.

"토리 님과 재상이 혈연이 있으니, 감사 인사를 겸하는 초대입니다."

"후훗."

레베카가 갑자기 웃었다. 폴리아나는 연기를 못했나 싶어 긴장했다.

"제가 웃겼습니까?"

"아뇨, 그러니까, 요즘 프라우가 폴리아나에게 번번이 퇴짜 맞고 있다는 소문이 떠올라서요. 좀 다정하게 거절하시지 늘 그렇게 딱 잘라 말씀하신다면서요?"

"거절하는 게 아닙니다. 선약이 있어서 안 된다고 말한 겁니다."

"남들이 보면 싫어서 거절하는 것 같은걸요."

그렇게 보일 수도 있다는 사실은 안다. 하지만 그녀가 한갓 의사 체면을 신경 써 줄 위치는 아니었다. 제국의 제2근위대 대장으로서 궁의의 제자 명예까지 신경 쓸 필요는 없었다.

슬슬 미안한 마음에 그녀가 나서 약속을 잡을 마음을 품긴 했지만.

"어쨌든 잘하셨어요. 그를 상대해 주지 마세요."

병치레가 잦아 궁의들을 가장 자주 만나고 그 중에서도 프라우와 사이좋은 레베카가 그를 험담했다. 폴리아나는 의아해졌다. 레베카는 일전에 프라우의 직업정신과 됨됨이를 칭찬하고 작은 하사품을 내린 적이 있었다.

'내가 모르는 일로 마음이 상하셨나?'

그 의사 양반 담이 약해서 높으신 분들 앞에서 찌질거릴망정 대형사고는 안 칠 텐데?

"그가 레베카 님께 실수라도 했습니까?"

"실수는 제가 아닌 후작께 하고 있지요. 의사로선 좋은 사람이에요. 재능 있고 환자를 위로하고 다독여 줄 줄 알죠."

"그런데 상대하지 말라니……."

"모르시겠어요? 후작께 이성적으로 접근하고 있잖아요."

폴리아나는 레베카가 하는 말을 금방 이해했다. 레베카가 보기에 프라우가 그녀에게 자꾸 접근하는 것이 권력의 단맛에 취한 벌, 나비가 아닌 여자에게 접근하는 벌레 같았던 모양이다.

큰 착각이었다. 폴리아나가 봤을 때 세상의 절반은 남자고 그들에게도 취향이라는 게 있다. 그 가운데 폴리아나가 속하는 취향군은 없었다.

"무슨 말씀이신지 알겠지만 그런 게 아닙니다."

"제가 봤을 땐 맞는데요."

"당사자가 느끼기론 아닙니다."

"아무래도 좋아요. 제가 봤을 때 프라우는 아니라는 것만 알아주세요. 어디 댈 데를 대야지. 작위도 없고 돈도 없는 노총각 준귀족이 감히 제국의 유일한 여후작을 넘봐요."

"그…… 사람은 착하지 않습니까?"

폴리아나는 얼떨결에 프라우의 변호를 했다. 폴리아나의 단호박 먹은 거절에 시무룩해져 돌아서는 뒷모습이 마음에 남았기 때문이다.

레베카는 마음에 들지 않는지 조목조목 반박했다.

"성격이야 물론 좋죠. 직업 정신 투철하고 환자에게 상냥해서 의사로선 적격이에요. 의사 프라우에겐 저도 불만이 없어요. 하지만 폴리아나, 그거 알고 계세요?"

"어떤 거 말입니까?"

"그가 그 나이 되도록 결혼 못 하는 이유."

프라우의 사정에 대해서라면 폴리아나도 토리에게 들은 정보가 있었다. 가문에서 내쫓긴 것. 스네크 가문을 두려워한 다른 가문에서 프라우를 외면하는 것.

타인의 연애사라면 언제나 재밌게 듣는 폴리아나가 토리에게 들은 얘기를 말했다. 레베카가 고개를 저었다.

"고작 그 정도로 사지 멀쩡하고 직업 있는 남자가 결혼 못 할 리 있나요."

다른 때라면 그럴 수도 있지 싶으나 얼마 전의 아크레아는 아니었다. 결혼 못 한 미혼 여성이 넘쳐났던 상황. 제대로 된 재산 없는 준귀족도 사지 멀쩡하고 건강한 남자라는 이유로 귀족 여성과 결혼한 사례가 넘쳐 났다.

"프라우에겐 남자로서 결정적인 게 없어요."

"고잡니까?"

레베카의 얼굴이 벌게졌다. 폴리아나는 말실수를 사죄했다. 임부 앞에서 몹쓸 말을 한 제 입을 몇 번 때렸다.

"의사가 기사나 행정관만 못해도 나쁜 직업은 아니잖아요. 귀족들 입장에선 그게 그거지만."

"그렇습니다."

"일단은 궁의의 제자이니 본인이 열심히 노력하면 궁의가 될 수도 있잖아요. 그럼 작위도 따라오고."

직위에 따라오는 명예 작위라서 상속을 하지 못하고 은퇴하면 반납해야 하지만 귀족 대우는 계속 받을 수 있다. 여러모로 준귀족으로 계속 사는 것보단 나았다.

"네, 그렇습니다."

"그런데 야망이 없대요. 그래서 제자들 사이에서도 평판이 안 좋아요. 평민들과도 어울리고."

"아하."

사람이 착하고 능력 있는 것과 별개로 야망이 없으면 평이 안 좋아진다. 여자라면 그것이 매력적으로 비칠 수 있어도 남자는 아니다.

특히나 귀족 사회는 야망과 권력욕으로 똘똘 뭉친 곳이다. 귀족과 황족을 상대하는 의사들은 나름의 특권 의식을 갖고 있는데 혼자 욕심 없는 척 굴면 재수 없는 새끼 소리를 듣는다.

실질적으로 프라우의 신분은 가문에서 내쳐진 준귀족이다. 가문에서 쫓겨난 걸로 명예가 바닥에 떨어졌으니 평민과 어울린 것만으로 욕먹진 않을 것이다. 아마 평민도 환자로 받아 줬겠지.

직업의식과 소명을 갖고 환자를 상대하는 건 바람직한 일이나 고귀한 푸른 피를 상대하는 의사가 평민을 진료하면 미친 새끼 소리 듣기 딱 좋았다.

"빈자를 위해 무료로 의술을 행하는 건 좋은 일입니다만……."

레베카가 한숨을 쉬며 고개를 저었다.

"돈 받았대요. 그래서 레디칼 남작이 후계자 후보에서 아예 제외해 버렸다죠."

환자의 수야 평민 쪽이 압도적으로 많다. 그래도 귀족을 상대하는 것만큼 돈이 되진 않는다.

재화는 귀족을 중심으로 돌아간다. 평민이 부유해 봐야 가난한 귀족을 이기기 힘들고, 간혹 가난한 귀족 이상의 부를 축적한 평민이 있다 한들 위로 올라가면 귀족 조상을 두고 있었다.

친분이나 개인적 성향으로 평민을 환자로 받아 주었나 본데 그건 그리 바람직한 행위가 아니었다. 차라리 정말 빈자를 위해 무료로 의술을 행하면 '성자 납셨다'는 비아냥거림 섞인 칭찬을 듣는다.

제 앞가림도 못하는 노총각이 벌일 일은 아니었다. 평민에게 벌인 의술로 프라우는 스승의 눈 밖에 났다. 제 손으로 붙잡을 수 있는 유일한 끈을 놓은 것이다.

그렇게 프라우는 노총각이 되었다. 허세에 가까운 야망이라도 내비쳤으면 혹시나 싶어 돈 많은 평민이 딸이라도 내줬을걸.

흐음. 폴리아나는 프라우에 대한 생각을 조금 수정했다. 위로 사형들이 많아 스승의 뒤를 잇기 힘들어도 본인이 노력하면 좋게 봐주는 사람도 있을 텐데 말이다.

궁의가 어렵더라도 의사로서 실력이 나쁘지 않다. 환자들도 그를 좋아한다. 조금만 더 적극적으로 노력하면 주치의로 들이고 싶어 하는 귀족 가문이 분명 있었을 텐데 어쩌다 평민 진찰로 진로를 틀었을까.

덕분에 다 망했다. 그런 수준 낮은 자를 주치의로 들일 귀족 가문도 없거니와, 궁의는 애저녁에 멀어졌다. 지금은 레디칼 남작의 제자 겸 궁의 신분으로 성에서 근속하고 있으나 스승이 은퇴하면 뒷일은 어떻게 될지 모른다. 의사들 사이에서도 백안시되니 자리를 유지하기 어려울 것이다.

'너무 근시안적으로 굴었어.'

어차피 남의 일이다. 폴리아나로선 그러려니, 뭐 어쩌라고 하는 심정이 되었다. 레베카는 폴리아나에게 그 남자는 별로라고 열심히 설득했다.

"아시겠어요! 폴리아나가 권력을 쥐고 있어도 이런 이야기는 결국 엮이면 여자가 불리해져요. 그러니까 일말의 빌미도 주지 마시고, 콜록."

레베카가 열변을 토하다 제 풀에 지쳤다. 폴리아나가 레베카를 달랬다.

"그런 거 아닙니다. 걱정 마십시오."

말은 그렇게 하면서 속으론 딴생각했다.

'나한테 잘 보여서 후작가 주치의로 들어오고 싶은가?'

그럼 환영이었다. 돈이야 남아돌고 주치의 있으면 나쁠 건 없다. 프라우의 실력이야 익히 봐 왔고 환자를 대하는 태도는 늘 합격점이었다.

그리하여 폴리아나는 오늘도 변함없이 프라우의 청을 거절했다.

"선약이 있다."

"그러시군요……."

축 늘어지는 어깨가 죄책감을 불러일으켰다.

허리는 곧게! 어깨와 가슴은 당당히 펴고 돌아다니란 말이야! 누가 때린대? 그녀의 부하가 저러고 돌아다녔으면 진짜 때려 줬을 것이다. 성벽에 서 있으면 뒤에서 밀었을걸.

"다음 주는 시간이 빈다. 그때 같이 먹지."

다른 날짜는 안 되냐고 묻는 게 뭐 그리 어려워서.

폴리아나의 말이 떨어지기 무섭게 프라우의 얼굴에 미소가 돌아왔다. 특유의 선량하고 유약한 미소가 폴리아나는 마음에 들었다. 부하도 아닌데 그녀의 말 한마디에 일희일비하는 것도 신기했다.

그날 폴리아나는 벤티에 경에게 귀족가 주치의 평균 월급을 질문했다.

룩소스 1세와 벤티에 시이제는 밀약을 맺었다. 시이제 후작의 후계자로서 훗날 황제를 견제할 귀족파의 수장이 되어야 할 벤티에 경이 원정 중 황제 편으로 돌아선 것이다. 이 사실은 극소수의 인물밖에 모르는 일급 기밀이다.

좋은 게 좋은 거라고, 벤티에 경은 지속적으로 원로원이 황제에게 굴복하도록 중재하고 노력했다. 하지만 벤티에 경의 노력에도 불구하고 그들은 마음을 바꾸지 않았다.

문제가 된 사병 건은 규모를 늘렸고 각자의 영지에서 왕처럼 군림했다. 원로원과 황제는 지속적으로 부딪쳤으나 큰 사건은 벌어지지 않았다.

황제는 날치기 천도로 원로원의 혈압을 높였고 원로원은 보란 듯이 사병을 육성해 황제가 폭발하길 기다렸다.

황제는 인내했다. 저들은 늙었고 그는 젊으니 승리의 여신은 자신의 편을 들어줄 것을 믿었다. 무엇보다 승리의 여신은 미남을 좋아한다.

황제는 지켜보자는 입장이었다. 남부의 레베카가 황비 중에서 처음으로 임신함에 따라 시이제 후작이 잡아 놓은 중심이 흔들린 건 의외의 성과였다.

원로원은 성급하게 황비감으로 토리를 내세운 걸 반성했다.

"그 아이는 너무 영리해. 계집애가 머리가 좋아서 어디에 쓰나."

"후궁의 일을 도맡아 하는 바람에 바빠서 폐하를 모실 시간이 없다지?"

"그런 건 황후의 자리에 오르고 난 다음에 해도 되는 것을."

"레베카 황비를 봐. 여자가 남자보다 과한 건 외모 하나면 충분해. 그렇게 작고 보호 본능을 불러일으키니 가장 먼저 수태하지 않았나."

덕분에 토리는 원로원의 은근한 질책이 담긴 편지를 받았다. 토리보다 앞서 그녀의 편지를 열어 본 폴리아나의 입맛이 써질 정도로 적반하장인 내용이 담겨 있었다. 원로의 치졸한 행위는 편지에서 그치지 않았다. 그들의 입김 닿은 사들도 은근슬쩍 압박을 주는데 지켜보는 입장에선 정말 더럽고 치사했다. 당사자인 토리는 얼마나 괴로울까 싶어 폴리아나는 레베카 다음으로 토리를 주시했다.

이렇게 원로원의 심기가 불편한 와중 황제의 측근 윈터 후작이시이제 후작의 손자 벤티에 경의 초대를 받았다. 폴리아나는 신중히 이 초대의 의미를 파악했다. 손님은 폴리아나 혼자. 식탁에 앉는 이는 벤티에 경과 부인, 아들뿐이다.

지극히 사적인 초대의 표면적인 이유는 후궁의 경비를 책임지는 폴리아나에 대한 개인적인 감사 인사였다. 후궁의 일원인 토리가 벤티에 경과 친척이기에 가문의 작은 주인이자 친척 오라비로서 감사 인사를 표한다는 것이다.

최근 폴리아나가 토리를 부쩍 신경 쓴 것이 적절한 핑계거리가 되어 주었다.

'궁정'이란 낯선 전장은 여전히 폴리아나를 붙잡았다. 기동력이 떨어지고 판단력도 흐려진다. 여러모로 열심히 공부했지만 늘 모자랐다. 성의 지도를 완성한 것처럼 사람들 관계도 지도로 그릴 수 있다면 좋을 텐데 말이다. 폴리아나는 아쉬울 따름이었다.

식사는 온화한 분위기에서 순조롭게 이어졌다. 식탁 위로 사적인 이야기만 오갔다. 벤티에 경이 형식적인 공치사를 늘어놓고 폴리아나도 비슷하게 응대했다.

"요즘 분주하신데 시간 내주셔서 감사합니다."

“폐하만 할까. 윈터 후작도 바쁠 텐데 시간 내줘서 고맙소.”

폴리아나를 기사 때부터 알았던 사람들은 다들 ‘폴 경’이 입에 붙어서 ‘윈터 후작’을 낯설어했는데 벤티에 경의 입에서 나오는 윈터 후작엔 위화감이 없었다. 처음부터 후작이었던 것 같아서 폴리아나는 낯간지러웠다.

따지고 보면 호칭 문제가 참 애매했다. 벤티에 경은 왕년에 원정군 부사령관이었다. 지금은 군인에서 은퇴해 재상이 되어 행정직의 총괄을 맡고 있다.

시이제 후작이 건재하기에 그는 아직 작위를 물려받지 않아 그냥 벤티에 경이다. 재상직에 딸려 오는 명예 작위로 백작이 있으나 후작가 후계자만 못하여 사용하지 않았다. 그래서 그는 여전히 벤티에 경이다.

폴리아나는 제국의 제2근위대장이며 후작위를 직접 받은 가문의 주인이다. 가문의 시조이기 때문에 격을 높여 공작 대우를 받는 것이 관례이다. 그러니까 폴리아나 윈터는 윈터 후작이다.

그렇기 때문에 사실은 벤티에 경이 폴리아나에게 존대하고 폴리아나가 벤티에 경을 편히 대하는 것이 옳았다. 그러나 군대에서 정해진 서열이란 사적으로 만날 때에도 통용되는 법. 은퇴했어도 소용없다.

짬밥은 저승의 음식을 닮았다. 저세상 음식을 먹은 자가 저승을 떠나지 못하는 것처럼 한 번이라도 짬밥을 목구멍으로 넘긴 순간, 군대에서 있었던 일은 영원히 그 사람을 떠나지 않는다.

폴리아나는 반생애를 군에 투신해서 그런지 왕년의 상관들에게 존대하는 습관을 버리지 못했다. 따지고 보면 동등한 입장이지만 벤티에 경은 그녀를 편히 대했다. 폴리아나도 그러는 편이 편했다.

"토리 황비마마를 뵈면 후작님 칭찬이 끊이질 않아요."

"별말씀을요, 부인. 세 분 모두 상냥하셔서 저를 잘 챙겨 주시지만 토리 황비마마께 제일 신세를 많이 지고 있습니다."

폴리아나와 젊은 시이제 부인은 토리를 중심 소재로 순조롭게 대화를 이어 갔다. 폴리아나는 초대를 많이 받다 보니 이런 자리도 익숙했다. 이전의 그녀였다면 안주인에게도 동료 대하듯 대답해 빈축을 샀을 것이다.

초대의 표면적 이유가 토리였고, 시이제 부인이 종종 토리를 방문하곤 했기 때문에 대화 주제로 적절했다.

다음 주제는 아이였다. 자식 있는 집이라면 절대 빠지지 않았다.

폴리아나는 얌전히 식사하고 있는 벤티에 경의 장남, 소트 시이제에게 눈길을 줬다.

소년의 나이가 십 대 초반. 슬슬 누군가의 종자로 들어갈 나이다. 폴리아나는 소트보다 어릴 때 검을 잡았다. 그러나 벤티에 경은 장남에게 기사 교육을 시키지 않는다는 이야기가 있었다.

"아드님은 정말 기사 교육을 시키지 않으실 겁니까?"

"음, 그렇소. 기왕 재상이 된 것, 대를 잇는 재상가를 만들어 볼까 해서."

"그것 참 멋지십니다."

아크레아 귀족의 주축인 시이제 후작가가 재상가가 되면 황제가 아주 좋아할 것이다. 아주.

폴리아나는 불쑥 치솟아 오르는 걱정과 염려를 버렸다. 그녀가 직접 본 벤티에 경은 이중 배신을 할 정도로 과감하지 못하다. 또한 황제의 신뢰가 있으니 폴리아나는 그 결단을 믿었다.

폴리아나의 믿음을 배신하는 일이나, 룩소스 1세와 벤티에 경은 원로들이 늙어 죽기만을 기다리고 있었다.

전쟁의 상책이 싸우지 않고 이기는 일이다. 젊은이들이 노인네들 죽길 기다리는 게 그렇게 나쁜 계책은 아니다. 노인네들 또한 토리가 아들 낳기만을 기다리고 있으니 피장파장이었다.

바로 그 점 때문에 벤티에 경이 폴리아나를 초대했다.

저녁 식사가 끝났다. 시이제 부인은 좀 더 남아 있고 싶어 했으나 벤티에 경이 반대했다. 부부 사이는 나쁘지도 좋지도 않으나…….

'부인을 못 믿는구나.'

벤티에 경이야말로 야파에서 가장 외로운 투쟁 중인 인물이었다. 부인과 아들을 믿지 못하고 있었다. 시이제 부인과 소트의 관점에서 보면 가족을 버린 벤티에 경이 배신자일 것이다.

폴리아나는 가족이 없는 것의 몇 안 되는 장점을 깨달았다. 무자식이 상팔자라더니! 하지만 마냥 좋아할 순 없었다.

'부인에게 털어놓는 건 안 되는 걸까.'

폴리아나는 곧 바보 같은 생각임을 깨달았다. 귀족의 혼인은 계약혼. 벤티에 경의 혼사는 할아버지인 시이제 후작이 주관했다. 후계자로 생각하는 손자의 부인이니 가장 믿을 만한 우군의 영애를 데려왔을 것이다.

폴리아나는 벤티에 경의 안내에 따라 서재로 이동했다. 그들은 능숙하게 연기했다. 10년 넘게 보아 왔고 한때 등을 맡긴 전우였으나 여전히 사적으론 대하기 어려운 사이. 그게 연기 주제다.

"음, 술이라도 한잔하고 가시겠소?"

"좋습니다. 여럿이서 마신 적은 많은데 재상과 따로 시간 낸 적이 없군요."

"후작이나 나나 바쁜 몸이니 가볍게 한 잔 정도로 끝내는 건 어떻겠소."

"과하지 않고 딱 좋습니다."

한 잔의 술을 핑계로 하인을 서재에서 내보냈다. 술을 따라 주거나 안주를 준비해 올 필요가 없다는 이유였다.

하인이 나가자 둘은 연기를 그만뒀다. 우습게도 연기를 할 때나 하지 않을 때나 별 차이 없었다. 10년을 우군으로 함께 싸웠으나 사적으론 친하지 않은 사이. 그게 둘의 관계였다. 연기를 할 필요가 없었다. 둘 다 서로를 나쁘지 않게 생각하고 친분을 쌓고 싶어 하는데 계기가 없던 것이 문제였다.

벤티에 경이 길게 운을 띄웠다.

"아무래도…… 이쪽에서 조만간 뭔가 벌이지 않을까 싶소."

"어떤 식입니까?"

"그건 나도 모르겠소. 이쪽도 잘 규합된 게 아니고 각자의 이익을 위해 뭉친 집단이라…… 따로 고지하지 않고 단독 행동을 벌이는 경우도 있으니 다 아는 건 아니라오. 어쨌든 당분간 외부 인력보다 내부 감시에 집중해 주시오. 레베카 님의 주변을 더욱 단속해 주셨으면 하오."

기껏 대륙을 통일해 제국을 만들어 놓았더니 황제의 기반이었던 북부에서 저들끼리 뭉쳐 타 지역을 차별하지 못해 안달이다.

제 살 깎아 먹기인 것도 모르고 날뛰려는 자들이 우습기도 하고 같잖기도 해서 황제가 내버려 두고 있지만 사고 친 것이 대형사고로 이어질 위험도가 높았다.

벤티에 경은 차라리 룩소스 1세가 검을 빼 들길 원했다. 황제도 결국 사람이라 자라 온 고향과 친척(귀족들은 대부분 친척이니까)에 약한 모습을 보였다.

관대함에도 정도가 있지. 뒤를 파기만 하면서 아무 일도 하지 않으니 다들 자기들이 잘난 줄 알고 으스대고 있었다.

"레베카 님의 회임 소식이 큰 충격이었던 모양이라."

"나나바에서도 시끄러웠다는 소식은 들었습니다."

"대공비마마께서 모욕당하셨소. 대공께서 소문을 덮도록 조치하셨지만 그런 건 원래 빠르게 퍼지는 법이라오."

나나바의 연회에서 루조 대공비가 큰 무례를 당했다는 소문이 야파까지 흘러왔다. 루조 대공이 황제를 염려해 소문을 덮도록 수를 썼지만 결국엔 흘러들어 오고 만 것이다.

이 부분에 대해선 룩소스 1세와 벤티에 경의 의견이 달랐다. 룩소스 1세는 지켜보자고 했다. 벤티에 경은 지켜보다 터지면 상처가 커진다고 했다.

현 상황은 곪아 가는 종기를 닮았다. 지켜봐서 나으면 흉터 없이 아물 것이나 곪다가 터지면 큰 흉과 고름이 튀어나와 주위를 더럽힐 것이다.

벤티에 경으로선 차라리 칼을 대고 환부를 째 고름을 짜내길 바랐다. 룩소스 1세는 "제가 칼 휘두르지 않는다고 막말하는구나."라고 투덜거렸다.

신하들은 얼른 정리해 버리고 싶은 일인데 황제의 의사가 저러니 어쩔 수 없다. 사고가 커지지 않도록 주의를 기울이는 게 최선이다.

실제로 사고가 몇 번 날 뻔했는데 폴리아나가 미연에 방지했다. 눈에 불을 켜고 후궁을 감시하는 폴리아나가 막은 암살 시도가 상당했다. 평화로운 후궁엔 그만한 이유가 있는 법이다.

"토리 님과 시녀들도 감시해 주시오."

"그건……."

토리 황비는 영리하다. 아크레아에서 최고로 치는 순종적인 모습을 유지하면서도 후궁을 장악하고 있었다. 괜히 룩소스 1세가 영리하다고 칭찬하는 게 아니었다.

폴리아나가 지켜봤을 때에도 시녀들을 효과적으로 다루고 균형을 조율하는 솜씨가 보통은 넘었다.

여자가 즐기는 문화가 조성되지 않은 북부와 다르게 중부와 남부는 조금 더 자유롭고 약간의 방종과 어울림을 허락한다. 토리는 그런 사교계에 낯설어하는가 싶더니 금방 적응했다.

적응에서 그치지 않고 아크레아풍을 덧씌워 1년 만에 제국 수도의 사교계를 완성했다. 주위의 뒷받침과 협조가 있긴 했어도 대단한 성과였다.

그런 데다 상냥하다.

폴리아나가 지켜본 토리는 아크레아 여자로 교육받아 황제의 부인으로 인정받은 여자답게 남자에게 순종하고 집안일에 충실했다.

어쩔 수 없는 질투와 시기가 있어도 그걸 겉으로 티 내지 않았다. 먼저 손을 내밀고 후궁에 분란이 없도록 노력했다. 사람들이 레베카의 병약함과 스트라의 정신적 약점을 비판하면 토리가 나서서 막았다.

폴리아나가 겉으로 보이는 경비라면 토리는 내부의 수호자다. 그런 토리를 감시한 것이 밝혀지면 죽음으로도 덮지 못할 치욕이 될 것이다.

'편지 감시도 들키면 인생 쫑인데.'

토리는 영리해서 어리석은 일을 벌이지 않는다. 그녀의 친인척이 좀 그래서 그렇지.

"토리 님을 믿지 못하십니까? 그분은 절대 경거망동할 분이 아닙니다."

"토리 님은 나무랄 데 없는 분이시지. 그게 약점이 되실 것이오."

토리는 나무랄 데 없는 아크레아 여성이기에 집안 어른들의 명령을 거부하지 못한다. 룩소스 1세와 제국을 배신하는 일이라면 마땅히 거부할 수 있는 의지를 가졌지만 가문에선 배신이 아니라 꼬드길 것이다. 심지어 토리 본인에게 이득이 되는 일이라고 말하겠지. 토리와 가문은 한배를 탔고 일심동체다. 한쪽이 무너지면 토리도 무너진다. 그렇게 협박할 수도 있었다.

폴리아나는 토리의 현명함을 믿었다.

"토리 님을 믿어 주십시오."

"나도 믿고 있소. 하지만 윈터 후작. 토리 님은 그렇게 길러졌소. 또한 그분의 주위는 이미 같은 처지의 레이디들로 채워져 있지."

토리의 말벗, 옷시중을 들어 주는 시녀들은 모두 아크레아의 명문가 영애들이다. 그들의 대부분은 원로원과 연이 닿아 있었다. 토리는 그들을 친구로 대하되 경우에 따라 서로의 감시자이자 적이 될 처지였다.

그녀들을 탓할 마음은 없다. 부모가 자식을 필요에 따라 키우는 걸 어쩌겠는가. 폴리아나가 말하고 싶은 건 이것이다.

"토리 님은 달라지셨습니다."

어제의 토리가 다르고 오늘의 토리가 다르다. 그녀라고 다른 사람과 다르지 않다. 앞으로 계속 달라질 예정이다.

결혼까지 시켜 놓고 딸이 이전과 똑같기를 바라는 건 너무 큰 기대가 아닐지? 심지어 벤티에 경은 집안 어르신의 기대를 한 몸에 받으면서 황제파로 돌아서 놓고?

폴리아나는 입을 꾹 다물었다. 벤티에 경이 곰곰이 생각하더니 납득한 듯 고개를 끄덕였기 때문이다. 스스로 알아차린 것을 괜히 긁어 부스럼 만들 필요가 없다.

"토리 님은 무엇이 옳고 그른지 판단하실 수 있습니다. 차라리 폐하께 말씀드려 토리 님께도 알리는 것이."

"후작도 알다시피 폐하께선 원로원을 숙청할 마음이 없으시오. 그들이 선을 넘지 않는다면 적절한 수준에서 그들이 평생 아크레아에 봉사해 온 것을 인정하고 편히 죽게 두실 의도시지. 일이 벌어지면 모를까, 벌어지지 않을 걸 가정했을 때 토리 님께 알리는 건 그분을 불행에 빠트리는 일이라고 생각하오."

벤티에 경은 납득하는 듯 했으나 끝까지 말을 물리진 않았다.

대륙의 남부에서 나고 자란 레베카 황비는 유독 추위에 약했다. 임신하고 나선 그게 더 심해져 남들은 따뜻한데 혼자 떨었다.

토리가 혼수로 가져온 털가죽을 레베카의 위에 덮고 스트라는 뜨개질을 해 덧신을 신겼지만 냉증은 가라앉지 않았다. 겨울에 꺼내야 할 화로를 꺼내 숯을 태우는데, 창을 닫고 오래 있으면 눈이 매워져 환기를 해야 했다.

옆에 있는 폴리아나는 옷 속으로 땀이 흘렀다. 그녀는 북부 태생이라 더위에 약했다.

'안 더우신가.'

폴리아나는 경악을 금치 못했다. 침대 위에 깐 털가죽이 몇 겹인지 모른다. 털이 복슬복슬한 북부의 짐승을 잡아 하나만 깔아도 포근할 것 같은데 레베카의 손은 여전히 찼다.

냉증은 움직이면 좀 나아진다는 게 세간의 인식. 레베카는 임부라서 냉증에 차도를 보일 정도로 운동을 하지도 못했다. 식사를 잘하면 좋겠다만 입덧이 심하고 자라는 태아가 위장을 짓눌러 그나마도 간신히 삼키고 토하길 반복했다.

침대 위에 자리보전한 황비에 대한 평가는 극단적으로 갈렸다.

남들 다 낳는 애를 두고 유난 떤다 파 vs 애 낳는 게 저렇게 힘들다 파.

못생긴 여자 vs 미소년 파 때와 달리 승자는 없었다. 승기를 다투기보다 레베카 걱정하기에 바빴다.

애당초 레베카가 생사의 기로에 선 병자인 건 아니었다. 남들보다 잔병치레가 잦은 수준에 불과했는데 임신하면서 부쩍 상태가 악화된 것이다.

레베카가 너무 힘들어하니 미혼 시녀들도 같이 겁에 질렸다. 아래로 동생이 있는 시녀들과 주위에 출산 경험 있는 언니, 친척을 둔 시녀들이 그녀들을 위로했다.

“레베카 님이 유독 힘들어하시는 거예요. 원체 병약하신 데다 타지라 고생하시는 거죠.”

“다들 어머니를 보세요. 돌아가신 분도 계시지만 살아 계시잖아요?”

폴리아나도 미약하게나마 겁을 먹었기에 그녀들의 위로를 훔쳐 듣는 게 도움이 됐다.

폴리아나의 어머니는 출산 후 중독증으로 사망했으나 새어머니는 동생을 낳고도 건강했다. 아이를 낳는 건 목숨을 거는 일이다. 그렇다고 모두 죽지는 않는다.

출산은 전쟁과 비슷했다. 전쟁은 목숨을 걸고 하는 일이지만 전쟁을 한다고 반드시 전사하는 건 아니었다. 운이 따른다면 백 번 나가 백 번 생환하고 열 번 낳아 열 번 생존했다. 생환한 병사는 베테랑으로 존경받으며 생존한 여성은 복 많은 여인으로 칭송받는다.

레베카는 잔병치레가 잦아도 심각하게 병약하진 않았다. 그 정도로 병약한 몸이었으면 애시당초 룩소스 1세의 부인 후보로 선정되지도 못했다. 결국엔 체질 문제였다.

레베카의 모친은 다산했다. 지금도 나니쿤 지방에서 건강하게 살고 있다. 체질은 유전의 영향이 크기 때문에 레베카는 임신 출산을 걱정한 적이 없었다. 다산한 어머니를 닮아 무탈하게 아이를 낳으리라 생각했던 것이다.

부모 자식이라도 체질은 정반대일 수 있다. 임신은 레베카의 체질에 맞지 않았고 그녀의 육신을 갉아먹었다.

황제의 첫 아이를 임신한 황비가 초기부터 극심한 유산기를 보이자 모두의 이목이 그녀의 건강에 집중되었다. 레베카는 그녀를 향한 과도한 관심을 없애기 위해 노력했다.

"비리비리 백 년이라죠?"

레베카는 애써 기운을 냈다. 몸이 따라 주지 못하니 정신력으로 버티는 쪽에 가까웠다.

폴리아나는 덩달아 근심에 휩싸여 몸에 좋은 약재를 주문했다. 큰돈을 들여 구한 것이 남부에서 실컷 잡았던 흰 꼬리 도마뱀인 걸 알았을 때의 실망은 이만저만한 게 아니었다.

'나도 잔뜩 잡았었어!'

"남자에게 좋은 게 아니었나?"

"여자한테도 좋답니다."

사실은 정력에 좋다는 소문이 와전된 것이고 보양식이라는 설명이 이어졌다.

그런 식으로 레베카 황비 앞으로 쌓이는 보약이 가득했다. 궁의들은 출근하면 가장 먼저 레베카의 처소를 찾는 게 일과가 되었다.

의사들이 입을 모아 말했다. 어떻게든 체력을 비축해 출산에 대비해야 한다.

폴리아나는 슬슬 겉으로 티가 나기 시작한 레베카의 복부를 물끄러미 응시했다. 레베카가 손바닥으로 슬슬 배를 쓰다듬었다. 형태를 갖추고 점점 커질 태아는 어떤 모습일까.

모두가 한마음 한뜻으로 득남을 기원했다. 룩소스 1세는 적통 후계자가 없다. 후계자가 될 수 있는 아들이 시급했다. 딸은 쓸모없었다.

"아들이면 좋겠어요."

레베카가 말했다. 그야 아들이면 좋다. 황제의 장남을 낳으면서 권력을 손에 쥘 수 있게 되고, 만약 아들이 황제가 된다면 레베카는 훗날 태후가 된다. 그러나 레베카는 그런 이유가 아니라고 고개를 저었다.

"아들을 원해서 그런 게 아니에요. 딸이면, 미안해서 그래요."

"왜 미안하십니까?"

"제가 욕심내서 가장 높은 곳에 이르는 바람에 딸아이는 내려갈 일만 남으니까요."

대륙에서 가장 고귀한 여성은 황제의 부인이다. 레베카가 딸을 낳으면 그 아이는 미혼 여성 중 가장 고귀한 이가 될 것이다. 황제가 재위 중 낳은 첫아이이자 장녀니 그 고귀함이 이루 말할 수 없다.

그러나 황녀가 자라 성인이 되면 지위는 낮아진다. 대륙에 그녀보다 고귀한 남성이 존재하지 않으니 필연적으로 귀족과 혼인한다. 그렇게 황족의 신분을 상실한다. 레베카는 그게 마음에 들지 않았다.

레베카가 웃었다. 폴리아나가 이제껏 봐 온 그녀의 미소와 달랐다. 어머니의 미소였다.

"절 닮았으면 욕심이 많을 테니까."

"두 분 모두 닮았을 겁니다."

"외모는 저보단 폐하를 닮았으면 좋겠네요."

레베카는 미인이지만 룩소스 1세의 화려한 미모에 자격지심을 가졌다. 기왕 닮을 거면 더 아름다운 사람을 닮는 게 좋지. 딸이든 아들이든 아버지를 닮았으면.

"할머니를 닮아도 좋고."

룩소스 1세의 미모는 선왕비의 지분이 크다. 폴리아나는 '왕의 방'에서 본 선왕비의 초상화를 떠올리고 고개를 끄덕였다. 아주 아련한 인상의, 늦봄과 초여름에 핀 민들레 씨앗처럼 불면 날아갈 것 같은 미녀였다.

룩소스 1세를 닮은 아리따운 황녀마마는 폴리아나의 오랜 로망 중 하나였다. 아름다운 황녀님, 그녀를 아끼는 사람들, 뭇 백성의 칭송. 폴리아나는 마음껏 상상의 나래를 펼쳤다. 귀중한 제국의 보옥과 혼인할 상대는 누가 될까. 얼마나 사랑스러울까.

태어나지도 않은 아이지만 그만큼 가능성은 무궁무진해 모두의 기쁨이 되었다.

서류와 책 더미 사이에서 금색이 어른거렸다. 채도 낮은 무기물 속에서 유독 선명한 금발의 주인은 다름 아닌 룩소스 1세였다. 그는 영지를 통행할 때 해당 영주에게 지불하는 통행세 폐지 문제를 놓고 고심했다.

통행세야말로 현금이 주머니에 들어와 꽂히는 영주의 알짜배기 고정 수입 중 하나다. 일부러 과한 세율을 매겨 상단의 이동을 막는 갑질을 하기에도 딱 좋았다.

황권을 위해서, 상업 부흥을 위해서, 자유민의 원활한 이동과 지역 균등, 영주의 권한 축소를 위해 반드시 해결해야 하는 일이었다.

대륙이 그의 소유가 되었고 영주들은 영지를 대여받는 형식이 되었으니 통행세 또한 폐지함이 옳았다. 영주들의 반대야 불 보듯 뻔했지만.

'남부는 괜찮아. 중부도 괜찮다.'

본래 소소한 크기의 왕국들이 즐비했던 대륙의 남부는 통행세도 국왕이 징수하는 경우가 많았다. 자동적으로 통행세에 대한 결정권은 황제인 룩소스 1세에게 이어졌다.

중부는 알짜배기 영지를 황제의 측근들이 나눠 가졌기에 그들의 찬성으로 반대파의 입을 막기 수월하다.

문제는 언제나 아크레아였다. 룩소스 1세의 제국이 아크레아고 그가 태어난 나라가 아크레아며 그가 자란 땅이 아크레아인데 황권이 가장 유명무실한 곳도 아크레아였다.

아크레아 지방은 중부와 남부처럼 황제의 영향력이 크지 않았다. 원로와 고위 귀족들이 여전히 턱을 치켜들고 있는 상황이다.

확 치워 버릴까 싶은 생각을 안 해 본 건 아니다. 룩소스 1세는 적에게 검을 휘두르길 주저하지 않는 정복 황제였다.

망설이는 까닭은 그들이 황제와 심하게 반목하지 않았기 때문이다. 왕을 견제하고 자기들 권력을 취하긴 했어도 나라를 팔아먹은 적은 없으니까. 적어도 왕가를 갈아 치울 역심을 품은 적 없다는 점은 인정해 줘야 했다.

황제가 망설이는 이유는 그것만이 아니다. 지금 여기서 아크레아의 귀족들을 정리할 경우, 후세에 아크레아 고유의 영향력이 약화될 수 있었다.

북부는 중부와 남부에 비하면 문화적으로 후발에 서 있다. 야파로 제국의 수도를 옮긴 뒤, 귀족들은 빠르게 중부의 문화를 흡수하고 있는 형편이다.

그런 것을 초기에 치워 버리면 훗날 황제가 고향을 멀리하고 중부의 세련된 문화에 굴복했다, 뭐 이런 식으로 떠들 수도 있었다.

대대로 먹고살기 급급해 촌스럽고 투박해도 그의 기반이 되는 문화이고 풍습이다. 원로원과 고위 귀족은 그 자체로 아크레아의 귀족 문화를 의미했다.

'10년 정도 기다리면 죽을 걸로 예상했는데 다들 왜 이렇게 건강해?'

누구는 조실부모하여 소년왕 소리 들으며 등극했는데 누구는 증손자, 고손자까지 보는 불공평함이라니!

룩소스 1세의 손가락이 책상을 두드렸다. 탁, 탁.

"……."

룩소스 1세는 상쾌한 얼굴로 법 개정을 위해 참고하던 자료를 치워 버렸다.

'다음 황제가 알아서 하겠지.'

대륙 통일해서 제국을 물려줘, 작위와 영지로 황권 강화해 줘, 천도도 끝내 줘. 그가 새로운 일을 벌이지 않아도 알아서 일이 깡패처럼 쳐들어왔다. 룩소스 1세는 깔끔하게 일거리를 후대에게 맡겼다.

그가 조금 쉬어 볼까 하는데 궁의가 알현을 요청했다. 단순한 진료, 보약을 처방하기 위한 상담이라면 물렸을 것이다. 하지만 임신한 부인에 대한 이야기라 룩소스 1세는 알현 요청을 허락했다.

들어온 궁의는 매우 송구하여 말했다.

"폐하, 이런 말을 올리기 송구하나 만일의 경우 산모와 태아 중 어느 쪽을 중시합니까?"

룩소스 1세가 정색했다. 덤덤한 위정자의 미소가 사라지자 궁의는 겁에 질려 고개를 들지 못했다. 황제가 죄인을 꾸짖듯 궁의를 질책했다.

"무릇 말이 씨가 된다 하였다. 그렇게 불온한 생각을 품고 임부를 보살피면 없는 병도 생기겠구나."

뼈 있는 질책에 궁의가 사죄했다. 룩소스 1세는 궁의를 내보내고 이마를 짚었다. 아름다운 얼굴에 근심이 가득했다. 남에게 보일 수 없는 모습이었다.

그는 유년기부터 수많은 청사진을 그렸다. 대륙을 통일하고, 황제가 되고, 제국의 기틀을 닦고, 후계자에게 물려주고, 노세 노세 늙어서 노세까지.

그러한 인생 계획엔 천재지변, 사고, 병사와 같은 갖은 갈등과 위기를 염두에 둬야 함도 잊지 않았다. 그러나 그 안에 출산 중 사망하는 부인은 없었다.

예상치 못한 일이 아니다. 상상하기 싫은 일이라 그렇다. 높은 영아 사망률과 그와 비슷한 산부의 사망률. 임신과 출산은 인간에게서 뗄 수 없는 일인데 죽음과 가까웠다. 탄생과 죽음은 극과 극이고, 때로 극은 통하여 같았다.

그가 생각하기엔 차라리 반란이 나았다. 반란은 평정하면 그만이다. 출산은 그의 뜻대로 되지 않았다.

'잘될 게야. 푸닥거리도 했고, 올해는 운수가 괜찮았다.'

룩소스 1세가 제위에 오른 후 우연찮게도 대륙은 내내 풍요로웠다. 작황은 비슷했지만 세금으로 걷어 가는 곡물의 양이 줄어들어 상대적으로 풍족했다.

농민들은 황제를 칭송하고 잉여 곡물은 대륙 곳곳으로 흩어지니

치세의 시작이 이보다 더 좋을 수 없다. 이토록 모든 일이 무난하게 흘러가는데 어째서.

황제는 점점 어두워지는 상념을 접었다. 계속 안 좋은 상상을 해봐야 좋을 게 없다고 생각했다. 그러나 그는 걱정을 떨치지 못했다. 그런 황제에게 체일 시종장이 차를 내왔다.

"바쁠 텐데 다른 이에게 시켜라."

"폐하를 모시는 일보다 우선할 일이 있겠사옵니까."

시종장의 애교에 룩소스 1세가 입꼬리를 올려 웃었다. 다시금 여유로운 미소를 되찾은 그는 찻잔을 들다가 바닥에 붙은 종이쪽지를 발견했다. 종이쪽지엔 영문 모를 글자가 나열되어 있었다. 아크레아군에서 사용하는 암호다.

룩소스 1세는 한심해서 웃었다.

"누구 짓이냐."

"소인의 생각이옵니다."

"체일, 소설 작작 읽으라고 짐이."

"디크 경도 동의했사옵니다."

'아이고 머리야.'

룩소스 1세는 쉬고 싶은 마음을 꾹 참고 보고서를 읽었다. 직접 찾아와 보고하면 될 것을 이렇게 증거품을 남기고 사람 손을 타게 만드는 건 무슨 낭비인지.

세련된 황제의 필요성을 느끼고 정보부 하나 만들었더니 수장이란 놈이 소설을 너무 봤다. 그래도 행동력이 빠르고 눈치가 있어 다행이다. 폴리아나가 눈에 불을 켜고 감시하는 후궁의 정보도 가끔씩 들어오는 게 솜씨는 나쁘지 않았다. 아니면 폴리아나가 황제의 짓인 걸 알고 내버려 두고 있거나.

아크레아군은 전쟁 중 선동 부대를 이용해 짭짤한 재미를 봤다. 정체가 알려진 선동 부대를 이용할 수 없으니 정보부가 그 역할도 이어 가야 한다. 이것저것 시켜 볼 요량으로 창설했으나 주인이나 수하나 경험이 부족해 이렇다 할 임무는 맡지 않은 상태였다.

현재 황제의 정보부는 각지의 정보 수집에만 열을 올렸다. 어떤 게 귀중한 정보인지 파악하지 못할 정도로 초기 단계였다.

귀족이 영지에서 벌인 만행, 누군가의 추문, 사람들 사이에서 오가는 혼담과 연애담, 뉘 집 애가 다른 집 애와 싸웠다는 시시콜콜한 이야기까지. 작은 종이에 많이도 욱여넣었다.

보고서 전문을 읽은 룩소스 1세가 쪽지를 태웠다. 종이가 타 재가 되어 날리자 그는 인상을 찡그렸다.

그러니까! 입으로 보고하면 재도 안 날리고! 종이도 안 아깝고! 잉크도 안 아깝지 않느냐!

이번 보고는 대단한 내용도 아니었다. 훔쳐 듣는 귀를 걱정한다면 제1근위대에 대한 모독이 될 것이다. 주변인을 경계한다 치면 듣는 이가 체일 시종장 하나였다. 이 또한 체일이 황제에게 봉사한 시간과 공로를 무시하는 처사였다.

애초에 체일을 믿지 못하면 체일 편으로 쪽지를 전하지도 않았을 터. 정말 가지가지 했다.

'누가 헛바람 넣었는지 밝힌다.'

룩소스 1세가 굳게 다짐했다.

그에겐 안타깝게도 범인은 가까이 있었다. 디크 경에게 후궁 암투물과 첩보물을 전파한 체일은 시침 뚝 뗐다.

레베카의 임신으로 아크레아 지방에 잔류한 원로원과 고위 귀족들이 불쾌한 심기를 드러내고, 그 파장은 나나바 성에 거주하는 루조 대공비에게 미쳤다.

루조 대공이 연회에서 벌어진 일을 덮으려 했으나 황제는 알았다. 정보부가 이뤄 낸 첫 기념비적인 성과였다.

'이번에 가서 기를 눌러 주고…….'

다가오는 건국 기념일. 룩소스 1세는 나나바 성으로 가 머무르는 기간 동안 아크레아 지방에 잔류한 귀족들 기를 죽이기로 결단했다.

나나바 성에서 치러지는 건국 기념일 행사를 황제가 주관하기 위해 야파를 비우는 기간이 두 달이다. 룩소스 1세 혼자 다녀오지 못하니 왕복에 시간이 소요된다. 연회를 보름 동안 열기 때문에 최소한으로 잡아도 한 달 반이 필요했다.

작년엔 황비들의 적응을 위해 황제 홀로 다녀왔지만 올해엔 그녀들도 동행했다. 시간은 더 걸릴 것이다.

한 사람 예외가 있었다.

"레베카 황비마마는 어떡할까요?"

"마차 여행은 몸에 부담을 준다. 남도록 해야지."

어느 미친놈이 임신한 여성을 데리고 마차 여행을 한단 말인가. 심지어 레베카는 의사들이 산모와 아이 중 택일하라는 말을 할 정도로 불안정한 상태였다.

룩소스 1세는 가만히 일정을 가늠했다. 가능한 빠르게 일정을 소화한 뒤 야파로 돌아오면 레베카가 8개월을 조금 넘긴다. 조산 위험이 있어도 8개월이면 괜찮을 것 같았다.

'딸이든 아들이든 건강하게만 태어나 다오.'

부인이 출산하는 때에 가장이 집을 비우는 불상사는 발생하지 않을 것 같아 황제는 안심했다.

레베카에게 바로 소식이 전해졌다. 황제의 시종이 전한 소식에 그녀는 고개를 끄덕였다. 따라가는 게 무리인 건 그녀 자신이 가장 잘 알았다.

모두 나나바로 떠나는데 혼자 야파에 남는 것이 약간은 외롭고, 임신하고 육체적으로 힘든 와중에 혼자 남는 게 싫기도 했다. 그러나 투정 부릴 사안이 아니었다.

할 말 못 할 말 다 하는 사이인 폴리아나에게 레베카는 솔직하게 털어놨다.

"혼자 남기 싫어요."

폴리아나의 표정이 애매해졌다. 우정을 생각하면 같이 남아 준다고 해야 하는데 제2근위대장의 직무와 우정이 충돌했다. 단순히 숫자만 따지면 폴리아나는 토리, 스트라와 함께 나나바로 가야 한다. 1보단 2가 많다.

"레베카 님을 생각하면 남아야 하는데……."

순간 레베카가 폴리아나의 말을 끊었다.

"가세요! 어딜 남으시려고요! 폴리아나가 안 가는 순간, 폐하와 후작을 이간질하려는 작자들이 총출동할 거예요. 저야 못 가는 거지만 후작은 아니시잖아요. 제가 솔직하게 말했다고 거기에 맞춰 주려 하지 마세요. 우린 그런 사이가 아니잖아요."

우리 사이 어떤 사이?

막말과 진실 게임을 매일 하는 사이!

폴리아나는 흔쾌히 고개를 끄덕이려다 멈칫했다. 아무리 그래도 임신 중인 레베카를 두고 떠나자니 마음이 찝찝했다. 갈등하는 폴리아나의 얼굴을 보고 레베카가 잔소리를 퍼부었다.

"절 중히 여기시는 이유가 무엇인가요. 제가 폐하의 부인이기 때문이 아닌가요? 선후를 착각하시면 어떡해요! 제가 어디 도망가는 것도 아닌데 왜 이런 걸로 고민하세요."

곧 어머니가 되기 때문일까. 레베카의 잔소리는 어지간한 어머니의 잔소리와 맞먹었다. 동료들의 잔소리에 이력이 난 폴리아나가 후퇴 선언을 외칠 정도로 막강했다.

사건은 쉽게 풀렸다. 다음 날, 토리와 스트라가 레베카의 침실을 찾아와 말벗이 되어 줬다. 토리는 의사에게 레베카의 상태를 전해 듣고 스트라는 새로 떠 온 털실 양말을 가져왔다.

"폐하께 청해 나니 대공비를 모셔 오도록 했어요."

"어머."

나니 대공비는 구 나니쿤 왕국의 왕비다. 나니쿤 왕가는 나라가 제국에 복속되면서 왕족의 지위를 빼앗기고 대공가로 격하되었다. 레베카가 과거 나니쿤의 왕녀였으니 레베카의 어머니를 모셔 오도록 청했다는 뜻이었다.

레베카가 고마운 마음에 눈물을 글썽였다. 스트라도 덩달아 감동받아 울먹였다.

"어쩜, 저는 생각도 못했어요. 역시 토리 님은 다르세요."

"고마워요."

레베카가 깊은 감사의 뜻을 전했다. 레베카의 모친 나니 대공비는 레베카를 포함해 삼남 사녀를 두었다. 다산한 어머니가 와 준다니 레베카도 마음이 놓였다.

왕가의 식구로 살아 모녀간에 살뜰한 피붙이의 정은 없다. 대신 고귀한 피를 공유하고 대를 잇기 위해 팔려 간다는 사명에서 비롯한 동지 의식을 가졌다. 더 친한 사람이 많지만 혈육은 의미가 남달랐다.

폴리아나가 갈까 말까 망설였단 얘길 들은 토리는 레베카처럼 잔소리를 퍼붓는 대신 은은한 미소와 함께 압박을 줬다.

"두 분 친분이 두터운 걸 알지만 섭섭해요. 후작께서 저희를 지켜 주지 않으면 누가 지켜 주겠어요."

"맞아요. 저희와 의논이라도 해 주시지 혼자 고민하시다니, 섭섭해요."

폴리아나는 작전상 후퇴했다. 이기지 못할 전장에서 이탈하는 건 기사의 수치가 아니었다.

궁인들은 나나바로 가는 여장을 꾸리느라 분주하게 움직였다. 따라갈 자와 남을 자를 나누고, 각자의 일을 분담했다.

바쁜 건 폴리아나도 마찬가지였다. 나나바까지 가는 여로의 경비 책임은 제1근위대가 맡았지만 제2근위대에서도 몇 명 데려가기로 했다.

'요즘 계속 그 새끼한테 지는 기분이 드는데.'

재수 없는 아이노 경이 또 중임을 맡았다.

토리와 스트라가 폴리아나에게 느낀 것처럼 폴리아나도 룩소스 1세에게 섭섭했다. 최근 그녀의 주군께선 그녀를 멀리하는 듯했다.

국정이 바빠 어쩔 수 없다는 걸 안다.

폴리아나는 황제의 뒤를 지키던 지난날을 회상했다. 위에서 내려온 빛은 룩소스 1세의 금발 위로 잘게 조각나 부서졌고 그 빛에 눈길을 뺏기면 쉽게 시선을 떼지 못했다. 보고 있는 것만으로도 황홀했다.

그렇게 먼 과거도 아닌데 폴리아나에겐 아득히 먼 옛날처럼 느껴졌다.

후궁의 시녀 중 나나바로 이동하지 않는 이의 명단엔 시켈 잉그레터가 올라 있었다. 폴리아나는 눈을 깜빡였다. 그녀가 알기로 잉그레터 일가는 전원 건국 기념행사에 참석했다. 행사에 참석하지 않더라도 다른 친척들을 만나기 위해 나나바로 간다고 들었다.

시켈은 일개 시녀에 불과하니 건국 기념행사에 꼭 참석할 의무는 없다. 다만 폴리아나에겐 마음에 걸리는 점이 있었다.

'설마 아이노 새끼 때문에 안 간다는 건 아니겠지?'

아이노 경의 구애는 껄떡이는 건달과 비슷했다. 시정잡배가 하면 성추행인데 천하무적 아이노 경이라 문제시되고 있지 않을 뿐. 잘난 본인에 대해 자신감 가득한 건 괜찮다. 모든 여자가 자길 거부할 리 없다는 근거 없는 자신감이 문제일 뿐.

남들은 연애 소설의 한 챕터처럼 보낸 청춘을 황제에게 바친 대가로 아이노 경은 어마어마한 연애 고자력을 얻었다. 뭐든 잘난 아이노 경은 연애에 있어선 최하수였다.

폴리아나는 시켈을 찾아 시녀들의 휴게실로 이동했다. 휴게실이라고 한가하진 않았다. 시녀들은 짐을 꾸리고 편지를 쓰는 등 각자의 일에 열중이었다. 시켈은 다른 시녀 무리와 어울리지 않고 구석에서 얌전히 수를 놓고 있었다.

시녀들이 얼굴에 화색을 띠고 근위대장님을 반겼다. 폴리아나는 순식간에 꽃을 닮은 레이디들에게 둘러싸였다.

"윈터 대장님, 어쩐 일이세요?"

"간식거리가 있는데 드시겠어요?"

"가슴에 꽃을 달아 드릴까요?"

"대장님 드리려고 손수건을 수놓는 중이었는데 어느 꽃이 좋으세요?"

'이놈의 인기란.'

폴리아나는 꽃에 둘러싸이는 행복을 만끽했다. 그녀가 구가하는 인기의 이유는 단순하다. 폴리아나는 미혼인 귀족 아가씨들이 꽃과 손수건을 마음껏 바쳐도 평판에 해가 되지 않는 유일한 기사였다. 연모하는 기사를 두고서 그 마음을 밝히지 못하고 폴리아나로 대리 만족하는 시녀도 있었다. 게다가 윈터 후작은 야파 중매계에 떠오른 새로운 신성. 잘 보여 나쁠 것은 없었다.

"후작님, 들으셨어요? 토리 마마께서 레베카 마마를 위해 애쓰신 일이요."

"나도 오늘 들었다."

"후작님도 모르셨군요. 저희에게도 일언반구 없으시다가 레베카 마마 시녀에게 전해 듣고 깜짝 놀랐지 뭐여요. 왜 저희에게 알려주지 않으셨을까요."

토리의 시녀가 가벼운 투정을 부렸다. 다른 시녀도 동조했다.

"맞아요, 깜짝 놀라게 해 드릴 계획이었어도 저희는 입조심했을 거여요."

'시녀들도 몰랐다고?'

레베카를 위한 일이니 굳이 시녀들에게까지 숨겨 가며 비밀리에 진행하지 않아도 될 일이다.

레베카를 놀라게 할 의도여도 마찬가지다. 시녀들의 입방정을 의심한다면 그녀들을 시녀로 부리는 의미가 없지 않은가. 토리를 모시는 시녀들은 모두 성품 곱고 품행이 방정한 아가씨들 중에서도 엄선한 레이디인데.

'이건…….'

무언가 그녀의 마음에 걸렸다. 의혹이라기엔 너무 작았다. 시녀들도 입만 삐죽일 뿐 큰일로 여기지 않고 있다. 폴리아나는 계속 시녀들의 수다를 들었다.

"나니 대공비가 시녀들을 데리고 와서 남기로 했던 인원도 모두 나나바로 가기로 했어요."

"네에, 오랜만에 나나바 성을 걸을 걸 생각하니 기뻐요."

토리의 시녀는 모두 나나바로 이동한다는 사실을 밝혔다. 아크레아 출신 시녀 중에서 나나바로 가지 않는 건 시켈 혼자였다. 시녀들도 알고 있는지 시켈에게 말을 붙였다.

"잉그레터 양, 가족분도 모두 외출하시면 무섭지 않으세요?"

"무섭죠. 후궁에 머무를 예정입니다."

"어머, 여기도 우리가 없어서 무서울 거예요."

"레베카 황비마마의 처소에 머무르는 걸 허락받았습니다. 감사한 일이죠."

레베카도 자리에 없는데 시켈이 깊숙이 고개를 숙였다.

"그래도 가시는 게 낫죠."

"나나바에 가면 친지분들을 뵙기 어려워서요……."

시켈이 쓸쓸히 고개를 돌렸다.

시녀장도 아니면서 시녀들과 여덟 살 이상 차이 나는 나이에 미혼. 시녀들은 시켈의 사정을 이해하고 더는 권하지 않았다. 폴리아나도 이해했다. 아이노 경이 아니라 친척들을 피하기 위해서였구나.

'그러고 보니.'

폴리아나는 까맣게 잊고 있던 약속을 떠올렸다. 잔소리를 듣고 시녀들에게 둘러싸이는 바람에 깜빡했다. 다행히 약속 시간에 늦지 않았다. 그녀는 시녀들에게 작별 인사를 했다. 시녀들이 아쉬워했다.

"많이 바쁘셔요?"

"약속이 있어."

"이번엔 어느 가문의 초대를 받으셨나요?"

폴리아나는 초대한 이의 성을 밝히려다 말고 이름을 말했다.

"프라우 씨."

'의절당했으니까.'

"어머나, 프라우 씨가 소원 성취했네요."

프라우가 윈터 후작에게 연줄을 대 보려고 하지만 번번이 퇴짜 맞는 건 성내에서 유명한 이야기였다. 시녀들이 까르르 웃었다. 휴게실을 나와 약속 장소로 이동하는 폴리아나를 시켈이 따라왔다.

"후작님."

"응? 무슨 일이지, 시켈 양? 내게 할 말이 있어?"

"오늘 프라우 스네크 씨와 약속이 있으신 건가요?"

"그래. 그가 내 주치의로 취직하고 싶은가 봐."

"제가 봤을 때 그건 아닌 것 같…… 죄송합니다. 후작님, 무례한 건 알지만 감히 말씀드리는데 그는 평판이 좋지 않아요."

"나도 안다."

"그러니까."

시켈이 사방이 트인 자리에서 말하기 난처한 듯 손만 휘저었다. 그녀가 이 정도로 난색을 표하는 건 드문 일이다. 게다가 이렇게까지 대화를 오래, 길게 나누는 것도 드물었다.

폴리아나는 주변에 듣는 귀가 없는 걸 확인하고 직접 나서서 말했다. 시켈이 걱정하는 건 프라우의 시원찮은 평판 때문일 것이다. 폴리아나가 아는 게 없어서 걱정하는 것 같으니 아는 대로 다 말하면 걱정을 덜 것이다.

토리에게 들은 이야기, 레베카에게 들은 이야기. 아크레아에서 가장 고귀한 두 여성이 직접 말해 준 것이니 모두 사실이고, 소문의 전부일 것이다. 그럼에도 불구하고 시켈은 석연찮은 얼굴을 했다.

"소문은 고귀하신 분들의 귀에 들어가는 것과 저 같은 미천한 자들의 귀에 들어가는 내용에 약간 차이가 있기 마련이죠."

추잡한 이야기는 적당히 걸러지고 듣기 흉악해 심기를 거스를 수 있는 이야기는 닿지 않도록 조심한다. 동일한 사건을 전달할 때에도 누가 누구와 바람이 났다고 간략하게 말할 수 있지만 누가 누구와 어디서 어떻게 무엇을 하다가 어떻게 걸렸는지 자세히 말할 수도 있었다.

소문으로 사람을 판단하는 건 부당한 일이다. 그러나 시켈은 노처녀였고, 그녀의 부모는 파혼당한 딸을 시집보내기 위해 10년 동안 미혼 남성을 수소문했다. 프라우 스네크에 관한 소문은 그때 알았다.

"그는 여자 소문이 좋지 않습니다."

풉. 폴리아나가 공기와 침을 같이 뿜었다. 시켈은 손수건으로 분비물이 묻은 얼굴을 닦았다.

폴리아나는 웃음을 참기 위해 한참을 노력했다. 여자 소문? 그 남자가? 잘생기지도 않고 몸매도 그만저만인 그 남자가?

말하지 않아도 표정이 의사 표현을 대신했다. 시켈도 동의한다는 의미에서 고개를 끄덕였다.

"네. 저도 말도 안 된다고 생각해요. 하지만 잠시 그런 소문이 돌았습니다."

프라우의 여자 소문은 그가 스네크 가문에서 쫓겨나기 전 잠깐 돌았다. 스네크 가문에서 쫓겨난 것이 더 충격적이었기에 금방 묻혀 아는 이는 적었다.

프라우의 외양을 본 사람들이 믿지 않았기 때문에 프라우 본인이 낸 소문 아니냐는 우스갯소리도 같이 떠돌았다. 그러나 여기엔 아는 사람이 더 적은 이야기가 하나 있다. 프라우가 가문에서 쫓겨난 이유가 여자 때문이라는 이야기다.

'가문은 괜찮으니 여자가 꼬였다가 쫓겨나면서 떨어졌나?'

사람이 만만해 보여 유독 질 나쁜 여성이 꼬였을 가능성도 있다. 폴리아나는 그렇게 판단했다.

프라우 스네크 그 남자는 룩소스 1세처럼 대단한 미남이 아니고 아이노 경처럼 능력 있고 가문 좋은 남자도 아니다. 패기 없고 유약한 인상에 선량한 것 하나가 장점인 남자가 여자 소문이 있어 봐야 얼마나 나쁘겠는가. 폴리아나는 건성으로 넘겼다.

“옛날에 돈 소문만으로 판단하기에 사람 자체는 괜찮다고 생각한다.”

소문으로 치면 대륙에서 폴리아나를 따라올 사람이 없었다. 세상에 떠도는 소문이 모두 사실이라면 폴리아나는 윙크 한 번으로 남자를 홀리는 미녀였다. 매일 밤 황제 위에서 기승위로 즐기며 황제를 환락의 밤으로 이끄는 요부였고, 아크레아의 기사 전부와 자 본 난잡한 여자였다.

‘이런 얘기 들은 것도 오래됐네.’

최근 폴리아나가 윈터 후작으로 자리매김함에 따라 소문이 그녀의 귀에 닿는 일이 줄어들었다. 때문에 폴리아나가 파악하고 있는 소문 내용은 구 버전이었다. 신 버전 업데이트가 시급했다.

“시켈 양에게 조금 실망했네.”

남자로 태어났으면 시크를 담당했을 시켈 양. 특유의 거리감이 폴리아나의 마음에 들었다. 소문에 휘둘리는 사람으로 보지 않았기 때문에 어쩔 수 없이 실망한 의사를 내비쳤다.

시켈이 무례에 대한 용서를 빌었다. 폴리아나가 가볍게 용서했다.

“후작님, 이것만 알아주세요. 당시 소문을 덮은 건 스네크 가문이었습니다.”

아들을 가문에서 내쫓은 건 보는 사람이 모두 알게 되니 숨길 수 없다. 대신 여자와 관련된 소문은 가문의 명예를 위해 얼마든지 덮을 수 있었다.

딸을 노처녀로 둘 수 없어 자세히 소문을 캐던 잉그레터 부부는 스네크 가문에 가로막혀 소문의 끝에 도달하지 못했다.

시켈도 직접 프라우를 겪어 보고 그의 인품이 괜찮은 걸 알았다.

소문이 정말 소문일 수도 있음을 안다.

그저 찜찜했다. 아니 땐 굴뚝에 연기는 난다. 사람이 작정하고 뿌린 소문에 여자는 남자보다 쉽게 희생양이 되었다.

시켈은 조금 조심하라는 의미에서 경고를 보냈다. 시켈이 보기에 프라우는 주치의 자리가 아닌 폴리아나를 목적으로 접근하고 있었다.

남자와 여자가 얽히면 원인과 과정이 어쨌든 여자가 손해 본다. 조심해서 나쁠 건 없었다.

조심해야겠다는 감정이 앞서 시켈은 실수를 범했다. 유독 소문에 시달린 폴리아나를 배려하지 못한 것이다.

폴리아나가 약속 시간에 늦겠다며 떠났다. 시켈이 작게 한숨을 쉬었다.

"하아."

부하들의 실수엔 엄격해도 시녀들의 실수에 관대한 폴리아나지만 이번 실수는 경우가 달랐다.

'강직한 분이니 괜한 참견이었나.'

폴리아나는 시켈과 다르다. 후작이고, 제2근위대장이었다. 시집 못 간 노처녀라는 공통점이 있지만 이제 막 살림이 피려는 하급 귀족가의 노처녀와 황제의 총애를 받는 후작은 처지가 달랐다.

만일 무슨 일이 생겨도 폴리아나는 전장에서처럼 현명하게 대처할 것이다. 전략의 마녀라는 별명에 어울리는 판단력을 보이겠지. 현명한 대처가 힘들다면 모든 걸 무마할 수 있는 힘이 있다.

신경 쓰지 말아야 할 것을 답지 않게 참견했다. 과한 오지랖으로 실수를 범했다. 동생을 폐하께 추천한 인물이 폴리아나라는 사실을 알고 남들보다 배려하려던 것이 화를 불렀다.

'이래서 사람이 안 하던 일을 하면 안 된다는 건가 봐.'

자책하던 시켈은 끈질기게 따라붙는 시선에 고개를 돌렸다. 아이노 경이 멀찍이서 그녀를 노려보고 있었다.

또 따라와 엉뚱한 소리를 하려나? 아니면 다짜고짜 추행?

아이노 경은 몇 분 동안 그녀에게서 시선을 떼지 못하더니 사라졌다.

"하아아."

시켈은 긴장이 풀려 아까보다 긴 한숨을 쉬었다.

혼자 총각이라 심심한 아이노 경이 부하들 가정을 방문해 공연히 깽판 놓는 건 가끔 발생하는 이벤트였다. 덕분에 그녀에 대한 이야기는 그날 나오지 않은 모양이다.

시켈은 폴리아나와 달랐다. 시녀고, 노처녀에, 미혼이었다. 아이노 경과 추문에 휩쓸리면 거기에서 벗어날 힘이 없다.

독신 선언을 했으니 혼사 막힐 걱정은 하지 않아도 된다. 대신 가문의 명예가 실추된다. 그녀의 오라버니와 동생이 목숨을 걸고 싸워 얻은 성과로 가문의 이름을 세우기 시작했는데.

시집도 못 간 밥버러지 주제에 추잡한 소문으로 가문의 이름에 먹칠을 할 수는 없었다.

시켈은 천천히 후궁을 벗어나 본성 쪽으로 이동했다. 후궁의 시녀가 본성에 들어온 걸 아무도 의심하지 않았다. 시켈의 오라버니와 동생이 모두 본성에서 근무하기 때문이다. 다들 남매끼리 볼일이 있나 보다, 그렇게 보고 넘겼다.

시켈은 손쉽게 동생 디크 경과 만났다. 디크 경은 그동안 황제의 명령을 받고 나나바에 머무르다 오늘 돌아왔다. 시켈은 쉴 틈도 없이 움직이는 동생을 보고 걱정했다.

"식사는 했니?"

"누나, 그게 사실이야?"

"무어가?"

"누나가 검의 귀재라 대장님이 눈독 들이고 스카우트하려고 한다는, 으악!"

시켈은 다 자라 가정까지 일군 동생에게 손을 휘둘렀다. 한 달 만에 만나는 누나에게 엉뚱한 소리만 늘어놓으니 안 휘두를 수가 없었다.

어찌 된 영문인지 시켈에 대한 엉뚱한 소문이 돌고 있었다. 그녀가 천고의 기재라 아이노 경이 노리고 있다느니, 아이노 경과 일대일로 싸워 승리했다느니. 얼토당토않은 소문이었다. 농담 비슷하게 돌아다니고 있어서 망정이지, 시켈과 잉그레터 자작 부인, 형제들의 부인들까지 품행을 오해받을 내용이었다.

"왜 때려요, 다들 농담인 걸 알아."

"농담이라도 나와 네 부인, 형수들 체면이 어찌 되니."

"지금 하는 태도를 봐선 사실과 근접한 것 같은데?"

"아휴!"

개미 한 마리 못 죽이던 누나는 10년 동안 남자 없는 가문을 지키고 부모를 봉양하면서 동생에게 손을 휘두르는 무서운 누나로 변신했다.

'누나가 이렇게 된 건 다 파혼당해서야.'

디크 경이 멋대로 짐작했다. 정보부 수장으로서 참으로 안일하고 단순한 생각이었다. 사실은 아이노 경의 접근에 대처하고 폴리아나에게 몇 수 얻어 배운 결과물인 것을.

분노한 누나의 응징이 있은 후, 시켈은 동생의 일을 도왔다. 어려운 일은 아니었다. 외부에선 알기 힘든 후궁의 소문이나 근황을 알려 주면 되었다.

곁에서 맴도는 시켈에겐 중요하고 은밀한 이야기를 들을 기회가 오지 않는다. 그래서 양심의 가책이 없었다. 후궁의 시녀라면 모두 알고 있는 이야기를 해 줄 뿐이다. 황제 폐하께서 내리신 임무이니 도와주는 것에 보람도 느껴졌다.

보고를 모두 접수한 디크 경이 고마워했다.

"고마워, 누나. 누나도 월급 줘야 하는데."

정보부에서 취급하는 후궁의 정보는 전적으로 시켈에게 의존하고 있었다. 부하들 못지않은 활약을 보이는데 공짜로 부리는 것이 디크 경은 미안했다.

"됐어. 폐하의 성에서 근무하는데 폐하께 봉사하는 건 당연한 일이지."

시켈은 큰 꿈을 꾸지 않는다. 지난 10년간 그녀의 가장 큰 소원은 출정한 형제들의 무사 귀환이었다.

소원은 성취되었고 부모님 걱정도 덜었다. 그녀의 독신 선언은 순조롭게 받아들여졌고 안정적인 직장도 얻었다.

그런데도 시켈은 근심한다.

아이노 세키.

언제부턴가 시켈을 괴롭히는 만악의 근원이었다.

시켈이 파혼당할 당시 주위 사람들은 더 좋은 사람이 나타날 거라고 그녀를 위로했다.

좋은 사람은 나타나지 않았다. 나타나도 이젠 늦었다. 시켈은 혼기를 놓쳤다. 여느 아가씨들이 그렇듯 가문에 기생해 죽은 사람처럼 살아갈 것이다. 아이노 세키가 시켈의 인생에 갑자기 툭 튀어나왔지만 그는 아니었다. 정말 아니었다. 집안의 차이가 크고 적고를 떠나, 그는 진짜 재수 없었다.

무엇보다 그 남자는 시켈에게 진심이 아니다.

진심이 아니니 그는 곧 흥미를 잃을 것이다. 그렇게 시켈을 따라다니던 집요한 시선은 자취를 감추겠지.

시켈은 상념을 접었다. 진심 아닌 남자에게 휘둘리는 건 기력 낭비였다.

애써 아이노 경에 대한 생각을 접고 나니 이번엔 폴리아나의 일이 떠올랐다. 답지 않은 일을 해 실수한 것이 방금 전이건만. 시켈은 알 수 없는 찝찝함을 떨치지 못하고 디크 경에게 말했다.

"너 폐하의 명으로 사람들 정보를 수집하는 거지?"

"응. 그렇지."

"내가 확인하고 싶은 소문이 하나 있는데 좀 오래된 거야. 너 없을 때 벌어진 일이고. 월급 대신으로 생각하고 알아봐 줄래?"

"나 바쁜…… 아니, 아닙니다! 하겠습니다, 누님."

거부하려던 디크 경이 말을 바꿨다. 시켈은 천천히 주먹을 내렸다. 조용히 다그쳐도 말을 듣지 않던 동생은 맞아서 아프지도 않을 누나의 주먹 앞에서 순한 양처럼 굴었다.

세상은 요지경, 요지경 속이라 걱정하는 사람 따로 있고 당사자는 위기감이 전무하다.

폴리아나는 아무 생각이 없었다. 왜냐하면 아무 생각도 하지 않기 때문이다.

레베카와 시켈의 공통적인 충고는 프라우가 그녀에게 이성으로 접근한다는 것이다. 폴리아나는 동의하지 않았다.

폴리아나의 생각이 짧거나 안일한 건 아니었다. 위기감이 없는 것은 그녀가 강자이기 때문이다.

만약에 프라우가 그녀를 덮치려 든다? 바로 메쳐서 후려 팰 자신이 있었다. 폴리아나에게 프라우는 첫인상과 이후가 변하지 않고 동일했다. 약자로 시작해 약자로 끝났다.

폴리아나는 제3의 성별 취급을 받는 데 익숙해져 있었고 타인이 필요할 때만 성별을 트집 잡는 데 진절머리가 난 상태였다. 친한 레이디들의 진심 어린 충고는 그녀에게 닿지 않았다.

그녀는 남자들만의 세계에서 생존하며 수차례 성적 폭행의 위험을 겪었다. 폴리아나가 그녀에게 쏟아지는 시비와 위험을 '여자이기에 당하는 폭력'이 아닌 '약자이기에 받는 폭력'으로 인식하게 된 데엔 배트르 경의 공이 지대했다.

소녀와 소년들에게 공평하게 항문 열상과 치질의 고통을 알려 준 배트르 경은 피해자들의 기억 속에 영원히 남을 것이다. 그의 시신에 창을 꽂은 이름 모를 용자의 용맹한 행위 또한 폴리아나의 안에서 길이길이 남으리라.

여유는 강자만 누릴 수 있는 특권이다. 황제가 늘 여유로운 미소를 머금는 것도 그의 권력을 과시하기 위해서였다.

폴리아나도 주군을 본받아 여유를 누렸다. 프라우 상대라면 걱정의 'ㄱ'도 아까웠다. 호랑이가 쥐에게 맞을까 봐 걱정하지 않는 것과 마찬가지다.

"안녕하십니까, 윈터 후작님."

"안녕하신가."

그녀가 약속 장소에 도착하고 뒤이어 프라우가 도착했다. 프라우가 어색한 동작으로 폴리아나에게 인사했다.

그는 폴리아나를 기다리게 한 걸 사과했다. 폴리아나는 사죄할 것 없다는 의미에서 손을 휘저었다. 둘 다 약속한 시간보다 빨리 나왔으니 프라우는 잘못한 게 없었다.

"집이 어느 쪽이지?"

폴리아나가 보기에 프라우의 집이 내성과 가까이 있을 것 같진 않았다. 말을 가져와야 하나 싶어 질문하자 프라우가 예상치 못한 대답을 했다.

"감히 그런 누추한 곳에 각하를 모실 수는 없습니다. 식당을 예약했습니다……."

말꼬리가 목구멍으로 기어들어 갔다. 패기 없는 모습에 폴리아나가 혀를 끌끌 찼다.

그녀의 부하였다면 말꼬리를 흐린 순간 즐거운 갈굼의 시작이었을 터. 왜 기사 수업을 못 버티고 그만뒀는지 알 것 같았다.

'식당이라.'

손님 접대의 기본은 집이다. 식당은 폴리아나에게 미지의 영역, 새로운 경험이었다.

귀족의 식사 대접은 자택에서 이뤄진다. 훌륭한 요리사를 고용해 손님의 찬사를 듣는 것이 집주인의 행복이었다. 귀족들은 전문 요리사를 고용해 부렸다. 좋은 식재료도 귀족가에서 먼저 채 가기 때문에 음식을 밖에서 사 먹는 일은 드물다. 귀족에게 외식이란 다른 사람의 집에서 접대받는 것이지 재화를 지불하고 사 먹는 개념이 아니다.

평민들에게도 식당은 낯설다. 식당에 가서 돈을 지불하느니 집에서 해 먹는 편이 저렴했다. 아크레아는 식량 수급에 문제가 많아 식재료 가격이 비싸다. 안 그래도 비싼 식재료 가격에 인건비를 더하는 건 사치였다.

에하스와 쿠크다는 오랜 소모전으로 평민들의 삶의 질이 좋지 않았다. 식량 사정은 아크레아보다 나았지만 세금으로 징발되기 때문에 수준은 거기서 거기였다.

그렇기 때문에 식당을 이용하는 고객층은 객지에 머무는 여행자들에 한정됐다. 대부분의 식당은 주점을 겸했다. 귀빈을 접대하기에 적절한 공간이 아니었다.

폴리아나도 부하들을 이끌고 주점은 여럿 가 봤지만 그곳에서 식사를 한 기억은 없다. 술안주로 배를 채운 걸 식사로 친다면 모를까.

프라우가 그녀를 데리고 간 곳은 기존의 식당과 달랐다. 식당에 손님이 많은 건 더 신기했다.

폴리아나는 흥미를 갖고 음식점을 관찰했다. 프라우가 그녀의 흥미를 알아채고 설명했다.

야파가 제국의 수도가 되면서 주민이 급격히 늘어나 도시가 팽창했다. 외성벽 확장 공사와 보수 공사가 이어지고 건설 경기가 활발해지면서 주거 목적이 아닌 일자리를 목적으로 한 사람들도 몰려들었다.

가뜩이나 가옥이 부족한데 평생 야파에 거주하지 않을 사람들이 제대로 된 주거 공간을 마련하기엔 집세가 만만치 않다.

그래서 부엌이 없는 집이 우후죽순 들어섰다는 것이다. 난방을 위한 화로가 있으나 대부분 독신 남성이라 제대로 된 음식을 조리하기 힘들고 어려웠다.

식량 수급이 원활한 중부라고 외식 문화가 발달했던 것은 아니다. 세율이 높아 중부 사람들도 가정에서 직접 조리해 먹었다.

결과적으론 북부의 인구 유입과 부족한 집터, 중부의 풍족한 식재료의 삼박자가 합을 이뤄 이와 같은 식당을 만들었다.

아직은 초기 단계에 불과하고 사람들이 낯설어해 고급화는 이뤄지지 못했기에 프라우가 폴리아나를 데려온 식당이 야파의 최고급 음식점이었다.

자고로 손님 접대는 집에서! 명문가 태생인 프라우가 부끄러워했다.

"죄송합니다. 요리사를 고용하는 건 어렵고 맛없는 식사보단 식당이 나을 것 같아서……."

"괜찮다."

폴리아나는 식당 내부를 열심히 관찰했다. 프라우가 아니었다면 제국의 후작이 이런 데에 와 볼 일은 없었을 것이다. 훈련과 노동으로 반복되는 일상이다 보니 신선했다.

프라우는 폴리아나가 계속 두리번거리는 걸 오해했는지 고개를 숙였다. 목소리도 함께 땅으로 꺼졌다.

"후작님을 모시기에 격이 떨어지는 공간입니다만……."

"괜찮다. 부하들 데리고 가는 주점보다 나아."

폴리아나의 말은 사실이다. 전원 무장에 근육질이고 피 보는 걸 두려워하지 않으면서 혈기 넘치는 청년 집단이 술을 퍼마실 수 있는 장소는 아주 드물었다.

폴리아나의 저택으로 데려가자니 그녀 혼자 사는 입장이라 하녀와 하인 수가 부족해서 역부족. 회식을 목적으로 고용인을 늘리는 건 배보다 배꼽이 커지는 일이라 집사가 반대했다. 다른 이의 집으로 가자니 비카 가문처럼 대비해 두지 않으면 역시나 역부족이었다.

지위 고하를 막론하고 다들 야파에 기반 없이 이주해 온 처지다. 자택을 정하면서 그런 걸 고려할 여유가 없었다. 그러다 보니 폴리아나를 비롯한 대장들은 주점을 애용했다.

기준은 주점의 넓이. 술의 맛이나, 뒷골목에 위치해 치안이 떨어지는 등의 단점은 모두 무시했다. 주점을 고르는 기준은 첫째도 넓이요, 둘째도 넓이였다. 동네에서 어깨 좀 부딪치는 깡패도 수십의 무장 집단 회식 앞에선 꼬리 말고 도망쳤다.

덕분에 근위대에서 회식으로 자주 이용하는 단골 주점은 확장을 거듭해 단체 손님 전용으로 변모했다. 원래는 여관 겸업이었는데 숙박업은 아예 접었다. 2, 3층을 트고 모조리 주점으로 개조했다.

'주점도 늘었구나.'

폴리아나는 그제야 깨달았다. 음식점 외에 주점의 수도 늘어났다. 왕국의 수도에서 제국의 수도로 탈바꿈 중이니 변화가 많았다.

폴리아나는 그제야 야파로 이주한 후의 일상을 반성했다. 근무지인 성에만 집중하다 보니 도시 전체의 변화엔 관심을 두지 않았다.

야파 외성의 치안은 제3근위대 담당이라 나 몰라라 했다. 제3근위대의 대장은 우크 경과 자이노 경. 둘 다 그녀의 부하였고 이젠 동료가 되었는데 지나치게 무관심했다.

'앞으로 신경 좀 써야겠어.'

폴리아나의 왕년 상관이었던 바우팔로 경과 래비 경은 그녀가 친위대로 전속한 뒤에도 뒤를 봐줬다. 전속한 것도 아니고 승진해 동료가 되었는데 너무 무심했던 점을 폴리아나는 가슴 깊이 반성했다.

예약한 자리에 앉으니 음식이 나왔다. 음식 맛은 준수했다.

폴리아나야 원래 아무거나 잘 먹었다. 군인 생활이 길어 짬밥이 아니면 맛을 가리지 않고 먹었다. 가끔 짬이 그립고, 의동생이 해준 음식이 그리워질 때가 있었지만.

'선물들 잘 갔으려나.'

감히 후작이 남부의 총독 일가에게 보내는 선물을 노리는 도적이 있겠느냐만, 운송 중의 사고로 화물이 파손되는 일이 종종 발생한다.

폴리아나는 말을 하지 않았다. 낯선 공간에 대한 호기심과 눈앞의 음식에 집중하는 식습관 때문이다. 여느 초대였다면 안주인과 주인을 상대로 사교적인 대화에 참여했을 것이다.

프라우가 그녀의 눈치를 보느라 말을 못하는 사이 폴리아나는 딴생각에 빠져 식사에만 열중했다.

'아차.'

그녀는 접시를 다 비우고 난 뒤에야 맞은편에 앉은 프라우를 알아차렸다. 프라우는 보기 안쓰러울 정도로 땀을 삐질삐질 흘리고 있었다.

“크흠!”

폴리아나가 목을 가다듬었다. 프라우가 지레 놀라 어깨를 움찔했다. 폴리아나는 그를 똑바로 응시하고 깍지를 꼈다. 그녀가 잘못했지만 내색하지 않았다. 원래 권력이 깡패였다.

“그래서, 얼마까지 알아보고 왔나.”

“네?”

“희망 연봉과 근무 조건을 말해 보게. 언제부터 일할 수 있지? 숙식은 제공할 수 있지만 원한다면 따로 거처를 마련해 줄 수도 있다. 물론 필요하면 바로 와야 하니 저택 근처로 장소가 한정된다만.”

“후작님, 저는.”

“후려칠 생각은 없네만 과하겐 못 주네. 나도 다 알아본 적정선이 있어. 일단 내 가문엔 주치의가 필요 없다네. 사람도 나 혼자고 딸린 식솔도 없어서 필요성이 크지 않네. 그런데도 제안을 하는 건 자네 됨됨이가 괜찮아 보이고 노력하는 게 눈에 보여서…….”

“저어, 후작님. 뭔가 오해하고 계신 것 같습니다.”

“응?”

“저는 후작님과 친분을 쌓고 싶어 과한 부탁을 드렸던 겁니다. 윈터 가문의 주치의가 되고 싶은 게 아닙니다.”

“친분을 쌓아서 주치의가 되려는 거잖아.”

“그, 그런 게 아닙니다.”

“그럼 나와 친분을 쌓아 뭘 하려고 했나. 나는 친분이 있다고 다른 사람 뒷배가 되어 주는 성격이 아닐세. 공과 사는 구분해야지.”

프라우의 얼굴이 시뻘게졌다. 익어서 떨어지기 직전의 감 같았다.

정곡을 찔린 게 부끄럽구나. 폴리아나는 그렇게 생각했다. 직업 청탁을 그렇게 부끄러워할 일은 아니라고 위로해 주려는데 프라우가 갑자기 말했다.

"청혼하려 했습니다."

달칵. 폴리아나의 손에 들려 있던 포크가 떨어졌다. 그녀의 눈이 커졌다. 프라우가 기세를 몰아 외쳤다.

"후작님의 돈을 노리고 청혼하려 했습니다!"

처음엔 작았다가 뒤로 가면서 커지는 목소리에 사람들의 이목이 집중됐다. '후작님의' 부분은 소리가 작아 그들에게 들리지 않았다.

청혼은 모두가 똑똑히 들었다. 폴리아나는 근위대 제복을 갈아입고 오길 잘했다고 생각했다. 안 그랬으면 소문 참 거하게 났겠지.

레베카가 잘못 판단한 것일까. 프라우 스네크는 모두의 예상을 뛰어넘고(폴리아나의 예상도) 야망이 넘치는 남자였다.

폴리아나는 룩소스 1세의 참모진으로 활약했다. 황제가 제대로 된 참모대를 꾸리지 않아 호위 기사였지, 만약 참모 보직이 있었다면 거기에 꽂혔을 것이다. 그녀는 전장의 마녀였고 지형지물을 이용한 전술이 특기였다. 지도 한 장 달랑 주고 처음 보는 산을 넘으라고 하면 부하들을 이끌고 가장 먼저 목적지에 도착할 위인이었다.

대부분의 전술가는 징크스를 갖고 있다. 폴리아나의 징크스는 정보 없는 전투에선 무조건 몸을 사리는 것. 그녀는 사전 정보 없이 맞닥뜨리는 전투를 질색했다. 정보야말로 전술의 기본이다.

적군이 몇 명인지, 지휘관은 누구인지, 그들의 어제오늘은 어땠으며 내일은 또 어떨지. 그들이 온 길은 어떤 길이었는지. 그리고 싸울 장소는 어느 곳이며 지반의 구성물은 무엇인지. 지형의 고지와 엄폐물 등의 정보에 예민하게 반응했다.

그녀는 대부분의 일을 대수롭지 않게 넘겼으나 전투 중 갑작스런 적군 증원이나 기습엔 한없이 민감하게 대응했다. 폴리아나 자신은 자각하지 못하는 앙칼진 반응이었다. 그럴 때의 폴리아나는 룩소스 1세조차 진정시키지 못할 정도로 예민해진다.

프라우의 공격은 전혀 예상치 못한 방향에서 들어왔다.

정정한다. 주위 사람들은 예상해서 폴리아나에게 여러 차례 경고했는데 폴리아나가 무시했다. 정보 제공자의 조언을 무시하는 지휘관은 나가 죽어 마땅했다. 골백 번 고쳐 죽어라.

먼 옛날, 폴리아나가 에하스의 평기사로 근무하던 시절. 그녀는 상부에 아크레아의 침공을 경고했다가 무시당했다. 그러니까 아무리 허황한 소리여도 말이 나오면 귀 기울여 들어 봤어야 한다는 말이다. 직접 당해 놓고 그걸 잊다니. 부끄러운 일이었다.

오늘 하루 몇 번의 반성을 하는 건지. 폴리아나는 주위의 반복적인 경고를 무시했다. 무방비하게 적의 기습을 허용한 무장의 최후는 죽음이다.

결혼은 인생의 무덤이라지? 너무 놀라 하마터면 허락할 뻔했다.

프라우는 방심한 적장(?)에게 회심의 일격을 날렸다. 이어 추가 공격을 감행했다면 적장을 쓰러트리고 승리를 거머쥐었을 것이다.

안타깝게도 그는 공격에 서툴렀다. 기습당한 폴리아나와 습격한 프라우. 남녀는 당황해 각자의 생각에 사로잡혔다.

프라우 스네크. 재산을 노리고 윈터 후작에게 청혼한 남자.

본래는 오늘 청혼할 생각이 없었다. 천천히 친해진 뒤, 재산을 노린다는 쓸데없는 말 없이 청혼할 계획이었다. 갑자기 본심을 밝힌 건 폴리아나의 오해를 풀려다가 해 버린 말실수다. 세상에 어느 미친놈이 청혼하면서 재산 소리를 할까.

다 텄다.

프라우가 절망해 돌아가신 조상님을 찾았다. 가문에서 쫓겨난 그에게 조상들이 얼마나 가호를 내려 줄지 몰라도 폴리아나보단 회복 속도가 빨랐다.

"제가 너무 급하게 본론을…… 진심이……."

회복이 빠르면 뭐하나. 목소리가 개미 걷는 소리보다 작은데. 폴리아나는 멍한 와중에 생각했다.

'재산 노리는 게 본론이고 진심이란 소리지?'

어이가 없어서 말이 나오지 않았다.

"결혼? 나랑?"

"제, 제, 제, 제가 많이 부족한 걸 알고 있습니다. 그렇지만 후작님께 손해만 가는 일은 아닙니다. 이 계획서를 보시면."

오, 신이여. 계획서란다.

프라우가 주섬주섬 종이 뭉치를 꺼냈다. 폴리아나는 조금씩 정신을 다잡았다. 겨우 이런 걸로 정신 줄 놓으려고 십 몇 년 전장을 누빈 게 아니었다.

프라우도 제정신은 아닌 듯했다. 종이 뭉치를 꺼내면서 연신 중얼거렸기 때문이다.

"젠장젠장젠장젠장젠장젠장."

그와 욕설은 정말 안 어울렸다. 제정신이라면 고위 귀족 앞에서 욕하고 싶어도 못 한다. 종이를 꺼내는 손이 벌벌 떨리고 있었다. 프라우는 한 번 놓쳐서 흩어진 종이를 순서대로 수습하더니 입술을 꾹 다물었다. 폴리아나에겐 익숙한 얼굴이었다.

죽음을 목전에 둔 자만 지을 수 있는 표정. 인생이 여기에서 끝나며 계획한 모든 게 텄고 생명이 끝났음을 아는 자의 얼굴.

사실 프라우가 벌인 짓은 죽어도 쌌다. 준귀족 주제에 제국의 후작에게 청혼하면서 재산 타령을 하다니. 사람에게 혀가 있는 것은 입술에 침을 바르기 위함이고, 입술에 침을 바르는 건 아부를 떨기 위한 준비 동작 아니냐 이 말이다.

폴리아나에게 혼담 넣는 귀족들은 많고 많았으며 그들의 속내도 모두 뻔했지만 대놓고 말하지 않는 상도덕을 보였다.

'상도덕 없는 새끼.'

정략결혼 시장의 물을 흐리는 상도덕 없는 작자로 인해 폴리아나의 눈초리가 가늘어졌다. 귀족의 결혼이야말로 공정 거래 위원회가 절실한 시장이다. 그런데 감히 상도덕을 어겨?

손가락을 벌벌 떨던 프라우가 납죽 엎드렸다.

"죽여 주십시오."

"음."

폴리아나는 접시와 프라우의 강도를 비교해 볼까 하다 관뒀다. 지은 죄를 알고 있으니 태형은 나중으로 미뤘다.

"계속 말해 봐라."

너, 비록 상도덕을 어겼으나 대놓고 말하는 패기를 높이 사마. 폴리아나는 프라우의 넘치는 야망과 패기에 점수를 후하게 줬다. 내내 유약한 모습만 보이다 대뜸 말도 안 되는 거래를 들이대며 청혼을 하니 반전이 신선했다.

무엇보다 폴리아나에겐 이성을 수습할 시간이 필요했다. 프라우가 정신 줄을 놓고 구구절절 변명을 하든 속내를 밝히는 동안 시간이 흐른다. 폴리아나는 그사이 이성을 수습할 것이다.

프라우의 얼굴이 하얗게 질렸다. 그가 잠시 생각하더니 이마를 바닥에 처박았다.

"죽을죄를 지었습니다."

프라우는 바닥에 이마를 박은 채 꿈쩍하지 않았다. 청혼 이후 줄곧 꽂혀 있던 시선이 더 집요해졌다. 사람들이 떠들었다.

방금 들었어? 돈 때문에 청혼했대.

얼굴을 봐라. 돈 없으면 처녀 귀신 될 상이야.

여자가 머리는 왜 저렇게 잘랐담?

여자였어?

남자가 얼마나 돈이 없으면 저런 여자에게 청혼하는 거야?

'시발.'

사람들의 수군거림이 소음에 묻혀 더듬더듬 들렸다. 폴리아나가 그들을 째려봤다. 다들 시선을 돌렸다. 시선은 돌렸지만 그들의 귀는 여전히 이쪽을 향해 있었다. 당연했다. 폴리아나가 구경꾼이어도 그랬을 테니까.

여자 근위대는 폴리아나 윈터 후작 한 명뿐이다. 세상천지를 뒤져도 유일하다. 물론 제복을 입지 않았어도 얼굴에 있는 흉터나 인상착의로 그녀의 정체를 눈치챈 사람이 있을 수도 있다. 그래도 대놓고 소문나는 것보단 나았다.

폴리아나가 프라우에게 의자에 앉으라 손짓했다. 말을 들어 먹지 않아 가볍게 발로 찼다. 프라우가 그제야 손으로 의자를 짚고 일어났다. 일어나는 모습이 알에서 막 깬 도롱뇽 같았다.

"말해 보라니까?"

"처음부터 이럴 의도는 아니었습니다. 후작님의 전공을 듣고 여자의 몸이신데 대단하다고 생각했습니다. 그러다 기사도 못 하는 제 처지를 비관하게 되었고 자격지심에 시달리기도 했습니다. 그래도 후작님에 대한 존경심을 버리진 않았습니다.

그런데 주위에서 후작께서 혼인하지 않으시는 걸 두고 못 하는 거라고 비웃었고, 청혼할 생각을 하게 되었습니다. 후작님의 호감을 사게 되면 청혼하는 것도 나쁘지 않겠다고……."

야망 없는 사람도 눈앞에 봉이 둥둥 떠다니는 걸 보면 잡아 볼까? 하는 법이다. 프라우는 인생 역전을 노렸다.

다들 깨닫지 못하고 있는 듯한데, 재물과 권세를 기준으로 보면 폴리아나 윈터 후작은 특등급 신붓감이다.

비록 그녀와 결혼하면 작위도 얻지 못하고 가문의 주인으로 인정받지도 못하며 성을 갈아야 하고 박색에 불임과 결혼했다는 불명예에, 돈과 권력을 노리고 여자와 결혼했다는 욕을 얻어먹어야 함에도.

남자로서의 사회적 입지는 회생 불가능할 정도로 추락해도 얻는 게 더 많았다. 남성 위주의 사회에선 그게 가장 큰 단점으로 여겨지지만 말이다. 이미 잃을 게 없는 프라우로선 과분한 조건이었다.

호감을 얻어야 하는 첫 데이트(?)가 면접&연봉 협상 분위기로 흘러가지만 않았어도 프라우는 폴리아나에게 이성적 호감을 사기 위해 노력했을 것이다.

애석하게도 폴리아나는 그런 쪽으로 눈치가 없어 프라우의 행동을 그쪽과 연결하지 못했다. 프라우가 남자로 잘 보이기 위해 한 행동들이 폴리아나에겐 취직하고 싶어서 아부하는 모양으로 비쳤다.

오늘은 시작부터 텄다. 폴리아나는 프라우보다 먼저 약속 장소에 도착했다. 식당에 와선 음식과 식당에 신경 쓰지 프라우에게 눈길 한 번 주지 않았다.

그가 식사를 한 것에 만족하고 다음 데이트(?)를 기약할 때 폴리아나는 연봉 협상을 시작했다. 당황한 프라우는 본론부터 말해 버렸다.

끝났다.

"저는 가문에서 쫓겨난 몸. 혼인으로 성이 바뀌는 건 괜찮다고 생각했습니다. 지금은 준귀족이나 후작님의 남편이 되면 귀족 신분을 인정받을 테고, 아이는 없어도 됩니다! 제가 의사 일을 계속할 테니 후작님도 계속 근위대에 복무하셔도 되고, 그러니까 저는……."

말하면 할수록 프라우의 말이 안으로 기어들어 갔다.

너의 재물이 좋으니 호구가 되어 줄게!

꿈도 야무졌다.

식탁 위에 흩어진 서류를 폴리아나가 곁눈질로 읽었다. 혼전 계약서나 뭐 그런 서류였다. 혼사에 애정을 끼워 넣지 않는 부분은 확실히 귀족 출신다웠다.

슥. 폴리아나는 서류를 구석으로 밀었다.

"그런 걸 고려해도 내가 손해다. 자네와 결혼해서 생기는 이득이 없어. 외려 스네크 가문과 척을 지겠지."

이런 반응은 예상했는지 프라우가 대답했다.

"후작님 정도 되시는 고위 귀족은 미혼일 경우 손해가 큽니다."

'그야 그렇지.'

그녀는 내심 동의했다. 그녀의 귀까지 들어오지 않아서 그렇지 말이 많다. 정말 많았다.

그녀 정도 되는 고위 귀족이면 사지 중에 두 개가 모자라도 기혼자다. 권력으로 부족한 팔이나 다리를 채우기 때문이다. 처녀가 죽으면 한을 품는다는 기막힌 미신이 존재하는 나라답게 여자는 반드시 시집가야 했다.

폴리아나가 결혼의 필요성을 느끼지 않아 독신을 고집해도 바뀌는 건 없었다. 아주 모자란 사람이면 모를까, 사람은 반드시 결혼을 해 가정을 꾸려야 한다. 그래야 제대로 된 인격체이자 권력자로 존중받았다.

폴리아나의 권력이 하늘을 찔러 새를 떨어트린다 한들, 사람들은 그녀를 시집 못 간 노처녀로 인식하는 것이다. 아크레아만의 문제는 아니었다. 이 부분은 북부, 중부, 남부를 막론한 모든 문화권의 공통점이었다.

"자네 말이 맞긴 한데 자네와 할 필요는 없어."

결혼을 반드시 해야 한다고 해서 프라우와 할 의무는 없다. 그간 폴리아나에게도 여러 혼담이 들어왔다. 모두 프라우보다 잘생기고 어렸다. 가문은 좋거나 나빴다. 이혼하거나 사별한 남자가 있는가 하면 새파랗게 어린 소년이 있었다.

대놓고 말하지 않아도 부와 권세를 나눠 쓰자는 속내가 같았다. 그들은 공정 거래가 뭔지 알았고, 시장이 청정하길 원하기에 상도덕을 준수했다. 프라우는 상도덕을 어겼다.

어차피 거래를 한다면 상도덕을 준수하는 쪽과 하는 게 이치에 맞지 않을까? 게다가 그들은 프라우보다 잘생겼다. 기왕 고를 거라면 폴리아나도 잘생긴 남자가 좋았다. 가뜩이나 대륙 제일 미남을 주군으로 모시면서 눈이 높아졌으니 심미안을 충족시키는 미남이 좋았다.

"옳으신 말씀입니다……."

순 프라우만 좋은 혼사다. 폴리아나가 호구를 찾는 게 아니라 호구가 되게 생긴 것!

주위 사람들은 늘 그녀에게 말했다. 좋은 사람 생기면 결혼해!

호구를 낚으라고 말했지 호구가 되라고 말하진 않았다.

게다가 프라우는 그들이 요구하는 호구에서도 기준 미달. 장점이라면 동갑이라는 것?

최근 들어온 혼담 중에 열세 살 소년이 있어서 폴리아나는 기함했다. 그런 면에서 동갑인 건 큰 장점이었다.

그 외에 찾아보자면 의사라는 것. 이 부분은 집안사람에게 몸을 맡길 수 있다는 부분에서 추가점을 매긴다.

더 찾자면 유약한 인상과 근육 없는 물렁살이 있다. 다른 여자들에겐 감점 요소요, 근육질에 땀 냄새 나는 부하들을 거느려 근육이 지겨운 폴리아나에겐 나름의 장점으로 다가왔다.

'아주 나쁘진 않은데.'

야망도 넘치고 말이다. 폴리아나는 프라우에게 인간적인 호감을 갖고 있었다. 그녀 주위에서 보기 드문 유형의 남자다. 대놓고 상도덕을 어긴 것은 어떻게 보면 솔직한 걸로 해석됐다.

인간 프라우 자체가 악인이 아니라고 판단했기에 폴리아나는 프라우가 나쁜 꿍꿍이속으로 그랬다고는 생각하지 못했다.

"자네와 같은 조건으로 혼담을 넣는 가문이 적지 않아. 그들보다 자네가 뛰어난 점이 있나?"

"없습니다……."

프라우의 고개가 바닥으로 꺼졌다.

정략혼으로 점철된 귀족 사회에서 간혹 한쪽의 조건이 기우는 결합이 발생한다. 부족한 부분을 메꾸는 건 둘 중 하나다. 사랑 또는 속도위반. 프라우도 바보가 아니기에 부족한 점을 만회하기 위해 폴리아나의 호감을 사고자 했다.

그가 간과한 것이 있다면 폴리아나의 눈치였다. 폴리아나는 눈치가 없었다. 살기는 귀신같이 느낀다. 누가 소리 없이 욕하면 바로 알아챈다. 그녀에게 부족한 건 연애 눈치였다.

사실 프라우의 계획이 아예 실패한 건 아니다. 그는 착실하게 폴리아나와 마주치면서 호감을 쌓았다. 적립된 호감이 인간적 호감이었을 뿐.

프라우보단 폴리아나의 문제였다. 세상엔 프라우보다 억울한 사람이 둘 있다.

호감도의 최고치를 찍었으나 군신으로 못 박힌 룩소스 1세.

의동생 맺을 정도로 절친했으나 가족의 굴레를 벗어나지 못한 도나우 경.

마음이 깊으나 종류와 색이 달랐다.

둘보단 프라우가 나았다. 프라우에겐 발전의 가능성이 있기 때문이다. 폴리아나가 프라우를 지그시 응시했다.

"자네를 좋게 봤는데."

"죄송합니다."

"그런 속셈으로 내게 접근했나? 다들 속내는 비슷한 걸 알지만 자네는 너무하는구만. 이래서야 사람을 믿겠나. 누굴 대하든 방심하지 말고 철두철미해야 한다는 걸 알려 주는군그래."

열심히 쌓은 호감도가 0이 되는 순간이다.

첫 데이트(?)부터 호감도를 모두 깎아 먹다니. 잘못된 선택지를 택했어도 결과가 너무 참혹했다.

폴리아나는 공략 난이도가 높았다. 황제마저 어찌하지 못하고 전전긍긍하는 철의 여인이다. 정보 수집 없이 공략에 나섰으니 패배는 약속된 수순이었다.

하지만 철의 여인 루트에서도 가끔 공략자를 위한 돌발성 이벤트가 발생하기 마련이다. 룩소스 1세가 보았다면 뒷목 잡고 쓰러질 일이 발생했다. 폴리아나가 뻔뻔한 수준의 솔직함과 뜻밖의 야망을 높이 사 프라우를 용서한 것이다.

"뭐, 다들 속내는 비슷하니. 식사는 마쳤고 아직 날이 이른데 같이 술이라도 마실 텐가?"

"네에? 여성분과 둘이서 술을 마실 수는 없습니다!"

프라우가 펄쩍 뛰었다. 신선한 반응이었다.

"오호라."

'이런 반응은 처음이네.'

폴리아나가 술 마시자고 제안하면 돌아오는 대답은 늘 같았다.

경이 사시는 겁니까?

폴리아나의 지갑을 털 작정으로 입술을 핥으면 핥았지 프라우처럼 얼굴을 붉히고 뒷걸음질 치진 않았다.

쩝. 폴리아나는 아쉬워 입맛을 다셨다. 이대로 집에 돌아가 봐야 그녀를 반겨 주는 이 없다.

황제의 총애와 후작의 권세를 증명하기 위한 넓은 저택. 그 안을 채운 고용인들. 비단을 바른 벽과 곰 가죽을 벗겨 깔아 둔 바닥. 수십 개의 방을 열어 봐도 가족은 없었다.

성으로 돌아가면 퇴근해 놓고 왜 다시 돌아왔냐는 원망의 눈초리만 받을 것이다. 폴리아나는 입맛이 썼다.

'역시 술 한잔해야겠어.'

폴리아나는 프라우를 봤다. 마음고생으로 축 처진 어깨와 구부정한 허리, 유순한 얼굴이 신경에 거슬렸다.

"턱 들고."

"억."

"허리는 곧게."

"억."

"어깨와 가슴도 펴고."

"끄어억."

"무릎도 구부정하게 펴지 말고."

"으악!"

폴리아나가 자세를 교정해 줬다. 잘 참던 프라우는 결국 고통을 못 이겨 비명을 질렀다. 소년 시절에 기사 수련을 받았으면서 몸은 다 잊어버렸나 보다. 환자를 치료해 주는 의사가 자기 몸은 나무토막처럼 뻣뻣하게 혹사 중이었다.

허리 좀 펴고 살라는 의미에서 폴리아나의 손바닥이 프라우의 허리를 후려쳤다. 끄억, 사람 패는 걸 직업으로 삼은 사람의 다정한 접촉에 프라우가 몸을 배배 꼬았다.

"자네도 집에 아무도 없지?"

"예에."

프라우가 맞은 부위를 문지르며 대답했다.

"피차 노총각 노처녀. 친하게 지내자고. 동갑이잖아."

"가, 감사합니다……."

폴리아나가 프라우의 어깨를 두드렸다. 프라우는 맥없이 무너졌다. 균형 감각이 안 좋은지 간신히 중심을 잡는 동글동글한 남자의 몸은 의외로 치는 맛이 있었다. 안에 단단한 근육이 없고 살덩이가 있다 보니 평소 치던 것과 달라서 신기했다.

폴리아나는 뒤로 빼려는 프라우를 억지로 붙잡고 술집으로 이끌었다. 저녁은 그가 계산했으니 술값은 그녀가 낸다고 호언장담했다.

'친해져 봐서 괜찮으면 결혼하지 뭐.'

이번엔 정말 황제가 뒷목 잡고 쓰러져 3일 자리보전할 생각이었다.

폴리아나의 출신은 귀족. 결혼은 부모님이 정해 주는 일이다. 직접 상대를 정해야 한다면 선정 과정에 감정이 낄 자리는 크지 않았다.

괜히 이것저것 속이는 집단과 부모 명령에 못 이겨 억지로 결혼하는 잘생긴 어린것들보단 대놓고 욕망을 분출하는 동갑 노총각이 대하기 편했다.

프라우는 그녀에게서 집안의 주도권을 가져갈 힘도, 능력도 없으니 야망 넘치는 어린것들보다 낫다. 무엇보다 프라우는 그녀를 '결혼할 수 있는 이성'으로 보고 다가온 최초의 남자였다.

재산을 노린 접근이나 귀족들은 원래 그런다. 이득 없는 결혼은 안 하니만 못한 것. 폴리아나에게 이득 없는 이 관계에도 그녀가 누릴 수 있는 게 존재했다.

폴리아나는 슬그머니 작은 청사진을 그렸다. 청사진의 바탕엔 그녀가 초대받아 방문한 가정이 존재했다.

정략결혼을 했음에도 꿀이 뚝뚝 떨어지는 비카 부부.

정략이지만 느낌이 좋았던 하우 경과 도나우 경, 박시, 바니사 자매.

전우의 부인과 아이를 지키기 위해 결혼한 부하.

서로 존중하나 믿지는 못하는 젊은 시이제 부부까지.

모든 가정이 화목할 수 없는 법이나 겉으로 봐서 평온한 가정엔 하나의 법칙이 존재했다.

부부가 서로를 존중하는 것이다.

그건 폴리아나도 할 수 있었다. 어쩌면 그녀를 부인으로 존중해 줄 사람을 찾은 걸지도 몰랐다.

기분이 들뜬 폴리아나가 흥흥 웃었다.

그렇게 아무도 모르는, 심지어 본인과 꽃뱀도 모르는 연애가 시작됐다.

다음 날, 폴리아나는 레베카에게 결과를 보고했다.

남들에게 하지 못할 말을 계기로 친구가 되어서일까. 둘은 서로에게 비밀이 없었다. 스스로 생각해도 이건 아니다 싶었던 치졸한 생각과 위신을 추락시킬 수 있는 치명적 터부에 이르기까지.

폴리아나와 레베카는 하나도 숨기지 않고 진솔하게 털어놓았다.

폴리아나는 레베카가 폭로할 것이란 생각은 하지 않았다. 솔직히 잃을 건 레베카가 더 많았다. 레베카는 가끔 위험한 발언을 했기 때문이다. 폴리아나는 레베카가 자신에게만 털어놓는 그 위험한 발언들이 좋았다. 정말 심할 땐 폴리아나의 기분까지 상할 때가 있고 이런 황비마마로 괜찮은가 싶었지만.

레베카는 유산 위험으로 침대에 갇혔기 때문에 근래엔 주제가 한정적이었다. 새로운 이야기를 가져오는 건 폴리아나 쪽이었다.

일단 폴리아나는 레베카의 안목이 맞았음을 밝혔다. 레베카가 뿌듯한 듯 웃었다.

"제 눈이 틀리지 않았네요."

"네. 저는 아무래도 그런 쪽으론 생각이 잘 뻗지 않아서 말입니다. 그런 쪽으론 머리가 굳었나 봅니다."

"가능성을 닫아 두셔서 그래요. 사실은 한 명 정돈 폴리아나를 남몰래 사모한 동료 기사도 있을 법한데……."

"아, 그건 아닙니다. 으흐흐!"

폴리아나가 단호박 먹고 딱 잘랐다. 그런 일은 있을 수 없었다.

"그래서 어떻게 되었나요?"

레베카가 얼른 뒷이야기를 해 보라고 폴리아나를 재촉했다. 폴리아나는 프라우 못지않은 직구를 던졌다.

"재산을 노리고 청혼할 마음을 품었답니다."

"감옥에 가두세요!"

레베카가 들고 있던 바느질감을 집어 던졌다.

"그걸 두고 보셨어요! 쥐어 패셔야죠! 혀를 콱!"

폴리아나 덕분에 입이 거칠어진 황비마마는 친구가 하던 대로 주먹을 쥐려다 힘이 부족해 그러지 못했다. 가뜩이나 체질에 맞지 않는 임신으로 혈압이 높아진 상태다. 레베카는 치솟는 울화를 견디지 못하고 쓰러졌다.

졸지에 폴리아나는 병약한 황비마마를 쓰러트린 대역 죄인이 되었다. 시녀들이 폴리아나를 내쫓았다. 소식 받고 달려온 궁의가 은근슬쩍 폴리아나를 노려보았다.

“절대 안정 모르십니까.”

“아니, 나는.”

“황비마마는 여느 레이디보다 더 부드러운 마음씨를 가지셨습니다. 지금은 임신 중이라 더 조심하셔야 합니다. 후작께서 아무렇지 않게 하시는 거친 언동에 충격을 받으실 수 있습니다. 임부 앞에선 말조심해 주세요, 제발 부탁드립니다.”

‘혀 뽑으라고 외치다 쓰러진 건데.’

레베카는 겉으로 보기엔 연약해도 실은 담대한 여성이다. 당당한 여장부였으나 여장부는 살기 힘든 세상. 생존과 이득을 위해 스스로를 위장했다. 친구의 비밀을 밝힐 수 없기에 폴리아나는 꿀 먹은 벙어리가 되었다.

레베카의 시녀가 폴리아나에게 주인의 말을 전했다.

“일을 처리하기 전까진 찾아오시지 마시라는 전갈입니다.”

‘화 풀릴 때까지 오지 말아야겠다.’

폴리아나의 생각보다 레베카의 분노가 대단했다. 뻘쭘해서 집무실로 이동하는 폴리아나를 황제의 시종이 찾았다.

“폐하께서 날 찾으시는가?”

“점심 식사를 같이 하시잡니다.”

"영광이라 전해라."

친구의 낙마 사고로 과로는 나쁘다는 걸 깨달은 황제는 여전히 과로 중이었다. 임신한 부인도 자주 찾지 못했다. 덩달아 근무지가 후궁인 폴리아나도 황제 얼굴 보기 힘들었다.

사실 폴리아나는 룩소스 1세보다 한가하기 때문에 그녀 쪽에서 먼저 황제를 찾아가면 된다. 보고 싶으면 얼마든지 보러 갈 수 있었다.

그저 황제가 분주한데 괜히 시간을 뺏고 탄력 받은 일을 중단시킬까 염려해 찾지 않았다. 일부러 찾아뵙지 않는 걸 일일이 변명하거나 설명하고 그러진 않았다. 이심전심이라고, 찾아가지 않는 신하의 불충을 너그러이 받아들이고 이해해 주실 걸로 믿었다.

폐하께서 먼저 만나길 청하니 모두 황제 폐하의 은덕이시다.

황제를 찾아간 폴리아나에게 시종장 체일이 손짓했다. 그녀가 가까이 다가가자 체일이 귓속말로 현 상황을 알렸다.

"오늘 오전에 뒷목 잡고 쓰러지셨습니다."

오늘 아침. 룩소스 1세는 새벽같이 일어나 운동을 하고 조식을 먹은 뒤, 평소처럼 정무에 열중했다. 모든 것들이 평소와 같았다. 느닷없이 이런 일이 벌어질 줄이야. 체일로서도 십년감수였다.

폴리아나가 눈을 크게 떴다.

"옥체가 불편하신가?"

레베카도 혈압이 치솟아 뒷목을 잡았는데 황제까지? 부부는 일심동체라지만 건강은 별개의 일이어야 한다. 당장 문을 열고 들어가려던 그녀가 마음을 진정시켰다. 체일의 이야기를 더 들어 봐야 했다.

"옥체가 미령하신 건 아닙니다. 정무가 잘 안 풀리시는지 울화가 쌓이신 모양입니다. 기분 전환을 위해 후작을 부르신 것 같으니 후작께서 잘 풀어 주십시오."

"아이노 경은? 아, 그는 시간이 없겠군. 음. 임무가 막중하구려. 알았소."

폴리아나는 믿어 달라는 듯 고개를 끄덕였다. 체일이 믿는다는 듯 마주 끄덕여 줬다.

보통 이럴 때 가장 먼저 불리는 인물은 아이노 경이다. 현재 아이노 경과 제1근위대는 황족과 귀족의 나나바행 여로의 경호 책임을 맡았기 때문에 한가하게 식사할 겨를이 없었다. 아마 황제도 그래서 폴리아나를 불렀을 것이다.

휴우. 들어가기 전 폴리아나는 크게 숨을 들이쉬었다.

어지간해선 주위에 피로한 티를 내지 않는 룩소스 1세가 뒷목을 잡았다니. 실로 걱정스러운 마음이 한가득이다. 어제의 일로 아침부터 기분이 싱숭생숭하더니 들뜬 마음이 싹 가라앉았다.

문 앞에 서 있던 시종이 폴리아나의 방문을 알렸다. 시종의 손에 의해 문이 조심스럽게 열렸다.

마지막으로 보았을 때보다 부쩍 수척해진 룩소스 1세가 폴리아나를 반겼다.

"폐하, 어찌 되신 일입니까. 어이해 그리 수척해지셨습니까."

폴리아나는 터져 나오는 걱정을 이겨 내지 못하고 인사보다 질문부터 해 버렸다.

폴리아나가 과민 반응하는 것이 아니라, 그 정도로 룩소스 1세의 수심이 깊어 보였다. 여름의 신록을 담은 눈매는 그늘이 져 쓸쓸함을 자아내고 당당하게 쭉 펴져야 할 가슴이 움츠러들어 애잔한 마음만 끌어냈다.

당장이라도 백만 대군을 호령할 듯한 제왕의 기세가 사라지고 무언가에 짓눌린 사내가 보였다.

폴리아나는 눈물이 날 것 같았다. 잠시 못 뵌 사이 도대체 폐하께 무슨 일이 있었단 말인가. 이 정도로 심각하면 그녀의 귀에까지 들어왔을 텐데 폴리아나는 전혀 몰랐다.

'누가 정보를 막았나? 아니면 오늘부터 저리되신 건가?'

도대체 무엇이 주군을 괴롭게 만든단 말인가! 그게 무엇이든 폴리아나는 목숨을 걸고 배제할 각오가 돼 있었다. 폴리아나가 무릎 꿇었다.

"폐하! 무엇을 심려하십니까! 폐하의 기사 폴리아나 윈터! 모든 걸 걸고 폐하의 적을 배제하겠습니다!"

누구라도 박수 칠 만한 멋진 기사의 각오였다. 룩소스 1세가 애잔하게 그녀를 응시하다 손짓했다.

"그런 거 아니다. 밥이나 먹자."

룩소스 1세는 폴리아나를 식탁 앞으로 불렀다. 폴리아나는 정말 황제가 걱정되기 시작했다. 보통 폴리아나나 다른 기사가 이렇게 기세를 잡으면 황제는 귀찮아하면서도 어울려 줬다.

아이노 경을 봐라. 뒤에선 그렇게 욕먹으면서도 늘 황제에게 짐의 벗, 짐의 기사 소리를 들었다. 황제가 장단 맞춰 주는 데 맛 들려 아이노 경이 일부러 그런다는 이야기도 있었다. 하다못해 듣기 괴로운 농담이라도 날아와야 했다.

'진짜 심각한 문제라도 있…… 헉, 설마 레베카 님 쓰러지신 것 때문에 날 문책하시려고?'

방금 전 벌어진 일인데 그새 황제에게까지 닿았다니! 폴리아나는 황제의 정보력에 감탄했다. 동시에 자책했다.

레베카가 프라우를 마음에 들어 하지 않는 걸 알고 있으면서 자극적인 정보를 가감 없이 전했다. 혈압이 치솟아 혼절한 건 모두 그녀의 탓이다. 아주 대역 죄인이었다.

약자인 귀부인을 지키지 못하고 쓰러트리다니. 그것도 주군의 후계자를 임신하고 있는 귀부인이었다. 폴리아나의 양심이 대바늘로 후빈 것처럼 쓰렸다.

찔리는 일이 있으면 사과를 해야 한다. 폴리아나가 즉각 사과했다.

"레베카 마마의 혈압을 높인 일은 제 잘못입니다."

"혈압을 올렸어?"

"그것 때문에 부르신 것 아니셨습니까?"

"짐이 그런 일로 경을 부를 것 같으냐."

마누라 일이면 불러야지 왜 안 불러.

폴리아나가 의아해하고 룩소스 1세는 웃었다. 얼마나 필사적인지 볼과 이마 근육이 떨렸다.

"짐이 한동안 경을 못 본 것 같아 식사나 같이 하자고 부른 것이다."

기분 전환 겸 친목 도모란다. 그래도 여전히 걱정스럽다. 어떻게

든 돕고 싶었다. 폴리아나가 진지하게 청했다.

"폐하, 소신이 도울 일이 있다면 뭐든 하겠습니다. 폐하를 위해서라면 못할 게 없습니다."

"음. 짐도 알고 있다. 경이 짐에게 보이는 충의는 언제나 짐을 기쁘고, 또 슬프게 해."

슬퍼도 너무 슬퍼서 진심이 튀어나왔다.

"네?"

"농담이다. 경이 짐에게 충성하는데 왜 슬프겠느냐."

밝힐 수 없으니 진심을 농담으로 얼버무린다. 룩소스 1세는 스스로의 처지가 서글펐다.

대륙 통일씩이나 해 놓고서 신하 눈치나 보다니.

'들킬 수야 있나.'

황제는 대륙이 갖고 싶어 대륙을 가졌다. 그의 맞은편에 앉은 여기사도 가지려 들면 가질 수 있을 것이다.

그러지 않는 것은 소중하기 때문이다. 소중해서 감췄다. 스트라의 상상 임신 이후엔 부인들에게 안 될 짓이란 생각에 일부러 안 보려고 노력했다.

룩소스 1세의 속이 새까맣게 타든 말든 주군의 연심을 모르는 폴리아나의 얼굴은 태평했다. 황제를 걱정하는 마음이 드러나나 그 안에 연심과 이성적 관심, 경계, 호감은 없었다.

폴리아나는 가끔 룩소스 1세의 안구 건강을 염려했다. 룩소스 1세가 보기엔 폴리아나의 안구 건강이 더 심각했다.

어떻게 대륙에서 제일 잘생긴 남자를 보고도 저렇게 태연할 수 있을까? 아무리 숨긴다고 하지만 세상에서 가장 감추기 어려운 게 사랑이라는데 이걸 모를 수 있을까?

밤을 함께 보낸 황비들도 룩소스 1세를 보면 "정말 잘생기셨어요." 하고 감탄한다. 지팡이 들 힘조차 없는 노부인들도 황제 얼굴을 보면 일찍 태어난 걸 한탄한단 말이다.

마음은 깊은데 풀 길은 없고, 사랑에 욕망이 더해져 잡생각이 길었다. 룩소스 1세가 서둘러 폴리아나에게 식사를 권했다.

뭐든 잘 먹는 여기사는 황제의 앞에서도 사양하는 법이 없었다. 전시에 들인 버릇을 없애려면 비슷한 시간이 소요될 것이다. 룩소스 1세는 폴리아나가 잘 먹으면 그냥 좋았기에 무례를 꼬집지 않았다.

갓 구웠다가 시간이 지나면서 식은 빵, 뿌리채소를 가득 넣은 스튜와 햄. 최근 활동량이 줄어든 황제에게 맞춘 간단한 식사는 점심치고는 간소했다. 황제보다 활동량이 많은 폴리아나에겐 양이 부족했다.

'점심 한 번 더 먹어야겠네.'

군인의 나쁜 버릇 중에 하나가 접시부터 비워 내는 빠른 식사 속도다. 뒤에서 쫓아오는 사람도, 기습할 적군도 없는데 폴리아나는 음식을 씹어 삼켰다.

어차피 식사 시간은 정해져 있으니 느긋하게 먹으면서 대화하든, 다 먹고 대화하든 그게 그거다. 귀족가의 안주인 앞에선 후작의 체면을 위해 느긋하게 식사를 즐기지만 알 거 다 아는 사람 앞에선 그럴 필요가 없었다.

룩소스 1세와 보조를 맞추지 않고 먼저 식사를 마친 폴리아나는 기분 전환이 될 만한 대화 소재를 궁리했다. 룩소스 1세가 기분 전환을 원하니 그에 맞춰 주는 것이 충신의 도리였다.

“건국제 때 잡을 사냥감은 정하셨습니까?”

“적당히 사슴이나 잡을 생각이다. 경이 사슴 고기를 좋아하잖아.”

“으흐흐흐.”

폴리아나는 사슴 고기를 좋아한다. 그녀에게 사슴 맛을 보여 준 건 당연히 아크레아군이었다.

중부와 남부의 야들야들한 사슴, 북부의 조금 질긴 사슴 모두 좋아한다. 사슴은 잡는 재미가 쏠쏠하니 사냥을 취미로 붙이면 재미가 좋으련만 안타깝게도 폴리아나의 사냥 실력은 그저 그랬다.

함정과 덫을 이용한 사냥은 남들 보기에 부끄럽지 않은 수확을 거둔다. 그러나 아크레아 문화권에서 그런 사냥은 겨울 사냥에나 통용됐다.

사냥꾼의 후예들은 활 하나만 믿고 사냥하는 걸 최고로 쳤다. 당장 황제조차 건국제에 사냥감을 잡지 못하면 체면이 바닥으로 떨어진다.

아크레아의 사냥 문화는 폴리아나처럼 활에 자신 없는 사람에게 무자비하고 잔인했다. 폴리아나는 어쩔 수 없다고 생각했다. 아크레아가 여간 척박해야지. 크랜베리가 나는 에하스와는 차원이 달랐다. 그들은 오랫동안 사냥에 기대 생존했다. 자부심을 갖고 엄격한 기준을 갖다 대는 것도 어쩔 수 없었다.

사냥은 대륙 전체에서 귀족의 유흥이란 인식이 강하지만 아크레아의 사냥은 유흥보단 생존, 생존보단 능력 증명에 가깝다.

까다로운 기준은 폴리아나만 괴롭히지 않았다. 새로 한 식구가 된 중부와 남부 귀족들에게도 공평하게 아크레아식 기준이 적용되었다. 아크레아 귀족 사회에서 사냥이 필수라는 말에 반색하던 사냥 마니아들은 숲지기가 관리하지 않은 날것의 숲을 직감만 믿고 뒤지는 아크레아인을 보고 기겁했다.

동물의 배설물과 발자국을 추적하는 데 며칠을 허비하는 골수파도 있었다. 사냥개를 데려가는 사람들이 양반이었다.

폴리아나로 말하자면 룩소스 1세의 사냥대 중에서 최약체를 담당한다고 자신 있게 말할 수 있다. 폴리아나가 사슴 고기 노래를 부르자 룩소스 1세가 타일렀다.

"웃지만 말고, 경도 이번엔 무어라도 잡을 각오를 하거라. 토끼라도 잡아야 체면이 서지."

"인간 사냥이 더 쉽습니다."

"동물은 잘 쫓으면서 왜 잡지를 못해."

"노력하고 있습니다."

사냥감을 추적하는 일은 경험 많은 개와 노련한 부하의 도움을 받는다. 길눈이 밝은 폴리아나라서 짐승길을 보고 추적하는 일엔 자신 있었다. 그렇게 사냥감을 찾으면 뭐하냔 말이다. 활을 쏴 맞히질 못하는데.

병장기의 대표는 창이요, 다음이 검과 도끼다.

동일한 시간과 노력을 들였을 때 가장 먼저 빛을 발하는 게 창이다. 활은 오랜 시간 공들이지 않으면 효과를 보기 어려웠다. 그래서 궁수 부대는 다른 훈련에서 제외되고 오로지 활만 익힌다. 거의 대부분의 병사가 활을 쏠 줄 아는 아크레아의 군대는 상식에서 벗어난 이상한 군대였던 것이다.

폴리아나는 아예 활을 제대로 배우지도 않았다. 거기에 들일 노력이면 다른 데 쏟는 게 나았다. 어린 시절부터 꾸준히 배워도 후에 써먹기 어려운데 성인이 되어 배우려니 결과는 영 신통치 않았다. 툭하면 그걸로 놀려 먹으니 폴리아나의 의복 중에 가장 빨리 닳는 게 장갑이었다.

"목표물을 맞히기가 힘듭니다."

"경은 잘할 수 있을 게야. 분명 훌륭한 사냥감을 잡을 것이다. 이미 대륙에서 가장 큰 걸 잡았으니……."

사수가 모르고 쏜 화살은 제국의 황제를 잡는 쾌거를 이뤘다. 룩소스 1세는 안타까워 뒷말을 흐렸다. 폴리아나는 주군의 믿음을 배신하지 않기 위해 특훈을 결심했다.

그 외의 이야기는 별거 없었다. 폴리아나가 근황을 묻자 룩소스 1세는 물 잔을 노려봤다.

"각종 생활 오수와 공업 오수를 우물가에 버리는 나쁜 새끼들이 존재한다. 짐은 그놈들을 꼭 잡고 싶다."

황제가 우물 근처에 오수를 버리는 천하의 개쌍놈들 이야기를 10분 동안 쉬지 않고 떠들었다. 식수로 쓰면 설사, 몸을 씻거나 빨래를 하면 피부병이 생기니 이렇게 중한 문제가 없다.

예상보다 빠르게 경계가 바뀌는 므스멜 숲도 새로 대두된 골칫거리였다. 근처에 대륙에서 가장 큰 숲이 있다 보니 인간들이 나무 귀한 줄을 몰랐다.

"장작을 허투루 낭비하고 있어! 장작에 세를 물릴 생각이다."

영지에 딸린 숲에서 나무를 하는 건 돈을 지불해야 하나 므스멜 숲은 어느 한 곳에 귀속되지 않은 국가의 숲이다. 그러다 보니 나무를 하는 데 제한이 없어 장작과 숯을 흥청망청 소모하고 있었다.

룩소스 1세는 춥지도 않은데 매캐한 연기가 도시를 뒤덮은 걸 보고 기겁했다. 물론 '춥지 않다'의 기준은 북부였다. 중부 사람들에겐 난방을 해야 할 기온이다.

황제의 업무는 하나를 처리하면 열이 터지니 도무지 끝이 날 것 같지 않더라.

룩소스 1세는 다른 의미에서 후계자가 절실했다. 빨리 하나 만들어 가르쳐 놓아야 한다. 안 그러면 그가 세운 '노세 노세 늙어서 노세 계획'에 차질이 생겼다.

룩소스 1세의 표정이 점점 부드럽게 풀렸다. 그의 입에서 오수버리는 개새끼, 장작 안 아끼는 얼어 죽을 새끼들이라고 욕이 튀어나오고 있었지만, 그의 눈은 폴리아나를 보고 있었다.

사랑하는 여자가 앞에 있으니 기분이 점점 풀렸다. 보는 것만으로도 좋았다.

그래. 보는 것에서 그쳐야 했다.

룩소스 1세의 표정이 미세하게 굳었다. 그의 속은 초조함과 불안감에 시달렸다. 시민들이 아낄 줄 모르고 태우는 장작처럼 그의 속내도 새까맣게 타들어 갔다.

상상은 뇌리를 질주해 나쁜 길로 빠져든다. 인간은 어둠에게 공포를 느낀다. 그건 어둠 속에선 무엇도 식별할 수 없기 때문이다.

진상 파악은 공포와 헛되이 날아가는 이성을 붙잡기 가장 좋은 방법이었다. 보고를 받고, 타인의 입으로 듣는 것보다 당사자의 입으로.

룩소스 1세의 손가락이 규칙적으로 식탁 위를 두드렸다. 황제의 심기가 불편하거나 깊이 생각할 일이 있을 때 보이는 습관이다.

폴리아나는 침묵을 지켰다.

어제 저녁 폴리아나 윈터는 프라우 스네크에게 청혼받았다. 여기까지가 룩소스 1세가 알고 있는 진실이다. 프라우 스네크는 무슨 생각에선지 폴리아나에게 재산 노리는 청혼이라고 대놓고 말했다. 룩소스 1세는 그때 그 청혼은 망했다고 생각해 쾌재를 불렀다. 지하 감옥에서 머리 떡 지고 송곳니 빠진 채로 한 도나우 경의 청혼이 백배 더 멋졌다.

당연히 폴리아나가 청혼을 거절할 걸로 여겼으나 이어지는 보고가 심상치 않았다.

둘이 술을 마시러 갔단다.

둘이!

미혼 남녀가! 성인 미혼 남녀가! 단둘이! 야밤에! 술을!

심지어 목격 정보는 음식점에서 끊겨 술집으로 간 후 어떻게 되었는지 결과도 모른다!

충격적인 사실이 룩소스 1세의 속을 뒤집어 놓았다. 무협지였으면 기혈이 뒤틀려 주화입마에 이를 수 있는 큰 충격이었다.

다행히 룩소스 1세는 중원의 사해동도가 아니었다. 황제의 기혈과 단전은 무사히 지켜졌다.

괴성을 지르고 튀어나가려는 몸을 억지로 눌러 앉히니 혈압이 치솟았다. 룩소스 1세가 뒷목을 잡고 부들부들 떨게 된 전말이다.

여자랑 남자랑 둘이서 술 마시고 밤에 할 일이 뭐란 말인가. 뻔하지 않은가. 과거 룩소스 1세와 폴리아나는 술이 떡이 되도록 마시고 같이 잠도 잤지만 그건 둘이라서 가능한 얘기였다.

과거엔 가능했으나 현재는 불가능하다. 폴리아나는 룩소스 1세에게 사랑하는 여자가 되었다.

함께 밤을 지새우고 잔을 부딪치던 시절의 뿌듯함은 영영 사라졌다. 이제 와 억지로 흉내 내면 룩소스 1세의 애간장만 끓을 것이다.

좋은 사람이 생기면 보내 준다. 스트라가 상상 임신을 했을 때부터 룩소스 1세는 사랑을 보낼 마음을 더욱 단단히 굳혔다.

그는 결혼했다. 곧 아이도 생길 것이다. 보내 줘야지, 포기해야지.

그런데도 마음은 황제의 뜻대로 움직이지 않는다.

보지 않으면 잊힐까 싶어도 더욱 그립고 부인들과 사이가 좋다는 소식을 들으면 모두에게 못할 짓을 한 것 같아 더 괴로웠다.

그의 마음만 접으면 되는데, 그러면 더는 미안해할 필요도 괴로워할 이유도 없건만 룩소스 1세는 마음을 포기하지 못했다.

그건 사람의 뜻대로 노력해서 될 일이 아니었다. 노력을 하면 할수록, 공을 들이면 들일수록 마음이 깊음을 증명한다.

가죽은 쓰지 않으면 삭는다. 마음도 그러면 좋으련만.

그래도 룩소스 1세는 폴리아나를 강제할 생각이 없었다. 가끔 미친 척하고 소유할까 싶은 생각도 들지만 그러지 않았다. 권력자의 사랑이 두려운 걸 자각했으니 실천에 옮기지 않았다. 그저 사랑하는 여인이 행복하기를 빈다.

제국에 해가 되지 않는 선에서 폴리아나에게 무엇이든 해 줄 수 있었다. 좋은 사람이 생기면 웃으며 축복해 줄 수 있다 이 말이다.

탁탁탁탁탁. 손가락이 식탁을 두드리는 속도가 빨라지다가 뚝 멎었다.

룩소스 1세는 자신이 누구인지를 상기했다. 대륙의 지배자이자 제국의 황제이며 기사의 주군이다. 심지어 임신한 부인도 있었다.

질투하지 말고, 원하는 대로 놔줘야 했다.

물론 진상은 파악해야 한다. 폴리아나 윈터는 룩소스 1세가 가장 총애하는 기사이기 때문이다. 그렇게 총애하는 신하가 결혼할지도 모르는데 당연히 가장 먼저 알아야지.

오늘도 룩소스 1세는 필사적인 자기 합리화를 거쳤다.

"경이 청혼을 받았다고 하던데."

"아, 거절했습니다."

프라우를 긍정적으로 보긴 해도 확정한 건 아니다. 레베카의 말대로 폴리아나는 결혼 상대를 골라잡을 자격이 있었다.

청혼을 받았다고 해서 그 사람과 결혼하는 건 너무 성급한 결단이다. 어쩌면 프라우보다 잘생긴 남자가 프라우처럼 대놓고 말할 가능성도 있었다.

너의 재산이 마음에 드니 내 외모를 뜯어먹어라! 이러면서.

"으하하하하!"

룩소스 1세가 박장대소했다. 황제는 늘상 입꼬리를 가볍게 올려 웃는 상을 유지하지만 저렇게 포복절도하는 일은 귀했다.

취향에 딱 맞는 농담을 들은 것처럼 즐거워하는 모습에 폴리아나는 기분이 찝찝했다.

'내가 결혼하는 게 싫으신가.'

폴리아나는 황제를 오래 모셨다. 룩소스 1세가 저리 웃는 건 아이노 경을 쫓아냈을 때 이후로 보지 못했다. 룩소스 1세가 아이노 경처럼 허파에 바람 들었을 리 없고. 웃을 일이 생겼으니 웃지 않으시겠는가.

열심히 머리를 굴려 추리하지 않아도 됐다. 원인과 결과가 뚜렷하기 때문이다.

'내가 결혼했을 때 남편에 대한 처우 문제로 귀족들이 시끄럽게 굴 걸 염려하시나?'

만일 그렇다면! 그녀가 보일 태도는 하나였다.

"폐하, 혹시 소신이 독신으로 남길 원하신다면 마땅히 폐하의 뜻을 따르겠습니다."

"아니다하하하하하, 조흔 사람 이흐면 결혼해야지아하하하하하."

정상 혈압을 되찾은 룩소스 1세가 평소와 같은 여유로운 미소를 흘렸다.

돌아온 미모에 폴리아나는 눈이 부셨다. 어제 그녀와 같이 식사를 한 프라우와 비교하기 민망할 정도로 눈부신 미모였다. 너무 반짝반짝 눈이 부셔 눈을 뜰 수 없었다.

"그자가 부적절한 이유로 경에게 청혼을 했다고 들어서 조금 걱정했단다. 경도 알고 있겠지만, 소위 꽃뱀이란 말이다."

계약 결혼이 기본인 귀족 사회에선 꽃뱀을 찾아보기 힘들다. 꽃뱀이 활약하는 계층은 평민과 기사, 준귀족이다.

청춘과 재화를 맞바꾼 청년들은 분 냄새를 풍기며 품으로 쓰러지는 여성을 막지 못했다. 개중 몇은 진심이었고 몇은 꽃뱀이었다.

꽃뱀에게 간이고 쓸개고 다 빼 준 자에게 남은 건 아무것도 없었다. 귀한 청춘과 바꾼 재화를 모조리 털린 부하들은 한동안 기사들 사이에서 화제였다.

피해자에겐 공통점이 있었다. 혼기를 놓쳤고, 혼사에 관여할 어르신이 없으며, 이성 경험이 적고, 일은 잘하나 이성을 대하는 모습이 어수룩했다. 성별만 바꾸면 폴리아나였다.

좋은 사람 있으면 꽃마차도 장만해 주겠다. 꽃마차를 배웅하며 울지언정 행복을 기원하리라.

상대가 꽃뱀이라면 척살행이다.

재산을 노리고 있음을 대놓고 말한 부분에서 꽃뱀 실격이었다. 그러나 룩소스 1세는 긴장을 늦추지 않았다.

그렇게 어수룩한 점을 과장해 폴리아나의 여심, 아무도 안 믿는 보호 본능과 모성애, 동정을 살 수도 있지 않은가!

솔직히 룩소스 1세는 폴리아나의 마음을 얻을 수 있다면 그런 짓을 얼마든지 할 수 있었다. 백 번이라도, 천 번이라도, 만 번이라도.

뭐 눈엔 뭐만 보인다고. 룩소스 1세의 눈엔 프라우의 어수룩한 모습이 폴리아나를 공략하려는 개수작으로 보였다.

"그는 훌륭한 꽃뱀이 못 됩니다."

프라우에겐 솔직한 것 외에도 꽃뱀으로서 중대한 결격 사유가 있었다. 폴리아나의 견해로는 이 부분이 가장 중요했다.

"그는 꽃뱀이라기엔 못생겼습니다."

룩소스 1세의 입꼬리가 귀에 걸렸다. 폴리아나는 미인에 약하다. 그런데 아니라니. 황제는 대놓고 안심했다. 청혼을 거절했다는 말 다음으로 안심됐다.

"경이 봤을 때 못생겼느냐?"

"네."

사실이다. 프라우는 잘생기지 않았다. 선량한 인상이기 때문에 인간적인 호감은 든다. 첫인상도 괜찮다. 하지만 잘생겼느냐면 그건 아니다.

때문에 폴리아나는 주저 없이 고개를 끄덕였다. 타인의 외모를 평가하는 일에 대한 죄책감은 없었다. 원래 잘생기고 예쁜 사람은 다른 사람의 외모를 평가해선 안 되지만 못생긴 애들은 해도 된다. 폴리아나는 그렇게 믿었다.

"그럼 같이 술을 마시고 뭐했느냐."

"동갑이라 친구 먹었습니다."

룩소스 1세는 안심했다. 중대한 오판이었다.

폴리아나 윈터는 사람 얼굴을 밝힌다. 그러나 그녀의 주군은 대륙최강미모 룩소스 1세다. 평생 뜯어먹고 살 얼굴은 주군 한 명으로 충분했다.

마음만 먹으면 매일 대륙최강미남의 얼굴을 볼 수 있는데 가정에서 어설픈 미남을 볼 필요는 없다. 룩소스 1세가 본인의 외모에 만족해 타인의 외모에 관대하듯 폴리아나도 남편감 외모에 큰 의미를 부여하지 않았다.

룩소스 1세가 오전 중 폴리아나를 만났다면 그녀의 들뜬 기분을 간파했을 것이다. 하지만 지금의 폴리아나는 레베카 일로 들뜬 마음이 가라앉았다. 덩달아 황제의 심기가 불편하다는 소식을 듣고 긴장하고 있던 차다.

룩소스 1세는 폴리아나가 프라우와 진짜 친구가 되었다고 믿었다. 원체 이성 동료가 많은 폴리아나이기에 새롭지 않았다.하지만 폴리아나는 프라우를 '연인'으로 발전할 가능성이 있는 '남자 친구'로 정의했다. '남자 사람 친구'가 아니었다.

프라우는 재산 욕심을 밝히기 전까지 폴리아나에게 이성적으로 접근했다. 그녀가 눈치채지 못하는 대신 주위의 여성들이 알아채고 경고했다. 폴리아나는 그게 너무 신기했다.

그녀와 동갑인 남성이 그녀와 결혼할 미래를 꿈꾸고 접근했다.

이렇게 신기한 일이 세상에 또 있을까?

폴리아나는 현재 자신의 결혼 가능성을 알린 프라우에 대한 본능적 호기심에 사로잡혔다.

그녀가 주위 남자들을 보며 한 번이라도 '저 사람과 결혼하게 된다면? 저 사람과 자게 된다면?' 등의 망상을 해 본 적 있던가. 그녀가 알기로 주위 남자들도 폴리아나를 보고 그런 생각을 해 본 적이 없었다. 그런데 프라우는 했다. 놀라운 일이다.

덕분에 폴리아나는 남자를 보고 '저 사람과 결혼하게 된다면?' 망상을 실행할 수 있었다. 처음이었다. 너무 은밀해 당사자도 모르는 비밀 연애는 천천히 진도를 빼고 있었다. 폴리아나의 사고는 점점 긍정적으로 흘렀다.

남자가 믿음직스럽지 않아도 괜찮다. 그녀가 믿음직스러우니까. 돈이 없어도 괜찮다. 그녀가 돈이 많다. 작위가 없어도 괜찮다. 작위는 그녀가 갖고 있었다.

아이는 없어도 된다고 말했다. 가문이나 부모의 명령으로 하는 억지 결혼이 아닌, 본인이 직접 재산과 지위를 노린 점이 그녀의 마음에 들었다.

폴리아나는 프라우를 남편 후보로 올렸다. 현재까지 지원자가 없어 그가 1순위였다. 룩소스 1세가 알았다면 무협지가 아님에도 기혈이 엉망이 돼 토혈했을 생각이었다.

친애하는 기사의 속내를 전혀 모르는 황제가 상냥하게 웃었다.

"결혼은 보통 일이 아니니까. 꼭 경 마음에 차는 상대와 했으면 좋겠구나. 주위에서 쪼더라도 성급한 결단을 내리지 말거라. 짐이 지켜 줄 테니."

"알고 있습니다."

"급하다고 아무나 잡지 말고. 잘생기고 몸매 좋고 능력 있고 집안 좋고 성격 좋은 남자와 해야 한다. 짐 마음에 찰 정도는 되어야지."

평생 독신으로 살라 소리와 비슷했다. 폴리아나는 웃어 넘겼다. 비슷한 잔소리를 하도 들어 이골이 났다.

폴리아나를 보내고 룩소스 1세가 한숨을 쉬었다.

땅이 꺼질 것 같은 깊은 호흡에 근심을 담아 날려 보낼 수 있다면 얼마나 좋을까. 그게 가능하다면 밤잠 이루지 못하는 나날도 없으리.

'프라우 스네크.'

감히 황제를 뒷목 잡게 만든 남자.

룩소스 1세가 심호흡했다. 사심을 던져 버리고 이성만 남겨 생각했다.

가문은 봐 줄만 했다. 근데 쫓겨났다. 직업은 의사. 준귀족 신분에 기사도 아니다. 큰 부를 이룩하지 못했고 의료계에 혁명을 일으킨 천재도 아니다.

그런 주제에 감히 폴리아나에게 청혼을 하다니. 누구는 완벽한 얼굴에 대륙 최고의 권세를 갖고도 못하는 것을!

프라우 스네크. 그 죄가 심히 컸다. 황제의 분노와 미움을 사서 산 채로 찢어 버려도 모자랄 만큼.

'재산을 노려? 짐이 사랑하는 여인을 뭘로 보고.'

정보부는 이번 청혼 사건을 중히 다루지 않았다. 그냥 이런 일이 있었다는 가십 수준의 보고에 불과했다.

폴리아나가 룩소스 1세의 총애를 받는 기사가 아니었더라면 보고도 없이 넘어갔을 수준의 의미 없는 가십이다. 왜냐하면 정보부에서 파악하기로 청혼이 실패했기 때문이다.

그래서 그가 알고 있는 정보는 간단했다. 그는 미주알고주알 아주 세세하게 사건을 파헤치길 원했다. 둘이 언제부터 아는 사이였는지, 어떻게 알게 되었는지, 자주 만나는지, 앞으로 잘될 가능성은 없는지.

룩소스 1세는 고뇌했다.

캐느냐, 마느냐, 그것이 문제로다.

폴리아나는 관심이 없어 보인다. 그가 신경 쓸 필요는 없다. 인력 낭비다.

그러나.

룩소스 1세가 주먹을 꽉 쥐었다.

괘씸하기가 이루 말할 수 없었다.

뒤를 캐느냐, 마느냐.

룩소스 1세는 어느 때보다 진지하게 고민했다. 우물가 오수 문제 고민할 때보다 더 진지했다.

황제의 몸으로 명령만 내리면 해결될 문제다. 정보부에선 정보를 수집해 그에게 대령하겠지. 하지만 그 말은 룩소스 1세가 폴리아나를 신경 쓰고 있다는 걸 인정하게 되는 꼴이다.

프라우와 룩소스 1세 사이엔 연관점이 없다. 룩소스 1세가 갑자기 프라우 스네크를 조사하라고 명령하면 정보부에선 어떻게 생각할까?

사람이라면 당연히 그 이유가 궁금하지 않을까.

결과만 중시하는 군주라면 수하들이 스스로 생각하지 않고 정보를 내놓을지도 모른다. 룩소스 1세는 그런 황제가 되고 싶지 않았다. 그래서 신하들에게 자기 판단과 학습, 자율을 강조했다.

군주는 일구이언해선 안 된다. 그것은 폭군의 지름길이다. 스스로의 위치를 잊고 제 마음대로 사는 인생을 룩소스 1세는 늘 비웃었다.

그래도 가끔은 그렇게 살고 싶은 날이 찾아왔다. 사랑하는 여자에게 마음조차 고백할 수 없는 날. 그 여자에게 청혼한 새끼의 뒤를 털 수 없는 오늘 같은 날.

몰래 프라우를 찾아가 얼굴을 못 알아볼 정도로 쥐어 팬 뒤, 내 여자에게서 떨어지라고 말할 수 없는 이런 날.

사랑도 병이라던가. 사실 폴리아나의 혼사는 그녀를 아는 모든 기사들의 관심거리라 황제가 자세한 정보를 요구해도 둘을 의심할 사람은 없었다.

아니, 애초에 알몸으로 껴안고 자도 둘 사이엔 소문이 생기지 않았다. 그저 사랑에 눈이 멀어 다른 걸 보지 못하는 룩소스 1세 혼자 벙어리 냉가슴을 앓았을 뿐이다.

장님도 모자라 벙어리에 귀머거리를 자처하니 황제의 병이 깊었다.

실질적 경호 임무에서 대장이 하는 일은 거의 없다. 아이노 경과 같은 특수한 경우를 제외하고 근위대장이 검을 뽑을 일은 잘 생기지 않는다.

대장급으로 진급하면 나이가 들고, 경험이 많아진 대신 힘과 민첩한 몸놀림을 잃는다. 근위대장은 직접 후궁을 돌아다니는 것보다 관리를 하는 직책에 가까웠다.

폴리아나는 다 했다. 관리하고 군기도 잡고 경비도 직접 섰다. 성실하게 안 해도 될 일을 함으로써 악명을 쌓았다. 부지런한 상관은 군인의 적이다.

오늘 폴리아나는 후궁 대신 훈련장으로 발걸음을 옮겼다. 방심하고 있던 근위대원들은 갑작스러운 대장님 방문에 사레들려 경례했다. 목소리가 우렁차 집 지키는 거위 꽥꽥과 비슷했다.

"대장님 오셨습니까!"

"어서 오십시오!"

"저희는 경계를 늦추지 않고 있었습니다!"

폴리아나가 숙련된 솜씨로 그들의 기강을 확인했다. 파악이 끝난 폴리아나가 손을 휘저었다.

"편히 있어라."

"네! 알겠습니다!"

"활 연습을 하고 싶은데."

"네! 즉시 준비하겠습니다!"

"활 주워 줄 사람은 필요 없고, 나 혼자 연습하고 싶다. 다들 내 실력 알지?"

"근처에 개미 한 마리도 못 돌아다니게 하겠습니다!"

눈먼 화살에 맞을 걸 걱정하는 게 아니다. 쪽팔림을 피하기 위해서였다. 폴리아나보다 궁술이 능한 부하들은 대장님의 체면을 위해 자리를 비켜 줬다.

폴리아나가 시위에 화살을 올렸다. 멀리 떨어진 표적에 겨누고 살을 당겼다 놓았다. 화살은 절반쯤 가다 떨어졌다.

'시발.'

활 통에 든 화살을 잡고 재시도했다. 이번엔 표적까지 날아갔으나 표적을 맞히진 못했다.

휴우, 폴리아나가 심호흡했다.

그녀에게 활의 기초를 일러 준 이가 누군가. 룩소스 1세와 바우팔로 경이다. 둘 다 사냥 실력이 출중하니 활을 쏘면 백발백중.

스승의 실력이 출중한데 제자의 실력은 보잘것없었다. 근력과 경험이 부족해 자세 잡기도 힘들었다.

무술은 형세가 중요하다. 폴리아나는 발을 땅에 비벼 몸의 중심을 잡고, 움직이고 호흡을 가다듬었다.

살이 시위를 떠났다. 날아간 화살은 표적 가장자리에 꽂혔다. 오늘 쏜 것 중 가장 잘 쐈지만 여전히 명중은 아니었다.

'디크 경이 생각보다 일을 잘하나 본데.'

룩소스 1세가 극비리에 창설한 정보부는 제1근위대 소속으로 위장 중이다. 폴리아나가 큰 고민 없이 천거한 디크 경을 수장으로 두고 있다.

정보부는 다른 부서와 겸직이 가능하고 부원도 전부 디크 경과 룩소스 1세가 뽑았기 때문에 규모가 어떤지, 누가 소속되어 있는지 폴리아나도 몰랐다. 정보부의 존재를 알고 있다는 점에서 황제의 측근 몫은 다한 것이다.

'어제 일이 바로 폐하의 귀로 들어가다니.'

식당이고 보는 눈이 많았으니 비밀스러운 일도 아니나 속도가 대단히 빠른 게 인상적이다.

폴리아나는 근위대 제복을 벗고 있었지만 얼굴을 아는 사람이 있었을 수도 있다. 얼굴에 흉이 있고 머리가 평균보다 짧은 여성은 흔치 않으니까.

'휴우, 안 되지. 딴생각은 금물.'

폴리아나는 자꾸 딴 데로 흐르는 정신을 잡았다. 마음의 평정을 유지하고 잡생각을 떨쳐야 한다. 그래야 목표를 맞힐 수 있다.

집중, 또 집중.

물고기가 헤엄치는 것처럼, 새가 바람을 타는 것처럼, 나비가 꽃을 찾는 것처럼 본능적 수준으로 화살을 쏘는 경지까진 바라지 않았다.

목적은 분명하다. 멈춰 있는 사냥감이라도 잡자!

폴리아나가 시위를 놓았다. 화살은 이번에도 표적의 가장자리에 꽂혔다.

연습을 끝낸 제2근위대장은 옷을 갈아입고 레베카를 찾아갔다. 레베카의 분노가 가라앉지 않아 면회는 거절되었다.

폴리아나는 꿩 대신 닭으로 프라우를 찾았다. 지난 경험으로 미루어 볼 때 프라우의 출몰 지역은 레베카의 옆이거나 의료실이었다.

폴리아나가 설렁설렁 의료실로 가자 의사들이 꾸벅 인사했다. 찾던 이가 보이지 않아 폴리아나는 눈썹을 올렸다.

'어제 너무 먹였나.'

폴리아나는 사양하는 의사 양반에게 술을 먹였다. 사양하지 말라고 가득가득.

아크레아 출신이니 당연히 내숭이라고 여겼다. 아크레아 남자들의 허세에 익숙해졌기 때문이다.

'설마 숙취로 출근 못한 건 아니겠지?'

만약 그렇다면 10점 감점이다. 폴리아나도 술을 즐기는 건 아니지만 직업 특성상 술자리가 잦아 술에 강한 사람이 좋았다.

의사가 자리를 뜨지 않는 폴리아나에게 질문했다.

"용무가 있으십니까."

"프라우 스네크는 어디 갔지?"

"그를 포함한 다섯 명의 의사가 민가로 파견되었습니다. 오염된 물이 원인인 피부병이 유행 중인데 더 번지지 않도록 엄히 관리하란 폐하의 명이 있었습니다."

과연 폐하께서 행하는 일에 망설임이란 없었다. 점심 식사를 함께 하면서 나온 이야기를 벌써 시행하다니. 폴리아나는 룩소스 1세의 빠른 결단과 명민함에 감탄했다.

좋아하는 여자에게 고백은 못해도 눈에 거슬리는 남자를 치우는 속도는 빨랐다. 룩소스 1세가 예상하지 못한 것이 있다면 폴리아나가 프라우를 직접 찾아가는 것. 룩소스 1세는 폴리아나가 프라우에게서 관심을 완전히 거두었다고 생각했다.

안타깝게도 폴리아나의 관심은 이제 시작하는 단계였다. 바로 만나서 관심이 사그라들면 모를까, 관심이 꽃피는 단계에서 목적한 인물을 찾지 못하자 폴리아나는 프라우를 찾아가기로 결심했다.

'겸사겸사 도시 상태 확인하면 되겠다.'

프라우를 만나러 가면서 주군이 골머리 앓는 도시의 상태를 확인하고, 덤으로 무관심했던 야파의 치안도 확인할 수 있다. 일석삼조! 프라우를 만나지 못해도 야파 거리를 확인할 수 있으니 소득 없는 걸음은 아닐 것이다.

폴리아나는 우선 집부터 들렀다. 근위대의 푸른 제복은 너무 눈에 잘 띈다. 성에 두고 다닌 옷가지가 동났으니 자택으로 가 갈아입어야 했다. 다른 기사들의 옷을 빌려 입어도 되겠지만 전부 바지였다.

음식점이야 초대받아 간 것이라 괜찮았다. 그러나 사람들이 많은 우물가와 병원을 바지 입고 다니면 분명 말이 나오고 시비가 붙는다. 그녀가 일평생 먹은 욕을 걸고 맹세할 수 있었다.

시비가 안 붙는 바지는 딱 하나, 근위대의 푸른 제복뿐이다. 하지만 이것은 사방팔방 그녀의 정체를 소문내고 다니는 꼴이다. 대륙을 샅샅이 뒤져도 활동 중인 여기사는 그녀 혼자다.

푸른 제복을 입은 머리 짧은 여자 = 폴리아나 윈터 여후작.

폴리아나는 유명인이다. 거리에 지나가는 사람 아무나 붙잡고 물어도 그녀를 알았다.

룩소스 1세의 원정은 그 자체로 전설이 되었다. 음유시인들은 주구장창 황제와 기사들, 10년의 정복을 노래했다. 거기에 원정 초기부터 황제의 기사가 된 폴리아나 이야기는 빠지지 않았다.

높으신 분들과 중장년층은 폴리아나 이야기를 좋아하지 않는다. 어린아이들과 소녀들 사이에선 인기가 좋았다.

유명 인사인데 남들과 구별까지 쉽다. 폴리아나는 고위 귀족으로서, 평민들이 길바닥에서 무릎 꿇지 않도록 신경 써 줄 아량을 갖고 있었다.

집으로 돌아가 근위대 제복을 벗었다. 몇 벌 마련해 뒀지만 입지 않았던 여성용 로브를 입고 머리에 손수건을 둘렀다.

로브가 고급품이 아니었기에 그냥저냥 사는 여자로 보였다. 귀부인이면 간소한 옷을 입어도 자태와 피부로 정체가 드러난다. 폴리아나는 귀부인으로 보기엔 피부가 좋지 않고 얼굴엔 흉이 있는 데다 손까지 거칠어 아무도 의심하지 않았다.

"좋아."

폴리아나가 손수건을 확인했다. 의동생이 묶어 줬던 것처럼 묶고 싶은데 손재주가 부족해 그게 안 됐다. 그녀의 저택이니 시녀든 하녀든 불러서 싸매 달라고 하면 되는데 폴리아나는 그걸 생각 못 했다.

'이대로 밭 매러 가야겠네.'

도나우 경이 했던 농담이 떠올라 그녀는 피식 웃었다.

일반 단검보다 더 날이 짧은 것을 두 개 골라 허리 전낭에 집어넣었다. 장검은 천으로 둘둘 말아 두 손으로 드니 빵이라도 감싼 것처럼 보였다.

폴리아나는 만족했다. 거동 수상자나 정신 이상자로 보이지 않았다. 이만하면 순찰 중인 경비병도 그녀를 이상하게 보지 않고 쉽게 알아채지도 못할 것이다. 레이디의 기품 대신 기사의 절도가 자리 잡아 어딘가의 부농 정도로 연출되었다.

후작가의 집사는 홀로 울었다. 그가 떨리는 손으로 주인의 소맷자락을 붙들었다.

"주인님, 차라리 갑옷을 입고 다니세요. 제발."

"그렇게 못 봐 주겠나?"

폴리아나가 볼 땐 괜찮았지만 타인의 의견은 중요했다. 집사가 결사적으로 고개를 저었다.

집사는 귀하신 주인 나리가 신분을 증명할 만한 수단 없이 홀로 외출하는 걸 반대했다.

"그건 아닙니다만 귀하신 후작께서 그러고 다니시면 아니 됩니다. 고귀함을 보이셔야 합니다."

"신분 밝힐 일 없으니 괜찮다."

"그래도 혹시……."

"야파는 아녀자가 홀로 거니는 걸 두려워할 정도로 무법 지대인가?"

"아닙니다."

"그러니까 괜찮다."

거지와 부랑자, 소매치기와 단순 절도까지는 어쩔 수 없다. 그러나 폭행과 살인, 강도, 마약은 있을 수 없다. 영주 성에서도 허락 안 될 일이 제국의 수도에서 벌어질 수가 있나.

경비병이 수시로 순찰을 돌고 외곽 지역이라고 허투로 보지 않아 야파의 범죄율은 낮았다. 밤의 어둠을 틈탄 범죄는 어쩔 수 없으나 밤엔 돌아다니는 사람도 별로 없다. 기름과 초 값은 남이 대주지 않으니.

야파의 경비는 제3근위대가 담당한다. 공동 대장인 우크 경과 자이노 경이 철두철미하게 잘하고 있으니 폴리아나가 단순히 관심을 갖는 것 이상으로 신경 쓰면 월권이었다.

목적지인 우물가로 향하는 동안 폴리아나에게 걸려 오는 시비는 없었다. 대신 사람과 부딪쳤다.

근위대 제복을 입고 있을 땐 인파가 좌우로 갈라졌다. 제복을 입지 않았을 때에도 보통은 말을 타고 이동하니 이렇게 사람과 부딪칠 일이 없었다. 기사로서 사람들을 이리저리 피해 가는 묘기를 보이고 싶으나 인간이 그녀의 예상대로 움직이지 않아서 실패다.

"아줌마! 잘 좀 보고 다녀요!"

폴리아나와 부딪힌 남자가 성질을 내고 사라졌다. 폴리아나는 주먹을 불끈 쥐었다.

"죽여 버릴까 보다."

폴리아나가 빠드득 이를 갈았다. 아줌마라니! 아직 시집도 안 가고 애도 없는데 아줌마라니! 나이는 아줌마가 맞지만 아줌마라니!

예상치 못한 공격은 언제나 폴리아나를 교란시킨다. 마녀 소리를 들으면 들었지 아줌마는 정말 예상하지 못했다.

아이들이 아줌마라고 부르는 건 괜찮다. 어릴 땐 다 아줌마 아저씨로 보인다. 하지만 성인이 그러는 건 용서 못 해!

'집사 말 들을걸.'

폴리아나가 이마를 쳤다. 뒤늦게 후회하면 뭐하리. 이미 아줌마 소리 들었는데.

폴리아나는 그런 새끼 또 걸리면 앞의 놈 몫만큼 화풀이를 해 주리라 다짐했다. 행인지 불행인지 아줌마라 부르는 사람을 다시 만나진 않았다.

프라우를 찾는 일은 수월했다. 근처 사람을 붙잡아 질문했다. 병원에서 일하는 사람을 붙잡고 질문했다. 성격 있어 보이는 아줌마의 질문에 시민들은 즉각 아는 걸 불었다.

성에서 파견한 의사는 병원 뒤 공터에 천막을 치고 피부병 환자를 격리했다. 환자의 수가 꽤 되었나 보다. 의사고 환자고 보호자고 모두 바빴다.

폴리아나의 눈이 목적한 인물을 찾았다. 패기 없이 구석에 쪼그리고 앉아 쉬는 의사의 둥그런 등을 발견한 것이다.

그녀가 소리 없이 의사 양반에게 다가갔다. 그리고 프라우의 등짝을 손바닥으로 쳤다. 찰싹! 야무진 소리가 났다.

"흐읍!"

느닷없이 맞은 프라우가 펄쩍 뛰었다. 자길 공격한 사람을 보고 나선 더 놀랐다.

"후작님."

폴리아나가 손가락을 입에 붙였다. 그녀를 알아보는 의사들은 어쩔 수 없지만 환자들에게까지 정체를 알릴 생각은 없었다.

"크게 말하지 마라. 시끄럽게 만들 생각은 없으니."

"여긴 어쩐 일이십니까?"

"폐하께 피부병 얘기를 들었다. 한번 둘러볼까 싶었는데 자네가 파견되었다는 소리를 들었지."

폴리아나가 개인의 호기심으로 방문했어도 그녀의 신분이 후작이다. 프라우는 동료들의 양해를 얻고 폴리아나에게 간략하게 보고했다.

피부병은 전염력이 강한 것치곤 그리 심각하지 않았다. 빈대나 벼룩이 더 심각하게 다뤄지는 정도다. 폴리아나의 얼굴에서 긴장이 사라졌다. 그녀는 보고를 건성으로 들으며 주위를 둘러봤다.

프라우는 동료들보다 평민 환자를 다루는 데 익숙했다. 평민을 상대로 의술을 펼친 적 있다더니 단순한 소문이 아니었던 모양이다.

"평민을 진료한 적 있다지?"

"네. 스승님께 걸려서 파문당할 뻔했……."

아찔한 기억인지 프라우의 얼굴이 굳었다.

"돈을 받았다는 것도 사실이야?"

"그게…… 복지가 아니라 평민을 상대하는 병원을 차려 볼까 했었습니다."

"보통 그런 건 무료 진료소를 만들거나 후원하는 선에 그치는데. 특이하군."

"네……."

"파문 안 당한 게 용하네."

"네, 그래서 된통 혼나고 포기했습니다. 하하."

프라우가 사정을 밝혔다. 그가 의사의 길을 걷게 된 건 종자를 그만둔 직후다. 이후 가문에서 쫓겨났다.

레디칼 남작은 프라우를 동정해 파문하지 않았다. 하지만 프라우는 그를 쫓아낸 가문을 환멸했다. 귀족 사회에서도 완전히 버려졌다고 생각했다. 그래서 귀족 신분을 잊고 평민으로 살아가기로 결심했다.

의술을 배워 어느 영지라도 가 병원을 차리면 먹고살 만하지 않을까? 그런 소시지 대신 부들 처먹는 생각을 했다. 개소리였단 뜻이다.

"평민으로 살려니 견디기 힘들었습니다."

'새끼, 엄청 솔직하네.'

프라우는 남들이 못할 말을 서슴없이 입에 담았다. 자랑도 아닌 얘기를 솔직하게 말하는 패기가 놀라웠다.

폴리아나는 10점을 추가했다. 상황에 따라 치명적인 단점이 될 수도 있다. 그래도 지금 당장은 좋았다. 보통 남자들은 저렇게 약점이 될 수 있는 발언을 하지 않는다. 강하게 보이려고 허세를 떨면 떨었지.

폴리아나가 아는 아크레아 남자는 한겨울에 고추 내놓고 소변을 보면 소변이 끝에서부터 얼어 고추도 같이 언다고 자랑질하는 새끼들이다. 고추가 어는 위험을 감수하고 가장 소변줄이 많이 어는 놈이 승리하는 거라고 그렇게 허세를 떨었다.

꼬르륵. 폴리아나의 위장이 용틀임하며 존재를 과시했다.

레베카를 만났으면 간식을 먹었을 것이다. 점심을 평소보다 가볍게 먹고 간식도 건너뛰고서 궁술 연습까지 했으니 몹시 시장했다.

"시장하시면 식사를……."

"자네 일 남은 것 아닌가?"

"예? 네! 같이 드시려면 두 시간은 더 기다리셔야……."

"그럼 여기서 먹지 뭐."

폴리아나는 부모를 따라와 근처에서 놀고 있는 아이들에게 손짓했다. 몸치장에선 다른 사람을 부린다는 생각을 못 해도 다른 귀찮은 일에선 사람 부리는 데 도가 튼 태도였다. 귀족이라서가 아닌, 군인이어서.

"왜 불러요, 아줌마?"

'시발.'

아이를 향한 인자한 미소에 금이 갔다. 애니까 참는다.

폴리아나는 아이를 울리지 않기 위해 얼굴 근육에 힘줬다.

"가서 요깃거리를 사 와라."

폴리아나가 아이들에게 포장 요리 배달을 명령했다. 사람 부리는 능숙한 태도라 꼭 부모님 심부름처럼 느껴지지 뭔가. 아이들은 군말 없이 심부름을 가려다 깜짝 놀랐다. 내가 왜 모르는 아줌마 명령을 듣고 있지?

"우리가 왜요?"

"돈 줄게."

심부름값을 쥐여 주자 애들이 해맑게 웃었다. 폴리아나도 웃었다.

권력과 함께 재화는 가진 이를 웃게 만든다. 역시 권력과 돈이 최고였다.

"저 혼자 가도 되는데요, 아줌마."

"아냐. 저기 의사 양반들 다 먹을 만큼 사 와라. 많이."

"네에."

곡물과 가죽, 금은, 소금의 시세를 알면서 포장 음식 한 끼의 가격을 모르는 게 귀족. 폴리아나가 쥐여 준 금액이 많았기에 아이들은 가게를 털어 왔다.

평민들을 상대하느라 불만스럽게 진료하던 의사들 얼굴에 화색이 돌았다. 프라우와 폴리아나가 비밀로 했기에 그들은 환자 보호자가 한턱 쏘는 걸로 이해했다.

"잘 먹겠습니다, 부인."

"고맙습니다, 부인."

예의바르게 인사하고 의사들이 잠시 휴식을 선언했다.

그들은 식사하면서 바람도 쐬고 한숨도 돌렸다. 폴리아나는 '아줌마' 두 번과 '부인' 한 번에 충격을 받아 의사들 틈에 끼지 않았다.

"괜찮으십니까, 후작님? 어디 불편하신 데라도……."

"아니다. 내가 남들에게 어떻게 보이는지 되돌아봤다."

음식엔 죄가 없다. 이렇게 식욕이 없는 상태에서도 몸을 위해 먹어야 한다.

폴리아나는 포장 음식을 철근처럼 씹어 삼켰다. 안절부절못하던 프라우가 그녀 옆에 앉아 식사를 했다.

저녁 시간이 되면서 굴뚝마다 희뿌연 연기가 올라왔다. 하늘을 뒤덮는 매캐한 연기가 사람들의 코도 같이 찔렀다. 룩소스 1세가 저녁마다 이를 갈며 바람 좀 불어서 싹 쓸어 갔으면 좋겠다고 치를 떨 만했다.

폴리아나는 하나로 올라갔다가 허공에서 흩어지는 회색 연기를 넋 놓고 보았다.

"자네 청혼 말이야."

"쿨럭! 네?"

프라우가 먹던 음식물을 토하듯 뱉었다. 바로 바닥에 무릎 꿇고 빌 기세여서 폴리아나는 뜸 들이지 않았다.

"긍정적으로 검토해 보지."

프라우가 입을 벌렸다. 씹다 만 음식물이 그대로 보였다. 폴리아나는 손으로 턱을 올려 입을 닫아 줬다.

"그러니까 잘해 봐. 나는 노력하는 사람을 좋아하거든."

"후, 후, 후, 후, 후, 후."

"그래. 내가 아크레아 제국의 폴리아나 윈터 후작이다."

프라우가 전신을 떨며 후만 반복했다. 패기 없는 모습에 폴리아나는 조금 실망해서 3점을 감점했다.

사실 만점이 몇 점인지 그녀도 모른다. 정해 두지 않았다.

몇 점에 도달해야 결혼할지 모른다. 안 정했다.

장소는 병원 앞. 누가 봐도 혼기 놓친 미혼 남녀. 여자는 밭매러 가기 딱 좋고 남자는 겁먹고서 벌벌 떤다.

공기는 매캐해서 눈물이 다 나오고 음식은 맛없었다. 귀가 즐거운 새소리 대신 환자의 신음 소리가 울려 퍼지고 그나마 봐 줄만한 붉은 노을은 연기에 가려 안 보였다.

낭만이 얼어 죽었다. 대신 웃겼다.

낙엽 구르는 것만 봐도 까르르 웃음이 나오던 시절을 전장에 보내서 그런가? 폴리아나는 지금 상황이 꽤 즐거웠다. 웃음이 절로 나왔다.

폴리아나는 주린 배에 음식을 채워 넣으며 흥흥 웃었다.

룩소스 1세는 프라우를 외근 보내 폴리아나와의 접점 차단을 노렸다. 폴리아나가 직접 움직인다는 변수를 계산하지 못했기에 계획은 수포로 돌아갔다.

폴리아나는 퇴근한 다음 프라우를 찾아가 같이 시간을 보냈다. 둘이 함께 하는 일은 별거 없었다.

프라우는 성실히 일하고 폴리아나는 그걸 지켜본다. 그런 후 같이 식사를 하거나 술을 마셨다. 그 횟수가 많지도 적지도 않았다.

폴리아나는 여전히 초대받는 후작님이셨기 때문이다. 대부분의 휴일은 약속이 꽉 잡혀 있어서 폴리아나가 하루 온종일 시간을 내는 일은 드물었다.

같이 지내는 시간이 적음에도 불구하고 폴리아나가 흥흥 콧바람 뿜으며 웃는 날이 많아졌다. 그녀가 보기에 프라우가 노력하는 모습이 귀여웠다.

바닥에 앉으려고 하면 손수건을 깔아 주고 계단 앞에 서면 손을 잡으라는 듯 내밀었다. 상대를 제3의 성이 아닌 여인으로 인식하고 대하는 태도는 조금씩 추가점을 획득했다.

한 번에 백 점이 팍팍 떨어지는 법은 없었다. 2점, 3점, 폴리아나 마속 점수표는 아주 조금씩 점수를 늘렸다.

이대로라면 폴리아나가 황제를 찾아가 "저 결혼합니다."라고 말하는 바람에 룩소스 1세를 기절시킬지도 몰랐다.

황제의 건강을 염려한 하늘의 배려일까. 그런 일은 벌어지지 않았다.

룩소스 1세는 운수가 좋은 편이다. 운명은 언제나 그의 편이었다.

대륙 일통이라는 거사를 10년 만에 완성했고 그 와중에 측근을 잃거나 뼈아픈 패배를 당하지도 않았다. 태어날 때부터 일국의 유일한 왕자였다는 점에서 그의 운수 일부를 엿볼 수 있다.

사소한 부분에서 남들처럼 불행이 찾아올지 몰라도 대운은 대륙 최강이었다.

폴리아나와 프라우는 필연적으로 일정 기간 떨어질 인연이었다.

건국 기념일이 다가왔기 때문이다.

폴리아나는 후궁의 경비를 책임지는 제2근위대장으로서 토리와 스트라를 호위하고 황제의 측근으로서 룩소스 1세를 따라 나나바에 가야 했다. 프라우는 황제의 명령으로 야파에 남았다.

야파에 잔류를 결정한 시켈이 황제를 따라갈 동생을 찾았다.

간단한 사정 좀 알아봐 달라고 했는데 남동생은 시켈을 찾아오지 않았다. 일이 바쁜 걸 알아도 자기 필요할 때만 누나를 찾으니 참 한심한 노릇이다.

최근 본성 출입을 삼갔지만 동생이 집에 들어오지 않으니 직장에서 찾아야 했다. 원수는 외나무다리에서 만난다고, 시켈은 아이노 경과 마주쳤다. 저 심기 불편해 보이는 얼굴의 작자가 시켈이 본성 출입을 삼가게 만든 원흉이었다.

“…….”

“…….”

남녀는 걸음 속도를 늦추지 않았다. 눈빛만 서로를 향하여 떼지 않던 남녀는 곧 서로를 지나쳐 버렸다.

아이노 경이 뒤로 지나가자 시켈은 크게 한숨을 쉬었다.

‘이제 포기했나 봐.’

평소 같으면 갑자기 다가와서 이상한 말을 하고 추근거렸을 것이다. 주위에 사람이 없으면 반드시라고 말해도 과언이 아닐 정도로 들러붙었던 남자다. 아이노 경의 바뀐 반응이 시켈은 반가웠다.

시켈은 가슴 위에 손을 올렸다가 곧 내렸다. 그녀는 고개를 저었다. 그녀의 인연이 아니었다. 인연이었어도 달갑지 않았다.

디크 경은 시켈의 방문에 사과부터 했다. 일이 바쁘다 보니 소문을 수집하고 시켈을 찾아갈 시간이 안 났다.

처음 디크 경은 시켈이 프라우에 대해 조사해 달라고 말했을 때 이렇게 생각했다.

'누나가 그 남자에게 관심이 있나?'

누이의 독신 선언을 두고 잉그레터가의 삼형제는 조금씩 부채감을 갖고 있었다. 삼형제 중 한 명이라도 집에 남았으면 시켈은 파혼당하지 않았을 것이다. 파혼당했어도 새 혼처를 찾았을 것이다.

그러나 시켈은 연락이 점점 뜸해지는 형제들에게 기댈 수 없게 되었고 여자 몸으로 홀로 부모님과 가정을 지탱했다. 살림이 나아진 현재엔 나이가 너무 많아 재취가 아니면 혼담이 성립되지 않았다.

그녀의 좋은 혼처를 잡아 주기 위해 오빠, 동생과 부모님이 머리 숙이고 주위에 부탁하는 게 싫었던 시켈은 독신을 선언했다. 직장도 잡았으니 가문의 재산을 축내지도 않을 거라 말했다.

디크 경은 자다가 생각날 정도로 누나의 선언이 부끄러웠다. 그와 형제들이 부족하고 모자라 시켈을 내몬 것이나 다름없었다.

그런 시켈이 관심 가는 남자가 생겼다니 환영이었다. 디크 경은 희희낙락 조사에 착수했다. 미혼이라는 점에 환호성을 질렀다. 가문에서 쫓겨난 건 마음에 걸려도 그렇게 나쁜 상대는 아니었다.

하지만 사람은 캐면 캘수록 뭔가 나온다. 오래전 일이나 남매의 부모가 도달한 지점까지 디크 경도 금방 닿았다.

프라우 스네크는 여자 문제가 있었다. 한동안 없었으나, 과거에 크게 한 건 했다. 프라우 스네크는 가문의 하녀와 연인 관계였다. 그걸로 가주의 노여움을 사 가문에서 쫓겨났다.

"여자 때문에 집안에서 쫓겨나다니……."

"갖고 놀거나 첩으로 두면 용서하려고 했는데 결혼하려고 했다나 봐."

여자를 갖고 놀면 젊음의 방황으로 용서하고 책임지고 결혼하려 하면 용서받지 못한다. 귀족 사회는 가끔 이상한 상식을 들이댔다. 귀족의 말단에서 간신히 버티는 시켈은 떨떠름한 표정을 지었다.

"그래도 깔끔해."

디크 경이 손바닥을 벌렸다. 가문에서 쫓겨날 정도로 죽네 사네 하는 사건이었다. 이후로 프라우는 현재까지 여자 문제를 일으킨 적 없다.

그는 독신으로 혼자 야파에서 거주 중이며 주기적으로 나나바에 남은 지인들과 연락했다. 특별히 이상한 점은 없었다.

"깔끔하다고?"

"하녀가 죽었거든. 이후론 다른 여자도 안 만나고 깔끔해. 용서를 빌었으면 가문으로 돌아갈 수 있었을 것 같은데, 자존심 때문에 그러지 않은 것 같아."

디크 경이 알아낸 정보는 사실 잉그레터 자작 부부도 알고 있었다. 시켈의 귀에 들어가지 않은 건 귀족 가문의 도련님이 하녀를 건드리는 것 같은 추문을 젊은 아가씨에게 말해 주고 싶지 않았기 때문이다.

흔하고 흔한 일이라 새삼스러울 건 없다. 그러나 자기 딸아이 귀에 들려줄 마음은 없다. 모르고 사는 게 나을 때도 있으니까.

“그렇구나. 알아봐 줘서 고마워.”

“아, 프라우가 폴리아나 경에게 청혼한 건 들었지?”

“응. 직접 들었어. 거절하셨으니 됐지.”

프라우의 청혼은 조사하고 있던 디크 경도 깜짝 놀랐다. 조사하면서 알아본 바론 프라우가 그런 성격으로 느껴지지 않았기 때문이다.

“그런 성격이 아니라고 생각했는데. 재산이라…… 윈터가가 부유하긴 하지.”

디크 경이 시켈 눈치를 살폈다. 시켈은 동생의 오해를 풀지 않았다. 명색이 정보부 수장이니 사람의 속내쯤은 잘 파악하라는 의미에서였다. 틀려서 손해를 본다면 경험이 되어 재발을 막을 것이다.

그보다 시켈은 다른 건으로 갈등했다. 과거의 이 일을 폴리아나에게 말해 주느냐 마느냐.

폴리아나도 귀족이다 보니 결혼에서 감정을 찾지는 않는다. 오히려 대놓고 재산을 노린 프라우의 솔직함을 높게 산 것처럼 보였다. 레베카는 그 일로 혈압이 올라 폴리아나를 찾지 않고 있었다.

과거에 벌인 추문이 마음에 걸리는데 10년이 지난 사건이었다. 새삼 들쑤시는 것도 이상했다. 여자가 살아 서로 왕래하면 문제 제기를 할 수 있겠지만 이미 사망했다.

이뤄지지 못한 사랑이 애틋해 10년 동안 감정이 더욱 깊어졌더라도 그건 배신이 아니다. 결혼 후 다른 여성과 육체관계를 맺어도 그걸 원인으로 남자를 몰아세울 수 없었다.

“필요하면 더 캐 볼게.”

디크 경은 야파에서 조사했다. 나이 든 이들은 더 오래전의 일들도 기억하고 있을 것이다. 나나바에 있는 정보원에게 요청하면 더 자세한 정보를 얻을 수 있다.

시켈은 그만하면 됐다고 손을 내저었다.

‘포기했나 보네. 다행이다. 차라리 믿을 만한 사람 찾아서 후처로 들어가는 게 낫지. 그 양반은 영…….’

디크 경이 피식 웃었다. 남동생이 봤을 때 프라우는 아니었다. 남자가 그게 뭐냐고.

‘괜찮겠지.’

동생과 헤어져 후궁으로 돌아가는 시켈의 발걸음은 느릿느릿했다.

폴리아나가 프라우에게 깊은 정을 품었다면 당장에 말렸을 것이다. 하지만 깊은 정이 아니고 서류상 남편감으로 눈여겨보고 있을 뿐이다.

시켈은 며칠 간격으로 벌어지는 둘의 데이트(?)를 몰랐다. 덕분에 가볍게 생각했다.

하아. 참새가 하품하는 것보다 작은 한숨이 나왔다.

차라리 아이노 경이 폴리아나에게 구애했다면 좋은 짝이 되었을 것이다. 둘 다 세력이 거대해 귀족들이 반대하는 일은 있어도 격이 안 맞는다고 하진 않았겠지.

둘의 황제 사랑은 유명하니 부부가 되어도 의외로 죽이 잘 맞았을 수도 있다. 아침에 일어나 룩소스 1세의 초상화에 인사하고 황제 찬양을 하며 잘살지 않을까?

하아. 이번엔 비둘기 하품 정도였다.

그래 봐야 상상에 불과하다. 다 의미 없고 부질없었다.

폴리아나도 아이노 경도 모두 시켈은 상상도 못할 만큼 거대한 권력의 주인이었다. 그들은 힘이 있고 의지가 있다. 분명 시켈보다 현명하게 인생을 걸어갈 것이다.

권력자가 반드시 현명한 삶을 사는 건 아니다. 하지만 시켈은 그렇게 믿었다. 그녀가 적극적으로 나서고 움직여야 했던 시기는 지났다.

형제들이 돌아왔다. 한 명도 빠짐없이 살아 왔다. 시켈은 '보호자'를 되찾았다. 어떻게든 가문을 지탱하기 위해 했던 노력은 이제 하지 않아도 된다. 그녀에게 지워졌던 책임에서 벗어나 무언가를 결정할 필요 없이 순종하기만 하면.

더 큰 한숨이 나오기 전 시켈이 입을 막았다.

아이노 경이 황제에게 나나바까지 가는 행렬의 경비 계획을 보고했다. 알아서 잘해 왔기에 룩소스 1세는 별다른 말 없이 허가했다.

공적인 임무가 끝나고 아이노 경이 사적인 건을 보고했다.

"결혼하려고 합니다."

말하는 표정이 심하게 태평했다. 집에서 키우는 개를 교배해도 저것보다 심각한 표정이 나올 것이다. 누가 보면 열 번 장가들어 열 번 이혼한 남자가 열한 번째 결혼을 보고하는 걸로 착각할 정도였다.

"누구와?"

룩소스 1세가 깜짝 놀라 물었다. 그는 벗과 시켈의 진도를 알고 있었다. 아이노 경은 무작정 쫓아다니고 시켈은 무조건 회피했다. 절대 좁혀지지 않는 둘의 지지부진한 관계엔 진전의 'ㅈ'도 찾기 힘들었다.

그런데 결혼한다니?

룩소스 1세는 아이노 경의 말뜻을 이해하려고 노력했다. 친구가 갑자기 말도 안 되는 이야기를 꺼냈을 리가 없다.

늘 내키는 대로 행동해도 결국은 룩소스 1세를 위해 행동하는 벗이었다. 둘의 우정은 참으로 깊었다.

"시켈 잉그레터 양입니다."

"짐이 알기로 잉그레터 영애와 이노 너는 아무런 연관도 없는데. 잉그레터 자작 가문과 세키 공작 가문은 격도 맞지 않는다. 그보다 이노. 너는 짐이 맺어 주는 집안이면 좋다더니?"

룩소스 1세는 짐짓 진지한 척 의뭉 떨었다. 아이노 경이 시켈에게 반한 것을 비밀로 했기에 룩소스 1세도 계속 모르는 척했다.

아이노 경의 장대한 삽질은 근래 황제의 몇 안 되는 즐거움 중 하나였다. 그걸 일부러 밝혀서 재미를 반감할 수야 있나.

아이노 경이 알아채면 배신감에 치를 떨 것이다. 하지만 뭐 어떤가. 이렇게 서로를 엿 먹이는 것이 둘의 관계다.

엿 먹는 횟수는 룩소스 1세가 압도적으로 많았다. 그러니 조청을 들이부을 기회가 있으면 놓치지 않는다. 그게 절친한 벗 사이에 오고 가는 정 아니겠는가.

"다 아시면서 그러시깁니까."

아이노 경이 심드렁한 얼굴로 지적했다.

"폐하, 몹시 가증스럽사옵니다. 소신의 안구 건강을 위해 그만둬 주소서."

"언제 알았느냐."

룩소스 1세는 진지한 얼굴을 집어치우고 빙그레 웃었다. 아이노 경은 콱 패 주고 싶은 걸 참았다.

"폴리아나 경이 소신을 볼 때마다 허파에 바람 든 것처럼 웃는데 어찌 모르겠습니까."

룩소스 1세가 제 마음을 고백한 이후. 아이노 경은 폴리아나를 볼 때마다 미친 듯이 웃었다. 그랬는데 요즘은 폴리아나가 아이노 경을 볼 때마다 배를 잡고 웃었다.

안 웃는다 싶으면 바람 빠지는 소리를 내며 킥킥거리니 아이노 경은 금방 눈치챘다. 비슷한 상황을 겪어 봤기에 깨달음은 빨랐다.

룩소스 1세는 그래도 한 번 더 튕겼다. 너무 빨리 인정하면 인간미가 없기 때문이다.

"윈터 후작이 웃는 일과 짐이 무슨 연관이라도 있나. 어찌 사람이 그리 성급하게 단정 지어?"

"폴리아나 경 성격에 이런 일은 가장 먼저 폐하께 일러바쳤지 않사옵니까. 폐하와 윈터 후작이 연애담 좋아하고 공유하는 거 아는 사람은 다 아옵니다."

츳츳. 룩소스 1세가 아직 멀었다는 듯 오만한 표정을 지었다. 황제의 손가락이 좌우로 세 번 움직였다.

"틀렸다, 이노. 짐이 폴 경에게 알려 줬느니라."

'그거 퍽이나 자랑스러우시겠습니다.'

아이노 경은 뭐 씹은 표정이 되어 속으로만 꿍얼거렸다. 룩소스 1세가 진심으로 뿌듯해하고 있어서 따지기를 포기했다.

가장 절친한 친구의 결혼. 갑작스럽지만 참으로 경사스러운 소식이었다. 룩소스 1세는 제 사랑이 이뤄진 것처럼 환하게 웃었다. 마음에서 우러나오는 축하의 말이 이어졌다.

"둘의 사이가 언제 그렇게 진전되었나. 침대에서 앓을 정도로 좋아하더니 정말 축하한다. 한데 궁금하구나. 어떻게, 벗인 나에게만 자세히 말해 주지 않겠느냐."

여성에게 일방적으로 마음을 품은 입장에서 룩소스 1세는 아이노 경이 시켈의 마음을 사로잡은 비결이 궁금했다. 폴리아나에게 써먹지는 못하더라도 같이 얘기하며 즐거워할 수는 있겠거니.

아이노 경이 개풀 뜯는다는 표정을 지었다. 갑자기 무슨 말씀을? 그는 가볍게 고개를 저었다.

"진전 안 됐습니다."

"음?"

"코에몽 강보다 더 넘기 힘듭니다. 진전 없습니다."

"결혼한다고 방금 말했잖느냐."

"네. 할 겁니다. 결혼."

아이노 경은 룩소스 1세의 앞으로 다가와 책상을 짚었다. 그는 상체만 기울여 룩소스 1세에게 들이댔다.

"소신은 폐하처럼 대인배 아닌 소인배에 옹졸한 협잡꾼이라 권력을 쓸 겁니다."

대륙을 통일해 놓고 사랑하는 여자 하나 손에 넣지 못하는 룩소스 1세가 있다. 사랑을 이루지 못하는 원통함과 징징거림을 아이노 경 혼자 감당하고 있었다. 반면교사로 충분했다. 차고 넘쳤다.

비크 경을 압박해 잉그레터 가문에 초대받은 후 자신의 앞에서 절절매는 잉그레터 자작 부부를 보고 아이노 경은 깨달았다.

그가 너무 룩소스 1세처럼 생각했음을.

인생을 함께한 절친한 벗이 여인의 마음을 신경 쓰고 그녀의 행복부터 빌었다. 옆에서 보고 있자니 나도 그렇게 해야 한다고 착각해 버렸지 뭔가. 혼담을 넣기에 앞서, 마음부터 사로잡아야 한다고 생각했다. 하지만 그건 룩소스 1세의 방식, 룩소스 1세의 사랑법이었다. 심지어 시도할 엄두도 못 내고 실패했다.

무력으로 대륙을 통일한 최초의 황제는 사랑에 있어선 패배자요, 낙오자요, 비겁한 겁쟁이에 불과하다. 아이노 경이 그를 본받을 이유가 없었던 것이다.

대륙 최강의 기사 아이노 경이 황제 앞에서 선언했다.

"폐하, 소신은 사랑하는 여자와 결혼할 겁니다."

"그녀가 널 사랑하지 않아도 말이냐."

"언제부터 귀족의 혼인에 감정이 끼었습니까. 불민한 소신에게 알려 주소서."

"이노…… 그러지 말거라. 마음에 품은 여인에게 각박하게 구는 건 사내대장부 도리가 아니니라."

"폐하. 저는 소인배라 폐하처럼 보기만 하는 건 불가능합니다. 그전에 속이 터져 죽을 겁니다."

아이노 경은 말보다 행동이 빠르다. 그가 룩소스 1세처럼 굴려니 굉장히 안 어울렸다.

좋아하게 되었으니 상대도 자길 좋아해 주길 기다린다. 그건 룩소스 1세가 잘하는 짓이다. 아이노 경이 잘하는 짓이 아니었다. 사람에게 화가 났을 땐 주먹부터 휘두른다. 누군가에게 반했을 땐 입술부터 부딪치는 게 아이노 경의 성미에 맞았다.

그놈의 사랑이 뭔지. 황제를 울리고 이제는 그까지 울렸다. 사나이 가슴에 홍수를 일으키는 사랑. 불을 붙이는 사랑.

룩소스 1세는 아이노 경의 대응이 안타까워 할 말을 골랐다. 권력자의 사랑이 품은 위험은 누구보다 자신이 제일 잘 알았다.

폴리아나의 행복을 예외로 두었을 때 룩소스 1세가 쓸 수 있는 수는 정말 많았다. 정 안 되면 그녀의 눈과 귀를 막아 권력과 정보에서 떨어트려 놓고 말도 안 되는 핑계를 대어 결혼할 수도 있었다. 귀족들을 제어하기 위해서란 핑계를 대면, 계약 결혼 관계를 유지하는 게 새 임무라고 말하면 폴리아나는 선뜻 고개를 끄덕였을 것이다.

황제를 믿고 고개를 끄덕일 그녀를 안다. 알기에 더 그러지 못했다. 룩소스 1세는 절친한 벗이 이러한 사실을 깨닫길 원했다.

"그러면 못쓴다."

한참을 고른 말이 사탕 몰래 먹는 세 살에게 쓰는 말이다. 글렀다. 아이노 경은 오랜만에 황제의 애칭을 입에 담았다.

"룩시. 허락해 줘. 난 그녀를 사랑해."

"사랑하면서 강압하겠다는 게 이상하다고 생각은 못하느냐."

"뭘 해도 안 받아 주는데 어쩌라는 겁니까!"

그야 당연했다. 룩소스 1세가 보건대 아이노 경은 연애엔 재능이 없었다.

연애 한 번 안 하고 삼십 대가 되어 버린 남자는 신분과 가문, 능력, 황제의 총애, 인맥이란 어마어마한 조건으로 특등급 신랑감 소리를 들었다. 하지만 그걸 모두 배제한 아이노 경의 실체는 어떠한가?

성질머리 더럽고 결벽증적 성격에 신분 낮은 이를 천대한다. 살면서 참을 필요가 없었기 때문에 성격은 엄청 급했다. 그러면서 룩소스 1세 놀려 먹는 일엔 몇 개월을 소비할 정도로 집착했다.

재수 없는 새끼라 이거다.

연애 소설도 안 읽으면서 현실에서 연애 소설에서도 안 나올 대사를 하는 점에서 이미 글러먹었다.

"짐에게 교습이라도 받겠느냐?"

"폐하. 아뢰옵기 황공하오나 폐하께서 레이디에게 인기가 좋은 것은 옥 같은 외모 때문입니다."

아이노 경도 룩소스 1세에 대해 잘 알았다. 룩소스 1세는 여자를 꼬시기 위해 노력한 적이 없었다. 외부 조건이 압도적으로 좋은 데다 얼굴이 참 잘나셨기 때문이다.

정작 꼬시고 싶은 폴리아나를 실패했으니 룩소스 1세라고 남다른 점은 없었다.

"마음을 얻을 수 없다면 서류상으로라도 부부가 되겠습니다! 허락해 주십시오! 충신의 청입니다!"

"이노, 짐이 본래 일찍이 너의 마음을 알아 잉그레터 영애의 마음만 사로잡는다면 혼인을 성사시켜 주려 했다. 하나 이런 방식은 허락할 수 없구나."

아이노 경이 입술을 오리처럼 내밀었다.

'삐졌구나.'

룩소스 1세의 등골을 타고 식은땀이 흘렀다. 재수 없는 새끼는 삐지면 더 재수 없어졌다. 황제의 눈에 긴장이 서렸다.

'때릴까? 책상을 엎을까? 괴물 도마뱀을 산 채로 잡아 와 던지진 않겠지?'

룩소스 1세가 몸으로 경험한 아이노 경의 성질머리에 어울리는 지랄을 예상했다.

놀랍게도 아이노 경은 자리를 뜨지 않았다. 사람은 누구나 성장한다. 본인이 너무 잘나 더 잘나질 게 없다는 아이노 경도 사실은 성장했다.

'이대로 나가면 룩시가 결혼 허락 절대 안 해 줄 거야.'

귀족은 황제의 허락이 떨어지지 않으면 결혼을 인정받지 못한다. 시켈과 결혼하기 위해선 룩소스 1세를 설득해야 했다. 아이노 경이 머리를 굴렸다. 시켈을 향한 마음은 진심이었다.

트루-럽이 기적을 낳았다. 혹은 폴리아나가 넘긴 연애운이 발휘되었는지도.

"충신을 자칭했으니 폐하의 명을 받듦이 옳습니다. 폐하의 명에 따르겠사옵니다."

"이노, 어디 아픈 게냐? 그렇게 결혼이 하고 싶었어?"

"하오나 이루지 못한 사랑은 가슴 아픈 것. 폐하께서 신에게 그리하셨듯, 신도 폐하를 뵙고 종종 이루어질 수 없는 사랑 타령을 하겠사옵니다. 미리 양해를 구하옵니다."

아이노 경이 아픈 줄 알고 놀랐던 룩소스 1세의 표정이 굳었다.

"짐……처럼?"

"네. 폐하처럼."

룩소스 1세가 오랜 징징거림의 역사를 회상했다. 솔직히 죽마고우라도 못 참을 추태였다.

황제가 만면에 미소를 머금었다. 회심의 미소에 얼굴에서 광채가 흘렀다.

"귀족의 결혼이야 다 가문의 이득을 계산해 부모가 정하는 것 아니겠느냐. 사랑으로 결혼하고자 하니 참된 신세대 귀족의 기상이로다. 잉그레터 자작에게 허락만 받아 오거라. 짐을 믿어."

네가 생각해도 진상이었지? 나한테 잘해.

아니까 허락해 주잖아.

묵언 대화가 오가고 아이노 경이 과장되게 절했다.

"성은이 망극합니다!"

"혼인 후에 짐을 찾아오면 아니 되느니라. 그건 연애가 아니라 부부 문제이니 짐과 같은 삼자가 끼어들 일이 아니다."

"그래도 가끔 받아 주실 걸 믿습니다."

세키 공작 부처는 두 아들과 함께 야파로 이주하지 않고 아크레아에 남았다. 세키 공작령에서 성을 지키고 있을 부부는 건국 기념일에 참석하기 위해 나나바로 이동할 것이다. 아이노 경은 그때 부모님에게 결혼을 통보하기로 마음먹었다.

허락 아니다. 통보다.

룩소스 1세는 아이노 경이 부럽고 또 걱정되어 시선을 떼지 못했다.

황제의 행렬이 야파를 떠나 나나바로 이동했다.

여성과 노약자, 승마가 익숙하지 않은 자들은 마차에 탔다. 나머지 인원은 도보와 말을 이용했다.

폴리아나는 여성으로 유일하게 말에 기승했다. 혹시 모를 불상사에 대비해 사슬 갑옷을 제복 안에 받쳐 입고 검과 활로 무장했다. 투구는 그녀가 가장 먼저 챙기는 방어구였다.

그녀의 잇 템, 인생 템, 머스트 해브 아이템.

행렬의 이동 속도는 느렸다. 노약자가 포함된 인원이라 어쩔 수 없었다. 성질 급한 기사 몇이 작게 구시렁거렸다. 폴리아나가 그들의 뒤통수를 후려쳤다.

"병사의 진군 속도와 비교하면 어쩌나!"

"하오나 후작님! 그때 우리는 길도 닦으면서 갔습니다!"

아하, 폴리아나가 너 잘 만났다는 듯 외쳤다.

"길 닦고 싶은가 보지?"

"아닙니다!"

"보내 줄 수 있는데? 대륙은 넓고 폐하의 은총이 구석구석 닿기 힘드니 오지에 길 뚫는 작업은 언제나 진행 중이다. 원하면 말하라! 보내 주겠다!"

"아닙니다! 시정하겠습니다! 말이 헛나왔습니다!"

약간의 소동이 있었다. 그 외엔 잠잠했다. 토리와 스트라는 체력이 좋아 긴 마차 여행에도 지치지 않았다. 시녀 중 몇은 피로와 탈진 증세를 보였다. 넉넉하게 잡은 일정 덕분에 그녀들을 낙오시키지 않아도 되니 좋았다.

전시이고 군대였다면 가차 없이 버리고 떠났을 것이다. 후발 주자와 합류하거나 회복하여 따라오면 좋고, 아니면 낙오병 혹은 탈

주병이다.

폴리아나는 아주 오래전, 그녀가 빼빼 마른 소녀였던 시절을 회상했다. 그때 그녀는 탈영의 오욕을 쓰지 않기 위해 필사적이었다.

갑옷은 얼마나 무겁고 날은 얼마나 더웠는지. 투구 속 그녀의 얼굴은 땀으로 세수를 하고 머리를 감았었다. 말에 태워 줄 것처럼 굴고서 돌아선 기사를 원망하지는 않았다. 야속하다 여긴 적도 없다.

그랬던 소녀가 지금은 그때 기사가 타고 있던 말보다 더 좋은 혈통의 군마를 타고 있다.

룩소스 1세는 그녀를 위한 금속 갑옷을 주문 제작해 하사했다. 질 좋은 철에 다른 금속을 섞어 탄성과 강도를 높이고 움직이기 편하도록 통짜가 아닌 부분 부분을 만들어 맞췄다.

가장 솜씨 좋은 갑옷장이가 만들어 겉에 백금과 금을 세공한 하나의 예술품이다.

유일한 단점이라면.

'살찌면 안 돼.'

맞춤형이라 몸매가 크게 변하면 안 된다.

폴리아나는 군살 없는 몸매에 맞춤형 갑옷을 자랑하던 기사들이 배만 튀어나와 배 부분 파츠만 새로 만드는 걸 봤다. 그건 정말 슬픈 일이었다. 자주 입어 길든 사지 파츠와 다르게 배만 번쩍번쩍 빛이 났다.

"으흐흐."

인상 깊어 잊으려야 잊을 수 없는 장면이다.

폴리아나가 마음 놓고 웃었다. 어차피 투구에 가려 그녀의 표정은 외부에 드러나지 않는다. 소리만 안 내면 무슨 표정을 짓고 있든 자유다.

행렬의 선두에서 아이노 경과 대화하던 룩소스 1세가 속도를 늦춰 폴리아나에게 다가왔다. 폴리아나는 웃음을 뚝 그치고 정색했다

"무슨 일이십니까, 폐하."

"보는 내가 답답한데 투구를 벗지 않겠느냐."

"답답하지 않습니다. 폐하야말로 투구를 쓰지 그러십니까."

룩소스 1세에겐 폴리아나가 쓴 것처럼 효율성을 추구한 투구 말고도 보여 주기 용의 투구도 많다. 폴리아나는 황제가 안전을 위해 투구를 쓰길 바랐다.

룩소스 1세가 고개를 저었다.

"답답하다."

"마차에 오르는 건 어떠십니까."

"그건 더 답답하다. 그래, 경. 경과 함께 말을 타고 있으니 개선하고 돌아오던 날이 떠오르는구나."

룩소스 1세의 말에 자연스럽게 폴리아나도 개선 행군하던 날을 떠올렸다. 개미 한 마리 그들의 앞에 놓여 있지 않았다. 폴리아나의 입가에 자연스러운 미소가 지어졌다.

그날은 참 좋은 날이었다. 흩날리는 꽃잎과 색종이는 썩은 피에 꼬인 파리처럼 폴리아나의 시야를 가렸고, 인파에 불순한 자가 숨어 있을 걸 걱정해 신경을 곤두세웠다. 그리고 그 모든 짜증을 불식시키는 주군이 계셨다.

참 좋은 날이고 멋진 추억이었다. 폴리아나가 늙어서도 해 줄 얘기가 있었다.

"그때 폐하께서 제게 꽃을 주셨죠."

"기억하고 있었느냐?"

룩소스 1세의 눈이 기대감에 반짝였다.

"계속 갖고 다니다 상해서 버렸습니다만 받은 건 기억합니다. 건틀렛에 꽃 냄새가 배었거든요. 폐하께서 신경 써 주신 덕분에 긴장이 풀렸었습니다. 언제나, 폐하의 은덕에 감사할 뿐입니다."

폴리아나가 꾸벅 고개를 숙였다. 룩소스 1세의 눈에서 기대감이 사라졌다. 체념이 기대감을 후려 패고 들어와 자리 잡았다.

네 자린 줄 알았지? 어림없다.

황제는 크게 실망하지 않았다. 그럴 줄 알았다. 그냥 혹시나 했다. '혹시'와 '설마'가 가끔 사람을 잡으니까.

느긋한 여정 중간중간 교대한 기사들이 숲으로 들어갔다. 하나같이 아크레아 출신이란 공통점이 있었다.

돌아오는 그들의 손엔 여지없이 사냥감이 들려 있었다. 시간을 오래 들이지 못해 대단한 건 못 잡는다고 엄살떠는 것도 잊지 않았다. 북부인은 대체로 허세가 강했다.

룩소스 1세가 엉덩이 근지러워 들썩들썩하는 통에 말리는 게 큰 일이었다. 도무지 근위대의 말을 따르지 않는 황제로 인해 폴리아나는 토리와 스트라에게 원군을 요청했다.

둘은 발빼했다. 폴리아나도 못 막는 황제를 어찌 말리느냐는 요지였다.

들뜨기는 그녀들도 마찬가지였다. 평탄해서 지루하기까지 한 여정을 가장 반긴 인물이 토리와 스트라였다.

대부분의 여자들은 일생에 단 한 번 이동한다. 태어난 곳에서 자라 결혼할 때 한 번 여행을 하고 죽을 때까지 한 장소에서 아이를 기른다. 이주의 자유가 있는 자유민 태반이 그렇게 사니 그녀들만 그러는 것은 아니다.

그러나 누구나 한 번쯤 로망스와 소설, 음유시인의 영웅담 속에 등장한 여행과 모험을 꿈꾼다. 단순한 마차 여행도 레이디들에겐 모험이었다. 갑갑한 마차와 진동도 생경해 신기했던 것이다.

여정이 더 길어지면 진저리 치게 될지도 모르지만 그녀들에겐 다행히도 나나바와 야파의 거리는 그렇게 멀지 않았다. 제국의 구 수도와 신수도이기에 오고 가는 사람이 많아 길도 잘 닦여 흔한 돌부리 하나 없었다.

황제와 귀족 행렬은 순조롭게 나나바에 도착했다. 개선식이 아니기에 도시를 한 번 빙 도는 일 없이 바로 내성으로 이동했다.

"어서 오십시오, 폐하."

루조 대공이 부인과 함께 황제를 문 앞까지 마중 나왔다.

성의 가장 높은 첨탑에 황제 행차를 알리는 깃발이 걸렸다. 북쪽의 강풍에 묵직한 기가 휘날리는 모습이 장관이었다. 중부의 성보다 투박한 나나바 성이기에 묵직한 멋이 있었다.

"고개를 들라, 대공."

룩소스 1세와 루조 대공이 나란히 섰다. 가발과 다이어트로 왕년의 미모를 되찾은 루조 대공은 황제 옆에서 꿇리지 않았다. 자리에 있던 모든 아가씨들이 꺄아 하고 새된 비명을 질렀다.

"어서 들어가자."

룩소스 1세는 천천히 대공을 치하하는 대신 다급하게 입성했다.

룩소스 1세는 시종이 시중을 들어 주는 속도보다 빠르게 옷을 벗었다. 그리고 목욕물부터 찾았다. 이 또한 누가 시중들어 주는 걸 기다릴 수 없다는 듯 빠르게 해치웠다.

깨끗하게 몸을 씻은 황제가 향한 곳은 친애하는 사촌 동생이 머무르는 공간이다. 룩소스 1세의 금발이 물기를 다 말리지 않아 짙게 빛났다. 시녀 몇이 그 모습을 보고 얼굴을 붉혔다.

루조 대공은 미리 언질도 안 하고 찾아온 사촌 형 때문에 당황했다. 룩소스 1세는 루조 대공을 보자마자 요구했다.

"조카는? 우리 귀여운 조카 얼굴을 보자."

조카 맡겨 둔 것처럼 당당했다.

룩소스 1세에게도 그럴 만한 사정이 있었다. 조카가 태어난 지 1년이 다 되어 간다. 그동안 룩소스 1세는 조카 얼굴도 보지 못했다.

어린 조카가 여행을 하지 못하니 그가 움직여야 하는데 황제가 쉽게 옥좌를 비울 수 없었다. 루조 대공이 보내 주는 초상화는 감질 맛만 키울 뿐이다.

레베카가 임신하지 않았더라면 황제는 조카를 보기 위해 성을 몰래 빠져나왔을지도 모른다. 오자마자 조카 타령하는 사촌 형의 모습에 루조 대공이 항의했다.

"폐하, 너무하신 것 아니십니까?"

"너도 짐의 입장이 되어 보거라. 혈육이라곤 사촌 아우 하나였다가 조카가 생긴 짐의 마음을!"

"곧 아버지가 되시잖습니까!"

"그러니까 버텼다!"

황제가 북부를 맡기는 바람에 나나바 성에 또 갇힌 루조 대공이 서러워 울먹였다. 결혼하면 놓아준다더니 전부 거짓부렁이었다. 황제의 약속을 믿는 게 아니었는데.

정복하고 난 후엔 모두가 보는 앞에서 치하라도 해 줬다. 이번엔 공치사도 없이 조카 타령이나 한다. 어찌나 당당한지 조카가 아니라 아들 찾는 태도였다.

대공자의 유모가 담요로 둘둘 감싼 덩어리를 안고 왔다. 룩소스 1세가 환희에 차 받아 안았다. 담요를 헤쳐 아기 얼굴을 보기 전부터 룩소스 1세는 웃고 있었다.

"으허허허허."

"폐하, 체통을 지키시지요."

루조 대공이 유모 보기 민망해 작게 충언했다. 룩소스 1세가 아기 얼굴을 확인하고 입을 크게 벌렸다.

"짐이 아니 웃게 생겼느냐. 으허허허허, 아이고. 아이고, 귀엽군, 귀엽구나, 귀여워. 묵직한 걸 보게."

황제가 안은 아기, 파크 루조는 아직 만으로 12개월이 되지 않았다. 공자는 낮잠을 자다 시끄러운 소리에 깼는지 볼을 실룩였다. 황제가 그것도 신기해 웃었다.

룩소스 1세에게 아직 후계자가 없기 때문에 이 아기가 현재 황위 계승 서열 2위였다. 황위 계승 서열에선 계속 밀려날지언정 대공위 계승 순위는 1위를 고수할, 실로 고귀한 아기님이었다.

루조 대공 부처에겐 첫아이이자 장남이고, 룩소스 1세에겐 첫 당질이다. 현시점에서 대륙에서 가장 귀한 아기라고 해도 과언이 아니었다.

그렇게 귀한 아이인데 룩소스 1세가 안은 자세가 어설펐다. 루조 대공은 안절부절못했다.

"폐하, 이리 주십시오."

"목을 가누느냐? 가누는구나. 귀엽구나, 귀여워. 하하, 귀여워. 아가, 파크야, 내가 네 당백이다."

"좀! 애 놀랍니다!"

첫 조카 앞에서 황제는 위엄과 체통을 아끼지 않고 버렸다.

루조 대공이 부르르 떨었다. 친조카나 외조카도 아니고 당질에게 이런다. 친아들이 나오면 얼마나 불출산을 등정할지 감이 오지 않았다.

황제가 어디 아이 안아 볼 일이 있던가. 12개월이 가까우면 목을 가눈다 뿐이랴. 기고 선다. 간단한 어휘도 구사할 수 있었다. 나름 사람 노릇 하는 것이다.

그런데 룩소스 1세는 목 가누느냐 타령을 하고 있었다. 그가 아이를 안은 모습은 그저 어설펐다. 아이에 대해 아는 게 쥐꼬리만큼도 없는 사람이 계속 애를 안고 있게 둘 순 없었다.

루조 대공은 부정을 발휘해 황제에게서 아들을 되찾았다. 룩소스 1세는 품에 안고 있던 묵직하고 따뜻하고 보드라우며 달콤한 냄새 나는 아이를 뺏기자 아쉬운 마음을 금치 못했다.

룩소스 1세는 친형제가 없다. 형제 대신 삼을 사촌도 루조 대공 혼자라 외롭게 자랐다.

연소한 시절 모친을 잃고 놀이 동무로 아이노 경이 상시 곁을 지켰으나 혈연으로 똘똘 뭉친 고위 귀족을 상대하다 보면 상대적 박탈감에서 벗어날 수 없었다. 그래서 더 사촌 동생인 루조 대공을 신임했고 아꼈다.

그런 와중 조카가 태어났으니. 황제는 기쁜 마음을 금치 못하고 조카를 향한 애정을 퍼부었다. 마음 같아서야 태어나자마자 찾아가고 싶으나 옥좌를 비울 수 없어 만나지 못했다.

이리 안고 보니 룩소스 1세는 더욱 기뻐 흡족하고 또 흡족했다.

"레베카가 아들을 낳으면 놀이 상대로 좋겠구나."

"폐하, 그것만은 아니 됩니다. 그러시면 나나바 성에서 물러나 제 영지로 돌아가겠습니다."

세상에 재산이나 권력, 여자나 말도 아니고 자식 뺏어 가려는 황제가 어디 있을까? 둘째부터라면 적당히 내줄 요량이나 첫아이에 장남이다. 절대 내줄 수 없었다.

루조 대공이 정색하자 룩소스 1세는 아쉬워하면서도 그러지 않겠다고 약조했다. 그래도 미련이 남아 말했다.

"너와 나처럼 함께 크면 사이도 좋지 않겠느냐."

"함께 자랄 형제를 만들어 주시면 됩니다. 그게 최선입니다, 폐하."

루조 대공은 아이를 내줄 경우 아이가 장차 겪게 될 미래를 예상해 보고 두려움에 떨었다. 친가와 외가를 돌아봐도 대머리가 없거늘, 그의 머리가 벗겨진 이유가 무엇인가? 황제를 대리하고 고위 귀족들 사이에서 줄타기를 해서다.

만일 아들까지 부려 먹혀 머리가 벗겨지면 그건 두고두고 통탄할 일이었다.

루조 대공은 그의 가발을 잡고 뿌듯하게 웃는 아들에게 뽀뽀를 했다. 아들에게 가발 잡혀 벗겨질까 고민하는 비극은 1대에서 끝냄이 옳았다.

대공자가 유모의 품에 안겨 나갔다. 룩소스 1세는 그저 아쉬워 손가락을 비볐다.

"아이가 잘생긴 것이 어릴 때 너를 보는 것 같구나."

"형님만 할까요. 황자 저하든, 황녀마마든 형님을 닮았으면 그렇게 아름다울 수 없을 겁니다."

"딸이든 아들이든 좋아. 건강하게만 태어나면 짐은 만족한다."

레베카가 유산 기미를 보여 룩소스 1세는 아이와 부인의 건강만 소망했다. 딸이든 아들이든 건강하게 태어난다면 손가락이나 발가락은 한 개 부족해도 괜찮았다.

루조 대공이 사람을 물렸다. 룩소스 1세의 젖은 머리카락이 절반 정도 말랐다. 이제 이 머리가 완벽히 마를 때까지 일해야 했다.

마음 같아서야 나나바에 머무르는 내내 기어 다니는 조카 보며 얼러 주고 박수도 쳐 주고 싶다. 하지만 황제에겐 황제의 책무가 있다.

대륙을 정복했으니 책임져야 했다. 책임을 방치하는 순간 룩소스 1세는 그가 그렇게 비웃던 폭군이 될 것이며 아이노 경의 검은 그의 등을 향할 것이다.

황제가 놀지 못하는 서글픔을 억눌렀다. 룩소스 1세는 새로 세운 인생 계획의 마지막을 노래했다.

노세 노세 늙어서 노세.

"그래서, 어떻게 된 일이냐."

"늙은이들 심기가 아주 불편한 모양입니다."

루조 대공비가 나나바 성의 연회에서 대단한 모욕을 받았다는 사실은 황제를 노엽게 했다.

루조 대공이 소문을 막아 자세한 전말은 전해지지 않았다. 정보부에선 상세한 사항을 보고하려고 했으나 룩소스 1세가 직접 동생에게 듣기 위해 보고서를 반려했다.

"늙은이들 심기 좋게 해 주려고 짐이 황제가 된 줄로 착각하고 있구나."

아크레아의 원로들은 황제와 루조 대공의 후계자를 지속적으로 문제 삼았다. 루조 대공이 외국인 공주를 아내로 맞이한 것, 황제가 토리를 황후로 삼지 않는 것까지 하나하나 꼬투리 잡았다.

아이들이 자라 둘의 자리를 물려받게 될 때 즈음엔 모두 죽어 무덤에 갇힐 노인들이. 우습기 짝이 없었다.

"민족주의 같은 걸 들이대면 골치 아픈데……."

"이미 반절은 넘어갔습니다."

아크레아 민족은 대륙에서 가장 우월한 민족이다. 그러니 다른 민족은 아크레아의 지배를 받아야 한다. 이 얼마나 끔찍하고 멍청한 생각인가.

룩소스 1세는 기가 찼다. 대륙을 지배하는 그조차 그런 허황된 마음을 품지 않는다. 어찌하여 한 번 거든 적 없는 노인네들이 밥숟가락을 얹으려 드는가.

'반대해도 모두 이주시켜야 했나.'

늙은이들 고향 떠나는 게 안쓰러워 젊은이들만 이주시켰더니 다들 목소리만 커졌다. 평생을 살아온 아크레아에 틀어박혀 무거운 엉덩이를 움직이지 않았다. 그러니 시야가 좁지.

대륙이 얼마나 넓은지, 사는 사람은 얼마나 많은지, 남부의 고라강은 얼마나 크며 룩소스 1세가 절벽에 올라 보았던 부동의 바다가 얼마나 아름다웠는지 그들은 모른다. 알려고 하지 않는다.

젊어서 배운 지식이 세계의 진리요, 상식이라 믿었다. 그리고 타인에게도 강요했다.

룩소스 1세는 그것이 싫어 젊어 많이 배우고 많이 보려 애썼다. 나이 들어서도 타인의 의견에 귀 기울일 수 있는 사람이 되려고 노력했다.

그들은 룩소스 1세가 너무한다고 말한다. 아크레아의 왕이면서 아크레아에게 혜택을 주지 않는다고 억울해한다.

룩소스 1세로선 그렇지 않았다. 전혀. 전혀 아크레아를 뒷전으로 미룬 적이 없다.

룩소스 1세의 아크레아는 그들의·아크레아처럼 작지 않았다. 그의 아크레아는 대륙 전역이다. 사시사철 얼어붙은 바다와 산, 숲이 전부인 북부의 어느 지방에 국한되지 않는다.

대륙의 지방이 아닌 대륙 전체. 구름보다 높은 산과 바다보다 넓은 호수, 대륙민 전원을 먹여 살릴 광활한 평야와 겨울에 동면하는 악어가 사는 숲.

부동不動의 바다에서 부동不凍의 바다까지.

모두가 룩소스 1세의 아크레아였다.

나나바는 토리의 고향이다. 야파로 이주하지 않은 토리의 친인척들이 몰려들어 북새통을 이뤘다.

스트라는 같은 중부 출신이고 삼국 연합 소속이었기에 루조 대공비와 친분이 있었다. 그래서 대공비와 시간을 보냈다. 둘 중 하나를 따라가느니, 폴리아나도 나나바에 남은 지인을 만나는 데 시간을 썼다.

그러기 전에 먼저 나나바 성의 경비 체계를 확인하고 대충 둘러봤다. 실질적인 책임은 아이노 경에게 있어서 월권행위는 하지 않았다.

"경은 댁에 안 들르오?"

"나중에."

아이노 경이 심드렁한 얼굴로 나나바 성의 병사들을 둘러봤다. 말을 안 해도 무슨 생각을 하는지 훤히 보였다.

새끼들 약해 빠졌네, 뭐 이런 생각이나 하고 있겠지.

"윈터 후작은 예정이 있소?"

"비카 가문에 가 보려 하오."

"내 안부까지 부탁하오."

"그러지."

"아."

"왜 그러시오?"

"시간이 남으면 '왕의 방'에도 들러 주시오. 폐하께서 한동안 계속 분주하시고 나도 짬이 안 날 것 같소."

어렵지 않은 부탁이었다. 폴리아나는 패배감을 느꼈다.

어릴 때부터 같이 자란 친구에 같은 나라 사람이라 그럴까. 폴리아나는 미처 생각하지 못한 데까지 자연스럽게 챙기는 게 얄밉고 질투가 났다. 폴리아나는 '왕의 방' 생각은 전혀 하지 않고 있었지 뭔가.

'이런 데서 차이가 나는 거겠지.'

늙은 비카 부부는 폴리아나를 기꺼운 마음으로 환영했다. 폴리아나가 보낸 호사스러운 선물에 대한 감사 인사가 쏟아졌다. 이어, 별 연고도 없는 노부부를 찾아와 준 것에 대한 감사 인사까지. 폴리아나는 고맙다는 말에 파묻혀 죽을 지경이었다.

왕년의 상관 부모님에게 인사하러 들르는 건 예의 문제였다. 래비 경에겐 바우팔로 경만큼이나 신세를 졌고 나나바에 거처가 없을 때에도 많은 신세를 졌으니까.

게다가 폴리아나의 의동생이 래비 경의 여식과 혼인했으니 그들은 남이 아니었다. 당연한 방문을 치켜세워 주는 노부부 덕분에 폴리아나는 잃었던 자신감을 되찾았다.

"외롭지 않으십니까?"

"다른 친척들도 있고 찾아와 주는 손님들이 있어 적적하지 않소."

"가까운 제가 자주 찾아 봬야 하는데 못 와 죄송합니다."

"중책을 맡은 대장이 쉽게 자리를 비울 수 없지."

"그럼 결혼은 아예 포기하신 게요?"

'나왔다! 잔소리!'

노부인이 보인 심려에 폴리아나는 잔소리 호우 경보를 발령했다.

전처럼 입을 다물고 네 네 고개만 조아릴 걸 생각하니 매우 귀찮았다.

늙은 비카가 노부인의 잔소리를 막았다.

"그러지 마시오. 잘하면 우리 외증손주가 후작이 될 수도 있다오."

"허허허."

나오느니 웃음뿐이다. 따지고 보면 늙은 비카의 말이 틀린 건 아니었다. 도나우 경이나 하우 경이 계속 아이를 보고, 개중 인품과 능력 괜찮은 아이가 있다면 폴리아나는 후계자 후보로 점찍을 테니까.

노부인이 그렇지 않다는 듯 고개 저었다.

"결혼은 결혼이고 후계자는 후계자이지요. 후작께서 불임이니 결혼을 해도 후계자는 다른 데서 들입니다."

"거참! 남자가 밖에서 아이를 데려오면 골치 아파지잖소!"

"그런 짓 안 하는 자를 부군으로 들여야지요!"

"없는 줄 아시오? 사내새끼는 다 똑같아!"

졸지에 노부부 싸움 구경꾼이 된 폴리아나가 시선을 바닥에 고정했다. 부부의 싸움 주제는 폴리아나도 인지하고 있는 부분이다.

아크레아의 법률은 여러모로 남자 위주로 흘러간다. 상속에서 여자를 배제하고 데릴사위의 존재를 인정하지 않았다.

친족을 양자로 들여 후계자로 삼아 상속하는 게 일반적이나, 혼외자를 양자로 들일 경우엔 상속을 인정했다. 참 골 때리는 부분이다.

그나마 다행인 건 대부분의 혼외자는 모친 쪽이 귀족이 아닌 경우가 많아 대다수 가문에서 핏줄 보존을 위해 그렇게 하지 않는다는 것 정도다.

부부 싸움의 심화를 막기 위해 폴리아나가 나섰다.

"남편이 아이를 데려와도 자질 없으면 상속하지 않을 겁니다. 원터 후작가는 제 것입니다. 후계자 선정 권리는 제게 있습니다."

그녀는 당당히 못 박았다.

"제 가장 귀한 보물이 폐하께 받은 성입니다. 작위와 재산은 몰라도 이 성을 이어받을 후계자로 아무나 정하지 않을 겁니다."

폴리아나의 굳은 의지가 결연한 표정으로 드러났다.

말해 놓고 그녀는 뿌듯해했다. 아쉬운 점이 있다면 자기주장을 펼치는 덴 성공했으나 싸움을 멈추는 건 실패했다는 것?

"사내새끼 다 똑같으면 당신도 밖에 잔뜩 낳아 놓고 오셨군요!"

"안 했어!"

늙은 비카가 억울해했다. 사내새끼 다 똑같다고 한 본인의 발언과 모순됐다.

폴리아나의 시선은 다시 바닥에 박혔다. 거리에서 벌어진 부부싸움이면 흥미롭게 관전했을 것이다. 그런데 상관의 부모님이다 보니 지켜보기 뭣했다.

싸움은 결국 노부인의 승리로 끝났다. 승리를 거머쥔 노부인은 응접실을 떠났다. 패배한 늙은 비카가 폴리아나를 보고 입을 달싹였다. 폴리아나가 두 주먹을 불끈 쥐었다.

"저 입 무겁습니다."

"음……."

"진짭니다."

"저 사람이 옛날엔 큰소리 내는 법이 없었는데."

"나이가 들면 귀가 어두워져 자연스레 목소리도 커지는 법입니다."

"음……."

슬퍼하는 주인의 발치에서 개가 재롱떨었다. 폴리아나는 그 개가 이전 그녀를 놀라게 했던 늙은 개의 고손녀라는 걸 알고 또 놀랐다.

래비 경이 대부분의 개를 데리고 떠났지만 다 데려간 건 아니다. 몇 마리가 남아 비카 가문을 지키고 있었다.

늙은 비카가 흐뭇한 표정을 짓고 개를 쓰다듬었다. 주인 손이 머리에 닿을 때마다 개의 눈이 가늘어졌다. 꼭 웃는 것처럼 보였다.

"개를 좀 키우시겠소?"

사냥꾼의 나라 아크레아. 아크레아엔 사냥개는 친구에게도 안 빌려준다는 속담이 있다.

귀족의 사냥개는 사람보다 엄격하게 번식되어 종을 이어 간다. 평민에서 출세해 귀족이 되면 가장 힘든 게 쓸 만한 사냥개 데려오는 일이라는 말이 있을 정도다.

집에서 키우는 개의 새끼를 주겠다는 건 상당한 친분의 과시이자 묵언 동맹과 같았다.

주는 건 받자는 주의이나 생물은 해당 사항이 아니다. 이미 폴리아나에게 강아지를 선물하려는 사람이 많았다. 모두 거절한 터다. 황제가 주겠다는 개도 고사했기에 폴리아나는 정중한 사양의 말을 남겼다.

이래저래 신세 진 사람들의 자택을 방문하니 해가 졌다. 폴리아나는 '왕의 방'에 도착해 잠시 묵념했다.

'이전보다 넓어진 것 같은데?'

아닌 게 아니라 실제로 넓어졌다. 확장 공사를 하고 초상화와 전시된 왕족의 물품이 늘어났다. 예전엔 작은 방 하나였는데 지금은 방 여러 개를 연결한 구조로 변경되었다.

아크레아의 건국과 역사, 선대왕들과 왕비. 폴리아나는 아크레아 출신이 아니라 자세한 역사를 모른다. 공부를 했지만 겉핥기식에서 그쳤다. 그래서 그녀가 아는 왕과 왕비는 룩소스 1세의 부왕과 모친이 전부였다.

'다시 봐도 미인이셔.'

황제의 부모이기 때문일까. 이전엔 다른 왕들과 다를 거 없었는데 지금은 주변이 화려했다. 바뀌지 않은 것이라곤 벽에 걸린 초상화와 아래에 있는 장식함뿐이었다. 쌍으로 제작된 부부의 반지는 선왕 부부의 금슬을 짐작케 했다.

'내가 남자였어도 모시고 산다.'

선왕비는 선왕과 원로들이 반목하게 된 결정적 계기였다. 그렇지만 폴리아나는 선왕의 마음을 이해할 수 있었다.

룩소스 1세 여자 버전이라니. 거기에 가녀림, 병약 속성 추가. 어찌나 가녀렸는지 반지 둘레가 어지간한 아가씨 새끼손가락 굵기였다.

쑤셔 넣어도 안 들어가는 반지는 관심 없다. 폴리아나의 관심을 끈 건 선왕의 반지였다. 손가락 굵은 남자가 껴도 헐렁할 큰 사이즈는 건틀렛 위에 끼기 위해 만들어졌기 때문이다.

폴리아나도 처음 반지를 보고 후에 하나 맞추면 좋겠다는 생각을 했다. 그 뒤에 까먹어서 그렇지.

'나도 결혼반지 저렇게 맞춰야지.'

그냥 손가락에 끼는 것보다 건틀렛 위에 끼는 쪽이 멋있어 보였다.

폴리아나가 이런저런 견적을 재 보는 동안 사람이 한 명 더 들어왔다. 뒤를 돌아보니 룩소스 1세였다. 황제가 폴리아나를 보고 반가워했다.

“짐이 못 올까 봐 먼저 들른 것이냐? 고맙고 마음 씀씀이가 기특하도다. 역시 폴 경이 제일이야.”

‘아, 죄책감.’

폴리아나는 안면에 철판 깔고 웃었다. 아이노 경이 언질을 준 걸 그녀 혼자 삼키려니 미약한 양심의 가책에 시달렸다.

“반지를 보고 있었구나. 짐이 부인에게 청혼할 적 어머니의 반지를 쓰려고 했는데…….”

룩소스 1세가 빠르게 다가왔다. 그는 폴리아나의 옆에 서 쓸쓸하고 아련한 분위기를 풍겼다.

폴리아나는 황제의 마음을 알아채고 고개를 끄덕였다. 갑자기 부인을 셋이나 들여 총각의 낭만을 즐기지 못한 주군이 안타까웠다.

룩소스 1세는 그새 반지를 꺼내 손바닥 위에 놓고 굴렸다.

“그래서 말인데 폴 경, 이 반지…….”

누구에게 들릴까, 바로 옆에 있는 폴리아나에게만 들릴 정도로 작게 속삭이던 황제의 말이 끊겼다.

“어머, 폐하.”

“정말 폐하시네요.”

연결된 방에서 스트라와 토리가 등장했다. 룩소스 1세가 입을 다물고 반지를 주머니에 챙겼다. 폴리아나는 호위 된 직분으로 셋이 모일 수 있도록 물러났다.

“부인들 모두 여긴 어쩐 일이시오?”

“윈터 후작이 함께 가자 청해 주셨어요.”

“토리 마마가 설명해 주겠다고 하여 둘이 같이 관람 중이었어요.”

“그으…… 홀로 오지 않고 짐의 부인들까지 챙겨 와 주다니 마음

씀씀이가 정말 갸륵하고 기특하구나."
"그렇지 않습니다."
"부인들도 짐보다 먼저 찾아와 주어 고맙소."
마음을 고백할 수 없다면 마음 담은 징표라도 주고자 했건만.
모두 여의치 않다. 갈 곳 잃은 반지가 황제의 주머니 속에서 데굴데굴 굴렀다.
폴리아나의 새끼손가락 첫 번째 마디에서 걸릴 반지이건만. 황제는 그걸 그렇게 폴리아나에게 주고 싶었더랬다.

대략적인 일정을 소화한 룩소스 1세는 사냥에 열중했다. 건국 기념 연회에서 쓰이는 고기는 모두 사냥으로 잡아야 한다는 구시대적 전통이 있기 때문이다.
주방장들을 피눈물 흘리게 하는 전통은 귀족 남성들에게도 상당한 무리를 안겨 줬다. 잘 잡으면 모두의 영웅, 못 잡으면 다음 해까지 명예를 회복하기 어렵다.
남자들은 사회적 체면과 가문의 명예, 본인의 무용을 증명하기 위해서 뭍으로 올라온 생선처럼 펄떡였다.
"에라이."
폴리아나는 밀려오는 두통에 이마를 싸맸다. 룩소스 1세를 호위할 아이노 경과 제1근위대원들이 한 놈도 남기지 않고 숲으로 사라졌기 때문이다.

"하라는 호위는 안 하고!"

"참으십시오, 대장."

"마호갈 경…… 고생이 많으십니다."

폴리아나는 제2근위대장이고 마호갈 경은 제1근위대의 부대장이다. 왕년의 상관에게겐 말을 쉽사리 놓지 못하는 폴리아나는 마호갈 경에게 존대했다. 그에겐 친위대원 시절 배운 것이 많고 신세 진 것도 많아 존중할 가치가 충분했다.

마호갈 경은 근심을 털려는 듯 웃었다.

"그럼 잘 부탁드립니다."

"네? 그게 무슨. 마호갈 경! 어디 가십니까!"

자신 또한 아크레아 남자임을 증명하듯 마호갈 경이 숲 속으로 도망쳤다.

폴리아나가 하늘을 향해 주먹을 휘둘렀다. 제1근위대에서 아크레아 출신은 모두 도망갔고(사냥 갔고) 남은 건 제2근위대와 대공가의 호위였다. 제2근위대는 폴리아나의 눈치를 보느라 자리를 지켰다.

"순번 돌아가며 사냥한다는데 죄 도망쳐?"

"대장님 어쩔 수 없습니다. 나중에 사냥하면 동물들이 숨어 버려 초기에 잡는 게 유리합니다."

"맞습니다. 여긴 저희가 지킬 테니 대장님도 얼른 뭐라도 잡아오십시오. 활 연습 열심히 하셨잖습니까."

연습이고 나발이고 여기서 폴리아나까지 자리를 비웠다간 근위대의 존재 이유가 사라졌다. 세상천지에 어느 기사가 경호 대상을 두고 사냥을 간다는 것인지!

"이게 다 아이노 경 때문이다! 대장이 먼저 튀어 나가니 부하들도 따라가지!"

"그건 좀 이상합니다. 1대장 성격에 폐하와 다른 방향으로 갈 분이 아닌데."

폴리아나의 부하들이 의문을 표했다. 평소 아이노 경의 성격이라면 사냥을 가긴 가되, 룩소스 1세와 같은 방향으로 이동했을 것이다.

그런데 오늘의 아이노 경은 정반대 방향으로 이동했다. 뿐인가. 그와 같은 방향으로 이동하려던 기사들에게 화살을 날려 영역 선포까지 했다.

순식간에 공터엔 황비 둘과 최소한의 호위, 사용인들만 남아 버렸다. 이러니 폴리아나가 머리를 싸매는 건 당연했다.

룩소스 1세는 이제 황제 폐하이니 적당히 몸 사려도 좋을 것인데. 전장에선 절대 선봉에 서는 법 없이 제 몸 귀한 걸 아시던 분이 사냥에선 아이처럼 달려갔다.

너무 좋아하는 통에 말리지 못했다. 폴리아나는 그녀라도 황제의 뒤를 따르려다 황비 때문에 공터에 남았다.

"괜히 왔나 봐요……."

덩그러니 남은 스트라가 황당해서 말했다. 그녀가 사냥을 따라가려 하자 주위에서 의아해했을 때 알아채야 했다. 북부와 중부는 사냥에 임하는 태도가 달랐다.

스트라를 혼자 보낼 수 없어 같이 온 토리가 웃었다.

"해 지기 전에 안 오면 우리끼리 먼저 돌아가요."

"네, 그래야겠어요. 저 때문에 토리도 고생해서 어째요."

"아니에요. 사냥엔 따라와 보고 싶었어요. 저 혼자면 아무도 안 데려와 줬을 거예요."

설마설마했는데 정말 숲 근처 공터에 버려두고 갈 줄이야.

인원이 많으면 동물이 눈치챈다는 이유로 시녀도 한 명씩만 데려왔다. 스트라는 문화 차이에 한숨지었다. 미녀의 한숨에 토리가 스트라의 손을 붙잡았다.

"이제 뭘 하죠?"

"기다려야죠."

"아크레아는 참 대단하네요."

사냥 나간 남자들이 돌아올 때까지 여자는 집의 불이 꺼지지 않도록 지킨다. 그것이 아크레아의 남자와 여자다.

불은 시종이 관리해서 두 황비가 할 일은 기다리는 것뿐이었다. 스트라는 따라오겠다고 말한 과거를 취소하고 싶어졌다. 공터의 어수선한 분위기는 도저히 귀부인이 견딜 게 못 됐다.

"이럴 줄 알았으면 성에서 대공비와 담소를 나누는 건데. 저 때문에 토리도 따라와서 어떡해요."

"괜찮아요. 정말 한 번쯤 와 보고 싶었어요. 여자는 데려가 주지 않으니까요."

스트라가 가벼운 현기증을 호소해 마차로 이동했다. 토리는 시녀들을 쉬게 두고 스트라의 곁을 지켰다. 현기증은 가벼운 증세라 누워 있으니 금방 나았다.

두 황비는 오랜만에 시녀 없이 대화했다.

"폐하께서 무엇을 잡아 오실까요."

토리가 먼저 입을 열었다. 스트라는 황제에 어울리는 동물을 말했다.

"늑대가 아니겠어요, 폐하의 솜씨라면 능히 잡으시겠죠."

"늑대 고기는 누린내가 나서…… 연회에 쓸 거니 멧돼지면 좋겠네요."

농사와 목축을 병행하는 중부인과 늑대와 사냥감을 경쟁하는 북부인의 차이가 있었다. 스트라에게 고기란 가축을 키워 얻는 것이고 토리에겐 사냥해서 얻는 것이다.

"그러고 보면 우리는 예물도 못 받았네요. 폐하도 정말 너무하시지."

다정하게 담소를 나누던 중 토리가 가볍게 투정부렸다.

"예물은 모두 오갔잖아요?"

"아크레아에선 남자가 여자에게 청혼할 때 직접 사냥한 동물의 털가죽을 예물로 보내어요. 흰곰이 으뜸이죠. 폐하께서 바쁘시니 진상받은 가죽으로 대체하신 거여요. 원래는 그래선 안 되는데."

"그래서 계속 사냥, 사냥 노래를 부르셨었군요. 몰랐어요."

신혼 첫날밤을 보내고 난 뒤, 스트라가 이상한 기척에 잠에서 깬 일이 있었다. 룩소스 1세가 엄지와 중지로 스트라의 몸을 따라 크기를 재며 중얼거렸다. 한 뼘, 두 뼘, 한 마리, 두 마리.

그땐 뭔가 싶었는데 토리의 말에 알게 되었다. 룩소스 1세는 부인들이 전신에 털을 걸치기 위해 잡아야 할 동물의 수를 헤아리고 있었던 것이다. 바빠서 사냥 못했지만.

나나바에 와 보고 북부인의 모피에 대한 집착을 이해한 스트라다. 뼈까지 스며드는 한기를 양모만으로 이겨 내는 건 무리였다.

까르르. 스트라와 토리가 밝게 웃는데 첫 번째 사냥꾼이 돌아왔다. 첫 번째 사냥꾼은 모두의 예상을 깼다. 아이노 경 아닌 룩소스 1세가 사냥감을 가져온 것이다.

사슴은 목에 활을 맞고도 죽지 않아 뜨거운 숨을 내쉬었다. 그때마다 개들이 컹컹 짖었다. 토리가 박수를 치며 기뻐했다. 스트라도 함께 박수를 쳤다. 하인들이 사슴을 말에서 끌어내려 해체하기 위해 가져갔다.

가장 좋아한 건 폴리아나였다.

"사슴 중에 저 종이 제일 맛있습니다."

"경을 위해 잡았으니 경이 다 먹거라. 다른 사람 주면 아니 되느니라."

"아하하, 폐하 농담은 10년째 늘지를 않습니다."

폴리아나가 시시덕거리며 룩소스 1세와 농담을 주고받았다. 그 모습이 보기 좋으면서도 부러움을 자아낸다.

스트라는 호기심에 마차를 나와 사슴 근처로 이동했다. 개들과 하인들이 그녀에게 길을 열어 줬다.

스트라가 사슴에게 손을 뻗어 슬슬 쓰다듬었다. 털은 보기보다 뻣뻣하고 냄새가 났다. 어느새 다가온 폴리아나가 그녀의 뒤에 붙었다.

"벼룩 옮습니다."

"어머."

스트라는 바로 손을 뗐다. 스트라는 일국의 공주로, 정원에선 사슴과 토끼를 키웠다. 북부 사슴은 크고 거칠어 사슴보단 멧돼지처럼 보였다. 머리에 있는 뿔은 흉기로 써도 될 정도로 억셌다.

"발굽에 채이면 뼈가 부러지고 뿔에 찔려도 위험합니다. 물러나십시오."

"네, 알겠어요."

충분히 구경한 스트라가 폴리아나의 충고에 고개를 끄덕였다. 그녀는 마지막으로 허리를 숙여 사슴의 뿔끝을 살짝 만졌다. 나무껍질처럼 거칠었다.

천천히 죽어 가는 사슴의 눈이 흰자위만 남기더니 완전히 뒤로 넘어갔다. 코와 입에선 거칠고 습한 숨만 나왔다. 초식 동물임에도 악취가 흘렀다.

조금 보기 역겨워 스트라가 물러나려는 찰나, 사슴이 마지막 몸부림으로 몸을 뒤틀었다. 가까이에 있던 스트라의 얼굴로 사슴의 발굽이 날아왔다.

스트라에겐 모든 것이 느리게 보였다. 사슴의 발굽이 천천히 그녀의 얼굴로 향했다. 느리게 보이는데도 스트라는 피하지 못했다. 그녀의 몸은 더 느렸기 때문이다.

굳은 스트라의 몸 위에 그늘이 지더니 그녀와 사슴 사이로 폴리아나가 끼어들었다.

머리와 등을 바닥에 부딪치는 강한 충격에 스트라는 정신을 차릴 수 없었다. 바로 옆에 친 천둥소리를 들은 것처럼 그녀의 귀가 먹먹해지더니 이내 소리를 받아 냈다.

"꺄아! 스트라!"

"스트라 마마!"

"윈터 후작!"

"폴리아나!"

맨 마지막은 황제의 목소리였다. 다른 목소리와 비교했을 때 가장 절박했다.

스트라는 떨리는 손으로 그녀를 감싼 폴리아나를 더듬었다. 미동이 없다. 폴리아나의 몸무게가 지탱하는 힘 없이 스트라를 짓누른다. 폴리아나는 말랐지만 스트라에겐 돌덩이보다 무거웠다.

생명의 무게. 스트라는 숨이 막혀 비명도 지르지 못했다. 그 순간 폴리아나가 퍼뜩 고개를 들었다. 스트라는 너무 안심이 되어 조금 울었다.

“괜찮으십니까?”

“후작이야말로 괜찮으세요? 세상에 이걸 어째!”

폴리아나는 울먹이는 스트라의 볼을 쓰다듬어 안심시킨 뒤 그녀 위에서 내려왔다. 마음 같아서야 벌떡 일어나고 싶었다. 그러지 못하고 옆으로 몸을 기울이는 것을 보고 경험 있는 기사들은 그녀의 부상을 알아챘다.

“의사를 데려와라!”

“윈터 후작이 부상당했다! 의사를 불러!”

“뭔 야단법석을…….”

마지막 몸부림을 끝으로 절명한 사슴이 치워지고 사람들이 몰려들었다. 누군가 스트라가 일어나는 걸 도왔다. 폴리아나는 내민 손을 거절했다. 그녀는 바닥에 앉은 채 상체를 촉진해 자가 진단했다.

“아아.”

목소리 잘 나오고.

“쓰읍, 후우.”

호흡에도 이상 무. 몸을 일으킬 정도로 참을 만하니 이것은!

“갈비 나갔다.”

폴리아나가 심드렁하게 진단 결과를 말했다. 주위에선 사슴에게 차였는데 당연한 것 아니냐고 수선 떨었다. 폴리아나가 접근하는 자들을 막았다.

"복합 골절 아니야. 장기도 괜찮다."

"그렇습니까? 어디 보자, 부축 필요하십니까?"

토리가 어이없단 표정을 지었다. 갈비뼈가 부러졌다고 자가 진단하는 대장이나, 그걸 곧이곧대로 듣고 혼자 설 수 있겠냐고 묻는 부하나.

황제는 사냥 종료를 선언했다. 나팔을 불어 기사들을 불러오란 명령에 폴리아나는 그럴 필요 없다고 말렸다. 룩소스 1세는 철수를 고집했다.

'운이 좋았어.'

자칫 잘못 맞았으면 척추가 나갔을 것이다. 그러면 반신불수가 되었을지도 모른다. 갈비뼈의 부상이 더 커 폐를 찔렀다면 그대로 죽은 목숨이고. 장기를 보호하는 것이 목적인 뼈 주제에 갈비뼈는 강도가 너무 약했다.

의사가 도착했다. 진단 내용은 폴리아나의 자가 진단과 동일했다. 갈비뼈가 금이 간 것처럼 부러졌으니 절대 안정. 뼈가 아물 때까지 거동하지 않는 게 치료법이었다.

생명이 위급한 건 아니란 말에 스트라가 뒤늦게 눈물을 쏟았다. 쏟아지는 눈물을 손수건이 받았다.

"정말 미안합니다, 후작. 내가, 경솔하게 사슴을 만져서."

"그런 말씀 마십시오. 두 분의 안전을 책임지는 것이 제 임무입니다. 오히려 스트라 님을 지킬 수 있어서 다행이라고 생각합니다."

이 정도 부상은 큰일도 아니다. 도리어 폴리아나는 반응이 느렸다고 자책했다. 평소 같았으면 맞으면서 굴러 사슴에게서 멀찍이 떨어졌을 텐데 이번엔 맞는 순간 잠깐 정신을 잃었다.

'해이해졌어.'

사람이 너무 편해서 길들여졌나 보다. 나이가 들어 반응 속도가 느려진 것도 있지만 마냥 세월 책임을 묻기엔 그녀에게서도 필사적인 부분이 줄어들었다.

부와 권력, 황제의 총애까지 모두 쥐고 나니 이전처럼 악바리 근성을 발휘할 일이 없었다. 달리는 말에 밟혀도 악착같이 일어나던 근성. 환부를 밟히든 말든 적과 싸우던 의지. 경계를 늦추지 않고 주위를 살펴야 하는데 반응도, 후의 대처도 모두 이전만 못했다.

스트라가 그녀의 마차를 폴리아나에게 양보했다. 폴리아나는 들것에 실려 마차에 올랐다. 스트라가 따라 오르려 했다.

"내가 직접 간호를!"

"잠깐. 짐이 먼저다."

스트라가 손수 그녀를 간호하겠다고 나서는데 룩소스 1세가 먼저 마차에 들어가 버렸다. 아이노 경이 따라 들어가려는 스트라를 막았다.

"폐하께서 폴리아나 경과 할 이야기가 있으십니다."

"그래도 다친 부위가 아플 텐데 돌봐 줄 사람이 있어야……."

"성에서 간호 부탁드립니다."

"설마 후작을 질책하는 건 아니시겠죠?"

"……."

아이노 경은 할 말이 없어서 딴청 부렸다. 질책하더라도 스트라가 생각하는 내용이 아닐 가능성이 높았다.

다시금 울먹이는 스트라를 시녀가 안정시키려고 데려갔다.

폴리아나는 누워서 마차 천장만 봤다. 스트라가 들어오나 싶었는데 들어온 건 황제였다. 몸을 일으키려 하자 룩소스 1세가 바로 손을 내저었다.

폴리아나는 편하게 누웠다. 황제의 앞에서 드러누울 수 있는 권리도 있고, 권리가 없어도 환자여서 누워도 괜찮았다. 그녀는 갈비뼈가 아파 올 정도로 깊은 한숨을 쉬었다.

"제가 평화에 찌들었나 봅니다. 바로 반응 못 하는 거 보셨습니까? 뼈 다 붙으면 지옥 훈련에 돌입해야겠습니다."

사냥에 대비해 궁술만 연습하고 다른 훈련을 게을리했다. 자투리 시간이 생기면 프라우와 어울렸는데 이제 와 그 일이 후회된다. 프라우와 같이 음식점 돌아다니지 말고 말을 타고 윗몸 일으키길 해야 했다.

겉옷 안에 받쳐 입는 사슬 옷을 하필 안 입은 건 뭐람. 그걸 입었으면 뼈까지 가지 않고 단순 타박상에 그쳤을 텐데.

"맞는 순간 숨이 억, 하면서 잠깐 정신 줄 놨었지 뭡니까. 저 진짜 해이해진 것 같습니다."

폴리아나가 자책과 함께 가볍게 웃었다. 마차가 움직였다. 기우뚱, 흔들리는 폴리아나의 몸을 룩소스 1세가 손으로 지탱했다.

룩소스 1세의 얼굴이 굳었다. 그는 폴리아나와 닿은 손에 힘을 주는 대신 거둬들였다. 그는 침착하게 할 말을 골랐다.

폴리아나가 사슴에게 맞아 쓰러지는 순간 달려들지 않는 것으로 그는 인내를 모두 소진했다. 그러나 좋아하는 여자 앞에서 감정을 드러내서야 쓰나. 사랑이 깊어도 폴리아나가 그걸 받아 줘야 할 이유가 없는데.

"다시는 그러지 마라."

"폐하?"

"다시는 그러지 마라. 누가 되었든 지키기 위해 네 몸을 던지지 마라. 짐이 되었든, 짐의 부인이 되었든, 그 누가 되었든 네 몸을 바치지 말거라. 폴리아나, 너는 짐의 기사다. 너는 생명을 짐에게 바쳤다. 그렇지 않느냐."

룩소스 1세의 눈가에 눈물이 맺혔다. 아래로 떨어지는 눈물에 폴리아나는 당황해 두 팔을 휘저었다. 거센 몸놀림이 부러진 뼈를 자극해 신음이 나온 건 덤이다.

황제의 마음씨에 감격한 폴리아나도 눈물이 차올랐다. 세상천지 어딜 둘러봐도 이렇게 기사를 아끼는 주군을 찾지 못할 것이다.

"제발, 제발 그러지 말거라. 짐이 너를 이런 식으로 잃게 하지 말거라. 짐은 너를 세상 누구보다 사."

갑자기 마차가 멈추는 바람에 폴리아나의 몸이 다시 쏠렸다. 룩소스 1세는 말을 끊고 폴리아나가 쏠리지 않도록 막았다.

마차 문이 허락도 받지 않고 열렸다. 아이노 경이 룩소스 1세에게 고했다.

"야파에서 급보입니다. 루조 대공이 대신 받아 가져왔습니다."

야파에서 나나바로 날려 보낸 전서구가 대공을 직접 움직일 정도로 급박한 내용을 담고 있었다니. 불길한 예감에 룩소스 1세의 얼굴이 일그러졌다. 루조 대공이 전서를 룩소스 1세에게 올렸다.

내용을 확인한 룩소스 1세가 마차를 후려쳤다. 마차와 연결된 말이 거칠게 항의하고 폴리아나는 황급히 내용을 물었다.

"폐하, 야파에서 무슨 일입니까."

"경은 편히 쉬어라."

"폐하. 무슨 일인데 그리 노하셨습니까. 소신이 걱정을 덜어 드릴 수 있다면 얼마든지 나서겠습니다."

"경은 말이다."

룩소스 1세는 이를 악물었다.

하다 못한 말이 있었다. 아마 영영 하지 못할 것이다. 애절한 눈길만 보낼 수밖에.

"경은 살아 주는 게 짐을 위하는 길이다."

알 수 없는 말을 남기고 룩소스 1세가 마차 문을 닫았다.

삽시간에 바깥이 소란스러워졌다. 폴리아나는 천천히 몸을 일으키고 마차에서 나왔다. 아이노 경이 근위대 몇을 모으고 말에 오른 황제는 루조 대공에게 명령했다.

"건국 기념제는 대공에게 맡긴다. 짐을 대신해 성실히 임할 것을 믿어."

"명령 받듭니다."

"폐하!"

폴리아나의 부름에 룩소스 1세가 그녀에게도 임무를 맡겼다.

"윈터 후작은 나나바에 잔류해 부상을 치료하고 완치될 때까지 비들과 머무르도록 하라. 야파에서처럼 후작이 그녀들의 경호를 책임진다. 부상이 모두 낫기 전에 야파로 오면 명령 불복종으로 알고 엄히 다스리겠다.”

황제가 아이노 경, 사냥에 따라온 근위대 전원을 데리고 이동했다. 말발굽이 대지를 박차는 소리가 요란하더니 빠르게 멀어졌다. 폭풍이 몰아쳤다 떠난 듯 정신이 하나도 없었다.

‘뭐야 이거.’

젠장. 욕이 튀어나올 것 같은 상황에 대공 앞이라 차마 욕은 못 하고, 폴리아나가 말을 찾았다.

“내 말 가져와!”

“폐하의 명을 어기시렵니까?”

“도대체 무슨 일이야.”

“윈터 후작.”

루조 대공이 착 가라앉은 눈으로 말했다.

“일단 성으로 가세.”

전장을 훑듯, 폴리아나의 눈이 분위기를 읽었다. 제국은 현재 평온하다. 이런 상황에서 야파에서 나나바로 날아올 급보는 하나밖에 없었다.

“대공 전하. 레베카 황비마마가 위험하십니까?”

남부와 중부에서 반란이 일어난 것도 아니면 룩소스 1세가 저리 급하게 떠날 일이 없다. 황제를 움직일 수 있는 건 제국의 위험, 혹은 가정의 위험.

루조 대공은 대답하지 않았다. 침묵이 긍정이었다. 말을 타고 황제를 뒤쫓으려는 폴리아나를 기사들이 뜯어말렸다. 힘에 밀린 그녀를 루조 대공이 타일렀다.

“후작, 임무를 방기할 것인가? 폐하가 가셨으니 후작이 가지 않아도 되오."

토리와 스트라는 마차에서 내려 불안한 기운을 지우지 못하고 떨었다. 아직 레베카에게 닥친 불행이 확정된 게 아니다. 하지만 무슨 일이 생긴 건 확실했다.

폴리아나의 일로 충분히 놀랐는데 레베카의 일이 겹쳤다. 심약한 스트라가 참지 못하고 눈물을 보였다. 토리가 그녀를 끌어안았다. 토리라고 덤덤한 건 아니다.

룩소스 1세가 떠난 방향과 두 황비를 번갈아 보던 폴리아나는 결국 몸에서 힘을 뺐다. 치밀한 갈등 끝에 그녀는 임무를 택했다. 지금 따라가 봐야 부상자의 몸으로 발목이나 잡을 뿐.

"대공 전하, 무슨 일인가요."

우는 스트라. 부상당한 폴리아나. 토리가 여자를 대표해 물었다. 루조 대공은 침묵을 유지하려 했지만 세 여인의 강렬한 눈빛을 이기지 못했다. 그는 결국 세 명의 지체 높은 여인에게 사실대로 말했다.

"레베카 황비가 의식을 잃었습니다. 전서를 보내기 전에 몇 차례 반복했는데 이번엔 이틀 동안 깨지 못하고 있다고 합니다. 아주 위급한 건 아닙니다. 폐하가 가셨으니 괜찮아질 겁니다. 남편이 곁에 있으면 곧 정신을 차릴 겁니다."

으허어어엉. 스트라의 울음소리가 커졌다. 폴리아나의 미간 주름이 깊이를 더했다. 토리가 숨을 들이쉬고 입술을 깨물었다.

"그러네요. 전하의 말씀이 옳아요. 나나바엔 나니 대공비가 계시고 폐하가 곧 도착하실 테니 레베카도 금방 괜찮아질 거여요. 분명 대공비가 의지가 되어 주고 있겠죠."

"역시 토리 황비마마. 영민하십니다. 그러니 스트라 황비마마도, 후작도 상심하지 마시오."

임부가 위독하다고 반드시 죽음에 이르는 건 아니다. 레베카가 유독 임신 체질이 아니어서 그렇지 심각할 정도로 병약한 것도 아니었다.

그러니까 괜찮아. 토리가 자기 세뇌하듯 중얼거리는 말이 폴리아나에게도 도움이 되었다.

박시와 바니사는 건강한 아이를 출산했고 그 외에 부하들의 부인들도 대부분 건강히 출산했다. 루조 대공비도 건강한 장남을 얻었다.

이렇게 많은 여인들이 아이를 임신하고서도 무탈하게 잘 살고 있다. 그러니 레베카도 그럴 것이다.

건국 기념제 연회는 예정대로 진행됐다. 대신 식재료는 사냥으로 채우지 않고 가축을 사용했다. 병자가 있는데 숲에서 피를 흘리는 건 좋지 않다는 인식 때문이다.

결국엔 전통 때문이 아니라 자기들이 재밌으니까 사냥에 목숨 건다는 게 증명되었다.

아크레아의 귀족은 토리에게 몰려들었다. 루조 대공비와 스트라 근처는 한적했다.

스트라는 쓴웃음을 지었다. 야파의 연회도 이와 비슷했다. 그렇지만 그녀는 외롭거나 무섭다고 생각한 적이 없었다. 같은 처지인 레베카가 옆에 있어 줬고 언제나 연회장 구석에서 폴리아나가 그녀들을 주시했기 때문이다.

"연회인데 가만히 앉아 있어야 한다니. 북부 연회는 재미없네요."

남자들은 이동이 자유로우나 여자들은 어지간해선 의자에 앉은 채로 고정. 남녀의 만남을 적극 권장하는 중부와 분위기가 달라도 너무 달랐다.

스트라는 숨이 막혀 고개 저었다.

"대공비가 이쪽을 보고 있네요."

"봐서 뭐하겠습니까. 하하, 우리 토리 마마야말로 진정한 귀부인의 귀감 아니겠습니까. 이 정숙한 자태를 보세요."

"여자가 연회장에서 활개 치고 나다니다니, 정말 깜짝 놀랐습니다."

"먼저 말을 걸 땐 술잔을 놓칠 뻔했죠."

"중부에선 그런다느니 변명이나 늘어놓고. 여긴 중부가 아닌 아크레아란 말입니다."

토리가 살포시 웃었다. 상냥한 미소에 귀족들이 토리와 시녀들에게 찬사를 보냈다.

여자라면 이래야지!

그들이 신이 나서 떠들었다. 주위에서 눈살을 찌푸리는 건 무시했다.

"잘하면 이번에 골치 아픈 일이 끝나겠어!"

"손을 더럽힐 필요도 없으니 운이 좋습니다."

"분명히 나라를 걱정하는 우리의 마음이 통한 것이겠지."

토리의 완벽한 미소가 흔들렸다. 다행히 알아챈 사람이 없었다. 그녀는 마음을 다잡았다. 마음을 비우고, 머리를 비우고, 생글생글 웃었다.

그들은 토리에게 많은 걸 바라지 않는다. 토리는 그녀 주위의 시녀들과 다를 게 없었다. 시녀들보다 조금 더 완벽하게 웃을 수 있기에 토리는 황제의 부인이 되었다.

'머리를 비워. 마음을 비워. 웃자.'

여자는 생각이 없다. 그래서 의지도 없다. 여자에게 요구되는 것은 순종과 노동력, 가문을 이을 수 있는 자궁.

여자는 아이를 낳기 위해 태어났다. 그녀들은 아이를 낳기 위해 모든 인간의 장점을 버렸다. 이성, 합리적 판단, 냉철함, 지성, 무력. 좋은 건 모두 남자의 몫이다.

"황제가 철광산에 눈을 붙여 무기 제작이 힘들어졌소."

"철광산이 대공령에만 있는 건 아니지. 다른 데 철을 쓰시오."

"그곳은 질이 안 좋아. 불순물이 너무 많소. 우리 영지의 야금술론 좋은 무기를……."

"그보다 갑자기 철 구매처를 바꾸면 의혹을 살 수 있으니 차라리 밀매를 하는 건……."

이처럼 위험천만한 이야기를 하면서 주위의 이목만 신경 쓴다. 가운데에 앉은 토리는 안중에도 없다.

토리는 그들이 바라는 대로 온화하게 웃었다. 어쩔 수 없다.

그녀는 그렇게 길러졌다.

갈비뼈 부상엔 약이 없다. 움직이지 않고 뼈가 붙을 때까지 인내하는 것이 전부다. 폴리아나는 간절히 기원했다.

'붙어라.'

이토록 간절한 적이 없었다. 빨리 뼈가 붙어야 야파로 갈 수 있단 생각에 폴리아나는 몸에 좋은 걸 마구마구 먹었다.

뼈는 붙지 않고 살이 붙었다.

"왜 안 붙는 거야! 노력이 부족한가?"

"후작님. 뼈 붙는 데 노력을 왜 찾으십니까."

"노력과 근성이 부족해서 안 붙는 거잖아!"

의사가 고개를 저었다. 대공가의 주치의로서 루조 대공의 탈모를 치료하다 오랜만에 받은 진짜 환자인데 하필 진상이었다. 노력과 근성으로 뼈가 붙으면 기합으로 살이 아물게?

"끄응."

간절한 마음은 초조한 마음으로 진화했다. 초조한 마음이 짜증으로 발전했고, 이어서 환부의 통증을 예민하게 전달했다.

다친 곳은 옆구리다. 그런데 복부와 허리, 골반께에서 아릿한 통증이 올라왔다. 폴리아나는 짜증을 내며 멍이 번진 걸 확인하려고 시트를 걷었다.

발견한 건 시퍼런 멍이 아닌 붉은 피였다. 침대 시트를 적신 붉은 피는 폴리아나의 사타구니에 흥건히 고였다. 고인 피가 주위로 조금씩 스며들어 주변을 붉게 물들였다.

하혈일 수도 있지만 양이 많았다. 사실 생리든 하혈이든 중요하지 않았다. 머리는 어지럽고 가슴은 갑갑하고 짜증은 솟구치며 살아서 두 발로 대지를 걷는 모든 것들에게 증오를 품었다.

폴리아나는 맨발로 침대를 걷어찼다. 발가락이 아픈 건 둘째 치고 참 되는 일 없었다.

부상자의 침대 시트에 피가 묻은 문제라 잠깐 소란이 있었다. 하혈인가 생리혈인가. 이럴 땐 전문가 소견이 필요했다. 폴리아나가 복통과 근육통, 골반뼈의 통증을 호소하는 관계로 산부인과 전문의와 일반 의사가 모두 동원됐다.

한참을 상의한 두 의사는 생리혈이라는 결론을 내렸다.

"전쟁이 끝나고 후작님의 몸이 안정되면서 원래대로 돌아가던 중에 스트레스와 외부 부상으로 월경이 시작된 것 같습니다."

"스트레스 때문에 끊어지더니 시작하는 것도 스트레스 때문이라. 결자해지로군."

몇 년 만에 돌아온 생리가 폴리아나는 달갑지 않았다.

생리의 특징일까, 아니면 그녀에게만 해당되는 사항일까. 생리를 하기 전부터 기분이 더러웠는데 생리라는 걸 알고 나니 기분이 더 더러웠다.

짜증이 치솟은 폴리아나가 다친 짐승처럼 굴었다. 인간을 무조건 경계하고 간병하려는 시녀들의 손길에도 예민하게 반응했다.

레베카가 걱정되는데 기저귀 비슷한 거나 차고 침대에 누워 있어야 하는 답답함 때문인 것을 알기에 폴리아나의 폭거는 너그러이 받아들여졌다.

"후작께서 저러시는 거 처음 봐. 기사들에겐 거칠어도 우리에겐 늘 상냥하셨는데. 얼마나 괴로우시면."

"얼마나 답답하시겠어, 레베카 마마와 친하셨잖아."

"5년 만에 월경하시는 거래. 꿉꿉하실 거야."

시녀들은 모두 가랑이 사이에서 피를 보지 않았던 어린 날을 떠올렸다. 어려도 계집애라 남자애들보다 행동에 제약이 있었어도 지금보단 자유로웠다.

순수하고 자유롭고 편안했던 지난날을 모두가 그리워했다. 아이를 낳을 수 있음이 판명되는 순간부터 그녀들은 아이에서 여인이 되었다.

어른 대접 받는 건 즐거우나 가끔은 책임지지 않아 편했던 어린 날이 그리울 따름이다.

진상계의 떠오르는 샛별 폴리아나는 침대에 드러누워 육포를 질정질정 씹었다. 생리를 시작하고 부당하게 주위 사람을 괴롭힌 걸 안다. 알면서 그만두지 않았다는 점이 더 좆같았다.

권력을 휘둘러도 개처럼 휘두르진 말아야지. 그런 다짐을 했었는데 지금 심정은 세계 멸망이나 부르짖는다.

폴리아나는 제정신이 아니었다. 그녀의 주군이 대륙의 지배자요, 그녀가 지배자의 측근인데 세계 멸망 따윌 외치다니.

의사와 시녀는 폴리아나의 개진상질을 관대하게 받아들였다. 의사는 환자라서, 시녀들은 폴리아나가 5년 치 생리통을 한 번에 앓는다고 믿어서였다.

"으으."

폴리아나는 엎드려서 침대를 폭행했다. 진동이 생길 때마다 갈비가 쑤셨다. 그리고 아랫배와 등, 골반도 같이 쑤셨다.

진통제를 먹어도 효과가 없고 오랜만에 하는 생리라 그런 것이니 참으라는 얘기만 나온다. 뜨거운 돌을 올리고 찜질해도 소용없었다.

칼에 베이고 창에 찔리고 화살에 관통당하고 코뼈가 부러지는 등, 폴리아나의 인생은 부상으로 점철됐다. 피부가 벗겨진 손바닥으로 검을 쥐었다. 다친 몸으로 더러운 바닥을 굴렀다. 하나 모자란 어금니로 육포를 씹었다.

그녀는 부상과 함께 살았다. 그녀 몸의 흉이 다른 기사들 못지않다. 고통과 부상에 익숙해진 그녀임에도 이러한 종류의 통증은 견디기 힘들었다.

제일 짜증 나는 건, 그냥 짜증이 난다는 거다. 이 증상은 생리의 막바지까지 지속됐다. 그나마 폴리아나가 이성을 갖고 대하는 건 토리와 스트라, 대공과 대공비 정도였다.

결국 황제와 폴리아나가 참석하지 않은 채 건국 기념행사가 진행되었다.

괜히 사람 입을 타면 좋지 않다는 토리의 판단에 따라 레베카의 일은 함구에 붙여졌다. 그래서 토리와 스트라는 방긋방긋 웃어야 했다.

그건 그녀들에게 어려운 일이 아니었다. 그녀들은 그렇게 길러졌기 때문이다. 누군가 죽어도 앞에선 상냥하게 웃도록. 약간의 차이는 있어도 둘 다 그렇게 길러졌다.

기념행사가 끝났다. 준비된 연회가 모두 끝났다. 나나바에서의 일정이 모두 끝나자 돌아갈 사람은 돌아가고 남을 사람은 남았다.

야파에서 나나바까지 같이 이동한 귀족들은 모두 야파로 돌아갔다. 토리와 스트라, 폴리아나는 나나바 성에 남았다. 황제의 명령이 있었기 때문이다.

침대는 벗어나지 못해도 기저귀에서 벗어나는 데 성공한 폴리아나는 일주일 동안 부린 개진상질을 사과했다.

생리 증후군에서 탈출한 폴리아나는 죄책감의 감옥에 갇혔다.

그녀보다 어린 토리와 스트라가 훌륭히 황비의 의무를 다하는 동안 그녀는 착실히 개진상을 부렸다. 폴리아나는 시녀와 의사에게 보인 짜증을 모두 기억하고 있었다. 도대체 왜 그랬을까. 내가 미쳤었나. 수치심에 후작의 얼굴이 붉게 달아올랐다.

의사는 죄송한 걸 알면 침대에서 나오지 말라고 말했다. 그 말이 아니었다면 나나바 성의 정원수는 남아나지 않았을 것이다.

"앞으로 달거리를 하실 확률이 높습니다."

의사는 폴리아나가 앞으로 규칙적인 달거리를 하게 될 확률이 높다고 말했다. 생리 중에도 근무해야 한다는 뜻이다.

토리는 근위대 제복의 색상 변경 건을 입에 올렸다. 그녀가 참견할 부분은 아니나 아크레아의 근위대 제복이 파란색인 것은 고급스러워 보이면서 염색 비용이 저렴하다는 이유이니 문제 될 건 없었다.

파란 제복에 피 얼룩이 지면 눈에 잘 띄고 보기 흉하다. 같은 붉은색이면 괜찮다는 말은 천에 묻은 피가 시간이 지나면 어떻게 변색하는지 아는 폴리아나로선 동의하기 어려웠다. 토리는 영리한데 가끔 이렇게 귀족가 아가씨다운 모습을 보였다.

'빨간색보단 검은색이 감추기 쉽지.'

중요한 건 제복의 색이 아니다. 토리의 마음 씀씀이다. 그녀의 활동성까지 고려한 제안에 폴리아나는 더 풀이 죽었다.

"면목 없습니다. 제게 과분한 자리입니다. 야파로 돌아가면 금줄을 반납하겠습니다."

"그러지 마세요, 후작. 절 구해 주셨잖아요. 후작께선 누구보다 훌륭히 우리를 지켜 주고 계세요."

스트라가 폴리아나의 손 위로 그녀의 손을 포개어 겹쳤다. 둘의 다정한 마음 씀씀이가 폴리아나의 기를 더 죽였다.

폴리아나는 아주 오랜만에 자살 충동을 느꼈다. 식물이나 가구, 건물을 폭행할 게 아니라 스스로를 폭행해야 했다.

'나는 좀 맞아야 해.'

환자라고 폴리아나를 찾아오는 손님은 드물었다. 아니면 폴리아나의 개진상이 소문나서일지도? 비카 부인이 몇 번 왔다 간 걸 제외하곤 조용했다.

폴리아나는 자책의 바다에서 간신히 빠져나오고 이를 악물었다. 스스로를 후려 패 봐야 아프기만 하다.

통증을 즐기는 성벽이 없으니 삽질은 그만두고 할 수 있는 걸 해야 할 때였다. 지금 침대에 갇힌 그녀는 얼른 건강해지는 게 최우선이었다.

갈비뼈는 부러지기 쉽고 부러진 후에 여파가 적은 대신 아무는 데 시간이 제법 걸린다. 폴리아나는 두 달 요양해야 한다는 의사의 말을 무시하고 한 달 만에 침대를 빠져나왔다.

시퍼렇게 멍이 든 옆구리와 등이 여전히 아팠다. 그래도 참을 수 있었다. 생리통처럼 견디기 힘든 종류의 통증이 아니라 오히려 정신을 바짝 차리는 데 도움을 줬다.

그녀는 전장을 벗어나서도 기사다. 피 냄새와 먼 시간을 보내 흐트러졌던 정신에 기합이 들어간 기분이었다.

침대에서 일어나자마자 폴리아나는 토리와 스트라를 찾았다. 두 황비에게 양해를 구한 뒤 해야 할 일이 있었다.

그녀들을 호위하고 야파로 가려면 올 때와 비슷한 시간이 걸린다. 황제의 명령과 폴리아나가 맡은 책임을 생각하면 마땅히 그래야 하나, 도저히 그 시간을 인내할 수 있을 것 같지 않았다.

폴리아나의 마음은 훨훨 날아 야파로 향한다. 폴리아나가 이럴 걸 염려해선지 나나바에선 전령 하나 보내지 않았다. 그게 더 폴리아나를 조바심 내게 만들었다.

'전서구는 힘들어도 전령은 보낼 수 있잖아. 무슨 일이 생긴 게 분명해.'

룩소스 1세가 누군가. 다정하고 아랫것들을 배려하시며 부인들에게도 살가운 분 아니신가. 레베카가 건강하다면 나나바에 남아 걱정하는 사람들을 위해서라도 전령을 보내 소식을 알렸을 것이다.

무소식이 희소식이라는 말이 있다. 이런 경우엔 해당이 안 됐다.

폴리아나는 한발 앞서 야파로 가기를 희망했다. 토리와 스트라를 두고 먼저 떠나겠다는 것이니 명백한 직무 유기였다.

"근위대는 모두 두고 가겠습니다. 저 혼자 갈 것이니 두 분 염려 마십시오."

"말이 되는 소리를 하세요, 후작. 후작도 귀하신 몸인 걸 모르시나요? 아마 폐하께선 저와 스트라보다 후작의 안위를 더 걱정하실 거예요. 여인과 자식은 쉽게 얻어도 충직한 기사는 다시 얻기 힘드니."

토리가 책의 글귀를 인용해 폴리아나를 말렸다. 자존심 상하는 일이지만 폴리아나를 말릴 수 있다면 스스로를 소모품 취급하는 것도 괜찮았다.

토리는 알고 있었다. 그녀는 엄선되어 선정된 황제의 부인이나 언제든 대체될 수 있음을.

황제의 원정을 함께한 충신과 같은 저울에 오를 처지도 못 되었던 것이다.

하물며 폴리아나 윈터는 룩소스 1세가 친히 등용해 후작까지 키워 낸 인재다. 폴리아나는 외국인 출세의 대명사이고 아크레아 제국이 타민족을 배척하지 않는다는 상징과 같았다.

그에 비해서 토리는? 세 명 있는 황비 중 가장 버리기 쉽고 대체할 사람 많은 위치가 그녀의 자리였다. 슬프지만 부정하지 않았다.

토리의 설득에도 폴리아나는 물러나지 않았다. 룩소스 1세는 참으로 자비로운 군주시라 스스로의 의지가 굳건하다면 항명도 괜찮았다.

정 뭣하면 옷 벗는다. 금줄도 반납한다.

폴리아나가 대놓고 옷 벗을 각오를 다지자 토리는 절충안을 내놨다.

"그럼 후작을 호위할 기사를 데려가세요. 기동력을 위해 홀로 가시겠다면 우리가 후발로 이동할게요."

"근위대는 황족을 호위하기 위해 존재하는 겁니다. 그것은 월권을 넘어선 반역 행위로."

"근위대면 대장도 호위해야죠. 부족한 인원은 대공께 부탁드려 기사를 빌리기로 했어요."

이미 대공과 이야기를 마쳤다는 뉘앙스에 폴리아나가 깜짝 놀랐다.

조용히 둘의 대화를 듣고만 있던 스트라가 폴리아나의 손을 잡았다. 스트라는 다정하게 웃고 토리가 이어 말했다.

"후작이 그러실 것 같아 대공 전하께 부탁드렸어요. 두 분은 각별했으니까 마음이 많이 아프시겠죠. 자진해서 나선 근위대 다섯이 같이 갈 거예요."

"두 분 모두 감사합니다."

"별말씀을요. 야파에 레베카가 아닌 우리가 있어도 후작께서 이러셨을 걸 알아요."

"우리를 진실로 대해 주시는 걸 늘 감사히 여기고 있어요."

레베카에게 보내는 감정은 우정이 맞다. 토리와 스트라는 우정이라기엔 약하고 충의라기엔 말이 안 됐다.

그러나 폴리아나는 세 명의 황비에게 늘 진실했다. 어느 기사가 왔어도 폴리아나보다 잘하진 못했을 것이다. 둘은 그렇게 생각했다.

다정한 두 황비의 말에 폴리아나의 눈에 눈물이 핑 돌았다. 부부는 닮는다더니. 룩소스 1세도 그렇고 부인들도 실로 다정하고 너그러웠다.

나나바에 잔존한 병력은 모두 제2근위대 소속이었다. 제1근위대의 정예는 황제가 떠날 때 함께 갔다.

남은 인원의 절반이 귀족들을 호위했다. 황비가 남으니 자동적으로 제2근위대가 나나바에 함께 남았던 것이다.

"자네들이 남았었나?"

"저희가 대장님을 두고 어디 가겠습니까."

"병문안 안 와서 간 줄 알았지."

"……."

"대장이 아픈데 병문안도 안 오고. 세상 참 좋아졌어. 그렇게 생각 안 하나?"

"죽을죄를 지었습니다."

폴리아나가 부하들의 어깨를 두드렸다.

"농담이다."

"대장님, 폐하 농담 따라 하지 마십시오! 진짜 재미없습니다!"

"대장님, 제발!"

"내가 일반 친위대원일 땐 대장님 농담 재미없다는 말도 못했는데…… 세상 참 좋아졌어."

"대장님!"

아이노 경은 농담을 모르는 남자요, 마호갈 경은 세련된 농담으로 주위 사람들을 기쁘게 하는 자였다. 폴리아나는 소소한 농담으로 부대에 사기를 불어넣고(?) 제 몸의 컨디션을 확인했다. 나쁘지 않다. 폴리아나는 고개를 끄덕이고 야파로 향했다.

나나바에서 야파로 가는 여정 동안 일행은 쉬지 않았다. 완치되지 않은 부상을 염려하는 부하의 걱정도 폴리아나는 고함으로 일축했다.

내가 응? 왕년에 응? 다리도 없는 코에몽 강을 말 타고 건넜고 응? 사냥꾼 가득한 아크레아 군사를 응? 엿 먹였던 몸이야!

도중 폴리아나와 부하들은 말을 타고 전력 질주하는 전령과 마주쳤다.

"대장님! 전령입니다! 방향은 나나바입니다!"

"나도 봤다."

"잡을까요?"

"뭐. 중간에 멈추면 서로 방해다."

그녀는 일부러 전령을 잡지 않았다. 당장의 궁금증을 해결하기에 전령은 적절치 못했다. 그녀의 눈으로 직접 보고, 그녀의 귀로 직접 듣고 싶었다.

전령이 움직였으니 야파에 변화가 생긴 건 분명했다.

애석하게도 좋은 쪽의 변화라는 생각은 들지 않았다. 그건 부하들도 마찬가지였다. 안 좋은 일을 예감했기 때문일까. 일행의 이동 속도는 조금 느려졌다.

일행이 야파 성을 시야에 담을 정도로 가까워졌을 때 그들은 상거지 신세였다. 식량과 식수, 말먹이를 제외한 물품을 짐이 무겁다는 이유로 중간에 버렸고 씻거나 제대로 휴식을 취할 시간도 아꼈기 때문이다.

사람과 말이 공평하게 눈 실핏줄이 터지고 입엔 거품을 물었다. 심지어는 말이 몇 번 주인을 물었다. 발로 걷어차지 않은 게 다행이었다.

"흡."

근위대원들이 일시에 입을 다물었다. 낌새를 눈치챈 폴리아나가 부하들을 다그쳤다. 그녀의 눈에 어른어른한 야파 성이나 시력 좋은 부하의 눈이 뭔가 잡은 게 틀림없었다.

"뭔가! 보고하라!"

"보고합니다! 조기입니다! 성에 조기가 걸렸습니다!"

"아아!"

폴리아나의 긴 탄식이 입에서 튀어나와 바닥까지 꺼졌다. 섬세한 부하는 금방 눈물을 보였다. 흙먼지를 뒤집어쓴 기사가 눈물을 흘리자 얼굴에 죽죽 줄이 생겼다.

폴리아나는 길에서 눈물을 보이지 않으려 이를 악물었다. 처음 어금니가 빠졌을 때보다 더한 상실감으로 마음에 구멍이 뚫린 것 같았다.

"슬프지만 예상한 일이다. 그렇지 않나?"

"네 그렇습니다!"

"질질 짜는 건 용맹한 기사의 도리가 아니다. 다들 움직여라! 운이 좋다면 장례식에 참석할 수 있을 것이다!"

과연 그것을 운이 좋다 표현해도 좋을지. 발언하고 후회해도 내뱉은 말은 주워 담을 수 없다.

상거지 꼴로 말에서 내리지 않고 성문까지 돌진하는 집단은 제지하는 것이 경비병의 도리. 제3근위대 소속 경비대원들이 창을 눕혀 그들을 막았다.

폴리아나가 말에서 내리지 않고 신분을 밝혔다.

"제2근위대장 폴리아나 윈터다! 뒤는 내 부하!"

"2대장? 2대장님이십니까?"

기사와 병사들이 그녀에게 경례했다.

"장례식은?"

"이틀 전에 끝났습니다. 전령이 나나바로 향했는데 보지 못하셨습니까?"

"마주쳤지만 일부러 붙잡지 않았다."

시간과 마주친 거리를 보았을 때 황제는 일부러 장례식이 끝난 뒤 전령을 보냈다. 폴리아나는 눈에 띄게 상심했다.

룩소스 1세는 그게 옳다 여겨 그리했을 것이다. 황제 폐하의 뜻에 감히 불만은 품지 못해도 마음은 쓰리고 아팠다.

"아이는?"

질문을 하고 나서야 깨달음이 밀물처럼 밀려왔다. 어쩌면 고인이 아이일 수도 있다. 그러나 야파까지 오는 내내, 성에 걸린 조기를 보고 나서도 폴리아나는 사망한 이가 레베카라고 확신하고 있었다.

아이와 산모 둘 다 사망했을 가능성도 적지 않건만, 기이한 믿음으로 그녀는 아이가 생존했으리라 여겼다. 참 신비한 일이었다.

"황녀님이십니다."

폴리아나의 믿음대로 아이는 생존했다. 뒤에 선 부하들이 길게 탄식했다.

딸이라니.

누군가 작게 중얼거렸다. 말을 한 근위대원과 소식을 들은 근위대원 모두 황녀 탄생을 안타까워했다. 황비가 사망하여 얻은 아이가 딸이라니. 목숨 걸고 낳았는데 딸이라니.

모두가 황녀의 존재를 애석하게 여겼다. 바로 이것 때문에 레베카는 아들을 원했다. 아들 딸 둘 다 좋으나 올라갈 길 남은 아들과 달리 내려갈 길만 남은 딸의 운명을 원하지 않았다.

어머니는 자식의 운명이 안타까워 아들을 바랐다. 아버지는 성별에 관계없이 산모와 아이 모두 건강하길 원했다.

부모 바람을 모두 무시하고 태어나서 그럴까. 황녀의 탄생을 기뻐하는 이 없고 다들 한숨만 팍팍 쉬더라.

그 모습 지켜보는 폴리아나의 눈가에 눈물이 핑 돌았다.

부하에게 소식 들은 우크 경이 성문까지 몸소 찾아왔다. 폴리아나는 그때까지 뒤를 호위하던 부하들에게 해산을 명령했다.

"바로 성으로 가지 말고 쉬었다 가십시오. 부상은 괜찮으십니까."

"괜찮소. 자세한 얘기를 해 줬으면 하오."

"폴 대장. 먼저 쉬십시오. 부하들을 시켜 댁까지 모셔다 드릴 터이니."

"그 정도로 지치진 않았소. 그보다 말이나 빌려주시오. 사람보다 말이 더 지쳤다오."

"씻고 나오면 준비해 드리겠소."

근위대원들이 사용하는 숙소의 욕실을 빌려 폴리아나는 흙먼지를 털어 냈다.

의복을 빌려 입고 나오니 해는 이미 서산으로 저물어 하늘이 어두웠다. 거리는 어둡고 대부분의 가게와 관공서가 문을 닫은 시각. 우크 경과 교대한 자이노 경이 대신 자리를 지키고 있었다.

"폐문했으니 내일 날이 밝으면 입궁하십시오."

"음. 일부러 그랬소?"

폴리아나가 먼저 목욕을 권한 게 입궁을 늦추려는 속셈이었냐 질문했다. 자이노 경이 어깨를 으쓱였다.

"우크 경 속내를 제가 어찌 알겠습니까. 들어갔다 나온 것도 아닌데."

자이노 경이 식사를 권했다. 폴리아나는 사양 않고 먹었다. 그동안 자이노 경에게서 야파에서 벌어진 일을 전해 들었다.

레베카의 건강은 느리게, 조금씩 악화되었다. 올라간 혈압은 내려가지 않았다.

복수가 차 식사를 잘 못하게 되었고 비슷한 시기에 처음으로 혼절했다. 나니 대공비가 도착해 딸을 돌봤지만 차도는 없었다.

혼절이 잦아졌다. 이틀 동안 정신을 차리지 못하자 두 명의 궁의는 상의 끝에 전서구를 날렸다.

산모가 죽든, 아이가 죽든, 둘 다 죽든, 천신만고 끝에 해프닝으로 넘어가든 남편이 필요했다.

야파에 도착한 룩소스 1세는 둘 다 살리는 건 불가능하단 의사들의 의견에 분노했다. 노여움은 그치지 않고 옥체가 상하는 일까지 발생했다.

산모와 아이 둘 다 살리라는 황제에게 레베카가 의식을 차리고 있을 때 작성한 유언장이 전달되었다.

황제는 아이를 선택했다.

칠삭둥이는 곧 죽을 날 받아 놓은 것과 마찬가지. 살아서 인간구실 하려면 팔 개월을 채워야 한다.

레베카는 간신히 생명줄만 붙잡은 상태로 몇 주 더 버텨 팔 개월을 채운 뒤, 황녀를 출산하고 바로 사망했다.

룩소스 1세는 매우 슬퍼하며 장례식을 직접 주관했다. 그러나 레베카의 목숨과 교환해 태어난 아이를 외면했다.

황제는 황녀를 안아 보지 않고 찾지 않았다. 그 때문에 나니 대공비와 유모의 걱정이 태산 같다.

장례식을 마친 황제는 국정에 참여하나 여가 시간은 홀로 조용히 보내고 있다.

모든 이야기를 들은 폴리아나가 의자에서 일어났다. 자이노 경이 고개를 젓고 그녀를 막았다.

"날 밝으면 가십시오."

"비키시오."

"목소리도 제대로 안 나오시잖습니까."

"난 괜찮소."

"그렇게 지쳤을 땐 될 일도 안 되는 법입니다."

자이노 경의 조언은 그녀를 구속하지 못했다. 폴리아나는 내성 쪽으로 이동했다. 폴리아나의 고집을 알았는지 말은 준비되어 있었다.

지금은 폐문 시각. 개미라도 문 근처에서 얼씬거리면 근위병의 문초를 받는다. 신분 확실한 제국의 제2근위대장은 개미가 아니라 괜찮았다. 닫힌 문은 못 연다. 대신 곁문 사용이 가능하다.

"황녀마마께 가실 겁니까?"

"아니. 폐하께 간다."

폴리아나는 황녀가 있는 후궁으로 가지 않았다. 신생아 있는 장소에 외부인이 자주 드나들면 안 좋다. 폴리아나가 부득불 성에 들어온 건 룩소스 1세 때문이다.

정 많은 황제가 얼마나 상심했을지 안 봐도 뻔했다. 폴리아나는 레베카와 친구였고 룩소스 1세는 부부였다. 폴리아나가 느끼는 상실감보다 룩소스 1세가 느끼는 공허함이 더 클 것이다.

황제의 혼인이 여염집과 같을 수 없었다. 부인을 동시에 셋 들였고 일말의 감정 없는 정략혼이었다. 그러나 룩소스 1세는 늘 책임을 다하려 노력했다.

그는 좋은 황제가 되기 위해 노력했다. 그는 좋은 남편이 되기 위해 노력했다. 와중에 정이 싹트지 않는 게 더 신기한 일일 것이다.

남녀의 정은 심적인 교류 외에 육체의 정도 존재한다. 룩소스 1세는 레베카를 법적 부인으로서 대우하고 존중하여 심적 공간을 허락했다.

황제는 과거 폴리아나에게 말했다. 토리는 영특하여 좋고, 스트라는 상냥하여 좋고, 레베카는 욕심이 많아 좋더라.

폴리아나도 레베카가 욕심이 많아 좋았다.

걸으면 걸을수록 황제와 가까워졌다. 걸으면 걸을수록 시종들의 안색이 어두웠다. 피곤한 것도 문제지만 모시는 주인이 상심한 것에 그들도 함께 마음 아파하고 있었다.

시종장 체일이 문 앞을 지키다 폴리아나를 발견했다.

"윈터 후작? 비마마들이 벌써 도착하셨습니까?"

"아니, 내가 항명하여 먼저 왔소."

입궁할 때 알렸는데 체일에게 보고가 닿기 전 폴리아나가 도착해버린 탓이다. 체일이 눈에 띄게 안도했다.

"폐하는?"

"안에 계십니다."

폴리아나가 들어가려 하자 체일이 그녀를 붙잡았다.

"아무도 들이지 말라 하셨습니다."

시종장이 진중하게 고개를 저었다. 고개가 돌아가도 시선은 그녀에게 꽂힌 채였다.

황제의 측근 폴리아나 윈터 후작이 받은 특권은 무수히 많다. 기록관들이 진저리 치며 세기를 거부할 정도로 많다. 개중 황제가 원하지 않을 때 그를 알현할 수 있는 특권이 있었다.

특권을 남발하다 목이 잘리는 걸 방지하기 위해 폴리아나는 기준을 세웠다. 그 방법은.

"아이노 경도?"

"아이노 경은 아닙니다."

아이노 경의 출입이 허락되었다면 폴리아나도 들어가도 된다.

폴리아나가 마음을 바꾸려 하지 않자 체일이 다시 그녀를 붙잡았다.

오랫동안 황제를 모신 시종으로서의 감이다. 다른 때 같으면 얼른 들어가 폐하와 함께 술을 퍼마셔 달라고 요청할 것인데 오늘은 묘하게 들여보내선 안 된다는 생각이 들었다. 대체로 이런 감은 잘 맞았다.

체일은 폴리아나에게 날 밝으면 다시 오시라 권했다. 우크 경과 자이노 경이 꺾지 못한 고집을 체일이 꺾을 리 만무했다.

"폐하를 뵈어야겠소, 시종장."

"후작님, 힘든 건 알지만 폐하도 힘드십니다."

"그래서 뵙겠다는 것이오."

폴리아나는 기척도 없이 문을 열었다. 하나의 문을 열고 다시 문을 열어 내실로 들어갔다. 체일과 다른 시종들은 거기까지 따라오지 않았다.

내실은 어두웠다. 광원은 하나도 없이 어둠에 잠겼다. 마치 폴리아나의 마음처럼, 마치 어머니를 잃은 젖먹이의 마음처럼.

어둠에 익숙해진 폴리아나의 눈이 사물을 구분하기 전, 룩소스 1세가 먼저 인기척을 냈다.

"이노냐?"

황제는 의자에 앉아 탁자에 얼굴을 박은 채 움직이지 않았다. 고개를 들지 않아 폴리아나를 아이노 경으로 착각했다.

술은 몇 병을 비웠는지 바닥과 탁자 위로 빈 병이 가득했다. 둘이서 마셨든 혼자 마셨든 일주일은 숙취로 앓아누울 양이었다. 폴리아나가 선뜻 다가가지 못하고 머뭇거렸다.

이런 모습을 다른 사람이 보는 건 좋지 않으니 폴리아나는 문을 닫고 들어갔다. 그리고 벽의 등에 불을 붙였다.

어둠 속에 빛이 생기자 룩소스 1세는 고개 숙인 채로 괴로워했다.

"이노야, 이노야. 나는 정말 여복이 없나 보다."

룩소스 1세의 긴 한탄이 이어졌다.

룩소스 1세의 모친은 병약한 미인이었다. 레베카보다 병약해 젊어 요절할 거라는 소문이 파다했다.

룩소스 1세가 '어머니' 하면 떠올리는 이미지는 남들과 같지 않다.

혹자는 자길 안아 주는 따뜻하고 포근한 품을 떠올린다. 혹자는 등짝을 후려치는 매서운 손바닥을 기억할 것이다. 운이 나쁘다면 별다른 애정 없는 무심한 시선을 추억하겠지.

룩소스 1세의 어머니란 마른기침과 각혈, 토혈, 약재 냄새로 이루어졌다. 룩소스 1세는 그런 어머니라도 좋았다. 형제가 없어 외로워하는 룩소스 1세에게 모친은 동생을 약속했으나 약속은 지켜지지 않았다.

룩소스 1세와 처음으로 밤을 나눈 여성은 관대하게 지켜봐도 성격이 나빴다. 그래도 룩소스 1세는 당연히 자기가 왕비가 될 거라 믿는 근거 없는 자신감을 좋게 봤다. 아직 어린 소녀니 겸양이 지나친 것보다 건방진 게 낫다고 생각했다.

그것이 지나쳐 결국엔 선왕의 눈 밖에 나 성에서 쫓겨났다. 그녀는 좋은 집안에 시집갔지만 풍토병에 걸려 사망했다.

룩소스 1세가 야파에 도착했을 때 레베카는 의식을 잃은 상태였다. 예쁘던 모습은 온데간데없고 퉁퉁 부은 얼굴은 룩소스 1세에게서 회생의 희망을 앗아 갔다. 실핏줄이 터진 몰골은 건드리지 못할 정도로 참혹했다.

시녀가 전한 유언장은 왕족으로 태어나 살아온 걸 증명하듯 계약 내용이 가득해 황제를 더 슬프게 만들었다.

남자에게 있어 첫 여자는 어머니다. 룩소스 1세는 어머니를 여의고 이성으로 느낀 첫 여성도 잃었다. 사랑에 빠진 여자는 가질 수 없고 부인은 아이를 낳다 죽었다.

룩소스 1세는 생각했다.

나는 복이 많은데 여복만 없구나.

그렇게 얻은 자식인데 딸이다. 여자다. 핏덩이다.

룩소스 1세는 공포에 질렸다. 초라한 여복을 보자면 이 아이도 그를 일찍 떠날 것 같았다.

숨 쉬는 것도 힘들어하는 아이는 죽은 어미보다 더 황제를 궁지로 몰아넣었다.

팔삭둥이라니. 언제 죽을지 모른다. 그러면 룩소스 1세의 첫딸은 사망하여 그의 여복 없음을 증명할 것이다.

그런 걸 상상하면 황제는 참을 수 없었다.

어머니, 첫 여자, 부인에 이어 딸까지. 그럼 그의 인생에 여자는 누가 남는단 말인가.

황제가 손을 휘저었다. 괴로움을 호소했다.

"술! 이노! 술 안 주고 무엇하느냐!"

"과하십니다."

룩소스 1세에게 지금 가장 보고 싶은 사람과 가장 보고 싶지 않은 사람을 물으면 둘 다 같은 사람이라 답할 것이다.

탁자에 머리를 박고 있던 룩소스 1세는 낯익은 목소리에 고개를 들었다. 지친 모습의 폴리아나가 있었다.

어머니, 첫 여자, 부인에 이어 딸까지. 그럼 그의 인생에 남는 여자는 누구인가.

대답은 하나다.

사랑하는 여자.

"꿈이냐, 술로 인한 환각이냐. 꿈이라면 악몽이고 환각이면 질이 나쁘구나."

"폐하, 과음하셨습니다."

폴리아나가 알기로 룩소스 1세가 이렇게 망가진 적이 없었다. 폴리아나의 상처가 크듯 황제의 상처도 컸다.

상실감을 견디지 못한 폴리아나가 의자에 앉은 룩소스 1세를 끌어안았다. 폴리아나의 품에 안긴 룩소스 1세가 황홀감에 휩싸였다.

폴리아나 윈터. 그가 사랑하는 여자였다.

룩소스 1세는 격정을 못 이겨 말했다.

"폴, 짐은 너를……!"

순간 황제는 볼에 닿는 온기가 실재함을 깨달았다. 꿈이나 환상이 아닌 진짜 폴리아나였다.

술에 취해 혼미한 와중에도 룩소스 1세의 머리가 냉정하게 돌아갔다. 구역질 날 정도로 계산적이었다.

지금 그녀를 껴안으면 소원하던 대로 얻을 수 있다.

폴리아나도 친구인 레베카를 잃어 상심한 처지다. 룩소스 1세가 술과 상심을 핑계로 그녀를 안고 사랑을 고백하면 폴리아나는 거부하지 못했다. 그대로 그녀를 잡아 결혼을 하고, 그의 곁에 둘 수 있다.

하지만 그게 사람이 할 생각인가. 첫아이를 낳아 준 부인의 장례식을 이틀 전에 치른 사람이 할 생각이냐. 참으로 역겹고 한심하다.

룩소스 1세는 폴리아나를 밀쳤다. 그는 반절 정도 술이 남아 있던 병을 들어 머리 위에 끼얹었다. 룩소스 1세의 볼을 타고 눈물 대신 술이 흘렀다.

"나가라. 지금은 너를 보고 싶지 않다."

룩소스 1세의 거절에 폴리아나의 얼굴이 일그러졌다. 상처받은 얼굴에 룩소스 1세도 같이 상처받았다.

아무리 그래도 지금 찾아오는 건 반칙이다. 룩소스 1세에게도 시간이 필요했다.

그라고 만능이 아니다. 늘 여유로울 수 없다. 남에게 들켜선 안 되는 모습이기에 마음껏 울 수도 없었다. 죽은 아내와 엄마 없는 아이가 가엾어도 그걸 표현해선 안 됐다.

마음을 수습하고 감정을 주워 담았다. 비정해도 이것이 황제의 도리려니.

폴리아나가 찾아왔다. 그러자 담고 있던 모든 게 바닥으로 떨어졌다. 모두 쏟아졌다.

룩소스 1세는 욕심 많은 사내다. 그래서 황제의 꿈을 꿨다. 룩소스 1세는 사랑하는 남자다. 그래서 폴리아나에게 고백하지 않았다.

이대로라면 그를 황제로 만든 욕망이 폴리아나에게 닿을지도 모른다. 지금의 황제는 그 욕망을 참고 억누르고 인내하고 버틸 여력이 없었다.

그래서 내쳤다.

"나가라, 윈터!"

룩소스 1세는 아크레아를 사랑한다. 얼어붙은 대지와 생물과 무생물을 가리지 않고 모든 걸 뒤덮는 눈보라를 사랑한다.

아크레아인들은 겨울에 혹사당하면서도 겨울을 사랑했다. 무엇과도 비교할 수 없는 혹독한 계절이 그들의 상징이었다. 대륙에서 가장 가혹한 계절에 살아남았다는 자부심이 허세의 근거였다. 겨울이 가혹하면 가혹할수록, 살아남은 자들은 강해졌다. 겨울이 혹독하면 혹독할수록, 살아남은 자들은 긍지를 품었다.

폴리아나 윈터는 룩소스 1세가 내려준 이름 그대로 룩소스 1세의 겨울이었다. 사랑이자 그를 채찍질하는 유일한 인물이 되었다.

룩소스 1세는 폴리아나 윈터를 사랑한다. 사랑하기에 여지없이 쏟아지는 절망과 갈등에 혹사당하면서도 그녀는 그의 자랑이자 상징이었다.

룩소스 1세는 폴리아나에게 부탁했다. 서릿발처럼 그를 내모는 여인에게 애원했다. 비록 둘의 관계가 남녀 아닌 주종이라 부탁이나 애원 아닌 명령으로 그녀에게 닿았다 한들, 그것이 최선이었다.

"짐이 지금 여유가 없다. 이런 모습 보이고 싶지 않으니 나가 다오."

폴리아나의 턱에 힘이 들어갔다.

룩소스 1세는 혀를 차고 싶어졌다. 어금니도 하나 없어 부실하면서 이 상하게 악무는 게 버릇인 그녀가 안타깝다.

다정하게 손을 내밀면 턱에 들어간 힘이 빠질 것이다. 그러나 그렇게 하면 룩소스 1세의 인내가 끊긴다.

고작 이럴 때 위로받으려고 지킨 사랑이 아니었다. 여기서 손에 넣으면 이후에 그녀는 전처럼 행복해지지 못할 것이다.

폴리아나는 황제의 심기를 헤아리지 못한 스스로를 반성했다. 룩소스 1세의 최측근으로서 지나치게 친밀해진 나머지 선을 착각했다.

두어 걸음 뒷걸음질 치고 폴리아나가 내실을 나갔다. 문을 닫은 그녀의 손이 뺨을 후려쳤다.

'정신 차려.'

룩소스 1세는 부인을 잃었다. 그녀는 친구를 잃었다.

사실 레베카와 폴리아나의 관계는 룩소스 1세가 없었다면 성립되지 않았다. 더 슬픈 사람이 있는데 폴리아나 혼자 서로의 상처를 보듬을 수 있다고 과신했다.

언제부터 황제의 명령에 토를 달게 되었을까? 언제부터 나라면 이 정도는 괜찮다는 식의 건방진 생각을 품게 되었을까.

황제의 명령을 어기고 호위 대상인 두 황비를 나나바에 남겨 둔 채 야파로 온 독단.

아무도 들이지 말랬는데 들어간 자만심.

폴리아나는 언제부터 자신을 과신하게 되었을까. 그렇게 역겨운 인간은 되고 싶지 않았는데 언제부터 그런 인간이 되어 있었던 것일까.

새파랗게 질린 안색으로 나오는 폴리아나를 보고 체일이 놀랐다.

"후작님, 괜찮으십니까?"

"내가 폐하께 무례했소. 폐하께서 찾으실 때까지 자숙하겠소."

체일의 옆엔 술병을 든 아이노 경이 있었다. 폴리아나가 들어갔다는 이야기를 듣고 밖에서 기다리고 있었던 것이다.

폴리아나는 더욱 부끄러워졌다. 아이노 경과 그녀가 같을 수 없건만 언제부터 비슷한 위치에 섰다고 믿었을까.

폴리아나의 창백한 안색과 룩소스 1세의 방을 번갈아 보던 아이노 경이 한숨을 쉬었다. 그는 술병을 체일에게 맡기고 폴리아나의 어깨 위에 손을 올렸다.

"잠깐 시간을 내주시오, 후작."

"폐하께 가 봐야 하는 것 아니오?"

"늦어도 되오. 지금 필요하신 건 술이 아니라 삽질할 시간일 테니."

삽질하고 있으면 뒤통수를 후려갈겨 빼 오면 된다. 아이노 경은 뒤통수를 후려갈길 수 없는 폴리아나부터 빼 오기로 했다.

아이노 경은 일부러 사람을 물렸다. 외부와 소리가 차단되는 밀실로 폴리아나를 몰아넣었다.

현재 아이노 경은 심기가 매우 불편했다. 그가 계획한 일이 모조리 꼬였는데 심지어 그의 일보다 남의 일이 급했다.

발등에 불이 떨어진 건 룩소스 1세인데 뒤치다꺼리는 모두 아이노 경의 몫이 되었다. 기껏 나나바에 가서 예물용 곰도 못 잡고, 부모님껜 말도 못 붙였다.

국상이 있었으니 결혼은 1년이 미뤄질 것이다.

그런데 이젠 폴리아나까지 난리였다. 이러니 아이노 경의 심기가 꼬여요, 안 꼬여요.

"무슨 일이오?"

폴리아나가 대답하기 위해 입을 열었다. 아이노 경은 기다리지 않았다. 할 일이 많은데 모두 급하게 처리해야 한다. 폴리아나에게 할애할 시간은 짧으면 짧을수록 좋았다.

"폐하께서 화내셨소? 그거 다 술기운이니 털어 넘기시오. 아니면 폐하가 덮쳤소? 그것도 술기운이니 털어 넘기시오. 못 넘기겠으면 결혼하든가."

폴리아나가 푸욱 고개 숙였다. 눈물을 참기 힘들었다.

"제가, 제가 말입니다. 그때 아이노 경을 발견하는 바람에, 그래서 푸닥거리가 실패해서."

보통은 사람이 개소리를 하면 진정하라는 의미에서 끝까지 들어준다. 아이노 경은 그런 성질머리가 못 되었다.

그가 개소리를 참지 못하고 폴리아나의 명치에 주먹을 날렸다. 때리고서 아차 싶었다. 폴리아나는 신물을 토하면서 쭈그려 앉았다.

아이노 경의 얼굴에 살다 살다 그런 개소리를 들을 줄 몰랐다는 심정이 고스란히 드러났다. 폴리아나도 스스로의 어리석음을 깨닫고 입가를 닦았다. 그리고 아이노 경의 정강이를 걷어찼다.

아이노 경은 가볍게 피하더니 주먹을 올렸다. 폴리아나가 사과했다.

“헛소리했소.”

“알면 됐소. 폐하가 성질내신 것도 비슷하게 여기시오.”

폴리아나의 얼굴이 다시 어두워졌다.

‘왜 내가 위로까지 해 줘야 되는 거야.’

친구가 좋아하는 여자지만 친구랑 잘되는 사이도 아니다. 아이노 경의 눈썹이 위험하게 꿈틀꿈틀거리다 결국 평정을 되찾았다.

‘잘되진 못하더라도 사이가 벌어지는 건 막아야지.’

“폐하는 후작에게 약한 모습을 보이기 싫으셨던 것이오.”

“아니오, 내가 너무 주제넘었소.”

“그런 게 아니라! 후작은 계속 폐하의 위대한 모습만 봤잖소! 폐하는 그 이미지를 깨기 싫으신 거요.”

좋아하는 여자에게 부인 잃고 질질 짜는 모습 보여 주고 싶은 남자 있으면 불알 떼야 된다.

성별을 바꿔도 마찬가지다. 좋아하는 남자에게 남편 잃고 질질 짜는 모습 보여 주는 여자가 있으면 머리 박박 밀어야 한다.

아이노 경에게 룩소스 1세는 지엄하신 황제 폐하이자 지켜 줘야 할 약한 새끼다.

폴리아나에게 룩소스 1세는 충성을 바친 주군이자 위대하신 황제 폐하셨다.

비단 폴리아나만의 이야기가 아니다. 시종들에게도 보이기 싫은 모습이었다. 룩소스 1세가 폴리아나를 좋아하지 않았어도 결과는 같았을 것이다.

"폐하나 후작이나 감정이 너무 과하오."

아이노 경은 진짜 재수 없는 새끼였다. 자기 일 아니라고 말을 쉽게 했다. 자기는 양친 모두 살아 계시고 동생, 귀여운 조카들, 제수씨도 있고 사랑하는 사람도 건강하다 이런 거지?

아이노 경의 뻔뻔함에 폴리아나는 눈물을 그쳤다. 대신 콧물을 훌쩍였다.

재수 없어도 맞는 말이다. 룩소스 1세의 거부는 너무 그녀를 아프게 했다.

부모님에게 거부당하고 동료들에게 거부당할 땐 괜찮았다. 화나지 않았다. 그러나 황제의 거부는 그녀를 너무 아프게 한다.

어쩔 수 없었다. 룩소스 1세는 인간 폴리아나 윈터를 만들었다. 황제는 기사 폴리아나 윈터를 세상에 존재하게 했다.

그가 없었다면 폴리아나는 이름조차 남기지 못하고 들판에 시체를 남기고 뒹굴었겠지.

룩소스 1세야말로 폴리아나의 모든 것이었다. 폴리아나 생각에 황제는 잘못이 없었다. 그녀 혼자 적정선을 지키지 못해 실망하고 부끄러울 뿐.

"내일 봅시다."

폴리아나가 대충 감정을 수습한 것 같자 아이노 경이 가차 없이 자리를 떴다.

폴리아나는 터덜터덜 말이 있는 곳으로 걸어갔다. 들어올 때와 마찬가지다. 권력으로 결문을 사용해 황성을 나왔다.

'집에 가서 술이나 마실까.'

술이 고프고 동시에 마시기 싫었다.

'혼자 마시기 싫어.'

폴리아나는 말을 집으로 몰지 않고 다른 장소를 떠올렸다.

도나우 경과 하우 경이 있었으면 제일 먼저 거기에 갔겠지만 둘은 야파에 없으니 패스. 레베카는 이제 없으니 패스. 부하들은 근무 중일 테니 패스. 근무 안 서는 놈들은 이 밤에 찾아가면 가족들에게 민폐니까 패스.

그렇게 얄팍한 교우 관계를 쌓지 않았다고 자신하는데 찾아갈 이 없는 밤.

룩소스 1세에게 거부당할 때에도 나오지 않은 눈물이 나오려고 용을 썼다.

'시발, 누가 울까 보냐.'

폴리아나는 얼굴을 박박 문질렀다.

'강아지 받을걸.'

그녀는 후회했다. 더럽게 외로웠다. 발치에서 재롱떠는 개가 부러울 정도로 외로웠다.

앞서간 폴리아나에 이어 야파로 갈 채비를 하던 토리에게 손님이 찾아왔다.

전령이 레베카의 사망을 알린 터라 토리는 손님을 맞이할 기분이 아니었다. 하지만 손님이 손님이기 때문에 토리는 감정을 속이고 웃었다.

그녀는 그렇게 길러졌다. 누가 봐도 반가운 손님이 찾아온 것처럼 토리가 살갑게 손님을 맞이했다.

"큰할아버님."

벤티에 경의 조부이자 아크레아 원로원의 수장, 고위 귀족 파벌의 핵심 트린타 시이제 후작이 토리를 찾아왔다.

시녀들이 모두 굳고 알아서 자리를 피했다. 시이제 후작은 토리처럼 살갑게 웃었다.

"야파로 돌아가는 게야?"

"네, 야파를 너무 오래 비웠어요."

"그래그래. 안주인이 성을 비우면 쓰나. 가야지. 좋은 소식도 있었고 말이다."

토리가 들은 소식은 레베카의 사망 소식밖에 없다. 그것이 좋은 소식이라니.

토리의 미소에 미세한 금이 갔다. 시이제 후작은 아랑곳하지 않고 웃었다.

"남부 계집은 몸이 약해서 걱정도 안 했다. 아들을 낳아도 어미 닮아 약하려니 했는데 딸이라니 더 잘된 일이지."

시이제 후작이 다정하게 토리의 어깨를 다독였다.

"벤티에가 요즘 알 수 없는 행동을 한다만 그 아이는 신중하고 속이 깊으니 알아서 잘할 게야. 너도 착하고 영리한 아이라 그럴 거라 믿는다. 할애비 마음 알지?"

"예, 알겠습니다."

순종적으로 고개를 조아리는 토리를 시이제 후작은 흐뭇한 미소로 응시했다.

후작이 가져온 선물을 풀었다. 후작 영지의 특산품 얼음포도주였다.

"모두 폐하를 위한 일이란다."

"예, 큰할아버님."

떨리는 손으로 토리가 술병을 받았다. 시이제 후작이 이어 말했다.

"혹시 모르니 시녀들에게도 언질해 두마. 널 잘 모시라고."

"감사합니다, 신경 써 주셔서 몸 둘 바를 모르겠어요."

"신경 써야지! 암! 네가 누구냐! 황태자를 낳을 귀한 몸 아니냐! 제국의 황후가 되고 태후가 될 귀한 몸이고말고!"

토리가 살포시 수줍은 미소만 지었다. 시이제 후작은 덕담을 몇 마디 남기고 떠났다. 마지막까지 믿는다는 말도 빼놓지 않았다.

후작이 나가자 시녀들이 들어와 술병을 챙겼다. 그녀들에게도 비슷한 말이 오갔을 것이다. 토리는 아무것도 모른다는 듯 조용히 웃었다.

레베카의 부고를 듣고 울다가 지쳐 잠들었던 스트라는 잠에서 깼다. 몽롱한 정신에 혼자 고생하는 토리를 도와야겠다는 데 생각이 미쳤다.

일어나려는 스트라를 시녀가 말렸다. 토리가 괜찮으니 쉬게 두라고 명령했기 때문이다.

'좋은 사람.'

토리도 레베카도 모두 친절하고 좋은 사람이었다. 스트라의 눈가에 다시 눈물이 고였다.

그렇게 좋은 사람이 죽다니. 하늘도 무심하시지. 태어나자마자 엄마 잃은 아이는 얼마나 가엾은가.

마냥 슬퍼할 수도 없었다. 남부에서 다시 남부 출신 황비를 들이라고 요구할 수도 있다. 엄마 잃은 황녀를 돌봐 준다는 핑계로 레베카의 동생을 들이밀 수도 있고.

이전처럼 가장 어리고 맘 약하다는 핑계로 그런 일들을 남의 일로 여겨선 안 됐다.

그녀의 시녀들은 모두 자신들에게 맡기고 스트라는 얌전히 있으라 말했다.

'그래선 안 돼.'

스트라는 눈물을 닦고 토리를 돕기 위해 일어났다.

토리는 스트라가 일손을 돕겠다고 나서자 그럴 필요 없다고 말하면서도 기분 좋은 듯 다정하게 웃었다.

사공이 많으면 배가 산으로 간다. 그래서 황녀를 돌보는 일손은 최정예로 꾸려졌다.

스승과 선배가 자리를 비우자 의사들은 한숨 돌렸다. 레베카 황비에 이어 황녀까지.

의사들도 숨 돌릴 틈 없이 바빴다. 쉬고 있던 그들에게 황제의 명령이 떨어졌다. 갈비뼈에 부상을 입은 윈터 후작을 치료하라는 것이다.

어지간해선 부귀공명과 후작과의 친분을 위해 나서겠지만 지금은 아니었다. 다들 피곤에 절어 바닥에 들러붙은 상태였다.

"스네크 씨가 후작과 교류가 있는데."

"그러게, 스네크 씨가 가면 되겠네."

프라우는 반강제로 떠밀려 후작저를 방문했다.

포동포동한 그의 살이 조금 빠질 정도로 혹독한 몇 개월이었다. 환자에게 피곤한 기색을 보일 수 없단 생각에 프라우가 기합을 넣었다.

그는 레베카와 폴리아나의 친분을 알았다. 그래서 폴리아나가 남들보다 더 크게 상심했을 것도 알았다.

'울려나? 아니면 술주정?'

폴리아나가 우는 건 본 적 없지만 친한 사람이 죽었으니 울지 않을까.

프라우는 그렇게 생각했다. 그래서 폴리아나의 건조한 얼굴을 보고 깜짝 놀랐다. 그녀에게선 술 냄새도 나지 않았다. 프라우는 살짝 기가 질렸다.

'피도 눈물도 없는 마녀라더니.'

프라우가 겁먹은 걸 아는지 모르는지, 폴리아나는 멍이 든 옆구리와 등에 습포를 붙이는 프라우를 멍하니 지켜봤다.

움츠린 어깨와 옆구리를 스치는 손길은 사람 손이라 따뜻했다. 타인의 체온에 폴리아나의 마음도 간질간질해졌다. 체온은 개가 더 높지만 사람도 나쁘지 않지.

그래서 폴리아나는 결론 내렸다.

"결혼하자."

"네?"

프라우가 놀라든 말든.

폴리아나는 그의 어수룩함과 솔직함을 높이 샀다. 달거리가 돌아왔으니 임신할 수 있고, 둘 사이의 아이로 가문을 이을 수도 있다.

너무 나이가 있어 아이를 낳지 못해도 괜찮았다. 프라우는 괜찮다고 말했으니까.

폴리아나는 외로움을 견디지 못하고 프라우에게 청혼했다.

꽃뱀에게 물려 재산 날린 남자들과 다를 게 없었다.

17. 뱀 사냥

17. 뱀 사냥

룩소스 1세는 의기소침하여 집무실에 틀어박혔다. 윈터 후작은 자숙을 선언하고 자택에서 근신했다.

제1근위대장 아이노 경은 뭐 씹은 얼굴로 성을 어슬렁어슬렁 배회했다. 그의 뭐 씹은 얼굴이야 늘 한결같았지만 이번은 좀 각별했다. 뭐에 그렇게 심사가 배배 꼬였는지 마음에 들지 않는 사람을 붙잡아 구박했다.

부인을 잃은 황제. 레베카 황비와 친분이 있었던 폴리아나. 둘의 사정이야 사람들이 이해한다. 그런데 아이노 경은 왜?

항간에 아이노 경이 주군의 부인을 사모했다는 허무맹랑한 소문이 퍼졌다. 소문은 당사자의 개입으로 빠르게 진화됐다. 다만 맹점이 있다. 아이노 경은 레베카 황비 사모설만 부정했다.

그럼 아이노 경은 왜?

단장 알기를 개쌍놈으로 아는 제1근위대 중 한 명이 이렇게 말했다.

"노총각 히스테리네."

"노총각 히스테리?"

"대장님 이번에 나나바 가서 공작께 결혼 얘기 꺼내려고 했다던데."

"국상 기간에 귀족은 결혼 못하잖아."

"그거지. 1년 동안 결혼 못하니까 개똥 씹은 얼굴로 다니는 거지."

유난히 불편한 심기의 이유가 드러났다. 그것이 사실이 아닐 수도 있다. 하지만 수다 떠는 기사들은 아무래도 좋았다.

아이노 경이 신분, 지위, 민족, 국적을 불문하고 실력만 보고 뽑아서일까. 기사단원들의 성격은 제각각이었다. 귀족의 모범이 되는 마호갈 경에서부터 먹고살기 급급했던 평민에 이르기까지. 다양한 계층의 사람들이 갑자기 기사단원으로 한데 모인 것이다.

그들은 오직 하나, 무위로만 스스로를 증명하기에 훈련엔 열심이었으나 그 외 규율엔 느슨했다.

아이노 경에게 발탁되어 기사가 되었다는 기쁨도 잠시. 기사의 긍지와 명예를 누리기에 제1근위대는 너무 개차반이었다.

잘하면 당연히 잘해야지, 못하면 니들이 그렇지. 대부분이 평민 출신이기 때문에 주위 시선이 냉혹했던 것이다.

대장이 감싸 주면 좋은데 아이노 경은 오직 무훈만 강조했다. 부단장 마호갈 경이 아니었더라면 기사가 아니라 사람만 잘 죽이는 백정 집단이 되어 버렸을 것이다.

"그런데 대장이 점찍은 레이디는 누구지?"

"누군지 몰라도 전생에 죄를 많이 지었을 거야."

기사들은 하루라도 빨리 전생에 죄 많이 진 레이디가 아이노 경을 구제해 주길 소망했다. 그러면 저 노총각 히스테리(?)가 끝나려나.

구제를 하든 말든, 저 인간이 갱생하지 않는 이상 노총각 히스테리가 진짜든 말든 앞으로도 계속 시달려야 한단 생각에 기사들의 얼굴이 어둡게 변했다.

설마 노총각 히스테리겠어.

처음 얘기한 이도 그냥 농담이었을 뿐, 진지하게 꺼낸 말이 아니다. 만약 노총각 히스테리라면 1년 지난 뒤 벗어날 수 있으니까 더 좋네?

기사단원의 자학성 농담은 반은 맞고 반은 틀렸다. 그랬다. 아이노 경은 국상으로 1년 미뤄진 결혼 계획과 룩소스 1세의 삽질에 학을 떼고 있었다. 결혼이 미뤄진 것이야 그렇다 치는데 부인과 사별한 친구를 어떻게 달래야 할지. 아이노 경은 감이 오지 않았다.

'적당히 뒷목 잡아당기면 될 거라고 생각했는데.'

아이노 경은 평생을 룩소스 1세와 붙어 다녔다. 비록 선왕이 작고한 시점 주군의 곁을 떠나 있었으나 이후엔 계속 함께했다. 선왕이 죽었을 때에도 룩소스 1세는 이렇게 침울해하지 않았다. 왕권을 강화하고 아버지의 유지를 잇겠다고 의지를 불태웠단 말이다.

'이을 유지 같은 게 없어서 그런가.'

레베카 황비가 남긴 것은 정략혼과 관련된 계약 관련 안건과 언제 죽을지 위태로운 미숙아 황녀다. 룩소스 1세는 딸은 보려 하지 않고 국정에만 몰두했다.

이전에도 국정에 몰두했으나 지금과는 다르다. 과거엔 몸이 상하지 않도록 가끔 휴식을 취하고 건강을 챙기겠다며 대련, 승마, 사냥을 잊지 않았다. 지금은 그 재밌는 것들은 다 잊은 사람처럼 굴었다.

세상에 오직 일만 남았다는 듯.

어느 상황에서도 미소를 버리지 않던 황제가 완벽한 미소 대신 위태로운 미소를 지었다. 남들 눈엔 충분히 완벽했다. 아이노 경이 보기엔 불만족스러웠다.

룩소스 1세 혼자 저러는 것도 보기 갑갑해 죽겠는데 폴리아나는 한술 더 떴다. 셀프 근신을 선언하고 출근하지 않으니 쌍으로 참 잘하는 짓이었다.

'하여간 다들 지지리 못나서…….'

제국의 황제와 근위대장이라는 인물들이 저렇게 못났다니. 아이노 경은 한숨과 함께 고개를 저었다. 이렇게 부족하고 모자란 사람들 뒤처리는 잘난 사람인 자신의 몫이었다. 룩소스 1세와 폴리아나가 들으면 자존심 상하고 재수 없어서라도 칩거와 근신을 때려치울 생각이었다.

"하."

아이노 경이 답잖게 한숨을 쉬고 룩소스 1세 끌어내기 20회 작전에 돌입했다. 다른 건 넘어가도 황녀를 외면하는 일은 반드시 고쳐야 했다.

슬픔을 안고 야파에 돌아온 두 황비를 기다린 건 숨 막힐 듯 경직된 공기였다. 황제는 일에 빠졌고 윈터 후작은 근신 중. 황제의 측근인 제1근위대장은 뭐가 그리 불만인지 성내 분위기를 흉흉하게 만드는 데 일조하고 있었다.

후궁이라고 사정은 다르지 않았다. 미숙아로 태어난 황녀는 숨조차 제대로 쉬지 못해 곁에 사람이 항시 붙어 있어야 했다.

황녀를 돌보는 책임자는 본디 레베카가 내정해 둔 부인이 있었다. 그런데 나니 대공비가 내정자 대신 황녀를 돌보고 있었다.

그건 괜찮았다. 나니 대공비는 황녀의 외조모다. 어머니가 명을 달리했으니 외조모가 계속 야파에 남는 건 황녀의 인생에 나쁜 일이 아니었다.

나니 대공비를 직접 만나고 토리는 그 생각을 정정했다.

"하아, 기껏 낳은 게 딸이라니."

나니 대공비에게선 딸을 잃은 슬픔을 찾을 수 없었다. 그녀는 아들을 낳지 못한 레베카의 운을 탓하고, 자신을 닮지 않은 체질을 탓했다. 기가 막힌 스트라가 따졌다.

"대공비는 딸이 죽었는데 슬프지 않아요?"

"슬프지요. 다행히 제겐 자식들이 많아요. 딸아이는 둘이 더 있고, 아들은 더 많죠. 레베카도 절 닮았다면 이리 허망하게 가진 않았을 텐데…… 하필 딸이라니."

모두가 생각하고 모두가 입에 담은 말이었다. 그렇지만 토리와 스트라는 나니 대공비의 발언에 분노하고 충격받았다. 다른 사람이 아닌 레베카의 친모다. 저리 태연한 얼굴로 딸의 불행을 거론해선 안 되는 거였다.

본래 토리는 황녀의 안정과 양육을 위해 나니 대공비를 야파 성에 붙잡아 둘 계획이었다.

"가능한 빨리 성에서 나가 주길 바라요, 대공비."

"네?"

"황녀는 우리가 양육하겠습니다. 대공비에게 맡길 수 없으니 나가 줘요."

"마마, 전 황녀의 외할머니이고 레베카 황비의 어머니입니다!"

"딸을 위해 마음에 없어도 좋은 말을 해 줄 수 있는데 그러지 않으시죠. 그런 외할머니가 곁에 있으면 황녀가 뭘 배우겠어요."

"맞아요. 우리들도 황녀의 어머니. 황녀는 우리가 양육할 테니 나가 주세요."

나니 대공비가 당황했다.

"도대체 무슨 말씀이신지 저는 잘."

"나가 주세요."

두 황비의 기에 못 이긴 나니 대공비가 응접실을 나갔다. 토리가 한숨을 쉬었다. 성을 나가라고 했으나 그녀의 명령이 얼마나 먹힐까. 황제에게 먼저 허락을 받는 게 우선이다.

그나마 다행인 건, 토리는 황녀의 어머니였다. 어머니의 권한으로 나니 대공비가 황녀의 양육에 참견하는 건 막을 수 있었다.

'폐하께서 경거망동한다 여기시면 어떡하지? 그보다 폐하께서 황녀를 외면하신다는데 이 일을 어찌해야…….'

욱하는 마음에 괜히 나섰구나. 토리는 후회했다. 상황이 어떻게 돌아갈지 모르는데 그녀가 시끄러운 일을 만들어 좋을 게 없었다.

지금 토리는 눈에 띄면 안 됐다. 오늘의 일을 후궁의 모두가 알았다. 이야기가 사람들 귀에 들어가면 그들은 각자에게 이로운 방향으로 해석할 것이다.

좋은 쪽이든 나쁜 쪽이든 지금의 토리는 절대 경거망동해선 안 됐다.

이렇게 중한 일을 멋대로 처리한 적이 있던가.

토리가 황비 중 1위로서 후궁을 다스렸어도 그것은 어디까지나 규방의 일, 안주인의 몫이었다. 자칫 정복지와 마찰로 번질 수 있는 일에 토리가 나선 적이 없었다.

'무사할 수 있을까.'

불안하게 떨리는 토리의 손을 스트라가 잡았다. 토리는 화들짝 놀랐다. 스스로 생각하기에 정당한 일이었으나 처한 상황에선 죄이기 때문일까. 무구한 귀부인은 죄인처럼 식은땀을 흘렸다.

"우리가 황녀를 최고의 레이디로 길러요."

스트라가 토리의 손을 꾹 잡고 말했다. 토리에게 하는 제안보다 스스로에게 하는 맹세 같았다. 평소라면 위안이 되었을 스트라의 다정한 말이 토리의 안에 무게 추가 되어 가라앉았다. 다정하면 다정할수록 추의 무게가 늘어났다.

시녀들의 시선이 두 황비에게 날아와 꽂혔다. 주인에게 시선을 떼지 않는 건 시중인으로서 당연한 의무다. 타인의 시선. 토리는 일찍이 시이제 후작의 눈에 들면서 평생 타인의 시선을 받고 살 걸 각오하고 살았다.

타고나길 지배 가문의 여식으로 나지 않아서일까, 아니면 스스로가 떳떳하지 못해서일까. 토리는 시녀들의 시선이 유독 두려웠다.

토리 황비가 나니 대공비를 쫓아낸 사건은 금방 황제에게 닿았다. 나니 대공비는 이럴 수는 없다면서 분통을 터트렸다. 황제는 대공비를 직접 대면하지 않았다. 시종이 전해 주는 내용으로 충분했다. 평소의 그였다면 장모에게 예의를 표했을 것이다. 평시 그렇게 신경 쓰던 사소한 예의를 잊을 정도로 황제는 제 컨디션이 아니었다.

"자녀 양육 문제는 모친 말을 들어야지. 황비들 뜻대로 해 주어라."

"나니 대공비는 황녀의 외조모입니다. 정말 괜찮으신지……."

자녀 양육에서 어머니의 편을 들겠다는 황제의 뜻을 모르는 것이 아니다. 그러나 이 경우 어머니는 친어머니가 아닌 대신 외할머니는 혈연이 분명했다. 황녀의 입장에선 의붓어머니보다 외할머니가 더 좋을지 누가 아는가. 룩소스 1세는 의견을 분명히 밝혔다.

"아니다. 토리 황비의 말이 맞아. 짐도 대공비의 그 점이 신경 쓰였다."

룩소스 1세가 정신없던 그날을 떠올렸다. 레베카가 황녀를 낳자 대공비는 그에게 사과했다. 제 미천한 여식이 딸을 낳아 죄송합니다. 룩소스 1세는 이상한 기분에 휩싸였다. 레베카는 그의 아이를 낳기 위해 목숨을 걸었다. 그런데 레베카의 어머니는 그에게 사과했다.

황제는 불쾌했으나 당장 불쾌한 기분을 내비치지 못했다. 더 불쾌한 것이 있었기 때문이다. 그의 시선을 사로잡아 놔주지 않는 아주 불쾌하고, 가엾은 것.

황녀는 아주 작았다. 태어나면 울어야 하는데 울지 못했다. 가는 귀 먹은 이에겐 들리지 않을 작은 호흡과 미세한 심장 박동이 생명의 증거였다. 언제 꺼질지 모르는 작은 생명 앞에서 룩소스 1세는 겁먹었다. 자신의 박복한 여복이 딸에게도 영향을 미칠 것 같았다.

그렇게 딸아이를 외면하는 동안 황녀를 보살핀 건 나니 대공비였다. 장모님껜 죄송한 일이나 룩소스 1세는 이번 일에선 부인들 편을 들었다. 태어났는데 죄송하다고 말하는 할머니의 아래에서 자란다니. 너무 불쌍하지 않은가.

"황녀는…… 무탈한가."

"폐하, 직접 보십시오."

룩소스 1세가 황녀를 찾지 않은 걸 걱정하던 시종들이 반색했다. 아무렴. 그들의 주인은 다정하고 상냥한 위인이신데 어머니를 죽이고 태어났다고 자식을 외면할까.

룩소스 1세는 차마 아이를 보러 갈 용기가 나지 않아 주변인에게 질문했다.

"상태는 나아졌나?"

"폐하께서 찾지 않으시는데 소신들이 어찌 감히 찾아가겠습니까."

"체일은 그렇다 치고 이노 너는."

"폐하의 아이노, 줄곧 폐하의 곁을 떠나지 않고 지켰습니다."

"그래…… 짐이 문제였군."

오랜 방황 끝에 룩소스 1세가 황녀를 찾았다. 아이노 경은 수고를 덜었다며 좋아했다.

숨도 제대로 쉬지 못하고 깔딱깔딱 목숨을 유지하던 황녀는 이제 사람 태가 났다. 룩소스 1세의 방문에 의사들과 유모가 한숨 돌렸다.

룩소스 1세는 곧 죽어 갈 것 같다가 사람 구실하기 시작한 황녀에게 이름을 붙였다. 황녀는 눈을 떴으나 시력이 없어 사팔눈이었다.

"루미네라고 하자."

룩소스 1세가 이름을 붙여 주자 황녀의 유모가 안도했다. 룩소스 1세가 내내 황녀를 외면해 모두의 근심이 컸다. 아버지가 딸을 손가락으로 얼렀다. 모친인 레베카를 닮아 머리와 눈이 검었다. 아버지를 닮아 피부는 흰데 잔털이 많았다. 황제가 염려하자 유모는 곧 빠질 털임을 고했다.

"아주 미인이 되실 겁니다."

"워낙 두 분 외모가 출중하시니까요."

"골격부터 남다르십니다."

"그래. 짐을 닮았구나. 레베카도 닮았고."

"네, 두 분을 닮았습니다."

"부모 둘 다 욕심쟁이인데 욕심도 아주 많겠어."

"식탐이 조금 있으십니다."

"많이 먹어야지. 본래 지금 태어났을 것을 두 달 먼저 태어났으니 배는 먹고, 배는 더 자라야지."

젖을 먹다 토하고 다시 찾으니 유모가 쉴 틈이 없다고 했다. 룩소스 1세는 황녀가 보이는 식탐에 안도했다. 이렇게 욕심 많게 자기 것을 찾으니 건강이 빠르게 회복되었다고 생각했다.

"이기적으로 자라라. 네 것만 찾아. 오래 살거라. 부모보다 먼저 떠나면 아니 된다."

룩소스 1세가 과하다 싶을 정도로 세게 루미네 황녀를 끌어안았다. 그는 어머니와 첫 여자, 부인을 먼저 보내고 박한 여복을 확신했다. 여기에 딸까지 먼저 보내면 견디지 못할 것이다.

사위에게 냉대받은 나니 대공비는 이를 갈고 야파를 떠났다. 남부에서 약속한 듯 항의했다. 룩소스 1세는 단순한 집안일로 일축했다.

적어도 토리의 시름이 하나 덜어졌다. 토리는 하루 일과를 끝낸 뒤 몸에 집어넣고 있던 힘을 뺐다. 측근 시녀들이 있을 때조차 그녀는 긴장을 풀지 못했다. 새벽에 일어나 밤늦게 잠들 때까지. 그녀가 편히 쉴 수 있는 시간은 없었다.

누가 명령하지 않았지만 토리는 대놓고 성의 안주인 노릇을 시작했다. 스트라는 바쁜 토리를 돕겠다며 황녀 양육에 나섰다. 레베카가 데려온 시녀들 중 몇은 나니 대공비를 따라 남부로 돌아갔다. 남은 인원은 루미네 황녀의 육아를 담당했다. 중부 출신의 궁인들은 좀 더 보란 듯이 스트라를 구심점으로 뭉쳤다. 그건 북부도 마찬가지다.

토리의 측근 시녀들은 모두 아크레아 귀족 가문의 레이디로 구성된다. 토리가 어릴 때부터 교우 관계를 맺은 아가씨들이다. 토리의 친인척이고, 가문끼리 동맹을 맺었거나 친밀했다. 몇 년 동안 몇몇이 시집을 갔으나 공백은 금세 채워졌다. 모두 안면이 있거나 아는 사람의 소개를 통해 들어온 터라 토리는 그녀들을 낯설게 여기지 않았다. 그녀들의 아버지들 또한 서로를 낯설어하지 않았다.

시녀들은 토리의 수족이 되려 했다. 처음엔 그들의 봉사가 고마웠다. 토리는 시녀들의 봉사에 성실히 보답할 예정이었다. 주위 어르신들의 말씀대로 착실하게 살았다. 후궁의 실권을 잡았다. 다른 황비에게 친절히 대했다. 흠잡히지 않도록 행동하고 웃었다.

토리에겐 주어진 일이 있었다. 모두가 그녀에게 기대하는 역할이 있었다. 완벽한 황비, 장차 황후가 될 황비, 아크레아를 대표하는 레이디. 토리를 선택하고 기른 시이제 후작이 실망하지 않도록.

오늘 시녀 중 한 명이 토리에게 지나가는 말로 전했다. 스트라가 달거리할 때가 되었는데 하지 않아 시녀들이 걱정한다더라. 스트라는 상상 임신 이후 생리 불순이 생겨 달거리가 끊기는 건 종종 있는 일이다. 그런데 굳이 토리 보는 앞에서 지나가는 척 그런 얘길 꺼낸 이유가 있었다.

토리는 장식장에 넣어둔 술병을 꺼냈다. 농사를 지을 만한 토지가 부족한 아크레아에선 농지로 활용할 수 있는 토지에 곡물을 심는다. 과일은 사치였다. 때문에 수수로 만든 독주를 즐기지 포도주를 즐기지 않는다.

시이제 후작가는 아크레아에서 유일하게 포도주 양조장과 포도 농장을 소유한 가문이다. 중부와 남부에서 기르는 포도와 품종이 다르고 귀해 주요 수출 품목이었다. 없어서 못 마시는 귀한 포도주는 생산 연도도 가장 뛰어난 해의 것이었다. 토리가 술병을 흔들자 내용물이 출렁거렸다.

들은 건 포도만이 아닐 것이다. 술병에 들어갈 것이 술밖에 없다고 믿을 만큼 토리는 어리석지 않았다.

'깨 버릴까.'

실수인 척 깨 버리면 새 술이 올 것이다. 또 깨 버리면 다시 새 술이 올 것이다. 계속 깨 버리면 그땐 술이 아니라 토리를 대신할 누군가가 오겠지.

옳지 않다 여겨 그만두고 싶어도 토리의 일거수일투족이 시녀들에 의해 보고되고 있다. 토리가 후궁이 된 것은 가문의 힘이요, 토리가 후궁의 실세로 활동하는 것도 가문의 힘이다. 시집가면 채워지는 시녀들처럼 토리의 빈자리도 채워질 수 있었다.

'레베카, 스트라…….'

토리는 죽은 황비와 살아 있는 황비를 떠올렸다. 그녀들과 어린 시절을 함께 보낸 벗처럼 친분을 쌓게 된 것이 이득일지 실일지. 도대체 왜 그녀들은 가식 아닌 진실로 정을 쌓았을까. 돌아오는 것은 결국 이러한 일인데.

"가문을 위해, 아크레아를 위해, 폐하를 위해."

상냥하고 다정한 스트라. 병약하지만 가끔 연장자답게 토리를 다독여 줬던 레베카. 토리는 둘처럼 다정할 수 없었다. 토리는 다정하지 않은 미소를 지었다. 그녀의 남편은 그녀를 영리하다 칭찬했다. 늘 순종적이라 칭찬받은 그녀가 처음 듣는 유형의 칭찬이었다.

기껏 황제에게 영리하다는 칭찬을 들었어도 결과는 같았다. 아무리 생각해도 이것이 정말 아크레아와 폐하를 위한 길이 맞는지 모르겠다. 그럼에도 고발하지 못하는 것은 그녀와 가문이 한배를 탔기 때문이다.

룩소스 1세는 황비 세 명을 공평하게 대하려 애썼다. 세 명을 상대하는 황제와 황제에게 집중하는 부인의 감각이 같을 리 없다. 토리는 금방 알았다. 황제는 세 명의 황비 중에서 그녀를 가장 멀리하고 있었다. 원인이 자명했다.

그녀는 여자라 정치처럼 어려운 일을 모른다. 다들 토리의 순종을 바라니 원하는 대로 움직이는 수밖에 없었다.

'사실은 다 아는데.'

알아도 모르는 척, 이래선 안 되는 걸 알면서도 하게 된다. 다들 토리를 위해서라고 말했다. 사실은 그렇지 않다는 걸 알고 있었다.

정숙한 여성은 집안 남자들의 말을 의심하지 않는다.

“나를 위해.”

토리는 가볍게 거짓말을 입에 담았다. 여자는 이성보다 감성이 앞서 쉽게 거짓을 입에 담는다. 그래서 여자에겐 중임을 맡길 수 없고 여자의 증언은 남자아이의 증언보다 가볍다.

토리가 눈을 감고 베개에 얼굴을 묻었다. 어쩔 수 없었다. 귀족가의 모든 레이디들이 그렇듯, 토리도 순종하도록 길러졌다.

폴리아나는 체일에게 말한 대로 자숙했다. 금줄을 반납하진 않았다. 대신 출근하지 않고 자택에서 한 달 근신했다. 그녀는 ‘근신이란 바로 이런 것이다!’라고 증명하듯 철저하게 지켰다.

일단 건물 밖으로 나가지 않았다. 자택에서도 침실과 서재 외엔 두문분출했다. 외부인을 저택 안으로 들이지 않고 손님도 가렸다. 편지 왕래를 끊었으며 윈터 후작에게 들어오는 선물을 반송했다.

일출 시간에 일어나고 일몰 시간에 잠들었다. 식사는 점심에만 고기를 올리고 흰 빵은 세끼 모두 제외했다. 술은 저녁에만 마셨고 그 외엔 맹물로 대체했다.

여가 시간엔 왕실 예법 책을 읽거나 그간 수집한 독도법 자료를 정리했다. 그녀에겐 은퇴 후 전술적 독도법 책을 편찬하리란 욕망이 있었다. 그걸 위한 사전 준비였다. 룩소스 1세는 폴리아나를 보낸 다음 날부터 그럴 필요 없으니 돌아오라는 전령을 보냈다. 소용없었다. 폴리아나는 전령 또한 손님이라며 대문 앞에서 쫓아내게 시켰다.

그렇게 한 달을 근신하여 마음을 다잡은 폴리아나 윈터가 성으로 돌아왔다. 대장님의 부재 동안 아이노 세키(성에 강세를 둔다)에게 시달린 2근위대원들은 눈물과 함께 폴리아나를 반겼다.

"대장님! 우리 대장님이 제일이십니다."

"흑흑, 다시는 저희를 버리지 마십시오."

"다음에 버리시걸랑 3대장에게 맡겨 주십시오. 1대장은 아닙니다."

"변경 사항은 없나?"

"레베카 마마의 호위 인력 절반을 황녀마마 쪽으로 돌렸습니다."

움직이지 못하는 갓난아이에게 과한 인력을 할애하는 건 낭비였다. 폴리아나가 고개를 끄덕였다. 그 외의 사항을 보고받는 동안 폴리아나의 미간 주름이 깊어졌다.

'사람이 많아.'

폴리아나와 근위대가 자리를 비운 사이 후궁에 출입한 인원이 많았다. 나니 대공비와 그 일행, 의사, 약사, 유모, 새로 뽑은 궁인, 상인, 기타 등등. 그렇게 늘어난 인원은 두 황비의 귀환 후에 서서히 줄었다. 그사이에 흉심을 품은 자가 성에 출입했어도 범위를 좁히기 어려웠다.

토리와 스트라가 야파로 돌아온 뒤 증가한 귀족의 방문은 또 어떤가. 구실은 충분하다. 성에 돌아온 안주인에게 인사하겠다는데 막을 수 없었다. 꽤 조용히 있던 중부 귀족들이 움직이는 것이 마음에 들지 않았다. 대놓고 두 황비를 명분 삼아 파벌을 만들려 하고 있었다.

'셋이 둘이 되었다 이건가.'

대놓고 셋이서 눈치를 보던 과거의 평화는 끝났다. 레베카가 딸을 남기고 사망하면서 권력 구도는 일 대 일로 개편되었다. 이 대 일을 염려해 선뜻 움직이지 못했던 전과 달랐다. 남부에서 새로 황비를 뽑으면 권력 구도는 다시 셋으로 쪼개진다. 하지만 현재 황제의 심기를 보건대 새 황비 이야기를 꺼내면 그 즉시 귀양 갈 것이다.

국상 기간 동안 혼인이 막히는 건 황족도 마찬가지다. 최소 1년을 벌었으니 그 참에 이권을 쥐려는 것이 이해는 간다. 둘 중 누구든 임신하면 승전보의 서막이 되고.

'아 씨, 괜히 자리 비웠나.'

폴리아나는 후회했다. 한 달 동안 근신하고 자숙하여 추스른 마음이 다시 울렁였다. 자리를 비운 동안 많은 일이 있었다. 아무 일도 생기지 않으면 다행이나 무슨 일이 발생하면 평생 후회하게 생겼다.

'아냐, 필요한 일이었어.'

한 달 동안 놀지 않았다. 마음을 다잡고, 스스로의 기강을 세웠다. 그건 폴리아나에게 반드시 필요한 일이었다.

'문제 생기면 애들 탓이지.'

폴리아나가 묘한 눈으로 부하들을 응시했다. 기사들은 눈치채지 못하고 아이노 경 아래서 겪은 서러움만 토로했다.

폴리아나는 부하들을 신뢰한다. 대장이 자리를 비웠다고 허술하게 굴고 방만하게 일처리할 거라고 의심하지 않았다. 그녀가 걱정하는 부분은 친분과 혈연이다. 성에 출입하는 귀족과 궁인들은 대부분 근위대원의 친인척이었다. 친동생이 잠깐 후궁 밖으로 나가면 그걸 신중히 살피고 의심할 오빠가 몇이나 될까?

당장 시켈만 봐도 그렇다. 그녀는 후궁 소속 시녀이나 때때로 오라버니와 동생을 만나기 위해 본성에 출입했다. 아무도 그걸 진지하게 여기지 않았다. 폴리아나가 시켈의 형제들을 모두 알고 있기 때문에 남매를 믿고 자세히 파헤치지 않는 것뿐.

'아이노 경은 못 믿어.'

아이노 경은 이런 면에서 물렀다. 일이 벌어져도 자기가 나서서 해결하면 된다는 식이라 예방에 약하고 문제 해결에 강했다. 어떤 의미에선 참 부러웠다.

'아니야. 이제 그만하자.'

폴리아나가 고개를 강하게 가로로 저었다. 아이노 경을 부러워하고 질시하고 질투해 봐야 그녀는 아이노 경처럼 될 수 없었다. 아이노 경이 넘을 수 있다고 해서 그녀가 넘을 수 있는 건 아니었다. 아이노 세키와 폴리아나 윈터는 다른 사람이다. 그 점을 마음 깊이 새기고 그녀는 다음 행동에 나섰다.

죄를 빌러 갈 시간이었다.

"두 분을 호위해야 함에도 장기간 곁을 떠나 있던 점, 진심으로 사죄드립니다."

폴리아나가 토리와 스트라를 찾아 봉사하지 않은 두 달을 사죄했다. 토리와 스트라는 용서할 게 있냐며 그녀를 말렸다. 폴리아나는 바닥에 무릎을 붙였다.

"비록 폐하의 명으로 두 분을 모시고 있으나 두 분은 폐하의 부인이고 제가 모시는 레이디입니다. 개인사로 충실히 봉사하지 못했으니 제 죄가 큽니다. 앞으로 더 성실히 두 분을 모시겠습니다."

"이러지 마세요, 후작. 저희가 더 부담되어요."

"정말, 이렇게 잘해 주시면…… 눈물 나잖아요."

스트라가 손수건을 꺼내 눈물을 훔쳤다. 정말이지 폴리아나가 보여 주는 충심은 부담이 갈 정도로 무거웠다. 룩소스 1세는 도대체 이 무게를 어떻게 버티는지 의문이 들 정도다.

"부디 일어나 주세요, 후작. 우리에게 후작은 최고의 기사님이신 걸요."

"맞아요, 일어나세요. 이제 황녀에게 인사하러 가셔야죠."

"황녀님, 말씀이십니까?"

폴리아나가 눈을 데룩 굴렸다. 루미네 황녀는 미숙아로 태어났다. 본래 예정일대로 태어났으면 아직 신생아 소리를 들을 처지였다. 내내 주위 사람들의 마음을 졸이게 하다가 간신히 아기 형태를 갖춘 게 얼마 전이라고 들었다. 폴리아나와 같은 외부인이 만나기엔 어려운 상대였다.

"정말 제가 뵈어도 되겠습니까?"

"물론이죠."

"어머니의 벗이잖아요."

폴리아나는 즉시 옷을 갈아입고 손수건으로 입과 코를 가렸다.

손을 깨끗이 씻은 뒤 마찬가지의 준비를 마친 토리와 스트라를 따라갔다.

루미네 황녀를 가장 많이 찾는 건 스트라였다. 토리가 바쁜 대신 스트라가 황녀의 양육을 담당했다. 신생아와 접촉하는 사람은 적으면 적을수록 좋다. 황녀의 이름을 지어 준 후 황제가 자주 만나고 싶어 해도 사람들이 막을 정도다. 하지만 스트라와 토리는 자유롭게 황녀를 만날 수 있었다. 둘이 황녀의 어머니이기 때문이다. 세상에 자식 찾는 어머니를 돌려보낼 수 있는 사람은 없었다.

침대에 누운 황녀가 사지를 버둥거렸다. 꽁꽁 싸맨 게 마음에 안 드는 듯 인상을 찌푸렸다.

"으흐흐흐."

귀족 중에 루미네 황녀의 알현을 허락받은 건 폴리아나가 최초였다. 유모와 황비들은 아기 침대에서 떨어질 줄 모르는 여기사를 흐뭇한 눈으로 응시했다.

'역시 윈터 후작도 여자. 아이를 좋아하는구나.'

이런 생각을 품은 자도 있었다. 하지만 실상은 그렇지 않다. 폴리아나가 주위 아이들에게 보내는 반응(선물 공세, 좋아서 펄쩍펄쩍 뛰기)은 아이를 좋아해서 보이는 반응 같다. 그러나 그건 '아이'가 좋아서보다 친한 사람들이 '아이'를 낳았다는 기쁨의 표출이었다. 실상 폴리아나는 아이를 귀여워하되 낯설어했다. 아이 볼 일이 없고 다룰 일 없이 평생 살았다. 유아에 대한 지식은 함부로 다루면 죽는다는 것 외에 전무했다.

"으흐흐흐."

어쨌거나 폴리아나는 기쁨을 주체하지 못했다. 웃음소리는 음흉

했다. 폴리아나가 고대하던 황녀님이 태어나신 것이다. 과정 중에 슬픔과 상실이란 장애물이 있었다. 그러한 장애물이 아이의 탄생을 꺼릴 이유가 되어선 안 된다.

황제를 빼닮은 황녀는 폴리아나의 오랜 꿈과 희망이었다. 꿈은 이루어졌다.

"숨을 쉬네요?"

"당연하죠."

"사실 아이를 이렇게 가까이서 본 건 처음입니다."

"안아 보시겠어요?"

"안아도 됩니까?"

"목만 잘 받쳐 주시면 되어요. 자아."

스트라가 유모에게 눈짓을 보냈다. 유모가 침대에 누운 루미네 황녀를 들어 폴리아나에게 건넸다. 폴리아나가 벌벌 떠는 손으로 아기를 받아 들었다. 받자마자 감탄했다.

"엄청 따뜻하네요!"

"아이는 어른보다 체온이 높아요."

"으흐흐흐."

방정맞은 웃음이 또 터졌다. 불편한 자세와 방정맞은 웃음소리를 참지 못한 루미네 황녀가 애앵 울었다. 루미네 황녀를 어설프게 안고 있던 폴리아나가 주변을 둘러보고 요청했다.

도움!

유모가 루미네 황녀를 받아 안았다. 폴리아나는 어색하게 굳어 있던 팔과 어깨를 풀었다. 토리가 머쓱해하는 폴리아나를 달랬다.

"안는 법 모른다고 부끄러워하시지 않아도 괜찮아요. 어차피 왕족과 귀족은 직접 아이를 기르지 않잖아요."

"제가 안아도 울어요."

스트라가 덧붙였다. 유모는 우는 소리에 고귀한 분들 대화가 묻히지 않도록 루미네 황녀를 안고 옆방으로 이동했다. 스트라도 아이 우는 소리에 익숙해져야겠다며 유모를 따라갔다. 황녀의 방엔 토리와 폴리아나만 남았다. 사람이 많으면 많을수록 질병 감염의 위험이 높아지니 시녀들도 들어오지 못한 것이다.

'따끈따끈했어.'

폴리아나가 팔과 손에 남은 따스한 온기와 무게감을 되새겼다.

"저어, 후작."

"네, 말씀하십시오."

"제가 가르쳐 달라 하기엔 주제넘은 걸 알고 있지만……."

폴리아나가 용맹하게 주먹을 쳐들었다.

"토리 님은 제국의 황비마마십니다. 분야가 무엇이든 아실 수 있는 위치이십니다. 혹시 어떤 놈이 건방진 소리를 했습니까? 제게 성명을 알려 주십시오. 가서 때려 주겠습니다."

토리의 흔들리던 눈동자가 조금씩 침잠했다. 토리는 폴리아나와 함께 방구석으로 이동했다. 문과 가까우면 대화가 밖에서 들릴 염려가 있다. 이 대화가 다른 사람 귀에 들어가는 걸 토리는 원치 않았다.

"군사와 관련된 주제여도요?"

"당연합니다. 혹시 궁금한 게 있으시다면 제가 아는 한 대답해 드리겠습니다. 아, 기밀은 못 알려 드립니다."

"법과 관련된 이야기도?"

"법은 제가 자신이 없지만 아는 한에서 답하겠습니다."

그렇게 시작된 질문은 기초적인 부분이었다. 내심 긴장했던 게 무색했다.

'괜히 긴장했네.'

토리에게 들어가는 이야기는 자동적으로 시이제 후작에게 흘러갔다. 쌈빡하게 대답하면서 속으로 대답할 수 있는 한도를 계산중이던 폴리아나는 맥이 빠졌다. 동시에 토리에게 미안했다. 과거 폴리아나는 벤티에 경에게 토리를 믿어 달라 말했다. 그래 놓고 폴리아나는 토리를 의심했다.

'나는 믿어 드렸어야 했는데.'

토리는 룩소스 1세가 영리하다 공인한 레이디였다. 정말 수를 쓴다면 이렇게 대놓고 질문하지 않았을 것이다. 만약 질문을 한다 쳐도 폴리아나와 그녀의 입장을 고려해 대답할 수 있는 질문만 했을 터. 한 달 동안 정신 무장을 한답시고 용썼더니 토리에게까지 방벽을 친 꼴이 되었다.

짧은 질의응답이 끝났다. 토리가 수줍게 입가를 가렸다.

"친절하고 상세한 설명 고마워요. 제가 여자라 주변에 물어볼 분이 없어 늘 궁금한데도 참기만 했어요."

"제 설명보다 책을 보시면 이해가 쉬우실 겁니다. 몇 권 추천해 드릴까요?"

"아니요, 책은 시녀들이 보거든요. 아마 휴식 시간에 책을 본다고 잔소리할걸요."

여성의 책장에 꽂힐 책은 소설과 잡서면 족하다. 그 외의 분야가 끼면 주제넘은 짓이었다. 폴리아나는 물어볼 곳 없었다는 토리의 말을 이해했다.

황비인 그녀 주위엔 같은 여자들만 있다. 친척 남성에게 질문하면 왜 그런 걸 알려 드냐 타박을 얻을 것이다. 성의 서고에서 관련 책을 찾아오라 명령하면 왜 그런 책을 읽으려 드느냐 항의를 듣는다.

직접 서고에 가서 책을 가져오라는 소리는 귀부인의 생활을 모르는 자가 할 수 있는 농담에 가까웠다. 귀부인은 절대 혼자 움직이지 않았다.

"실례가 안 된다면 앞으로 계속 궁금한 걸 여쭤 봐도 될까요?"

"물론입니다."

"정말 고마워요."

토리가 진실로 기뻐하며 웃었다. 어렵지도 않은 일인데 마치 구도자가 답을 찾은 것처럼 웃는 토리를 보니 민망했다. 폴리아나는 내친김에 토리에게 질문했다.

"그럼 저도 질문해도 되겠습니까."

"네, 무엇인가요, 후작."

"아크레아식 결혼식 준비는 어떻게 합니까?"

"결혼식이요? 후작께서 결혼식 준비하실 일도 없으신데 그건…… 어머나!"

토리가 깜짝 놀라 입을 벌렸다. 폴리아나의 눈이 진지했다.

폴리아나 윈터는 프라우 스네크에게 청혼했다. 사무치는 외로움에 내린 결정이었다. 청혼받은 프라우는 깜짝 놀랐다. 누가 보면 "널 죽이겠다" 소리를 들은 것처럼 굴었다. 결혼은 인생의 무덤이라니 그렇게 여겼을지도 몰랐다.

"후, 후, 후, 후작님?"

"재산이 목적인 결혼이니 재산은 마음껏 쓸 수 있게 해 주겠다. 일국의 왕처럼 사치해도 괜찮아."

프라우의 입이 쩍 벌어졌다. 대낮에 저러고 다니면 파리가 들어갈 꼴이었다.

"진심이십니까?"

"그래, 진심이다. 나보다 조건 좋은 남자는 없고, 있어도 나랑 결혼 안 해. 어차피 다 그게 그거니 새파랗게 어린 애들보단 동갑이 낫겠지. 싫다면 그만두겠다."

"아닙니다. 결혼하겠습니다!"

"그럼 다음에 만날 땐 약혼 서류를 가져와라. 아, 아니지. 내일부터 근신인데."

앞으로 1년 동안 모든 귀족의 혼인이 불가능했다. 약혼도 마찬가지였다. 결혼하기 전 1년 정도의 약혼 기간을 가지려던 폴리아나는 절차를 무시했다.

"서류상 약혼이나 사실적 약혼이나 그게 그거지. 오늘부터 약혼 기간으로 잡고 국상이 끝나면 결혼하도록 하자. 불만 있나?"

"없습니다."

"좋아! 그럼 1년 동안 계약서나 고쳐 보자고."

이렇게 폴리아나는 결혼을 결정했다. 결혼이 인생에서 차지하는 중요성을 고려했을 때 다분히 충동적인 결정이었다. 폴리아나는 결혼이 그녀의 인생에서 큰 비중을 차지하리라고 생각하지 않았다. 남편에 따라 인생이 갈리는 것은 다른 여성들의 삶이었다.

폴리아나는 직장이 있고, 가문이 있고, 작위와 영지가 있었다. 남편에 의해 그녀의 인생이 바뀌기보단 폴리아나에 의해 프라우의 인생이 바뀔 것이다.

프라우는 평생 돈 보고 결혼한 한량 소리를 듣게 될 것이다. 그리고 조상님이 물려주신 성을 갈아 치운 지지리 못난 새끼가 될 것이다.

먼저 결혼 얘길 꺼낸 주제에, 폴리아나는 한 달의 근신 기간 동안 프라우의 방문도 사절했다. 그동안 진전된 것이 없으니 오늘 출근하면서 프라우를 만나 자세한 계약 사항을 조율할 예정이었다.

세 여자가 스트라의 응접실에 모였다. 본래는 토리에게만 말하려던 것을 토리가 스트라까지 불러들였다. 전말을 들은 토리와 스트라의 표정이 심각했다. 황비들만이 아니다. 주위에서 듣고 있던 시녀들의 표정도 묘했다.

"후작, 고작 그런 이유로 결혼을 정하시다니요."

"결혼은 제게 중요하지 않습니다. 시집 못 갔다 소리를 막는 방패 정도로 생각합니다."

"차라리 어리고 잘생긴 미소년은 안 되시나요?"

"나이가 어리면 다 부하 같고 종자 같고 그렇습니다."

"제발요, 후작. 다시 생각해 보세요. 레베카가 있었으면 뒷목 잡고 쓰러졌을 거예요."

토리와 스트라는 레베카처럼 병약하지 않은 것이 원통했다. 뒷목을 잡고 실신할 자신이 없었다. 폴리아나는 약간 불쾌한 티를 냈다.

"프라우는 좋은 사람입니다."

'사람만 좋은 게 문제잖아요!'

토리가 버럭 소리를 지르려다 참았다. 씨근덕거리는 그녀 대신 스트라가 말했다.

"저야 후작께서 좋으면 괜찮다고 생각하지만…… 폐하께서 허락하실까요?"

"네?"

룩소스 1세의 말버릇이 '좋은 사람 있으면 결혼하거라'였다. 폴리아나는 황제의 반대를 예상한 적이 없었다. 그녀가 의아해하자 스트라가 설명했다.

"후작께선 폐하의 측근이시잖아요? 너무 치우치는 결혼이…… 아닌가……."

"아, 괜찮습니다. 폐하는 그런 쪽으로 관대하십니다. 조상 중에 광인, 반역자, 유전 병력이 없으면 됩니다."

스트라가 염려하는 부분은 문제 될 게 없었다. 아이노 경과 시켈은 폴리아나와 프라우만큼 치우치는 결혼이다. 그런데 룩소스 1세가 단언하지 않았나. 시켈의 마음만 사로잡는다면 결혼시켜 주겠노라고. 폴리아나와 프라우의 결혼은 둘의 합의가 있으니 더 수월할 것이다.

"그래, 그렇군요…… 그렇구나…… 하긴, 현실은 그런 거겠죠…… 그래도 약간은…… 기대를……."

스트라가 석연찮은 얼굴로 작게 중얼거렸다. 혼자만의 생각에 깊게 빠진 스트라를 두고 토리가 나섰다.

"후작. 잘 생각해 보세요. 야파 인근과 아크레아 귀족 사회에서만 신랑감을 찾아서 그렇지 대륙 전체를 뒤져 보면 후작이 원하는 비슷한 연령대의 미혼 남성이 있을 거예요. 대부분 프라우보다 좋은 조건을 가졌을걸요. 성을 바꿔야 하는 게 마음에 걸린다면 데릴사위 제도가 있었던 국가를 위주로…….”

“좋은 남자면 제가 곤란합니다.”

“네?”

토리는 폴리아나의 말을 이해하지 못했다. 프라우처럼 패기 없고 야망 없고 능력 없는 남자보다 나은 남자가 세상에 수두룩했다. 그런데 좋은 조건이 곤란하다니. 가능한 좋은 조건의 남자에게 시집가기 위해 노력하는 여자들이 들으면 어떤 반응을 보일까.

폴리아나에게도 그럴 만한 사정이 있었다.

“데릴사위 제도가 있어도 가문의 주인은 남성입니다. 그리고 전 가정에서도 주도권을 놓을 생각이 없습니다.”

폴리아나는 권력을 사랑했다. 세상에 이토록 사람을 존나쎄로 만드는 힘이 있을까. 그녀의 호령에 귀족 남자들이 연병장을 달린다. 그녀가 길을 걸으면 인파가 갈라졌다. 일찌감치 깨달은 적자생존, 약육강식의 법칙에서 사람들 위에 설 수 있는 가장 압도적인 힘이 권력이었다.

세상은 힘을 가진 자가 약자를 핍박한다. 핍박하지 않더라도 주도권을 쥐고 약자를 좌지우지했다. 폴리아나는 밖에서 휘두르는 권력, 안에서 고이 접어 서랍장에 보관할 마음이 추호도 없었다.

“시댁 간섭이 없습니다. 가정에서도 제 말을 잘 들을 겁니다. 재산을 노리고 결혼했으니 이혼하기 싫으면 큰 사고도 안 치겠죠.”

“그렇게 생각하신다면…….”

좋은 남자가 안 된다는 건 저런 이유에서였다. 남자들 자존심에 저런 걸 허용할 리 없었다. 허용해도 소속된 집단의 남자들이 비난하고 비아냥거릴 것이다. 좋은 남자를 왕따 만들면 불쌍하지만 이미 왕따인 남자는 괜찮았다. 프라우는 남자들 사이에서 평판이 최하위라 더 내려갈 곳이 없었다.

찬성하기 어렵고, 반대하기엔 더 어려웠다. 스트라와 토리가 작게 한숨을 내뱉었다. 그녀들은 내심 폴리아나가 좋은 남자(=호구)를 만나 결혼하길 원했다. 남자에게 선택받은 여느 여자와 다르게 당당히 폴리아나가 남자를 선택하길 바랐다.

'현실은 이런 거겠지.'

폴리아나의 인생이고 폴리아나의 선택이다. 그녀의 적당한 선택을 비난해선 안 됐다.

"그래서 오늘 프라우를 만나실 건가요?"

"네. 폐하께 인사드리고 바로 찾아갈 생각입니다."

"아무리 그래도 약혼자를 찾아가시는데 그렇게 가시려고요?"

"얘들아, 빗을 가져오렴."

스트라의 말을 기점으로 시녀들이 분주하게 움직였다. 날 잡았다는 듯이 움직이는 일사불란한 모습은 훈련받은 군대 부럽지 않았다. 폴리아나는 벌떡 일어나 도망가려다 그냥 자리를 지켰다.

'약혼자니까.'

약혼자를 만나야 하니까 말이다. 약간 변화를 주는 것도 나쁘지 않았다.

"결국엔 이렇게 되나."

혼잣말을 중얼거리는 시켈의 속내가 복잡했다. 머리와 마음 둘 다 불안하게 수런거렸다. 시작은 성의 인원 절반이 비면서.

야파에 남은 시켈은 간간이 레베카의 시녀들 일손을 도왔다. 레베카가 본격적으로 와병을 시작하면서 일손은 많을수록 좋았기 때문에 그녀는 환영받았다. 나니 대공비가 시녀를 데리고 왔지만 환자의 간호는 힘들고 궂은 일이 포함된다. 하녀가 손을 댈 수 없는 귀하신 몸이니 시녀들이 처리해야 했는데 선뜻 나서는 이가 없었다.

시켈은 군말 없이 그러한 일들을 처리했다. 신분이 제일 낮아서 그런지 자괴감 같은 건 들지 않았다.

나니 대공비가 안주인처럼 권력을 휘두르고 시녀들은 거기에 휘둘리고. 레베카가 쓰러지고 혼수상태에 접어들었다. 황제의 귀환, 황녀의 탄생과 레베카의 사망. 내내 정신이 없었다. 모르는 사람들이 성내를 활보했다. 모두의 신경이 황녀와 레베카에게 집중된 사이 이상한 일도 몇 번 벌어졌다.

레베카의 장례식이 있은 후엔 인사 이동이 있었다. 레베카가 사망하면서 시녀들이 움직였다. 야파에서 돌아온 스트라와 토리의 시녀들도 조금씩 이동했다.

시녀들이 모시는 주인을 중심으로 편을 가르는 건 전에도 있었던 일이다. 그것이 조금 더 심해졌다.

가장 이상한 건 아크레아 출신의 시녀들이다. 시켈 또한 아크레아 출신이나 토리의 측근이 아니었다. 같이 일을 하면서 물에 뜬 기름처럼 둥둥 부유하던 건 끝났다고 생각했다. 한데 나나바에서 야파로 돌아온 이후 시녀들은 다시 시켈을 외부인 취급하기 시작했다.

콕 집어 말하기 어려우나 전체적인 분위기가 뒤숭숭했다. 그것만으로도 충분히 머리가 아픈데 오늘 복귀한 폴리아나는 결혼 얘기를 꺼냈다. 상대는 프라우였다. 시켈은 더 답답했다.

후궁의 분위기와 프라우. 시켈은 막연한 막막함을 느꼈다. 사람들 사이에 깊게 파고들지 못하는 그녀의 처지상, 자세한 정보를 알기 위해선 디크 경의 도움이 절실했다. 현재 디크 경은 야파에 부재 중. 룩소스 1세의 명을 받아 레베카의 장례식이 열리기 전 남부로 떠났다.

시켈은 오랜만에 동생 욕을 했다.

"꼭 필요할 때 없어."

오라버니라고 다를 것 없었다. 오라버니가 둘에 남동생이 하나 있으면 뭐하나. 시켈의 형제들은 그녀가 필요할 때 곁에 없었다. 지지리 복도 없지.

정보부 소속의 다른 사람이라도 알면 좋으련만. 그런 기밀을 외부인에 여자인 시켈에게 알려 줄 리 없다. 시켈은 디크 경이 인정하는 정보원이었으나 조직의 구성원은 될 수 없었다.

하아.

시켈이 작은 한숨을 뱉었다. 그녀의 감은 뭔가 이상하니 얼른 알아보고 해결하라고 주장하고 있다. 그런데 그게 무엇인지 모르니 답답할 따름이다.

시켈이 생각하기에 그녀 자신은 '지나가는 시녀 A'가 가장 걸맞았다. 결국 시켈은 파헤치길 포기했다. 후궁에서 벌어지는 일들이 그녀에게 해를 끼치지 않으면 그만. 폴리아나의 결혼은 폴리아나가 알아서 해결하면 그만이었다. 시켈과 같은 일개 시녀가 신경 쓸 일이 아니었다.

시켈이 걷던 도중 방향을 틀었다. 멀리, 아이노 경이 특유의 심드렁한 얼굴을 하고 걷고 있었다. 최근 있는 대로 시비 걸고 다닌다는 소문이 후궁에까지 파다했다. 굳이 소문 때문이 아니라도 시켈이 그와 마주쳐 좋을 게 없었다. 무시당하면 괜히 신경 쓰이고, 추근거리면 짜증 났다.

'이대로 가라.'

시켈의 바람은 이뤄지지 않았다. 그녀가 방향을 틀자 아이노 경도 방향을 틀었다. 그의 느긋했던 발걸음이 사냥감을 쫓는 맹수의 속도로 바뀌었다. 시켈은 경악했다.

'모르는 척하더니 왜 갑자기 뛰어와!'

아이노 경이 잰걸음으로 걷던 시켈을 가볍게 추월했다. 거리가 꽤 있었는데 호흡이 안정적이었다. 여러모로 축복받은 남자였다.

그가 한없이 재수 없는 얼굴로 시켈을 봤다. 그의 시선이 닿자 시켈은 숨고 싶어졌다.

"제게 용무가 있으신지요."

"나나바에 갔을 때 부모님께 말씀드리고 잉그레터 가문에 혼담을 넣을 생각이었다."

일언반구 말도 없이 혼담을? 시켈이 경악하든 말든 아이노 경은 계속 말했다.

"레베카 황비가 급서해 집에 못 들렀어. 1년, 이젠 11개월인가. 11개월 동안 혼담과 약혼이 금지되니 청할 게 있다."

시켈이 뒷걸음질 치자 아이노 경이 성큼성큼 걸어 거리를 좁혔다. 주위에 사람이 없는 외진 곳인 게 다행이었다. 다른 사람 눈에 띄었다면 무슨 소문이 퍼졌을지 두려운 광경이었다.

"내게 11개월만 다오. 11개월 뒤에도 내가 마음에 들지 않는다면."

아이노 경은 더없이 진지했다. 시켈은 덩달아 진지하고 마음이 조급해졌다. 꿀꺽. 그녀는 침을 삼켰다.

"다면?"

"깔끔히 포기하고 강제로 결혼하겠다."

퉁명스러운 얼굴로 개소리 한번 일품이었다. 하. 시켈은 헛바람을 내뿜고 기가 차서 물었다.

"모순이라는 말 모르셔요?"

"네 마음을 얻는 걸 포기한다는 거지 널 포기하겠다는 건 아니다."

시켈의 속이 콱 막혔다. 방금 전 답답해하던 건 약과였다.

"그러니까, 진심이신 거예요? 저한테?"

"처음부터 말했잖아."

성미 급한 아이노 경이 왜 내 말을 안 믿어 주느냐 성질냈다. 시켈은 기가 막혔다. 날 때린 여자는 니가 처음이야를 누가 믿어! 그가 시켈에 보인 태도는 갖고 놀 여성을 대하는 것이었지 결혼할 상대에게 대하는 예의가 아니었다.

"다짜고짜 입 맞추고 끌어안고 벽에 밀치던 것들이요?"

말하기도 부끄러워 시켈의 얼굴이 붉게 달아올랐다. 아이노 경은 뻔뻔하게 고개를 끄덕였다.

"도대체 누가 좋아하는 여인을 그렇게 대하나요!"
"정신 차리고 보니 이미 안고 있었어."
"그건 추행이고, 범죄고, 저와 제 가문을 욕보이는 무례한 짓이에요!"
"어차피 결혼할 사이니 명예가 훼손되지 않는다고 생각했다."
"도대체 누가 결혼을 허락한다고……!"
"잉그레터 자작."
시켈의 주먹이 부르르 떨렸다. 시켈은 아이노 경에 주먹을 휘두르려다 그녀의 가슴께로 주먹을 가져갔다. 퍽퍽, 힘주어 때려도 막힌 속은 뚫리지 않았다. 시켈이 아이노 경을 있는 힘껏 노려봤다. 아이노 경이 피하지 않고 맞받아쳤다.
"아버지는 절대 허락하지 않으실 거예요."
"강제로 하면 돼."
"폐하께서 허락하지 않으실걸요."
"이미 허락받았어."
"세키 공작께서 허락을……!"
"상관없어. 내가 널 좋아하니까. 가문에서 반대하면 폐하께 요청드려 작위 하나 새로 받고 독립하면 된다. 공작 부인 못 된다고 아쉬워하지 마. 공작위로 받을 거니까."
이게 바로 가문 떠넘길 동생 있는 능력자의 특권이었다. 아이노 경은 혼자서도 공작위를 받을 자신이 있는 데다 룩소스 1세에게 따로 받은 재산이 상당했다. 가문에서 쫓아내는 게 아니라 아이노 경이 가문을 버리고 나오는 것이다. 아예 버리는 것도 아니다. 동생에게 주면 됐다. 제수씨가 참 좋아하겠지.

'틀렸어. 말이 안 통해.'

형제들이 아이노 경더러 '황제 폐하 엿 먹이는 사람'이라기에 도대체 그게 무슨 말인가 했다. 이제는 알 것 같았다. 말을 해도 통하지 않으니 시켈 혼자 답답했다. 결국 나오는 건 가시 돋친 말이었다.

"그렇게 잘나신 분이 왜 제게 11개월을 청하시죠? 11개월 뒤에 결혼할 여잔데?"

"시켈 잉그레터, 그대에게 반했으니까."

남자가 육성으로 직접적인 구애를 했다! 시켈의 볼이 자동적으로 붉어졌다. 너무 놀라 그만 고개를 끄덕일 뻔했지 뭔가. 이게 다 남자를 거절하지 말라고 여자를 가르치기 때문이다. 시켈은 이를 악물었다.

"제게 강제로 입 맞추시기 전에 그 말을 해 주셨으면 좋았겠네요. 11개월이든 뭐든 제 마음은 경에게 가지 않아요."

"그래서 참고 있잖아."

"네?"

"끌어안고, 입 맞추고, 들어서 빙빙 돌리고 싶은 걸 참고 있잖아. 앞으로 11개월, 네가 허락하지 않으면 접촉하지 않겠다."

룩소스 1세가 보았다면 아이노 경의 질주가 부럽고 성장한 것이 장해 물개 박수를 쳤을 것이다.

"그걸 어떻게 믿죠? 경께선 제가 뺨을 때린 후에도 가, 가슴을 만지고 허리를 끌어안으셨잖아요."

시켈이 괜히 아이노 경의 사타구니를 공격한 것이 아니었다. 아이노 경이 벌인 성추행의 역사가 깊었다. 못 믿겠다는 반응에 아이노 경이 마지막 수를 뒀다.

"폐하께 맹세코."

아이노 경의 리빙 포인트. 황제가 친구일 때 가끔 팔아먹으면 인생이 편하다. 황제 폐하를 팔아먹은 효과는 굉장했다! 시켈의 얼굴에 서려 있던 적의가 풀렸다. 아이노 경은 그 틈을 놓치지 않았다.

"보석 좋아하나? 비단은? 새로 필요한 악기는? 가죽은 혼인날까지 기다렸으면 한다. 좋은 걸 잡으려고 했는데 시간이 없었어. 대신 흰곰을 잡아 줄게. 아크레아에서 가장 훌륭한 예물을 주겠다."

보석, 비단, 악기, 가죽 모두 소용없었다. 시켈의 눈동자에서 흥미가 사라졌다. 결국 11개월 뒤에 강제로 결혼하게 될 것. 그때까지 얼굴을 보고 싶지 않다고 말하면 어떻게 반응할 것인가. 시켈이 그런 걸 고심하고 있던 무렵 그녀는 떠올렸다. 내내 마음에 걸리적거리던 것들.

"제가 원하면 다 주실 건가요?"

"그래. 터무니없는 걸 제외하고."

"그, 그럼! 경께서 디크의 상관이시죠? 정보부도 제1근위대 소속이잖아요."

아이노 경이 눈썹이 꿈틀거렸다. 아무리 정보부 수장의 누나라지만 왜 여장 입에서 기밀이 튀어나오는가. 일단은 시켈의 말대로 정보부는 제1근위대 산하 조직이다. 하지만 그것은 위장이고 황제의 직속이었다. 아이노 경은 표면적인 수장일 뿐 정보부에 대해 아는 게 없었다.

아이노 경은 시켈에게 어떻게 그런 걸 알고 있냐고 묻지 않았다. 정보부에 대해선 아는 게 없다고 말하지도 않았다.

그는 뛰어난 사냥꾼으로서 사냥감이 미끼를 물었음을 감지했다. 사실은 가짜 미끼지만 일단 물었으니 되었다. 여기서 그게 가짜 미끼임을 말하는 놈은 바보 천치였다.

"궁금한 것이 있나? 알아봐 주지."

"최근 들어 후궁의 분위기가……."

시켈이 내내 속을 썩이던 문제를 밝혔다. 주위에 사람이 오가는 걸 염려하는 바람에 두 손을 모아 쥔 것이 아이노 경 보기에 끔찍할 정도로 귀여웠다. 멍하게 시켈의 말을 경청하던 아이노 경의 눈썹이 어느 부분에서 움찔거렸다.

그가 절대 간과할 수 없는 주제가 튀어나왔다.

"방금 뭐라고?"

"윈터 후작께서 스네크 씨와 결혼하신다고요. 그런데 아무리 생각해도 찝찝해서요. 예전에 동생에게 부탁해 과거를 조금 알아봤는데 큰 문제는 없었어요. 한데 그때 조사가 조금 부족한 게 아니었나 싶어서 재조사를 요청하려고 했어요. 디크가 자리를 비워 포기할 생각이었는데 경께서 디크의 상관이시잖아요. 알아봐 주시면 안 될까요."

내내 입꼬리를 올리고 시켈을 상대하던 아이노 경의 얼굴이 굳었다. 시켈이 지레짐작하고 그의 눈치를 살폈다.

"정보부는 폐하를 위해 움직이고 사적으로 이용해선 안 되는 걸 알고 있어요. 그렇지만 후작께선 폐하의 측근이시고 후작의 혼사는 중요한 일이기도 하니까요, 그래서…… 아이노 경?"

"확실한가?"

"네. 오늘 황비마마께 말씀하신걸요."

소식이 너무 뜨거워서 듣는 사람 속이 탈 뻔했다. 시켈의 말대로다. 폴리아나의 혼사는 황제의 혈압을 좌지우지하는 중사였다.

뱀은 간교한 동물이라 사냥이 어렵다. 굴에 숨어 독 있는 이빨로 지나가는 이를 노렸다. 절대 제 몸을 드러내지 않았다. 굴 밖으로 조금 내민 머리를 꼬챙이로 찍어 굴을 파면 수십 마리가 엉켜 꿈틀거렸다.

뱀 굴을 찾으려면 뱀을 찾아야 했다. 찾아서 잡지 않고 굴까지 가는 걸 지켜봐야 한다. 그렇게 하지 않으면 빈 굴만 파기 마련이다.

룩소스 1세는 늙은 뱀을 잡고 싶은 마음이 없었다. 황제는 늙은 뱀들을 어려서부터 봐 왔다. 그들은 하나같이 간교하진 않았다. 어느 뱀은 어리석었다. 어느 뱀은 간악했다. 어느 뱀은 순진했다.

욕심으로 뭉친 뱀들이지만 가끔은 룩소스 1세에게 좋은 말을 했다. 관심과 호의를 비쳤다. 룩소스 1세는 그 좋았던 기억을 잊지 못해 뱀 사냥을 단념했다. 조금 기다리면 늙어 죽을 이들. 멋모르는 사람이 뱀이 허물 벗는 걸 보고 영생을 산다 말하지만 가둬 놓고 지켜보면 늙어 죽는 것을.

지나치게 낙관적인 생각이었다. 허물 벗을 힘도 없는 늙은 뱀들이 그의 제국에 굴을 파 제멋대로 활개 치고 있었다. 룩소스 1세는 그들과 나눈 정을 높이 샀으나 늙은이들에게 어린 왕과 보낸 시간은 소중하지 않았나 보다.

'하기야 살아온 세월이 다르니.'

어린 시절의 1년은 더없이 길고 소중하다. 노인의 1년이 같을 수 없는 법. 결국 원로원과 룩소스 1세의 관계는 그가 폴리아나에게 보내는 짝사랑처럼 일방적이었다.

"할아버지가 절 의심하기 시작했습니다."

"별수 없지."

벤티에 경이 쓴웃음을 지었다. 그가 시이제 후작의 신뢰를 잃었지만 가문의 후계자 자리에서 쫓겨나지 않은 건 후작이 늙었기 때문이었다. 새 후계자를 찾기에 시이제 후작은 너무 나이 들었다.

"태도를 분명히 하라고 했사옵니다."

"태도라……."

룩소스 1세가 잠시 상념에 잠겼다. 원로들을 내버려 둔 것은 그들이 아크레아의 통치 가문을 갈아 치울 생각을 하지 않았기 때문이다. 국씨를 유지하되 각자의 잇속을 챙기려 들었다. 부국강병과 거리가 멀었다. 빙 에둘러 돌아가는 장기적 매국, 혹은 반역으로 볼 수도 있었다.

"벤티 너는 왜 짐을 따를 결심을 했느냐."

"소신 말씀이시옵니까."

"그래, 너다. 너는 가만히 할아버지 말씀이나 들으면 더 좋지 않았느냐. 짐의 뜻대로 따르면 네 권한이 축소된다. 모르는 건 아닐 터인데."

룩소스 1세는 강력한 황권을 위해 귀족들의 권한을 축소했다. 가진 것 없던 자들은 황제의 은혜에 감읍했다. 그러나 본래 가진 게 많았던 자들은 다르다. 벤티에 경은 훌륭한 가진 자의 표본이었다. 룩소스 1세는 그가 대륙을 통일한 통일 황제의 위업에 감탄해 충성을 맹세했다고 생각했다. 그 혼자의 생각이니 본인 의견이 궁금했다.

"폐하를 따르고 싶었기 때문이옵니다."

"단지 그 이유로?"

"폐하께선 늘 로망스와 현실을 구분하라 하시지만 소신이 보기에 폐하야말로 가장 로망스에서 빠져나온 분 같사옵니다. 소신은 따르고 싶어 따르길 정한 것이옵니다. 폐하께오선, 언제나 소신들에게 믿음을 보여 주시옵니다. 대륙의 끝을 보여 주셨습니다. 이후에도 계속 소신들의 믿음을 저버리지 않으실 걸 믿사옵니다."

"과한 칭찬이다. 짐의 어깨가 무겁구나."

룩소스 1세가 투덜거렸다.

"노인네들은 짐을 따르기 싫은 것인가."

"변화와 인정이 두려운 것이옵니다."

아크레아 귀족들의 사병 문제는 여전히 미해결 상태였다. 전쟁 전보다 사병의 규모가 늘어났다. 사병을 유지하는 세금이 영지에 고스란히 부담으로 남는 건 당연했다. 어쩌면 아크레아 지방의 영민들은 전쟁 전과 후의 차이를 느끼지 못할지도 몰랐다. 그건 좋지 않았다.

다 같이 잘살면 참 좋은데 말이다.

"이대로 두고 보실 작정이시옵니까."

"확실한 물증이 없으니까. 원로들이 인정하지 않아도 짐의 표면적 지지 기반은 아크레아야. 그들을 모조리 쳐내면 짐의 위엄에 흠이 간다. 확실한 물증이 있다면 직접 나서서 처벌할 수 있겠지만 그들은 자기끼리 뭉치는 데 도가 텄어. 짐이 낄 데가 없구나."

황제는 뱀이 머리를 쳐들기를 기다렸다. 기다리다가 뱀이 늙어 죽으면 좋았다. 인내심 싸움이었다. 그들이 꼬리를 밟히든, 머리를 쳐들든 황제는 이길 자신이 있었다. 다만 주의할 점이 있다. 뱀은 참으로 간악한 생물이라 품은 독도 악랄했다. 물리면 작은 상처도 살이 썩어 환부를 도려내게 된다.

손을 물리면 손을, 발을 물리면 발을 잃었다. 룩소스 1세는 욕심쟁이라 사지 멀쩡하게 뱀을 잡고 싶었다.

"북부엔 뱀이 없는데 뱀 같은 자들이 득시글거려."

"어디든 같사옵니다."

"그야 그렇지."

재상과 독대하는 황제의 집무실 문이 열렸다. 이런 짓이 가능한 건 대륙 전역을 뒤져서 한 명뿐이다. 아이노 경이 뻔뻔하게 룩소스 1세에게 인사했다. 몸동작 하나는 기품이 넘쳤다.

"폐하께 올릴 긴한 이야기가 있습니다."

"그래, 마침 얘기도 끝나 가고 있었으니. 벤티, 조금 더 수고하라."

"황공하옵니다, 폐하. 신은 이만 물러가겠습니다."

"재상과도 관련된 얘기이니 듣고 나가시오."

벤티에 경이 나가려다 자리에 앉았다. 아이노 경은 룩소스 1세에게 시켈이 느낀 후궁의 이상을 보고했다. 룩소스 1세와 벤티에 경이 고개를 끄덕였다.

"할아버지는 레베카 마마가 회임하셨던 걸 굉장히 꺼리셨었습니다. 새로 일을 벌이려 해도 이상하지 않사옵니다. 레베카 마마 일로 성 안팎으로 어수선했으니 적기였을 것이옵니다."

"뱀이 고개를 드는가……."

"이번엔 관대히 넘기지 마십시오."

룩소스 1세는 영 마뜩잖았다. 어차피 남자의 싸움. 왜 남의 부인들이 사는 곳에서 일을 벌이려 드는지. 부인의 장례를 치른 지 한 달이 조금 지났다. 룩소스 1세의 심기가 매우 불편했다.

벤티에 경이 조언했다.

“당분간 토리 황비를 멀리하고 스트라 황비를 가까이하시는 건 어떻사옵니까. 일부러 자극하는 것입니다.”

“짐은 여인을 미끼로 사용하는 게 싫다. 게다가 토리와 스트라는 짐의 부인이야. 짐은 남편으로서 그녀들을 지켜 줘야 할 의무가 있다.”

“어차피.”

벤티에 경이 냉정하게 말했다.

“할아버지를 내치시면 토리 황비도 같이 내치셔야 하옵니다.”

“……그래. 그랬지.”

토리는 시작부터 버리는 패였다. 룩소스 1세에게나 시이제 후작에게나 동일했다. 참 불공평한 처사였다. 룩소스 1세가 나오려는 말을 참았다.

불공평했다. 맞다. 불공평하다. 벤티에 경은 시이제 후작의 친손주이나 황제의 편에 설 기회를 얻었다. 황제에게 충성하는 대가로 숙청 대상자에서 제외되었다. 하나 토리는. 토리에겐 그럴 수 있는 기회가 없었다. 애당초 그녀가 룩소스 1세와 결혼한 과정 중 그녀의 의지가 차지하는 비중은 얼마나 될지.

토리는 시이제 후작의 힘으로 황비가 되었다. 그녀가 룩소스 1세에게 해가 되는 일을 했다면 내칠 때 죄책감이 없을 것이다. 그러나 토리는 성실하게 부인의 의무를 다했다. 황제가 바빠 부인들을 찾지 못하는 바람에, 처음부터 토리는 ‘버린 패’라는 생각에 멀리하여 아이만 낳지 못했을 뿐. 토리는 뭇 신하들처럼 성실하게 룩소스 1세에게 봉사했다.

'괜히 멀리했나.'

차라리 아이라도 있었다면 내치지 않아도 되는 핑곗거리가 된다. 룩소스 1세는 새삼 후회했다. 토리 자체를 보지 않고 시이제 후작과 원로들만 생각해 그녀를 대했다. 여자의 일생이 그렇다지만 그래도 마음에 걸렸다.

'이래서야 레베카가 그런 유언을 남긴 것이 당연하지.'

공적인 내용만 가득했던 유언장에 단 한 줄, 레베카의 진심 어린 부탁이 있었다. 처음엔 자식을 남겨 두고 먼저 떠나는 어미의 마음이라 생각했으나 그게 아니었다. 그건 인류의 절반을 차지하는 사람이 인류의 지배자에게 보내는 부탁이었다.

황제의 입맛이 썼다.

"토리는 영리해서, 아깝구나."

'전에도 비슷한 기분이 든 적 있는데 언제였지.'

룩소스 1세가 기억을 더듬는데 아이노 경이 산통을 깼다.

"영리해 봤자 여자 아닙니까."

아이노 경이 룩소스 1세에 가까이 다가왔다. 그가 가져온 본론은 두 개였다. 룩소스 1세가 백날 천 날 토리 얘기를 할 것 같으니 중간에서 끊었다.

"또 할 말이 있느냐, 이노."

"네. 재상과 관계없는 이야기니 나가 주었으면 합니다."

"그럼 신은 이만 가 보겠사옵니다."

재상이 자리를 비켜 줬다. 아이노 경은 아껴 둔 진짜 이유를 밝혔다.

"폐하, 알고 계십니까?"

질문을 하고 있지만 아이노 경은 답을 알고 있었다. 룩소스 1세는 몰랐다. 아무것도 몰랐다. 모르니까 저렇게 앉아 있는 것이다. 알았다면 궁의를 부르든 밖으로 튀어 나가든 무슨 일을 벌였겠지.

"윈터 후작이 결혼할 거랍니다."

시켈이 말해 준 따끈따끈(너무 뜨거워서 델 뻔)한 정보였다. 룩소스 1세의 눈이 소눈깔처럼 커졌다. 그게 정말이냐 묻지도 못하고 돌이 되어 버렸다. 아이노 경이 다시 알렸다.

"폴리아나 윈터 후작이 결혼할 거랍니다."

"뭐뭐머뭐뭐뭐뭐뭐뭐뭐?"

룩소스 1세가 말을 더듬었다. 그가 자리에서 벌떡 일어났다. 아이노 경이 일어난 황제를 강제로 앉혔다. 룩소스 1세의 두 다리가 상하로 흔들렸다. 황제가 손톱을 깨물기 시작했다.

"폴리아나 윈터 후작이 결혼할 거랍니다."

세 번. 현실을 부정하지 못하도록 일부러 세 번 말했다. 황제가 고개를 저었다. 괜한 고집이었다.

"노노노노노노노노농이 심하다. 재미없어."

북쪽에서 화산이 터지고 남쪽에서 해일이 일어났는데 중부에 대규모 지진으로 대륙이 양분되었다는 말을 들은 사람처럼 격렬한 반응이었다.

"소신이 폐하의 마음 간 방향을 아는데 거짓을 고하겠습니까."

"상대가 누구냐."

룩소스 1세는 도저히 믿을 수 없었다. 그의 폴리아나가 결혼한다고? 결혼을? 세상에서 제일 잘생긴 남자를 옆에 두고서 철벽 치는 그녀가?

"스네크 백작의 동생 프라우 스네크와 혼인한다고 합니다. 국상 기간이 끝나자마자 폐하께 허락받으러 올 것 같습니다."

고개를 젓는 속도가 빨라졌다. 힘차서 목 근육이 걱정될 정도였다.

"아냐, 아냐, 아냐아냐. 짐이 알아. 폴은 그런 놈과 결혼하지 않는다. 폴이 직접 말했다. 프라우는 못생겼다고. 이노 너도 알잖아. 짐의 폴이 얼마나 미인을 좋아하는데!"

룩소스 1세가 필사적으로 현실을 부정했다. 아이노 경은 벗에게 현실을 일깨워 줬다.

"잘생겼다고 폐하와 결혼하는 것도 아니잖습니까."

"아악!"

황제의 입에서 처절한 비명이 터졌다. 밖에서 잘못 들으면 아이노 경이 황제 시해라도 꾀하는 줄 알겠다. 실제로 밖에서 시종이 문을 두드렸다. 아이노 경은 잠깐 문을 열었다 닫아 본인의 무죄를 증명했다.

"폐하께서 왜 저러십니까?"

"심각한 문제가 생겼다. 아주 중한 일이니 근처에 사람을 물려라."

시종장의 표정이 진지해졌다.

"아주 심각한 일입니까?"

아이노 경은 입에 침도 안 바르고 거짓말했다.

"제국이 걸린 중한 일이다."

룩소스 1세는 종종 본인이 제국이라고 말했다. 황제의 인생이 걸렸으니 거짓말은 아니었다. 문을 닫고 돌아선 아이노 경이 투덜거렸다.

"하마터면 반역죄로 끌려갈 뻔했습니다. 소신이 검으로 벤 것도 아닌데 그러십니까."

"검으로 벤 것보다 아팠다."

룩소스 1세가 두 손을 모았다. 깍지를 끼고 꽉 쥔 채 스스로의 이마에 부딪쳤다. 쿵, 쿵. 하다 하다 자해까지 하는 모습에 아이노 경이 콧방귀를 뀌었다.

"짐은! 짐은! 짐은! 짐은!"

자해와 함께 앵무새처럼 같은 말을 반복했다. 병이 심각했다. 아이노 경이 정신 차리라는 의미에서 룩소스 1세의 뒤통수를 후려쳤다. 말보다 주먹이 빠른 그라서 사죄의 말은 나중에 튀어나왔다.

"죄송합니다."

"아니…… 도움이 되었다."

룩소스 1세가 자해를 멈췄다. 사람이란 결국 자기 몸 다치는 걸 바라지 않는 동물. 제 손으로 머리를 쥐어박아도 남이 한 대 때리는 것만 못했다. 수차례 박은 이마보다 아이노 경이 한 대 갈긴 뒷머리가 더 아팠다. 룩소스 1세가 뒤통수를 만지작거렸다.

"이노, 진실이냐?"

"누차 말씀드렸습니다. 폴리아나 경이 금일 두 황비와 시녀들 앞에서 말했다고 하니 거짓이 아닙니다. 결혼 준비는 어떻게 하냐 질문했으니 농담도 아닙니다."

아이노 경이 폴리아나의 예상 동선을 추리했다.

"황비에게 인사했으니 곧 폐하께 인사 올리러 올 것입니다."

"이상하지 않느냐! 짐의 폴이 뭐가 아쉬워 준귀족 의사 나부랭이와 결혼을 해! 게다가 그놈은 꽃뱀이다! 재산을 노린다고 직접 밝혔어! 예쁜 꽃뱀이 아니라 못생긴 꽃뱀이다! 짐은 그런 못생긴 꽃뱀 인정 못 하느니라!"

한 대 맞아 흥분을 가라앉혔던 룩소스 1세가 다시 분개했다.

"폴의 재산을 탕진하려는 게 분명해! 순진하고 순수한 폴을 타락시키려는 것이다!"

"윈터 후작가의 재산은 꽃뱀 하나가 탕진할 정도로 만만하지 않습니다. 폐하께서 직접 하사하셨으니 잘 아실 겁니다. 그리고 폴리아나 경이 언제부터 순진하고 순수했습니까. 야한 얘기 얼마나 잘하는데."

콩깍지가 이렇게 무서웠다. 전장의 마녀 소리 듣는 여자가 순진무구하다니. 이전의 아이노 경이었다면 룩소스 1세가 하는 말을 모두 이해하지 못하고 개소리로 들었을 것이다. 하지만 이젠 아이노 경 또한 사랑을 아는 몸. 콩깍지와 지금의 심정을 완벽히는 무리여도 어느 정도 공감해 줄 수 있었다.

"도대체 왜 그놈이냐! 하고많은 귀족 중에 왜 그런 못난 놈이야! 설마 약점 잡혔나? 아니야, 짐의 폴은 매사 성실하여 약점 잡힐 게 없다. 사소한 부정은 짐이 눈감아 주고말고. 그럼 남자 면역이 없어서 그랬나? 아아!"

룩소스 1세가 머리를 싸매고 좌절했다.

"짐이 잘못했다! 진즉 잘생기고 혈통 좋은 청년들을 골라 갖고 놀게 시켰어야 하는데!"

뚫린 입이라고 못하는 말이 없지. 아이노 경이 폭주하는 친구의 뒤통수를 한 대 더 갈겼다. 사내놈들 알몸으로 다니는 군대에서 15년을 보낸 여자가 남자에게 면역이 없다니. 콩깍지도 이 정도면 중증이었다. 게다가 뭐? 남자를 보내서 갖고 놀게 해? 도대체 무슨 정신으로 하는 말인지.

"진심이십니까?"

"짐의 폴보다 능력 없는 작자들이 레이디들을 농락하는데 짐의 폴이 뭐가 부족해서 요즘 유행한다는 자유연애질 한번 못 하고 프라우 같은 놈에게 시집간단 말이냐! 이게 다 남자 면역이 부족해서 그래!"

아이노 경이 봤을 땐 논리를 상실한 주장이었지만 사실은 룩소스 1세의 주장이 맞았다. 폴리아나는 남자 면역이 부족했다. 그녀를 이성으로 보고 접근하는 남자가 없다 보니 그런 쪽으론 경험이 부족했다.

주위에 남자가 많으면 뭐하나. 대부분 전우에 유부남. 작금의 사태는 꽃뱀에게 털린 다른 사건들과 유사했다. 일만 열심히 하던 남자가 재산을 노리고 접근한 꽃뱀에게 홀린다. 폴리아나도 비슷했다.

룩소스 1세의 주장은 옳았으나 아이노 경에게 받아들여지지 못했다. 일단 아이노 경이 그런 구조를 파헤칠 정도로 폴리아나에게 관심을 가지지 않았다. 또한 룩소스 1세의 주장은 저러한 논리에서 나온 게 아닌 그냥 생떼였다.

어쨌든 아이노 경은 같은 사랑꾼이 된 입장에서 곰곰이 생각했다. 아무리 생각해도 이 일의 원인은 친구에게 있었다.

"외로웠다고 합니다."

"……."

"폐하께서 차려진 밥상을 물린 날, 부하들 집을 쳐들어가거나 밖으로 부르자니 미안하고, 놀 상대는 없고, 남들 다 키우는 개도 없고 해서 남편이나 키우겠다는 생각이 들었답니다. 청혼받은 적 없으니 생각난 건 프라우밖에 없었다고 합니다."

룩소스 1세가 멍해졌다. 망연자실해 자신이 놓쳤던 걸 되새겼다.

아아. 그의 조각 같은 얼굴이 일그러졌다. 룩소스 1세가 두 손으로 얼굴을 가렸다. 친구에게도 보여 줄 수 없는 표정이었다.

“왜 그러셨습니까?”

아이노 경은 진짜 궁금했다. 그래서 질문했다. 아이노 경의 질문은 비수가 되어 등에 맞은 칼보다 아프게 황제를 쑤셨다. 아이노 경이라면 절대 그런 짓을 하지 않는다. 좋아하는 여자와 단둘. 로맨틱한 분위기는 아니지만 안고 쓰러트리면 바로 넘어올 상황. 내내 못 먹는 감이라 관상용으로 뒀던 것이 밥상 위에 올라왔는데 물리다니. 그냥 물린 것도 아니고 참느라 신경질을 냈다.

다 된 밥에 재를 뿌리고 코를 풀고 가래침을 뱉는 행위였다.

“짐이라고 좋아서 보낸 줄 알아!”

룩소스 1세가 울부짖듯 변명했다. 얼굴을 가린 손을 내리지 않았다.

“아이 낳아 준 부인 장례 끝난 지 얼마나 되었다고 폴에게 손을 댄단 말이냐. 게다가 폴은 레베카와 벗이었다. 그녀 또한 상심이 큰데 그걸 이용해 틈을 비집고 들어간다니, 짐은 그럴 수 없었다. 그럴 수 없었어!”

“전 그럴 겁니다.”

“그건 너니까 하는 소리다! 짐은 이노 네가 아니잖느냐! 차라리 짐이 너였다면, 너처럼 공작가의 후계자였다면 기꺼이 폴을 끌어안았을 것이다. 하지만 짐은 그녀를 불행하게 해! 그때 참지 못했다면 그동안 참아온 의미가 없지 않느냐! 설사 폴이 납득한다 한들 동정으로 여자를 손에 넣는 건 그녀의 의지를 존중하는 남자가 해선 안 될 일이다!”

변명이 길었다. 엄청 길었다. 아이노 경이 한숨을 쉬었다. 그의 벗은 약해 빠진 주제에 정은 더럽게 많았다. 정략결혼한 부인을 신경 쓰고, 뱀 같은 노인네들을 신경 쓰고, 사랑하는 여인은 당연히 신경 썼다. 룩소스 1세의 다정함은 많은 신하들이 그에게 충성하는 주된 원인이었으나 연애 사업에선 독이 되었다.

"폐하. 다정도 병이나 폐하의 병은 더욱 깊습니다. 소신은 그걸 이렇게 부르고 싶사옵니다."

"무어라."

"지랄염병."

룩소스 1세가 검집에서 검을 뽑아 아이노 경에게 휘둘렀다. 아이노 경은 룩소스 1세의 품으로 파고들어 황제의 팔을 잡아 그대로 메쳤다. 바닥에 드러누운 룩소스 1세에게 아이노 경이 말했다.

"에라이 병신, 아니 아니. 등신아."

황제 폐하께 병신이라고 말하기엔 단어가 너무 과했다. 아이노 경은 등신으로 타협 봤다.

"짐이 등신인 건 짐도 안다. 안단 말이다."

룩소스 1세가 오랜만에 눈물을 보였다. 보고 있자니 갑갑해서 아이노 경은 가슴을 쳤다.

아이노 경이 문을 열고 나오니 밖에서 폴리아나가 기다리고 있었다. 바로 들어오지 않은 건 한 달 전의 일 때문이었다. 가볍게 목례만 하고 지나가려던 찰나, 아이노 경은 뭔가를 발견했다.

"폴리아나 경, 향수 뿌리셨소?"

"황비마마께서 뿌려 주었소."

"실성하셨소?"

피부에 뭐 바르는 걸 질색해서 머리에나 기름 조금 바르는 여자였다. 아이노 경이 경악하자 폴리아나가 인상 썼다.

"말이 과하시오."

오랜만에 만났는데 보자마자 시비냐. 폴리아나의 주먹이 울었다. 비길 수만 있어도 선빵을 날릴 것을. 약속된 패배라서 그러지 못하는 서러움이라니.

시종장 체일이 문을 두드려 폴리아나의 방문을 알렸다. 아이노 경을 노려보던 폴리아나가 몸에 기합을 넣었다. 그날 이후 처음 뵙는 주군이시다. 한 치의 소홀함도 있어선 안 됐다.

"신 폴리아나 윈터. 황제 폐하를 뵙습니다."

"일어나거라, 폴 경. 갑자기 왜 그러느냐."

폴리아나는 룩소스 1세에게 무릎 꿇어 인사했다. 룩소스 1세는 불안한 심기를 감추려 애썼다. 근신 같은 거 하지 말라고 전령을 보내도 무시. 편지 한 통 없이 한 달이 지났다. 그래 놓고 갑자기 결혼이라니. 인간적으로 그래선 안 된다(?).

"소신이 보였던 주제넘음과 그로 인한 불미한 일들을 관대하게 용서해 주시니 감읍한 마음 한량없습니다."

"폴 경, 일어나거라. 갑자기 왜 이래. 짐이 낯설어 슬프게 하려는 게냐. 의자에 앉고 고개를 들어 짐과 눈높이를 맞춰 다오. 짐이 그땐 술에 너무 취해 경에게 엉망이 된 모습을 보여 주기 싫었노라."

폴리아나가 냉큼 일어나 의자에 앉았다. 지난날 벌어진 일에 대한 반성과 자책은 한 달 동안 끝냈기 때문이다. 이런 건강한 점까지 포함하여 룩소스 1세는 그녀를 사모했다.

"성은이 망극합니다. 폐하께선 어찌 지내셨습니까."

"그런 것보다 말이다. 다른 중요한 얘기가 있지 않느냐."

'중요한 얘기?'

룩소스 1세의 떠보는 말에 폴리아나는 머리를 뒤졌다. 한 달 동안 근신하면서 서신 왕래를 하지 않았다. 그래서 그녀가 아는 최신 정보는 오늘 출근해 들은 게 전부였다. 그 외에 새로 벌어진 일이라면.

"아, 오늘 루미네 황녀마마를 뵈었습니다. 폐하와 레베카 님을 닮아 아주 미인이 되실 겁니다. 으흐흐흐흐흐."

"그래. 짐을 닮은 황녀는 귀경의 오랜 숙원이었지."

"예. 소신은 폐하의 외모엔 금발이 가장 잘 어울린다고 생각했는데 편협한 생각이었습니다. 흑발도 잘 어울립니다."

"그래, 그런데 그것보다 더 중요한 이야기가 있지 않느냐."

'더 중요한 이야기?'

달리 생각나는 게 없었다. 후궁에 드나든 많은 인물들에 대해서야 황제에게 이미 보고가 올라갔을 터. 토리와의 대화는 단둘이 있는 밀실에서 이뤄졌다. 그것이 룩소스 1세의 귀에 들어갔다면 '정말 벽에도 귀가 있다'는 뜻이나 다름없었다. 그리고 그것은 황제가 직접 물어볼 정도로 중요한 일이 아니었다.

"일과 관련된 것이 아니라 경의 인생에 관한 중한 이야기 말이다. 크흠, 짐이 듣기로 황비들에겐 이미 말하였다고?"

'정보부 대박.'

폴리아나가 향수 조금 뿌리고 머리를 다시 빗는 동안 그새 황제의 귀에 들어갔단 말인가. 그렇게 폴리아나가 정보부에 갔는 환상이 커졌다. 룩소스 1세는 뭐 마려운 개처럼 폴리아나의 눈치를 살폈다. 도통 감정을 드러내지 않으니 10년 넘게 알고 지낸 사이임에도 무슨 생각하는지 오리무중이었다.

"네. 스네크 백작 가문의 프라우와 결혼하기로 했습니다."

"왜, 왜 하필 프라우더냐? 그는 그렇게 좋은 남자가 아니다."

"나쁜 남자도 아닙니다."

폴리아나가 가볍게 웃었다. 룩소스 1세는 사랑하는 여자가 웃을 때마다 죄지은 듯 부끄러워 똑바로 보지 못했다.

"그만하면 괜찮은 호구입니다."

스네크 프라우는 사람들이 흔히 말하는 이상적인 남편감이 못 됐다. 폴리아나 역시 이상적 부인감으로 적절하지 않으니 그게 그거라고 치자. 그는 남자치곤 많이 심약했다. 폴리아나가 가주가 될 것이니 나름 장점이었다. 무엇보다 룩소스 1세와 도나우 경이 누차 주장한 '좋은 사람'을 찾고 기다리는 건 너무 힘들었다.

'정들면 좋은 사람이지 뭐.'

폴리아나는 쉽게 생각했다. 사람 죽이는 일도 아니었다. 결혼하는 일이다. 정 안 되면 재산 조금 떼어 주고 이혼하면 된다. 귀족 사회는 미혼 여성보다 이혼녀가 더 살기 편하니 그녀가 이번 결혼으로 손해 볼 건 없었다.

'아이도 생기면 좋고…….'

생리를 재시작했을 땐 지나가는 남자 전원에게 살심이 일었지만 결혼을 결정하고 나니 생각만큼 나쁘지 않았다. 폴리아나는 프라우와 그녀 사이의 아이를 상상했다. 남자든 여자든 엄청 못생겼을 것 같았다. 그런 못생긴 아이가 황녀 옆에 서면?

'아주 꼴이 웃긴데.'

재밌는 상상이다. 폴리아나가 배시시 웃었다. 이번 웃음은 가볍지 않고 약간의 행복이 담겨 있었다. 행복을 담은 미소가 룩소스 1세의 입을 봉했다.

폴리아나는 자각하지 못했지만 청혼한 이후, 그녀의 마음은 급속도로 프라우에게 기울고 있었다. 결혼해서 평생을 같이 볼 거라 생각하니 애틋하고, 또 귀여웠던 것이다.

폴리아나는 소속된 집단을 굉장히 아꼈다. 에하스에 대한 애국심이 없던 것은 나라와 군대가 개판이었으니 넘어가자. 과거 상관이었던 바우팔로 경과 래비 경, 마호갈 경에게 여전히 존중을 표하는 것은 소속 집단에 대한 애착 중 하나였다. 그녀는 가정에서 유리되었고 어느 쪽에도 속하지 못한 채 유년기와 청년기의 일부를 보냈다.

룩소스 1세가 그녀를 받아 주고 동료들에게 인정받으면서 폴리아나가 집단에 갖는 애착은 갈수록 강해졌다. 그런 폴리아나가 처음으로! 가정을 꾸리게 된 것이다!(아직 예정이다) 어떤 의미에서 아크레아군은 폴리아나에게 유사 가정이었다. 그러나 친했던 이들이 대륙 전역으로 흩어지고 동료들은 각자의 가정을 꾸린 상황.

폴리아나는 외로웠다. 그 외로움을 채워 준 것은 그녀가 꾸리기로 결정한 그녀만의 가정이었다. 가정에 대한 애착은 프라우에 대한 애정으로 발전했다. 황제에겐 참 안된 일이었다.

"폴 경, 향수를 뿌렸구나."

"네! 황비마마가 뿌려 줬습니다!"

"기분이 좋아 보여."

"으흐흐, 그렇습니까."

룩소스 1세가 시선을 아래로 돌렸다. 웃는 폴리아나가 눈부셨다. 실연의 아픔, 프라우를 향한 질투를 지금은 접었다. 그가 지금 당장 해야 할 일은 따로 있었다.

"그래…… 좋은 사람이 아니어도 좋다. 폴 경, 귀경만 행복하면 된다. 짐은 그걸로 좋아."

사랑하는 여자의 행복을 빌어 주는 일. 그것이 누군가를 사랑하는 남자가 마지막까지 포기해선 안 되는 일이었다.

룩소스 1세가 애잔하게 웃었다. 폴리아나가 눈치 없이 흥흥 웃었다. 폴리아나가 행복하면 황제도 행복했다.

흥흥흥. 폴리아나가 콧노래를 흥얼거리며 성내를 활보했다. 그녀의 근신 사유는 명령 불복종으로 알려졌다. 그래서 그날의 진상을 아는 이는 극소수에 불과했다. 사람들은 폴리아나와 레베카의 친분을 알고 있었다. 그래서 그녀의 항명을 이해했다.

역시 여자는 감정이 우선이야.

그렇게 말하는 자도 있었다. 나이가 어리고 신분이 변변찮은데 기사 작위가 있을 경우 근위대에게 끌려가 멍석말이 당했다. 나이가 많을 경우 시대의 흐름에 따라가지 못하는 노친네 취급당했다.

알게 모르게 폴리아나에 대한 인식은 서서히 바뀌어 갔다. 숨만 쉬어도 욕먹던 시절에 비하면 천지개벽 수준이었다.

"프라우!"

"네넵!"

"가져오라던 건 가져왔나?"

"넵, 가져왔습니다!"

갑자기 이름 불린 프라우가 펄쩍 뛰었다. 퇴근 시간이 가까웠기에 폴리아나는 프라우를 빼 갔다. 둘이 나간 다음 의무실에 폭풍이 불었다.

"윈터 후작이 왜 스네크 씨를 찾은 거지?"

"서류는 무슨 소리야?"

"스네크 씨가 후작가 주치의로 고용되는 건가?"

"허어, 사람. 그렇게 열심히 줄을 서더니 성공했네, 성공했어."

주치의 자리가 아니라 남편으로 취직하는 것. 그걸 모르는 동료 의사들은 윈터 후작이 제시할 계약 조건을 놓고 갑론을박 벌였다.

"흐음."

폴리아나는 프라우가 가져온 서류를 신중히 검토했다. 서류 내용은 다음과 같다. 프라우가 귀족 출신임을 증명하는 출생지, 출생일, 가족 관계를 표기한 가계도, 재산 내역, 현재 주거지, 직장, 신체적 결격 사항, 유전병 내역 등등. 귀족이 결혼하기 전 반드시 검토해야 하는 항목들이었다.

가장 중요한 부분은 신분 증명. 이 부분은 프라우를 알고 지낸 증인들이 많으니 문제없었다.

프라우도 폴리아나처럼 그녀의 인적 사항이 담긴 서류를 읽었다. 그는 폴리아나보다 빨리 끝냈다. 폴리아나처럼 꼼꼼하게 읽지 않았다.

서류에 있는 내용은 폴리아나가 아는 것과 대동소이했다. 재산은 정말 빈약했다.

'낭비벽이라도 있나. 아니면 도박 취미?'

궁의는 아니어도 궁의의 제자로 성에서 근무했으니 제법 살 만한 봉급이 나올 것이다. 프라우는 모아 둔 재산이 없었다. 남자 혼자 산다고 돈이 주머니에서 질질 빠져나간다는 건 변명이 되지 못했다. 세상엔 기록관 모모처럼 알뜰하게 돈을 모아 나나바에 집을 사는 남자도 존재했다.

'집 사자마자 천도해서 망했지만.'

가엾은 모모는 폴리아나에게 "집 사기 전에 언질 좀 주시죠!"라고 서글피 울었다. 그가 안쓰러웠던 폴리아나는 무이자 대출금으로 야파에 집 마련하는 걸 도왔다.

프라우는 재미없게 산다. 술을 즐기지 않고 도박한다는 소문도 없었다. 결국 돈 관리를 허술하게 한다는 뜻인데.

'낭비야 뭐.'

도박처럼 어둠의 세계로 빠지지 않는다면 낭비는 재화의 흐름에 일조했다. 폴리아나는 너그럽게 받아들였다.

그 외엔 딱히 문제 될 게 없었다. 그러다 문득 떠오르는 게 있어 폴리아나가 질문했다.

"그러고 보니."

"네!"

"가문과 의절할 정도로 사랑했던 아가씨는 어떻게 되었나? 헤어졌나?"

처음 프라우에 대한 이야기를 들었을 땐 꽃뱀이라고 생각했다. 이어지는 이야기를 들어 보니 아가씨의 실체야 어떻든 프라우가 그녀를 사랑한 건 진심인 것 같았다. 폴리아나와 관계없는 이야기라 확실히 짚고 넘어가지 않았다. 이젠 아니다. 프라우와 결혼하게 되었으니 알아봐야 했다.

프라우의 안색이 급격히 어두워졌다. 하얗게 질렸다 파랗게 변했다가 다시 하얗게 질리길 반복했다.

"대답하기 어려운가? 설마 아직도 관계를 이어 가고 있는 건 아니겠지."

"아닙니다! 아닙니다. 그녀는 사망했습니다."

프라우가 고개 숙이고 폴리아나의 눈치를 살폈다.

"과거의 일입니다. 이미 몇 년이나 지났습니다!"

폴리아나는 고개를 주억였다. 가문과 의절할 정도로 애절한 남녀를 떼어 놓은 건 죽음이었다. 얼마 전 레베카가 사망해서일까. 폴리아나는 딱히 기분 상하지 않았다. 이미 죽었다는 점에서 안심이 됐다.

"자네도 나이가 있으니 그런 과거가 있을 수도 있지. 나야 좀 특이한 케이스니."

서류를 마저 살핀 폴리아나가 프라우에게 경고했다.

"혼인 계약서에도 쓰겠지만 미리 경고하지. 바람피우면 죽는다."

"여부가 있겠습니까."

"윈터 후작가의 이름에 먹칠하는 일이 생겨도 죽는다."

"네넵!"

"농담이 아니다. 진담이다."

폴리아나가 단검을 하나 뽑아 던져서 받길 반복했다. 날이 번뜩일 때마다 프라우의 얼굴에서 핏기가 사라졌다.

“이 서류에 거짓이 없길 바란다. 난 거짓말쟁이가 싫어.”

룩소스 1세는 거짓말을 한 갈리 3세의 입을 찢었다. 코파이의 국왕은 고자로 만든 뒤 처형했다. 프라우가 여부가 있겠냐는 듯 고개를 끄덕였다. 폴리아나는 만족하여 씩 웃었다.

‘귀여워.’

제 눈에 안경이라고, 프라우가 엄청 귀여워 보였다.

룩소스 1세는 그의 생일 연회에 일부러 아크레아의 원로와 고위 귀족을 대거 초대했다. 직접 만나 회유해 보고 안 되면 정말 끝낼 심사였다. 방식이야 어떻든 아크레아를 지탱했던 늙은이들이었다. 최후까지 기회를 주고 싶었다.

이번에도 마음을 돌리지 않는다면 뱀 사냥을 준비해야 하겠지만.

룩소스 1세는 벤티에 경의 주도하에 뱀 사냥 준비를 차근차근 해나가고 있었다.

폴리아나의 결혼 준비도 착착 진행되었다. 특히 토리의 공이 지대했다. 폴리아나는 모르는 것을 묻고 토리가 답했다. 반대의 일도 마찬가지였다. 토리는 질문에 답해 줄 사람을 만났다는 기쁨에선지 숨겨 왔던 학습 의욕을 불태웠다.

"그럼 그건 탈세였군요."

"네, 탈세입니다."

세법에 대해 무지한 폴리아나가 확언할 수 있는 탈세였다. 어디서 그런 얘기를 들었는지 토리는 가끔 기상천외한 이야기를 쏟아냈다. 대충 눈치를 보니 그녀의 주위 사람들 이야기 같았다. 토리는 교묘하게 그들의 신분을 숨겼다. 폴리아나는 그들의 정체를 알아도 황제에게 알릴 생각이 없었다. 어쨌든 토리가 그들의 범죄 행각을 알아채는 걸로 만족했다.

이 학습 시간은 폴리아나의 학습 시간으로 위장되었다. 시녀들은 폴리아나가 결혼 준비를 혼자 하기 벅차 토리에게 도움을 요청하는 걸로 생각했다.

으아앙, 토리 마마 도와줘~.

가문에 어른이 없는 데다 야파에 혼사를 맡길 만큼 친분 있는 어르신이 없었다. 그래서 폴리아나가 연령은 낮지만 고귀한 귀부인인 황비에게 부탁하고 기대는 게 이상하지 않았다. 폴리아나나 프라우 둘 다 집안 어르신이 부재했고 프라우는 돈이 없어서 준비를 하고 싶어도 못했다.

윈터 후작의 결혼을 성공리에 끝마치면 토리는 큰 명예를 얻을 것이다. 적어도 그녀 또래 중에 후작쯤 되는 고위 귀족의 결혼을 도운 레이디는 없으니까.

현실은 시녀들의 기대와 달랐다. 폴리아나는 결혼 준비의 대부분을 집사와 하녀장에게 맡겼다. 토리가 준 도움은 초창기 몇 번이 전부였다. 둘은 질답과 잡담으로 시간을 보냈다.

폴리아나가 의아하게 여긴 건 토리의 태도가 매번 달랐다는 부분이다. 토리는 앓던 이를 뺀 것 같은 반응을 보이거나, 고민이 있는 것처럼 말수가 줄었다. 무슨 일이냐 물으면 대답하지 않았다. 일이 바빠서 힘들다는 대답만 앵무새처럼 돌아왔다.

폴리아나가 생각하기에 오늘은 운수가 좋았다. 루미네 황녀 알현 허락을 받아 황녀를 안아 볼 수 있었다. 신이 나서 걷던 폴리아나는 잉그레터 자작 가문의 장남, 차남과 마주쳤다. 비크 경은 종종 마주치는데 에이크 경은 기사에서 은퇴하고 행정 쪽으로 전향해 마주치기 어려웠다. 오늘은 웬일인지 형제가 함께 정원에서 광합성 중이었다.

작은 잉그레터와 비크 경은 폴리아나에게 반갑게 인사했다.

"2대장! 오랜만입니다!"

"오랜만입니다, 폴 경."

"형제를 나란히 보니 반갑소."

그녀도 내친김에 형제 옆에 섰다. 햇볕이 세 사람에게 공평하게 쏟아졌다.

"요즘 뭐 좋은 일이라도 있으십니까? 2대장 신수가 훤하십니다."

"피부 관리 시작했습니다."

시작한 지 얼마 안 되었는데 벌써 알아봐 주는 사람이 생기다니! 귀한 돈과 더 귀한 시간을 투자한 보람이 있었다! 폴리아나는 감탄을 금치 못했다. 피부 관리를 맡은 하녀가 땡볕을 피하라고 말했던 조언은 까맣게 잊었다. 폴리아나가 으흐흐 웃었다.

"아하하, 농담도!"

형제는 폴리아나의 말을 농담으로 간주했다.

'응? 이 냄새는?'

에이크 경이 이상한 냄새를 맡았다. 정원이라 꽃향기라고 생각했는데 좀 더 복잡했다. 그의 부인 방에서 나는 냄새와 비슷했다. 진한 것은 아니나 자연적으로 발생할 수 있는 향은 절대 아니었다.

에이크 경이 주위를 두리번거렸다. 변수라고 해 봐야 폴리아나의 등장이 전부. 그는 방금 전의 농담이 진담이었을 경우를 상정하여 질문했다.

"경, 혹시 향수 뿌렸습니까?"

질문하면서도 혹시 했던 에이크 경이다. 폴리아나가 놀라운 대답을 했다.

"뿌리진 않고 살짝 묻혔습니다."

히익.

에이크 경과 비크 경이 동시에 몸을 물리고 검을 빼 들었다.

"누구냐! 정체를 밝혀라!"

"어디서 폴 경처럼 못생긴 여자를 구해 왔지!"

'에라, 인간들아.'

반절은 농담, 반절은 진심. 폴리아나의 표정이 썩었다. 장난을 쳐도 꼭 이렇게 치는 개새끼들에게 자비가 아까웠다. 어떻게 응징해야 할까.

"에휴."

폴리아나는 응징을 가하려다 말았다. 루미네 황녀를 뵈어 좋아진 기분을 그대로 유지하기로 마음먹었다.

잉그레터 가의 장남과 차남은 폴리아나가 향수를 뿌렸다는 사실에 경악했다. 차라리 그녀가 열병으로 급사했다는 쪽이 더 그럴듯했다. 폴리아나 윈터. 그녀가 누군가. 머리 감기 귀찮아서 머리를 쳤다. 친위대가 되기 전까지 형제들과 비슷한 수준의 청결을 유지하던 사람이다.

참된 군인의 귀감 래비 경처럼 비 오는 날에 씻는 정도는 아니었다. 기사들의 평균 수준이었다. 그녀는 자주 씻으면 군견에게 들킨다는 신조를 가졌고, 같은 이유로 화장품과 향수를 멀리했다.

머리카락은 기를 수 있다. 화장도 뭐, 근위대원들 중에 가끔 하고 다니는 놈들이 있다. 하지만 향수라니!

폴리아나 경이 향수라니!

비크 경이 겁에 질렸다.

"2대장, 혹시 죽을병이라도 걸리셨소?"

"레베카 황비마마께서 유언으로 좀 꾸미고 살라고 남기셨습니까?"

"아! 그렇구나! 레베카 마마께서 유품으로 향수를 주셨군요! 그렇죠?"

북 치고 장구 치고 형제끼리 신이 났다. 참자, 참자. 폴리아나가 꾹 참다못해 주먹을 치켜들자 잉그레터 형제가 입을 다물었다.

"소문이 진짜였습니까?"

"스네크 백작가에서 쫓겨난 프라우와 결혼하신다더니…… 시녀들이 하는 말이라 안 믿었는데……!"

제발 거짓말이라고 해 줘. 형제의 시선이 갈망했다. 안타깝지만 그 소문 진짜다. 폴리아나가 허리에 손을 올렸다.

"프라우 스네크와 결혼할 것이오."

"왜요!"

"왜 그런 듣도 보도 못한 남자입니까! 기사도 아니잖소!"

그 소문이 진짜임이 밝혀지자 에이비 형제가 시끄럽게 떠들었다.

농담처럼 주고받던 방금 전은 약과였다. 폴리아나에게 결혼하라며 잔소리하던 때보다 열 배는 더 시끄러웠다.

에이비 형제의 반대 이유도 남들과 비슷했다. 결국 사람들 생각하는 건 다 똑같았다.

"너무 차이 납니다!"

"다른 사람도 아니고 폴리아나 경이 그런 남자가 결혼하는 건 격이 맞지 않습니다!"

"차라리 기사를 데려오십시오."

"잘생기기라도 하든가."

"뭐라도 장점이 있어야 합니다. 2대장과 너무 차이 나잖습니까."

"아 좀."

폴리아나가 그들의 주둥이를 틀어막았다. 그녀는 에이비 형제에게 현실을 알려 줬다. 폴리아나의 나이가 현재 서른셋. 동료들은 모두 유부남에 자식이 있다. 싹수 괜찮은 또래 귀족도 모두 결혼했거나 약혼녀가 있다. 결혼 안 한 사람을 찾다 보면 나이가 열 살 이상 차이 나는데 그렇게 어린 애들은 사양. 부인 없는 또래 남자를 찾으면 부인과 사별.

대륙은 넓고 절반은 남성이니 뒤지면 더 나올 것이다. 하지만 그렇게 뒤지는 동안 폴리아나는 한 살, 한 살 더 나이 먹을 예정이다. 적당한 선에서 타협하는 것도 괜찮았다. 폴리아나의 결혼은 다른 귀족들의 결혼과 다르게 본인 의지가 좌우했으니까.

권력자는 가만히 있어도 주위의 시선을 끌어모았다. 최근 진위가 불분명한 소문의 주인공이다 보니 시선은 더욱 쏠렸다. 아이노 경이 소란을 발견하고 다가왔다. 비크 경은 평소 아이노 경에게서 도망 다니던 것을 잊었다. 그가 아이노 경에게 달려가 자초지종을 고했다. 그 정도로 놀라웠다.

"안다."

이미 사실을 알고 있던 아이노 경의 표정은 변함없었다. 오히려 더욱 심드렁해졌다.

이런 데 관심 쏟고 노닥거리니까 네 실력이 그 모양이지.

무언의 압박이 비크 경을 짓눌렀다.

그 실력으로 지금 잠이 와? 나 같으면 자살했다.

무언의 압박이 더 심해졌다. 비크 경보다 실력 없는 폴리아나가 발끈했다.

"작작 좀 하시오!"

"내가 무슨 말 했소? 나는 아무것도 하지 않았소, 폴리아나 경."

"굉장한 모욕을 느꼈소!"

"그건 경이 찔리는 게 있어서가 아닐까."

대륙 최강의 기사는 참으로 광오했다. 폴리아나는 항의하지 못하고 부들부들 떨었다.

'재수 없어!'

어쨌든 아이노 경이 보인 김에 폴리아나는 그에게 말했다.

"전의 약속은 지켜 주리라 믿소."

"약속?"

아이노 경이 의아해져 되물었다. 폴리아나가 콧방귀를 뀌었다. 그녀는 아이노 경이 허파에 바람 든 것처럼 웃으면서 한 말을 똑똑히 기억하고 있었다.

"내 결혼식 때 신랑 들러리를 서 준다던 것. 똑똑히 기억하고 있소. 잘 부탁드리오."

프라우는 남자들 사이에서 평판이 바닥이다. 신랑 들러리 설 베스트맨이 없었다. 과거 사귄 친구도 가문에서 쫓겨나면서 교우가 끊겼다고 들었다. 황제의 측근, 대륙 최강의 기사 아이노 경은 신랑의 바닥 평판을 올려 주는 좋은 도구가 될 것이다.

아이노 경은 뭐 씹은 표정이 되었다.

'그땐 룩시가 못 참고 자빠트릴 줄 알았지.'

사랑하는 여자가 다른 남자랑 결혼하는데 룩소스 1세가 퍽이나 축하해 주겠구나. 그런 비웃음의 의미로 던진 말이었다. 설마 차려진 밥상도 밀어서 엎어 버리는 지랄염병을 떨 줄 누가 알았나.

들러리 서네 마네, 왜 한 입으로 두말하네 마네. 1대장과 2대장이 유치한 말싸움을 이어 갔다. 그걸 지켜보던 에이비 형제가 아이노 경을 붙잡았다.

"그래! 대장님! 대장님이 2대장을 구제해 주시면 됩니다!"

"맞습니다, 아이노 경! 딱 1년만 결혼 생활 채우고 이혼하시면 됩니다!"

프라우는 싫으니까 네가 좋겠다! 형제는 아이노 경에게 폴리아나와 결혼하라 부추겼다. 폴리아나의 얼굴이 바로 구겨졌다. 세상에 아무리 사람이 없어도 그렇지 아이노 경을?

아이노 경의 얼굴도 보란 듯이 구겨졌다. 다른 사람도 아니고 형님들이 제게?

아이노 경이 시켈 잉그레터에게 구애한 것은 룩소스 1세와 폴리아나를 빼면 아무도 몰랐다. 아이노 경은 이참에 못을 박기로 결심했다. 그는 양팔을 벌려 에이크 경과 비크 경에게 어깨동무했다.

말이 어깨동무지 사실은 구속이었다.

“말이 나와서 말인데.”

“대, 대, 대, 대장님? 잘못했습니다, 시정하겠습니다.”

“아이노 경, 제가 말이 심했습니다. 다시는 그런 말 하지 않을 테니…….”

“국상 기간이 끝나면 시켈 양과 결혼할 겁니다. 잘 부탁합니다, 형님들.”

세 기사의 눈이 왕방울만 해졌다. 지나가던 궁인들이 발걸음을 멈추고 넷에게 집중했다. 정확히는 아이노 경에게.

“대, 대장님? 폐하의 나쁜 농담이 옮, 옮으셨습니까?”

“저희 동생 이름이 시켈이 맞긴 한데 하하하, 다른 시켈 양과 착각하신 게 아닐까 합니다.”

세상에 시켈이 많아도 시크를 담당하는 시켈은 딱 한 명 있다. 아이노 경이 다시 말했다.

“시켈 잉그레터 영애에게 청혼했습니다. 국상 끝나면 결혼할 겁니다.”

비크 경의 안구가 지진 난 것처럼 흔들렸다. 차기 잉그레터 자작인 에이크 경은 농담으로 치부하고 웃으려다 살벌한 분위기에 얼음이 됐다. 심각성을 깨달은 에이비 형제가 재차 질문했다.

“정말입니까?”

“네, 형님.”

‘시이발.’

비크 경이 울먹였다. 감동의 눈물은 절대 아니었다.

사정을 알고 있던 폴리아나만 정황을 캤다. 그녀도 놀란 건 마찬가지였다. 도대체 언제 진도를 뺐담? 폐하는 이런 재밌는 대박 사건을 왜 공유 안 해 주셨는지? 그녀가 마지막으로 알고 있던 둘의 사이는 차이고 차이고 또 차이는 관계였다. 무슨 일이 있었던 것일까.

"시켈 양이 구애를 받아 줬소?"

"11개월. 노력하는 걸 허락받았소."

"11개월 뒤에도 경을 싫어할 것 같은데."

"그래도 상관없소. 결혼은 할 것이오."

폴리아나가 눈살을 찌푸렸다. 그 말인즉슨.

"권력을 이용한 강제 결혼?"

끄덕. 아이노 경이 자랑스럽게 고개를 끄덕였다. 권력자인 게 참 기쁘고 신나고 행복하다는 태도였다. 권력의 꿀맛은 폴리아나도 잘 안다. 꿀 빠는 게 얼마나 신나는 일인지 안다. 그렇지만 이런 횡포를 묵과할 순 없었다.

"폐하께서 허락하지 않으실 것이오!"

"허락받았소."

폴리아나가 입을 쩍 벌렸다.

'어쩐지 뻔뻔하게 나오더라니.'

아이노 경이 구속한 에이비 형제에게 말했다. 선언이나 마찬가지였다.

"형님들, 잘 알아들으셨죠?"

에이크 경과 비크 경이 동시에 대답했다. 둘은 아이노 경이 쓴 존댓말과 형님이란 호칭에 제정신이 아니었다.

"잘 못 들었습니다?"

"하하하."

아이노 경이 무미건조하게 웃었다. 그가 구속한 팔을 풀지 않은 채 형제를 으슥한 곳으로 이끌었다.

"그럼 이만 가 보겠소, 폴리아나 경. 가족 될 사이끼리 할 얘기가 있어서 말이오."

"하여간 권력이 깡패지……."

끌끌. 폴리아나의 혀가 절로 차졌다. 그때까지 멈춰서 넷의 대화를 듣고 있던 사람들이 움직였다. 최면에서 풀린 것 같은 움직임이었다. 조만간 야파 전체에 소문이 퍼질 것이다. 폴리아나의 결혼, 아이노 경의 결혼. 황제의 왼팔 오른팔이 결혼하니 정말 대박 사건이었다.

'폐하가 허락하셨다니…….'

모르긴 몰라도 아이노 경이 땡깡 부린 게 분명하다. 폴리아나는 확신했다. 황제의 허락이 떨어졌으니 그녀는 해 줄 수 있는 일이 없었다. 시켈이 안되었을 뿐. 만약 나중에 시켈이 힘들어하면 이혼이나 도와야지.

에이비 형제가 레베카 얘기를 꺼냈기 때문일까. 좋았던 기분이 가라앉았다. 레베카의 유품은 좋은 건 나니 대공비가 싹 쓸어 갔다. 남은 물품은 시녀와 토리, 스트라가 나눠 가졌다. 폴리아나에게도 갖고 싶은 게 있으면 가지라는 권유가 들어왔지만 내키지 않아 거절했다.

그녀는 유언을 남기지 못했다. 유언장은 룩소스 1세에게 작성한 것이 유일했다.

폴리아나는 친구의 마지막 말이나 유언장을 얻지 못했다. 상황이 상황이니 어쩔 수 없었다. 그래서 더 헤어질 때 깊은 얘기를 나누지 못한 점이 아쉬웠다.

'하고 싶은 말이 많은데.'

할 말 못할 말. 남들에겐 절대 하지 못할 말. 내면의 아슬아슬한 곳까지 까발려 보여 주던 친구는 영면에 들었다. 친구의 말대로라면 '내려갈 일만 남은' 딸만 남았다. 젖먹이 루미네 황녀도 15년이 지나면 혼담이 들어올 것이다. 그럼 황녀마마는 '어느' 부인이 될까. 그건 정말 레베카의 말대로 '내려가는' 것일까.

폴리아나는 이런저런 생각으로 광합성을 지속했다. 관리받은 피부는 아낌없이 태양빛을 흡수했다.

피해자(목격자)는 계속 늘어났다. 기사들은 폴리아나를 괴물 보듯 했다. 몇몇은 환각 증세를 호소했다. 몇몇은 뺨을 쳐 현실을 자각했다. 폴리아나와 매일 접하는 제2근위대원들은 일찌감치 포기하고 현실을 받아들였다. 그 외 근위대원들은 각자의 대장에게 하소연하다 맞았다.

폴리아나의 변화에 대한 반응은 기사와 기사 아닌 자의 반응이 판이했다. 여성들은 대부분 긍정적으로 받아들였다.

"결혼하시기 전에 조금 가꾸시는 것도 괜찮죠."

늙은이들은 마냥 못마땅했다.

"바지나 벗든지, 검 차고 바지 입고 저게 뭐야?"

같은 기사 중에서도 폴리아나와 함께 원정을 다녀온 자와 다녀오지 않은 자의 반응이 갈렸다. 다녀오지 않은 사람들은 그러려니 했다. 화려한 로브, 드레스, 금은보화를 걸친 것이 아니다. 결혼을 대비해 피부 관리를 하고 연한 향수를 뿌린 선에서 그쳤다. 그 정도 치장은 외모에 관심 많은 남성도 했다.

결국 폴리아나의 전우들이 느끼는 만큼의 충격과 공포를 받은 건 같은 전우뿐. 그들은 모였다. 룩소스 1세의 기 아래 모이던 것처럼 한마음 한뜻이 되어 뭉쳤다.

그리고 룩소스 1세를 찾아갔다.

"폐하! 폴리아나 윈터 후작이 실성했습니다!"

그들은 진지했다.

대체할 인재가 없어 아이노 경의 따까리 신세를 벗어나지 못하는 제1근위대의 부대장 마호갈 경. 그는 충격적 소문과 열 배는 충격적인 사건을 목도하고 룩소스 1세에게 달려갔다.

그가 황제의 알현실 앞에 서자 문 앞엔 시종장 체일이 서 있었다. 국정에 대부분의 시간을 할애하는 황제가 알현실에 납셨다는 뜻이었다.

'잘되었다!'

마호갈 경이 체일에게 질문했다.

"폐하께서 안에 계시오?"

체일은 대답하지 않고 고개를 저었다. 황제의 시종장다운 기품과 예의를 잊은 태도였다. 마호갈 경이 의아해하자 체일은 재차 고개를 저었다. 그리고 손짓했다.

"그냥 들어가시면 됩니다, 마호갈 부대장."

의문이 풀리지 않은 채 마호갈 경은 알현실로 들어갔다. 그리고 체일의 이상한 태도의 원인이 무엇인지 알았다.

룩소스 1세의 알현실엔 충격과 공포에 빠져 하소연하러 온 기사들이 가득했다. 원정을 함께한 전우들이 대륙 곳곳으로 흩어진 것을 감안했을 때, 야파 인근의 기사는 모두 모인 것으로 보였다. 마호갈 경은 지각이었던 셈이다.

원정 다녀온 기사들만 모여서 바글바글했다. 사령부 막사를 떠올리게 만드는 광경이었다.

그들이 열심히 말하고 룩소스 1세가 가운데에 앉아 생각을 정리하는 것도 똑같았다.

"오, 마호갈 경 오셨소?"

"어서 오시오! 지각이시오!"

"경은 대체 무엇을 보셨소?"

"내가 뭘 보았는지 아십니까? 폴리아나 경이 꽃을 꺾어서 냄새를 맡았습니다! 폴리아나 경이!"

"겨우 그 정도로 놀라셨습니까? 제가 본 건 더합니다. 폴리아나 경이 콧노래를 불렀단 말입니다!"

"화장으로 흉터 가린 것 보셨습니까? 전 소름 돋았습니다."

알현실을 점령한 남성 집단은 각자가 목격한 괴현상 보고에 바빴다. 마호갈 경은 거기에 끼지 못하고 얌전히 빈 의자를 찾아 앉았다. 괴현상을 끈질기게 얘기하던 남성 집단은 공통된 경험을 가진 동료를 통해 안정을 얻었다. 그들의 대화 주제는 온건해졌다. 그들은 괴현상을 조금씩 인정해 나갔다.

"아니 뭐. 윈터 후작이 머리에 꽃만 안 꽂으면 되는 거 아닙니까."

"그렇기야 그렇지."

"일은 여전히 잘하고, 근위대 애들도 충격만 받았다 뿐이지 군기가 어그러지지도 않았습니다."

"향수 좀 뿌렸다고 사람 죽는 것도 아닙니다."

"맞습니다. 결혼식 때 드레스 입으려면 피부 관리도 해야죠. 윈터 후작은 피부가 너무 엉망이라 1년 전부터 해도 힘들 겁니다."

폴리아나 윈터에겐 문제가 없다. 결국 기사들의 의견이 하나로 합쳐졌다. 결론은 그거다.

프라우가 나빴네!

"프라우 스네크라니, 격이 안 맞습니다. 너무 처지는 거 아닙니까?"

"스네크 백작 가문에서 의절당하지만 않았어도 그럭저럭 괜찮았을 겁니다. 의절당한 게 문제입니다. 의절! 가문에서 쫓겨났으면 사실상 평민인 것 아닙니까?"

"준귀족 찌끄러기 주제에 감히 후작 가문을 넘봐요?"

"작위 없어, 재산 없어, 영지 없어, 가문에서 의절당해, 나이 많아. 심지어 기사도 아닌 의사입니다. 전 이 결혼 반댑니다."

움찔. 내내 손으로 이마를 짚은 채 침묵하던 룩소스 1세의 귀가 움찔거렸다. 기사들은 자기들끼리 얘기하느라 바빠 눈치채지 못했다.

"저도 반대입니다. 제 입으로 재산 노린다고 말했다지요? 그게 꽃뱀이지 다른 게 꽃뱀입니까?"

"구경 갔더니 못생겼더만."

"그래! 못생겼어! 꽃뱀에서 꽃을 빼야합니다! 그건 그냥 뱀 새낍니다. 날씬한 맛 없는 뚱뚱한 살찐 뱀!"

실룩실룩. 황제의 귀가 요란하게 움직였다. 여전히 기사들은 눈치채지 못했다.

"전 찬성입니다. 프라우가 사내답지 못하고 찌질해서 윈터 후작에게 설설 길 것 같습니다. 조용조용하게 잘 살겠죠."

룩소스 1세의 눈이 조용히 찬성한 자의 얼굴을 담았다. 그는 찍혔으나 찍힌 줄 모르고 계속 말했다.

"솔직히 윈터 후작과 결혼하면 성을 바꿔야 하는데, 재산이라도 없으면 결혼할 마음 나겠습니까?"

"그건 그렇지……."

"성을 바꾸라니, 있을 수 없는 일이오."

"천금을 줘도 안 바꾸지."

"조상님께 물려받은 성을 바꿀 수야 있나."

윈터 후작과 결혼하면 성을 갈아야 한다. 불임과 더불어 치명적 사유였다. 기사 몇이 고개를 주억였다. 그러자 반대파가 성질냈다.

"윈터 후작가의 성은 폐하께서 직접 주신 것! 그렇게 슬픈 일도 아니오! 그리고 폴리아나 경이면 기 센 놈도 기죽여서 고분고분하게 만들 수 있을 것이오! 그렇게 패기 없는 의사 양반을 어디다 갖다 붙여."

"우리가 갖다 붙였소? 후작이 주운 걸 어떡하오!"

"폴리아나 경 보는 눈이 그렇게 낮았었나?"

"아니야, 폴 경이 사람 얼굴을 얼마나 따지는데."

"그런데 왜 그런 놈을!"

"너무 어리면 싫다잖소."

"마호갈 경은 어찌 생각하시오?"

멍하니 앉아 있던 마호갈 경에게 질문이 들어왔다. 마호갈 경은 깜짝 놀라 자세를 수습했다. 마호갈 경에게 불똥이 튄 데 다른 이유는 없었다. 잘생긴 남자 얘기를 하니 자동적으로 마호갈 경 이야기가 나온 것이다.

현재 알현실을 채운 남자 중 가장 잘생긴 미남은 룩소스 1세였다. 그리고 폴리아나 경이 룩소스 1세를 남자로 안 보는 건 하늘이 알고 땅이 알았다. 다음으로 잘생긴 마호갈 경이 주목받은 건 그러한 이유였다.

아닌 게 아니라 폴리아나가 가장 얼굴을 많이 붉힌 기사가 마호갈 경이었다. 준수한 외모, 좋은 집안, 폴리아나를 대하는 정중한 태도까지. 유부남만 아니었어도 폴리아나의 마음에 봄바람 살랑살랑 몇 번은 불어오게 했을 것이다.

마호갈 경이 고심 끝에 대꾸했다.

"폴 경의 배우자라면 최소한 저 정도의 외모는 갖추어야 하지 않겠습니까."

프라우 반대와 찬성 측 모두 야유를 보냈다. 잘생긴 새끼가 재수 없는 소리 했다.

기실 지금 그들이 보이는 행동들은 폴리아나가 보면 기막혀 할 노릇이었다. 그들은 폴리아나의 친인척이 아니다. 벗이고, 부하이고, 동료이고, 전우였다. 친구 중에 제일 좋은 게 전우의 정이라지만 결혼은 사생활이다. 기사들은 자기 결혼도 아니면서 누이나 딸

시집보내는 것처럼 폴리아나의 결혼에 찬반 여부를 가렸다.

박색에 불임. 노처녀. 남들은 하나 갖기도 힘든 단점을 세 가지나 갖춘 폴리아나 윈터. 서른이 넘도록 시집 못 간 폴리아나는 그들에게 있어 아픈 손가락이었다. 폴리아나는 일국의 왕 버금가는 재산과 권력을 갖고 있었다. 얼른 치워 버리고 싶은 가정의 노처녀와 달랐다. 그래서 더 애잔했다.

전우 좋다는 게 뭔가! 전장에서 쌓은 우정이야 말로 남자(?)들이 쌓을 수 있는 우정의 최고봉 아닌가! 그들 주장에 따르면 폴리아나는 남이 아니었다.

찬성! 찬성! 반대! 찬성! 반대! 반대! 반대! 찬성!

의미 없는 거수가 이어졌다. 반대와 찬성이 팽팽했다. 서로의 등을 맡기고 싸웠던 기사들이 서로를 흘겨봤다.

"손 안 내립니까."

"그러는 경이야 말로 손 내리시오. 그런 결혼 반대하는 게 후작을 위한 길입니다."

"그렇게 수준 차이 나는 결혼인데 어떻게 행복해진단 말이오!"

과연 폴리아나가 진저리 칠 정도로 잔소리 퍼붓던 일당다웠다. 팽팽한 찬반 의견 속에서 제3의 의견이 등장했다.

"여기서 이러지 말고 후작을 직접 설득합시다!"

"안 되오. 우리가 하는 말은 다 잔소리로 들을 것이오."

"맞습니다. 전 한동안 접근 금지당했습니다."

"이러지 말고 폴리아나 경이 왜 결혼을 결심했는지부터 생각해 봅시다. 우리가 그렇게 잔소리할 때 도망치던 그녀가 왜 마음을 바꿨을까."

"외롭다잖소!"

"레베카 황비마마와 우정이 두터웠지."

결국 참다못한 기사 하나다 엄청난 거래를 제시했다.

"내 조카를 제물로 바치겠소이다!"

기사들의 야유가 쏟아졌다. 성질 급한 누군가가 황제의 앞인 걸 잊었다. 성질 급한 기사는 단추를 뜯어 던졌다.

"경의 조카는 열네 살이잖아! 아들뻘이요, 아들뻘!"

이들이 이렇게 목에 핏대 세워 가며 외치는 이유는 무엇일까. 룩소스 1세는 그의 충실한 신하들을 관망했다. 다들 자기 일이라도 되는 것처럼 목소리를 높였다. 모르는 사람이 본다면 폴리아나는 그들의 누이이고, 딸이고, 손녀였다.

황제가 국정으로 바쁜데 그들이라고 한가하지 않다. 믿을 수 있는 이들이기에 더욱 요직에 앉혔다. 그런 일도 팽개치고 룩소스 1세를 찾아와서 몇 시간째 저러고 있었다. 지치지도 않는지, 한번 커진 목소리는 절대 줄어드는 법이 없었다.

'즐기고 있는 것처럼 보이는데.'

룩소스 1세의 눈이 가늘어졌다. 일단 그 생각을 하고 나니 기사들의 모습이 다시 보였다.

그들은 귀향한 직후 결혼했다. 신혼의 단꿈에 젖은 것도 잠시. 하나둘씩 아이가 태어났다. 아이가 태어나자 부인은 남편을 뒷전에 놓고 아이에게 집중했다. 힘들고 낯설었던 일에 익숙해져 가정에 시간을 쏟고 싶었다. 부인과 아이는 아직 그들이 필요한 시기가 아니었다. 아이는 귀엽다. 하지만 지켜보는 것도 한 시간이다.

원정에 나서기 전 결혼했던 기사들은 사춘기에 돌입한 자녀들에게서 소외감을 느꼈다.

일은 익숙해졌다. 시간이 생겼다. 그런데 가정에 설 자리가 없다. 비슷한 시기에 결혼해 비슷한 시기에 아이를 얻은 전우들. 그들은 다들 심심했던 것이다.

안 그래도 심심하던 차에 폴리아나의 혼사는 아닌 밤중에 시작한 쥐불놀이였다.

존나 재밌어!

룩소스 1세는 한숨을 쉬었다. 황제의 얼굴에 수심과 한심함이 가득했다.

'내가 저것들을 데리고 대륙을 통일했지.'

룩소스 1세가 단언하건대, 이 자리에서 그녀의 결혼을 놓고 핏줄 세울 자격을 가진 건 그가 유일했다. 왜냐하면 룩소스 1세는 폴리아나를 사랑하기 때문이다. 사랑하기 때문에 룩소스 1세는 마음에 없는 말을 입에 담았다.

"다들 그만두거라. 짐은 윈터 후작의 의견을 존중할 것이다."

"폐하!"

설마 황제가 그럴 줄 몰랐다는 듯 기사들이 소리 질렀다. 룩소스 1세가 일갈했다.

"다들 모르겠느냐?"

그가 이를 악물었다. 조금만 방심해도 눈물이 흐를 것 같았다. 룩소스 1세는 일부러 목소리를 키웠다. 눈을 깜빡이면 눈물이 흐를까 봐 부릅떴다.

"윈터 후작이 행복해 보이지 않더냐?"

생전 안 하던 콧노래를 부른다. 가장 기분이 좋을 때만 흥흥 웃는데 빈도수가 늘어났다. 그녀가 보이는 어울리지 않는 행동과 변화가 모두 행복의 증거였다. 룩소스 1세는 폴리아나의 작은 미소를 사랑했다. 그녀의 행복을 기원하는 것이 그간 보인 인내에 상응하는 긍지였다. 사랑에 빠진 남자의 자존심이었다.

아이노 경은 말했다. 사랑하는 여자 한 명 손에 넣지 못하는 게 황제로서 말이 되냐고. 말이 된다. 황제이기에, 대륙을 지배하는 권력자이기에 더욱 그래야 했다.

차려진 밥상을 내친 그에게 결혼을 막을 명분은 없었다.

룩소스 1세의 말을 들은 기사들이 고개를 끄덕였다. 황제의 말을 듣고 각자 생각하는 바가 있었던 모양이다. 시끄럽게 떠들던 것이 조용해졌다. 룩소스 1세가 조용히 눈을 감았다.

'그래, 그녀만 행복하면 됐다.'

"그러니 다들 해산하거라. 하나 이것만은 명심해라. 만일 윈터 후작이 눈물을 보인다면."

룩소스 1세가 빠드득 이를 갈았다. 그가 처음으로 감정을 드러냈다. 늘 그러던 것처럼 미소로 위장하지 않았다. 본심을 그대로 드러냈다.

"그날이 그 새끼의 마지막 날이다."

룩소스 1세가 호언장담했다. 귀 기울여 듣고 있던 기사들이 손을 휘저었다. 그들이 반대 입장을 밝혔다.

"폐하! 부디 말씀을 거두어 주시옵소서!"

다른 이가 아닌 전우를 위한 일이다. 그들이 한데로 똘똘 뭉쳤다.

"당일 죽이신다니 너무 관대한 처사이십니다!"

"1년 365일 고문해야 합니다!"

"광장에 거꾸로 매달아야 합니다!"

룩소스 1세가 만면에 미소를 머금었다. 그는 기사들의 우정에 감탄했다.

"과연, 짐이 그대들을 믿고 대륙 통일을 했도다. 귀경들의 우정이 아름답구나."

기회는 이때라는 듯. 룩소스 1세의 볼을 타고 눈물 한 방울이 또르르 흘렀다. 룩소스 1세가 그것을 훔치니, 모두가 황제의 뜻을 오해하지 않았다.

디크 경은 룩소스 1세의 명을 받들어 남쪽을 둘러봤다. 거점은 총독 관저로 정했다. 남부를 총괄하는 대총독이 된 래비 경은 그를 환대했다. 비카 가문에선 야파에서 온 손님을 접대하고자 했다. 디크 경이 사양했다. 북부, 중부와 다르게 남부는 정보원이 부족해 그가 직접 발로 뛰어야 했다.

다행히 남부는 조용했다. 나니 대공비에게 벌어진 일로 나니쿤 지방의 민심을 걱정했는데 기우였다. 그들은 가엾은 레베카 황비의 죽음을 슬퍼하고 루미네 황녀의 쾌유를 빌었다. 남부의 다른 지방들 사정도 마찬가지였다.

레베카의 뒤를 잇는 새 황비가 누가 될지에 대한 호기심이 강렬했다. 황비 후보로 선출됐다가 떨어진 후, 다른 남자에게 시집간

왕녀를 아깝게 여기는 사람들이 있었다.

여전히 황제가 중년 부인 취향이냐 묻는 사람들을 제외하면 조용한 여행이었다.

분위기 파악을 완료했다고 판단한 디크 경은 야파로 돌아가기 전 총독 관저에 들렀다. 비카 가문의 손님 대접, 전부터 꼭 받고 싶었다. 에이비디 형제는 나나바에 집이 있어 비카 가문 신세를 지지 않았었다. 후에 동료들이 최고였다고 칭찬하니 무척 궁금하고 부러웠다.

비카 가문은 그를 환대했다. 디크 경과 비슷한 또래로 종자 시절부터 우정을 다져 온 도나우 경이 특히 반가워했다.

"너무 과하게 반겨 주는데. 나한테 잘해 줘도 떨어지는 거 없어."

"무슨 소리야. 오랜만에 보니까 반가워서 그렇지."

"남부 생활은 어때?"

"좋아. 여름에 힘든 것만 빼면."

총독 관저엔 비카 일가와 리보 일가가 함께 거주했다. 바우팔로 경은 이웃한 곳에 영지를 하사받았다. 래비 경이 관저도 넓은데 같이 삽시다, 권유한 것이 사돈끼리 집을 합치게 되었다.

하우 경은 존경하던 래비 경과 같이 살아서 좋고, 도나우 경은 온가족이 같이 사니 그럭저럭 괜찮았다.

그러나 피 안 섞인 친분은 가족의 교류와 다른 것이다. 외롭지는 않았다. 그런데 순 일가친척만 모여 있으니 가끔은 답답했다. 도나우 경은 특히 디크 경의 방문이 기뻤다.

"그래서 길 점검은 끝냈어?"

"응. 가도가 잘 닦였던데. 중부보다 더 깔끔하더라."

디크 경이 남부로 온 표면적 이유는 새로 닦은 가도의 확인이었다. 남부 이곳저곳을 돌아다니는 처지에 아주 적절한 위장이었다. 대륙 전역에 새로이 뚫리는 가도는 황제의 주된 추진 사업이었다. 사람과 물자의 수월한 이동을 위해 반드시 필요했다.

디크 경은 지도와 가도의 실제 위치를 비교하고 부실 공사한 부분을 찾으러 다닌다고 핑계 댔다. 결국 길을 따라다니니 의심받을 일이 없었다. 겸사겸사 문제 있는 부분을 표시해 두기도 했다.

"장인어른께서 워낙 잘하시니까."

"이야!"

디크 경이 놀라서 말했다.

"장인어른이 입에 붙었네?"

"윽."

도나우 경이 부끄러워하며 고개 돌렸다. 행복해 보이는 모습에 디크 경이 웃었다. 그는 저녁 식사에 초대받았기 때문에 남는 시간 동안 관저를 산책했다. 그가 분위기를 확인해야 하는 장소에 총독 관저도 포함되어 있었다.

래비 경은 황제의 믿음을 저버리지 않았다. 총독 관저는 안정되었고 행정적 일처리도 문제없이 이뤄지고 있었다. 가정과 일 양쪽으로 평안했다. 그야말로 기사의 귀감 래비 경이었다.

"으악!"

천천히 관저를 걷던 디크 경은 그늘에 누운 생물을 발견하지 못하고 놀랐다. 하마터면 넘어질 뻔했다. 몸의 중심을 잡은 그가 뒷걸음질 쳤다. 다시 보니 바닥에 들러붙은 생물은 개였다. 개는 개인데 디크 경이 아는 개의 모습이 아니었다. 콧잔등과 귀의 생김새를 보건대 북구 태생 개다. 그런데 털이 하나도 없이 알몸뚱이였다. 꼭 깃털 뽑아 삶은 닭이나 오리 같았다.

주위를 둘러보니 그런 백숙이 도처에 널려 있었다. 백숙들은 그늘이나 정원석에 들러붙어 더위를 피했다.

"이건?"

디크 경과 함께 관저를 산책하던 바르도 비카가 설명했다.

"개와 고양이들이 더위를 타서 털을 싹 밀었습니다."

아크레아의 겨울바람과 맞서 싸우던 그들의 모피를 생각하면 눈물 날 정도로 슬픈 광경이었다.

눈물 없이 볼 수 없는 슬픈 광경을 뒤로하고 디크 경은 식당으로 이동했다. 래비 경을 중심으로 비카 일가와 리보 일가가 식당에 모였다. 래비 경과 바우팔로 경이 가볍게 디크 경의 안부를 물었다. 이어서 에이비 형제의 안부, 야파에 있는 지인들의 근황이 오고 갔다.

쌍둥이 자매는 레베카에게 닥친 비극에 깊은 유감을 표했다.

"폴 언니가 정말 좋은 분이라고 하셨는데. 너무 안타까워요."

"황녀마마라도 건강이 나아지셔서 정말 다행이에요."

"두 부인이 무탈하게 출산하시고 아이도 건강하니 모두의 기쁨입니다."

남부는 모든 게 좋았다. 디크 경은 만족했다. 황제의 신경을 거슬릴 일이 하나도 없었다.

디크 경 개인적으로 만족스러웠다. 팔려 가듯 장가간 친구를 약간 걱정했는데, 도나우 경은 행복해 보였다. 형제 둘 다 부인에게 꽉 잡혀 사는 것 같아 보이지만 행복하니 괜찮았다. 꽉 잡힌 생활과 행복은 양립할 수 없다고 생각했는데 실은 가능했던 것이다.

하우 경과 도나우 경은 처남 바르도와도 사이가 좋았다. 남자 형제가 없던 바르도가 먼저 형님, 형님 따랐단다. 동생이 없던 도나우 경은 금방 처남을 친동생처럼 아끼게 되었다.

대화는 화기애애하게 이어졌다. 모두가 알고 있는 폴리아나의 이야기가 드디어 나왔다.

"누님은 근신에서 풀렸겠는걸."

"폴 경의 근신은 저도 야파를 떠난 뒤에 전해 들었습니다."

도나우 경이 쓴웃음을 보였다. 그는 의누나의 철두철미한 근신에 혀를 내둘렀다.

"편지 왕래가 갑자기 끊겨서 얼마나 놀랐는지."

"폴 경이면 그럴 만도 하지."

바우팔로 경과 래비 경이 고개를 끄덕였다. 하우 경이 이어 말했다.

"보나마나 폐하께선 괜찮다고 하는데 마음대로 근신했겠지. 뻔하다, 뻔해."

"폴 경은 그런 강직한 부분이 장점이다."

"미리 연락이라도 주시지."

"레베카 마마의 부고 이후 연락이 끊겨서 얼마나 걱정했는지 몰라요."

자매가 작은 서운함을 내비쳤다. 기사들은 그게 아니라며 고개를 저었다. 근신을 시작하면서 "앞으로 연락 못합니다" 하고 알리는 건 이상했다.

도나우 경이 디크 경에게 부탁했다.

"야파로 돌아가는 길에 누님께 드릴 선물을 전해 줄 수 없을까."

"선물?"

“응. 네 편에 보내는 게 더 빠를 것 같아서.”

디크 경이 의아해했다. 그는 폴리아나에 대한 정보를 떠올렸다.

‘폴리아나 경이 선물을 받을 일이 있었나?’

아무래도 그가 남부를 돌아다니는 동안 무슨 일이 있었나 보다. 폴리아나의 신변에 관한 어떤 일이. 디크 경은 크게 신경 쓰지 않았다. 선물을 보낸다니 좋은 일이려니 싶었다. 남부에 있는 도나우 경이 알고 있으니 야파에선 다 알고 있는 내용일 것이다. 정보부 부장의 자존심이 상했다.

“무슨 일인데? 승진하셨어? 근위대장 위로는 더 없지 않나.”

기사의 최고 명예직이 근위대장이다. 폴리아나는 더 승진할 데가 없었다. 바니사가 남자들의 대화에 끼어들었다.

“결혼하신다면서요? 저희와 아기를 알뜰히 챙겨 주시는데 저희가 보답할 길은 없고. 정식 선물보다 빠르게 간소한 선물이라도 보내 드리고 싶어서요.”

“결혼식 정말 참석하고 싶은데 힘들겠죠.”

박시가 바니사의 말을 이어받았다. 쌍둥이 자매가 아쉬움을 담아 가볍게 한숨을 뱉었다. 디크 경은 놀랄 노 자였다.

‘폴리아나 경이 결혼이라니?’

금시초문인 이야기에 놀란 건 디크 경만이 아니었다. 젊은 부부를 제외한 모두가 놀랐다.

“폴 경이 결혼을 한다고?”

“상대가 누군가?”

“언제 들어온 소식이야?”

래비 경과 바우팔로 경, 비카 부인이 눈을 화등잔만 하게 뜨고 캐

물었다. 도나우 경이 상세하게 대답했다. 오늘 폴리아나가 보낸 편지가 도착했다. 근신으로 내내 연락이 끊겼다 처음으로 온 편지라 반가운 마음에 당장 뜯어보았다. 편지엔 결혼한다는 알림이 적혀 있었다.

"어머나, 윈터 여후작께서 혼인을!"

비카 부인이 반색했다. 그녀는 박수를 칠 정도로 기뻐했다. 관심으로 중년 귀부인의 볼이 발그레 상기되었다.

"허어, 폴 경이 결혼이라니."

"상대가 누구인지도 적혀 있었느냐?"

"네. 선대 스네크 백작의 오남 프라우 스네크입니다. 직업은 의사고 나이는 동갑이랍니다."

프라우의 인적 사항을 듣고 어른들이 탐탁지 않아 했다. 야파든 남부든 반응은 똑같았다. 두 중년 남성은 프라우가 스네크 가문에서 쫓겨난 인물임을 기억하고 있었다. 직업은 물론 마음에 들지 않았다. 기사나, 하다못해 행정관, 기록관 등이었다면 좋았을 것을. 의사가 뭔가. 동갑이라는 것 말곤 마음에 드는 게 없었다.

누이의 부탁으로 프라우를 조사한 적 있는 디크 경도 놀랐다. 폴리아나가 디크 경의 청혼을 한 번 거절했기에 과정이 궁금했다.

'야파로 돌아가면 알아봐야겠어.'

대놓고 재산을 노리겠다는 무능남의 어디가 마음에 들었는지.

"그다지 마음에 드는 사람이 아니나…… 폴 경이 정했다니 축하해 줘야겠지."

래비 경이 폴리아나의 선택을 존중했다. 바우팔로 경은 느릿하게 고개를 저었다. 과거, 그는 부하가 된 여기사에게 충고했다.

기사로 죽고 싶다면 결혼하지 마라.

놀랍게도 시대가 변했다. 그의 부하는 결혼을 해도 기사로 인정받을 수 있게 되었다. 그녀가 스스로 노력했고, 주위의 인식이 바뀌었다. 평생 혼자 살 줄 알았는데 결혼한다면 좋은 일이었다. 하지만 상대가 마음에 들지 않았다.

"너무 차이 나는 결혼인데."

듣자 하니 사랑이 넘치는 결합이 아니었다. 바우팔로 경이 부정적 의사를 내비치자 박시와 바니사가 말했다.

"대부분이 그런 반응이신 것 같아요, 아버님."

"그래서 저흰 폴 언니를 무조건 축하해 드리기로 했어요."

"저도 그렇습니다, 아버지. 누님의 선택을 존중하려고요."

"저도요. 폴 경이 생각이 있겠죠."

도나우 경과 하우 경은 폴리아나의 선택을 존중했다. 둘의 생각에 폴리아나는 결혼 상대를 아무렇게나 정할 인물이 아니었다. 두 부부는 몰랐다. 그들이 신뢰하는 폴리아나가 윈터가 욱한 김에 쇠뿔을 뽑았다는 사실을.

늙은 비카에게 강아지를 받아왔으면 절대 성립하지 않았을 결혼이었던 것이다. 폴리아나는 외로워서 질렀고 프라우는 복권에 당첨됐다.

식탁 위의 의견은 폴리아나의 선택을 존중하는 쪽으로 종합되었다. 디크 경은 지레 찔려 입을 꽉 다물었다. 프라우의 재산 발언은 하지 않는 게 좋았다. 때로 모르는 게 약이 됐다.

"동갑이라 정말 다행이에요."

"폴 언니가 연하는 싫다고 하셨거든요."

괜히 도나우 경의 표정이 울적해졌다. 고백도 못 하고 날아간 첫사랑을 추억한 남자는 금방 기운 차렸다. 이제 그는 한 집안의 가장이요, 아버지였다. 그는 부인을 사랑하고 딸을 사랑했다. 폴리아나에게 향했던 마음은 아름다운 추억으로 남을 것이다.

"프라우…… 프라우……."

모두 화기애애하게 웃는 가운데 비카 부인 혼자 프라우의 이름을 중얼거렸다. 그녀는 입에 들어간 생선 가시를 발라내듯 혀를 굴렸다. 곧, 그녀가 가시의 끝을 잡았다.

"지금 프라우 스네크라고 했나, 자네?"

"네, 장모님. 스네크 백작 가문의 프라우입니다. 현재 레디칼 남작의 제자로 성에서 근무하고 있습니다."

비카 부인이 얼굴을 굳혔다. 온화한 귀부인이 마녀라도 된 것처럼 살벌해졌다. 그녀는 갑자기 심기가 불편해진 듯 미간을 좁혔다. 손님을 앞에 두고 보이는 무례에 모두가 놀랐다. 왜냐하면 비카 부인은 TPO를 잊지 않는 훌륭한 귀부인이었기 때문이다. 래비 경이 부인의 손을 잡았다.

"부인, 갑자기 왜 그러시오?"

"잠시만요, 생각할 게 있어서요. 프라우 스네크라면 현 스네크 백작의 동생 맞지요? 옛날에 하녀와 정분이 났던."

그렇게 말해도 부인의 말에 동조해 주는 사람은 없었다. 박시와 바니사는 금시초문이고, 스캔들이 벌어졌을 당시 래비 경과 바우팔로 경은 원정 중이었기 때문이다. 하우 경과 도나우 경도 마찬가지. 디크 경은 알고 있었지만 밝히지 못했다. 그가 왜 그런 걸 알고 있냔 질문을 받으면 대답하기 막막했다.

"아무도 모르시나요?"

비카 부인이 답답한 마음에 언성을 높였다. 순간 기억을 더듬던

리보 부인이 말했다. 그녀가 기억하기로 분명 그런 추문이 있었다.

"아아, 기억나요. 어느 백작가 영식이 하녀와 결혼하네 마네 난리쳤었죠. 그게 스네크 가문 이야기였군요."

"여자가 있었단 말야?"

래비 경이 마음에 들지 않는다는 듯 살벌하게 혼잣말했다. 리보 부인은 기억해 낸 것을 더 털어놓았다. 뒷이야기가 있었다.

"아마 얼마 안 돼 하녀가 죽었을 거예요. 그렇죠, 사부인?"

리보 부인이 비카 부인에게 동의를 구했다. 비카 부인이 여전히 불편한 안색으로 고개를 끄덕였다. 래비 경은 살기를 풀었다. 폴리아나와 동갑이니 남자 나이가 서른셋이다. 과거에 여자 몇쯤 있을 수 있는 거고, 지금이 깔끔하면 괜찮았다.

"죽었으면 됐지."

"폴 경도 과거를 알고 있나?"

"누님 성격에 적당한 뒷조사는 했을 겁니다. 누님 취미가 사전 정보 수집이잖아요."

"하하, 정보 없으면 절대 전투를 하지 않으려고 했지."

"갑자기 전투 벌어지면 짜증을 어찌나 부리던지……."

"그랬던 폴 경이 결혼을 한다니."

"축하할 일입니다."

"축하는 무슨!"

웃으며 폴리아나와 관련된 기억을 더듬던 식탁 위에 얼음물이 쏟아졌다. 비카 부인이 체통을 잃고 식탁을 때렸다.

"부, 부인! 도대체 무슨 일이시오. 어딘가 아프시오?"

"축하는 무슨! 축하는! 당장……."

비카 부인이 손가락으로 세 남자를 가리켰다. 하우 경, 도나우 경, 디크 경이었다. 지적당한 청년들은 상관이 불렀을 때처럼 몸에 각을 잡았다. 비카 부인이 곧 쓰러질 것처럼 비틀거렸다. 래비 경이 부축하기 전 그녀가 자리를 박찼다.

"당장 가서 결혼 막아!"

비카 부인이 세 청년에게 명령했다. 귀부인이 냈다고 믿기 어려운 목소리였다. 쩌렁쩌렁 바닥과 천장을 울렸다. 장군 같은 호령에 세 청년이 일어나 경례했다.

"네, 알겠습니다!"

"분부 받들겠습니다!"

"명령만 내려 주십시오!"

골수까지 스며든 군 생활로 인한 반사적 반응이었다. 거의 본능 수준에 가까웠다. 경례까지 해 놓고 아차 싶은 그들에게 비카 부인이 자초지종을 설명했다. 빠졌던 군기가 다시 돌아왔다. 부인의 명령은 지당했다. 즉시 받들어 모심이 마땅했다.

그날 저녁, 세 명의 기사가 말을 타고 야파로 향했다. 목적은 하나! 타도 프라우! 폴리아나 경의 결혼을 막아라!

달리는 청년들 위로 비가 쏟아졌다.

시켈이 위화감을 느낀 대로 두 황비의 시녀는 대놓고 패를 갈랐다. 그와 대조적으로 토리와 스트라의 사이는 점점 돈독해졌다. 그녀들은 레베카의 응접실 대신 스트라의 응접실에 모였다. 남부의 과일과 사탕무, 사탕수수가 들어간 간식 대신 중부의 풍부한 곡물로 만든 간식을 즐겼다.

스트라는 루미네 황녀의 양육을 도맡았다. 토리는 이전에 하던 대로 후궁의 일을 책임졌다. 갓난아이를 키우는 건 힘들지만 실질적 일은 유모와 젖어멈의 몫이다. 스트라가 미안한 마음을 내비치자 토리가 제안했다.

“이번 폐하의 탄생연을 스트라가 주관해 보겠어요?”

“네에? 제겐 너무 버거워요.”

“아니에요. 할 수 있어요.”

“그렇지만, 이번 탄신연에 아크레아의 귀족들을 모두 초대했잖아요. 완벽하게 아크레아식으로 진행할 텐데 제겐 무리예요.”

부인을 잃은 황제는 탄신연의 규모를 축소하는 대신 초대객을 야파와 아크레아 출신 귀족으로 한정했다. 그래서 완벽하게 아크레아식 연회가 될 예정인데 스트라는 자신이 없었다.

“할 수 있어요. 중부 연회가 더 준비할 게 많고 복잡하잖아요. 제가 옆에서 도와 드릴게요.”

스트라가 망설였다. 평소에도 토리에게 많은 일을 맡겼고 도와줘야겠다고 생각했다. 이번 연회를 시작으로 일에 익숙해지면 토리를 더 많이 도울 수 있을 것이다. 스트라가 작게 고개를 끄덕였다.

“제가 실수하면 바로 지적해 주셔야 해요.”

“물론이죠.”

토리가 상냥하게 말했다. 스트라는 여전히 의욕이 부족했다. 루조 대공비가 나나바 성에서 중부식 연회를 열었다 모욕당한 것이 몇 달 전의 일이다. 아크레아 지방에 남은 귀족들이 대거 참석한다는데 어떤 트집을 잡을지. 걱정이 태산 같았다. 심약한 스트라가 겁을 먹자 토리가 회유했다. 그녀는 보상을 걸었다.

"잘하시면 제가 선물을 드릴게요."

토리가 시녀에게 눈짓을 보냈다. 토리의 시녀가 가져온 물건을 꺼냈다. 그 물건을 본 스트라의 눈이 빛났다.

"얼음포도주네요!"

"알고 계시는군요."

말로만 듣던 전설의 술이었다. 스트라는 술을 즐기지 않는다. 그런 스트라도 얼음포도주의 명성은 알고 있었다. 아크레아의 일부 지방에서만 자란다는 얼음포도로 담근 술이다. 아크레아 남쪽의 에하스와 쿠크다가 전쟁 중이고, 코에몽 강의 배편이 원활하지 않아 중부에선 구경도 하기 힘들었다. 일국의 왕이었던 스트라의 아버지가 고이 모셔 두고 아낀 그 술!

"어디서 구하셨어요?"

"얼음포도는 시이제 후작령에서만 자라요. 제 백조부님이 시이제 후작이세요. 이번에 나나바 성에 갔을 때 한 병 선물받았답니다."

"할아버님께 선물받은 귀한 술을 제게 주신다뇨. 전 괜찮아요."

"어머."

토리가 새침하게 고개를 돌렸다. 그리고 시녀를 시켜 술병을 집어넣게 했다. 시녀는 귀한 술이 잘못될까 손을 바들바들 떨며 상자에 넣었다.

"그냥 드리는 거 아니에요. 스트라가 잘해야 드릴 건데요."

"루조 대공비 말론 엄청 트집 잡는다는데……."

나나바 성에서 대공비에게 얻어들은 게 많았다. 스트라가 시무룩해서 기운이 없자 토리가 응원했다.

"그러니 더 아무 말도 안 나오도록 완벽하게 하시면 되어요. 제가 도와 드릴게요."

"그, 그렇죠. 토리가 귀한 상품을 내주셨는데 제가 노력해야겠죠."

"스트라는 할 수 있어요."

까르르. 두 황비는 순진무구한 소녀처럼 웃었다. 응접실 분위기는 화기애애했다. 패가 갈린 시녀들도 이때만큼은 애매한 분위기를 버리고 같이 웃었다.

스트라의 시녀가 새 간식을 가져왔다. 스트라는 그걸 보고 반색했다. 토리에게 늘 신세만 지는 것 같아 미안했는데 맛있는 음식이라도 주고 싶었다.

"새로 온 주방장이 이런 걸 잘 만들어요. 드셔 보세요."

"사양 않겠어요."

단맛과 곡물에 굶주린 북부인답게 토리는 과자를 사양하지 않았다. 과자는 맛있었다. 토리는 저도 모르게 폴리아나를 찾았다.

"후작이 계시면 좋아했겠네요."

"어쩔 수 없죠. 후작은 결혼 준비로 바쁘시니까."

토리가 과자를 하나 더 집었다. 혼자 먹기 민망해 스트라에게 권했다. 스트라가 가볍게 사양했다.

"너무 맛있어서 계속 먹는 바람에 살이 찐 거 있죠."

"이렇게 맛있는걸요. 이해해요."

접시에 담긴 과자를 토리 혼자 모두 해치웠다. 아크레아 출신의 주방장은 고기를 잘 굽고 육포를 잘 만들었지만 그 외엔 꽝이었다. 제아무리 왕실 요리사래도 식량이 부족한 북부의 한계였다. 다른 문화가 그렇듯 식문화도 중부와 남부를 따라잡으려면 한참 걸릴 것이다.

'정말 살 때문일까.'

정말 즐거운 듯 웃으면서 속으론 진실 여부를 의심했다.

'어쩔 수 없어. 그렇게 자랐는걸. 아마 스트라도 그럴 거야.'

시녀는 스트라가 최근 생리가 끊겼다고 말했다. 단순한 불순인지 임신인지는 알려지지 않았다. 상상 임신 때문일까. 스트라는 의사를 부르지 않았다. 또 설레발을 쳐 실망하느니 시간에 맡기려는 생각일 것이다. 그래서 토리는 의심했다. 몸매 때문일까, 아니면 입덧 때문일까.

'어느 쪽이든 좋아.'

시녀가 과자를 더 가져왔다. 토리는 재차 과자에 손을 뻗었다. 스트라는 살쪄도 모른다고 놀렸다. 시녀들이 까르르 웃었다. 토리는 입안에 퍼지는 과자의 맛에 집중했다. 과자는 맛있었다. 부정하거나 의심하지 않아도 되는 진실이었다.

그 시각. 폴리아나는 웨딩드레스 디자인을 상의하고 있었다. 결혼식에선 신부가 소지한 의복 중 가장 값비싼 예복을 입는 게 대륙의 전통이다. 하지만 비싼 예복을 지을 좋은 기회였기에 보통은 아예 새로 지어 입었다.

룩소스 1세는 은혜를 베풀어 황실의 전문가들을 보내 줬다. 옷감 또한 황실에서 보유하고 있는 걸 마음껏 쓰도록 조치했다. 폴리아나가 아는 옷감은 몇 없었다. 붕대에 쓰는 면, 군복에 쓰는 거친 천, 장교들이 입는 고급 천. 손수건으로 쓰는 보들보들한 천. 이상 끝.

"원단부터 골라 볼까요. 원하는 색상이 있으십니까."

"파란색."

"파란색도 좋지만 보통은 붉은색이나 금색, 보라색을 많이 입으십니다."

"파란색. 근위대 제복이랑 같은 색으로."

책임자인 시밍 남작부인이 난색을 표했다. 근위대 제복이 파란색이 된 건 별다른 이유가 없었다. 일단 있어 보였다. 그리고 푸른색 안료가 저렴했다. 비싼 안료는 따로 있다. 금색, 자주색, 보라색, 붉은색 등이 대표적이다. 파란색 계열에도 고급 안료가 존재했다. 하지만 폴리아나는 콕 찍어 말했다. 제복과 같은 색이라고.

"후작님, 제복에 쓰이는 푸른색은 너무 어두워 신부 의상으로 적절하지 않습니다."

"파란색."

"늘 무채색 옷만 즐겨 입으신다고 들었습니다. 이참에 밝은 색상도 걸쳐 보셔요."

시밍 부인이 몇 가지 원단을 꺼내 폴리아나에게 대보았다. 하녀가 거울을 가져와 둘의 앞에 놓았다.

"이걸 보셔요. 이렇게 밝은 색도 괜찮지요?"

"파란색."

"단호하시네요……."

결국 시밍 부인이 백기를 들었다. 대장님 고집이 보통 고집이어야지. 원단이 정해졌으니 다음은 디자인이다.

"머리는 기르실 거죠?"

제발 자를 거란 말을 하지 말아 주세요. 시밍 부인은 물론이고 하녀들까지 간절하게 폴리아나를 응시했다. 피부 관리를 시작했지만 머리에 대해선 생각 없었던 폴리아나는 잠깐 생각했다.

"결혼이니까…… 기르는 게 낫겠지?"

"그럼요! 기르시면 좋죠! 여기서 기르면 얼마나 자라려나…… 머리카락은 빨리 자라시는 편이신가요?"

"보통?"

"보통이시군요. 지금은 길이가 짧으니 내버려 두면 빨리 자랄 거여요."

디자인에 대해선 폴리아나가 아는 바가 없었다. 원하는 바도 없었기 때문에 시밍 부인에게 일임했다. 부인은 기쁘게 받아들였다. 다음으로 이야기가 나온 건 예물이었다. 모두 여자라 그런지 예물 건에 관심이 깊었다.

"예물은 내가 다 준비하기로 했다."

"그렇죠."

그럴 줄 알았다는 듯 아가씨들의 눈빛이 시들시들해졌다. 예물은 양가에서 준비하지만 남자가 부담하는 비중이 높았다. 프라우는 가진 것이 없으니 폴리아나가 모두 부담했다. 여러 면에서 차이 나는 결혼이었다.

"잉그레터 영애는 다이아몬드를 한 상자 받았대요."

"세상에, 멋져라."

아가씨들이 시켈이 받은 선물 얘기를 꺼냈다. 작금 야파의 화제는 단연코 아이노 경과 시켈의 연애담이었다. 폴리아나와 프라우처럼 격의 차이가 큰 커플인데 사람들의 반응은 극과 극이었다.

여자의 지위가 더 높은 폴리아나의 결혼은 풋, 하는 실소와 함께 끝났다. 더 거론하는 사람이 없었다. 시켈과 아이노 경의 결합은 로맨틱하다는 평과 함께 뭇 여성들의 입에 오르내렸다.

얌전한 고양이가 부뚜막에 먼저 오른다더니.

독신 선언을 한 노처녀 시켈이 어떻게 아이노 세키의 마음을 사로잡았나. 거기부터 시작해 이야깃거리가 무궁무진했다. 아이노 경의 적극적인 구애도 입방아에 올랐다. 그는 악질 성추행범 주제에 예의바른 기사를 연기했다. 이제까지 시켈을 대한 건 잊은 듯, 더없이 정중하게 그녀에게 구애했다.

꽃다발을 내밀면서 서로의 손이 부딪치지 않도록 노력했다. 에스코트를 하게 될 때엔 반드시 허락을 받았다. 시켈의 손등에 입 맞추는 것까지 일일이 허락을 받았는데 그게 레이디들이 보기에 좋았나 보다.

'재수 없는 새끼.'

폴리아나가 보기엔 다 가식이고 연기였다. 그나마 짐작 가는 거라면 시켈의 교육이 효과를 발휘해 갱생했다는 것?

트루럽은 정말 위대했다.

"가죽은 어떻게 하시겠어요?"

시밍 부인이 예물로 쓸 가죽 얘길 꺼냈다. 본래는 프라우가 직접 사냥한 사냥감의 가죽을 예물로 써야 한다. 하지만 모두가 알다시피, 프라우는 몸이 굼떴다. 동글동글한 몸집에 근력과 순발력이 부족했다. 닭장에 넣어 닭을 잡아 오라 하면 한 시간은 기다리게 만들 것이다.

폴리아나는 그녀가 대신 사냥하는 건 어떨까 생각하고 바로 그만뒀다. 그녀라고 사냥에 재능 있는 편은 아니었다. 그냥 구색 맞춤용으로 적당한 가죽을 구입해 예물 위에 쌓아 두면 됐다.

룩소스 1세는 여기에 사심을 섞었다.

"폐하께서 진상받은 검은 곰 가죽을 예물로 쓰라고 하사하셨습니다."

"과하지 않느냐?"

"흰곰이 들어왔으면 그걸 내주셨을 텐데, 하고 아쉬워하셨습니다."

"폐하께서 은근히 기분파시지…… 감사 인사를 올려야겠군."

폴리아나는 냉큼 검은 곰 가죽을 접수했다. 준다는 건 사양 않고 받았다. 룩소스 1세는 보석도 내주려 했으나 폴리아나가 그건 사양했다. 보석류에 결혼반지가 들어간다. 폴리아나는 이전부터 구상해 온 반지가 있었다.

"결혼반지는 건틀렛 위에 낄 수 있는 큰 걸로 맞출 생각인데. 어느 보석이 좋을까?"

"후작님! 반지 교환을 식장에서 할 텐데 건틀렛을 끼시고 결혼하실 겁니까!"

중년의 부인이 경악했다. 내내 레이스와 리본, 천 쪼가리를 맞추는 데 정신없던 아가씨들이 우르르 몰려왔다.

"결혼반지는 그날 내내 계속 끼고 계셔야 합니다! 중간에 반지가 빠지면 그 혼인은 재수가 없어요!"

'여자들도 미신 타령.'

미신 좋아하는 건 북부 남자만이 아니었다. 북부 여자들도 미신을 좋아했다. 건틀렛용으로 반지를 맞추면 둘레가 넓어진다. 손가락에서 휭 빠져 버릴 확률이 백 퍼센트였다. 결혼식이 끝나면 연회가 이어지는데 그때 신랑 신부는 필수로 참석해야 했다. 엄지와 검지로 고리를 만든 것처럼 큰 반지를 손가락에 끼고 돌아다니면 정말 볼만할 것이다.

잔혹한 현실 앞에서 폴리아나는 거대 반지의 꿈을 접었다.

말로 투덜거리지 않고 입술만 삐죽이는 서른세 살 후작님. 시밍 부인은 적당한 근거를 바탕으로 단호하게 요구하면 폴리아나의 고집이 어느 정도 꺾인다는 고급 정보를 알아냈다.

'푸른색 고집도 바꿔야겠어.'

시밍 부인은 머리를 굴렸다. 그녀가 보기에 폴리아나는 옷에 대한 특별한 주관이 없었다. 폴리아나가 푸른색을 고집하는 것은 그것이 가장 익숙한 색상이기 때문이다. 아니면 좋아해서 그냥 그 색으로 고집하는 것.

드레스 제작 전에 다른 색상들을 걸치도록 유도하면 폴리아나에게 새 세상이 열릴 것이다. 늘 검고 어두운 옷만 입던 사람에게 갑자기 분홍색 옷을 입으라 하면 누구나 무서우니까 다른 친숙한 색상부터 시작해…….

"후작님."

"무슨 일인가."

"황제 폐하의 탄신연 때 근무를 서세요?"

"안 선다. 폐하가 강제로 참가를 명령하셨어."

내 생일에 휴가를 쓸 것. 그게 룩소스 1세가 요구한 생일 선물이었다. 폴리아나는 그때도 기둥 뒤에서 샌드위치나 씹을 요량이었다. 황제가 선수 쳤고 폴리아나는 따라야 했다. 그것이 신하 된 도리다.

'아크레아 귀족들이 모두 참석한다고 해서 불안한데.'

룩소스 1세는 생일날까지 벗과 측근들이 그를 버려두고 일하는 걸 바라지 않았다. 황제는 외로웠다. 생일에 좋아하는 사람들을 옆에 두고 즐기고 싶은 마음이 간절했다. 덕분에 아이노 경도 강제로 휴가를 받았다. 두 대장이 휴가를 받으니 불안하기 짝이 없었다.

"정말 잘되었네요. 그럼 이번 탄신연에 로브를 입고 가셔요."

"요즘 성에 광대가 부족한가?"

시밍 부인이 말하는 로브가 실내용 로브는 아닐 것이다. 몸에 달라붙고 자수가 화려한 그런 로브겠지.

"후작님의 무용담 중 야파 성에 얽힌 유명한 무용담이 있잖아요. 드레스나 로브가 익숙하지 않으신 것 같은데 기회가 될 때 자주 입으셔서 익숙해지셔야죠. 결혼식 날 팔자걸음을 걸으시면 안 되잖아요."

폴리아나가 정색했다.

"그때 그건 다리 사이에 단검을 묶어 둬서 일부러 그랬던 거였다. 난 치마 입고 이상하게 안 걷는다. 춤도 잘 춰."

"그러니까 그걸 안 믿는 분들 앞에서 증명해 보이시면 얼마나 좋아요."

폴리아나의 귀가 솔깃했다. 그날 이후, 연회에 참석했던 기사들에 의해 그녀의 무용전이 퍼져 나갔다. 피 칠갑을 하고 화장 떡칠

한 얼굴로 가발을 집어 던지는 미친년. 용맹이 하늘을 찌르다 못해 비크파 기사들의 불알을 죄 터트렸다던가.

기사로서 무용전이나 여자로서 달가운 내용은 아니었다. 그녀가 알몸으로 기사의 맹세를 한 이야기는 “알몸” 때문에 떠들지 않는다. 대신 가장 많이 얘기하는 게 야파 성 무용담이었다.

마침 장소도 같았다. 이건 그날 얻은 오해를 풀라는 운명이 아닐까?

“결혼 드레스와 겹치지 않게 파란색 말고 다른 천으로 로브를 지어 드릴게요. 어색하지 않도록 잘해 둘게요.”

넘어와라, 넘어와라. 시밍 부인은 속으로 주문을 외웠다. 내 눈을 바라봐, 넌 행복해지고. 내 눈을 바라봐, 넌 치마를 입고. 한참 뒤에 폴리아나가 입을 뗐다.

“초록색이 좋을 것 같아.”

“아무렴요. 폐하의 눈동자처럼 예쁜 초록색으로 지어 드릴게요.”

초록색도 가지가지. 부연설명하지 않았는데 폴리아나가 선호하는 초록색을 맞춘 시밍 부인 때문에 폴리아나는 입을 쩍 벌렸다.

시밍 부인은 만선의 기쁨을 누렸다.

야파 성은 황제의 생일 일주일 전부터 북적였다. 거리가 있어 일찌감치 도착한 각 지방의 사절과 귀족, 그 수행원들, 그들이 타고 온 말. 사람이 사는 곳이든 짐승이 사는 곳이든 북적북적했다.

이번에 아크레아 출신 귀족의 참석률은 10할이었다. 제자리에 박혀 움직이기 싫어하는 늙은이들을 빼 오기 위해 룩소스 1세는 초대장에 몇 마디 덧붙였다.

긴히 할 얘기가 있으니 필참 요망.

그동안 룩소스 1세는 황성에서 열리는 연회에 참석을 강요하지 않았다. 참석하고 싶으면 하고 싫으면 아닌 것. 왕국에서 제국이 되면서 국토가 넓어져 이동하는 게 힘들었기에 더욱 그랬다.

그랬던 룩소스 1세가 참석을 바란다고 적었다. 이렇게까지 의사를 확실히 했으니 가 줘야 했다. 그래야 훗날 생길 뒷말, 뒷탈을 방지할 수 있었다.

야파 성은 그렇게 몰린 인파를 간신히 수용했다. 야파 성은 과거 강대했던 비크파 왕국의 잔재다. 그런 야파 성도 제국의 주성 역할을 수행해 내기엔 역부족이었다. 주위에 외지인이 급증했다. 근위대원들은 휴일을 반납하고 불철주야 근무했다.

룩소스 1세의 요구로 가장 바쁜 날 휴가를 쓴 폴리아나는 부하들 보기 민망했다. 그래서 더 열정적으로 일했다.

오랜만에 근위대장 네 명이 한자리에 모였다. 제1근위대는 아이노 경 대신 마호갈 경이 참석했다. 현재 내성의 경비는 1, 2근위대가 맡고 외성과 주위 마을의 경비는 3근위대가 맡고 있다. 네 명의 대장은 각자의 인력 배치와 담당 범위를 조율했다.

"한시적으로 기사단과 2근위대가 협력할 것이오. 최우선 경호 대상은 황제 폐하, 토리 마마와 스트라 마마, 황녀마마로 하지. 루조 대공과 대공비는 그다음이오."

"황녀마마는 근위병으로 충분할 것이오."

마호갈 경의 의견에 폴리아나가 동의했다. 루미네 황녀가 황자였다면 기사를 붙였다. 하지만 황녀이다 보니 암살 위험이나 악의적 해코지 대상이 될 확률이 낮았다. 루미네 황녀의 거처는 후궁에서 가장 깊숙한 곳이라 거기까지 들키지 않고 도달하는 것도 어려웠다.

“당일 연회장의 경비 책임은 1근위대에서 맡을 것이오. 손님들의 무장은 모두 금지되며 폐하께 특권을 받은 이의 무장만 허용되오.”

그 말을 하는 마호갈 경의 시선이 폴리아나에게 향했다. 자이노 경과 우크 경도 그녀를 봤다. 폴리아나는 당일 휴가다. 보통의 근위대원은 패검할 수 없다. 하지만 폴리아나는 황제에게 패검을 허락받은 몸. 평소 그녀의 행보를 보건대 휴가 당일에도 근위대 제복을 입고 연회장을 어슬렁거리는 모습이 세 명의 눈에 훤했다. 아이노 경은 말할 것도 없었다.

“기왕 검을 차실 거면 세공이 화려한 게 좋겠소.”

“안 찰 건데.”

너무 사람의 행보를 단정 짓지 말았으면 좋겠다. 폴리아나가 검지를 들고 좌우로 저었다. 쯧쯧쯧. 나를 뭘로 보고!

“갈리 3세의 연회에서 받았던 오명. 이번에 없애 주겠소.”

야파 성에서 받은 오명? 세 남자는 바로 이해하지 못했다. 야파 성에서 폴리아나는 무훈을 떨쳤다. 그녀의 기지와 투철한 준비가 비열한 갈리 3세의 암수에서 룩소스 1세를 구했다. 동료 기사들에게 사기를 불어넣었고 기사들이 그녀를 “기사”에서 “믿고 따를 수 있는 기사”로 인정하게 된 훈훈한 사건이었다.

“그때 대장님은 정말 대단했습니다!”

우크 경이 감회에 젖었다. 그가 촉촉한 눈망울로 폴리아나를 응시했다. 뿌듯하고 자랑스럽단 태도였다. 우크 경은 잠깐 동안 폴리아나의 부하 기사로 돌아갔다. 떠올린 것만으로도 가슴이 벅차는지 술도 안 마셨는데 크으크으를 연발했다.

우크 경이 가공의 적에게 라이트 훅을 날렸다.

"모든 기사의 귀감이었습니다!"

"그때 나는 자리에 없었소. 폴 경의 용맹한 모습을 못 봐 너무 아깝소."

"나도 얘기만 전해 들었는데 다들 칭찬이 자자했소."

안타깝게도 마호갈 경과 자이노 경은 폴리아나의 용맹무쌍한 모습을 보지 못했다. 특히 마호갈 경이 제일 아쉬워했다. 그는 당시 토너먼트에 참가할 기사로 뽑혀 마상 창 기술을 맹훈련했다. 토너먼트에 참가했으면 억울하지나 않다. 아이노 경이 고집부려 혼자 다 해 먹는 바람에 그와 나머지 기사들은 떨거지가 되었다.

갈리 3세의 비열한 흉계로 비무장 상태로 감금당했다가 탈출했다. 연회장에 도착한 직후엔 병사들을 상대하느라 폴리아나의 활약을 보지 못했다. 정말 아까웠다.

"무용도 아니고 어째서 오명이오?"

"그때 춤 신청 거절했다고 춤 못 춘다는 오명을 뒤집어썼습니다."

뿐이랴. 비단 신발과 치마 차림이 되면 팔자걸음 걷는다는 소문이 퍼졌다. 아무리 로브나 드레스가 익숙하지 않기로서니. 폴리아나는 기사다. 한평생 스스로의 몸을 제어하고 다루는 데 맹진했다. 비단 신발이 미끄럽다 한들 팔자걸음으로 설설 기어 다니지 않는단 말이다, 이 나쁜 새끼들아!

특히 우크 경이 제일 나빴다. 당시 그녀를 목격한 기사들이 뭐라고 입을 털었는지. 이야기 속 폴리아나는 피 칠갑을 한 괴물이고 마녀였다. 물론 회칠보다 두껍게 바른 화장이 피에 무너지면서 보기에 무섭긴 했겠지. 폴리아나도 그건 인정한다. 확 찢어 버린 치마와 적에게 던진 가발이 충격적이었겠지. 그것도 인정한다.

용맹한 기사는 적군이어도 칭송했다. 적군도 아니고 아군인데 미화 좀 해 주면 덧나나?

이야기만 들어 보면 무기도 없이 양손으로 비크파 병사를 찢어 죽였다. 누가? 폴리아나가.

룩소스 1세의 탄신연이 기회였다. 폴리아나는 뭇 귀족들 앞에서 당당하게! 치마를 입어도 멀쩡하게 걷고! 춤도 잘 춘다는 걸 증명할 것이다!

"두고 보시오. 팔자걸음의 'ㅍ'도 나오지 않게 해 주겠소."

"하하. 그럼 스네크 씨와 같이 참석하시오?"

"그건 아니오."

프라우 스네크는 초대 명부에 이름을 못 올린다. 이번 탄신연은 아크레아 출신 귀족과 가족이 모두 참석했다. 루미네 황녀를 제외한 황족들이 모두 참석하고 경비도 삼엄했다. 세운 공 없는 준귀족 끄트머리의 의사 나부랭이가 참가할 수 있는 자리가 아니었다.

"폴 경과 약혼한 사이 아니오?"

"약혼 안 했소."

국상 기간엔 결혼과 약혼이 금지였다. 폴리아나는 프라우와 약혼을 건너뛰고 바로 결혼할 생각이었다. 그녀와 프라우는 사실적 약혼 관계지 서류상 약혼 관계가 아니었다.

자이노 경이 고개를 갸웃했다. 서류상 약혼 관계가 아니어도 약혼자로 취급한다면 폴리아나의 파트너로서 연회 참석이 가능했다.

"폴리아나 경의 동행인으로 참석이 가능하지 않소?"

황제의 탄신연 초대 명부에 사람 하나를 추가하는 것. 폴리아나의 권력으로 능히 가능했다. 폴리아나가 어깨를 으쓱였다. 그녀라고 그런 생각을 안 해 본 게 아니다. 폴리아나는 프라우에게 연회에 참석할 것이냐 물었다. 프라우는 새하얗게 질린 얼굴로 꼭 가야 하냐고 물었다.

"꼭 가야 합니까?"

"그건 아니다."

"그, 그럼 안 가겠습니다."

"흠, 알겠다."

이상이 그날의 대화 전부다. 폴리아나는 프라우에게 이유를 캐묻지 않았다. 결혼하지 않은 사이에 부부의 의무를 강요하기 싫었기 때문이다. 참석하기 싫은 이유가 대충 짐작 가는 것도 있었다. 룩소스 1세는 아크레아 출신 모든 귀족을 소집했다. 그러니 스네크 백작가도 올 것이다. 가문에서 절연당해 아버지의 장례식에 참석하지 못한 프라우였다. 가족들을 만나면 대단히 괴롭겠지.

우크 경이 같은 생각을 했는지 납득했다.

"하긴, 스네크 백작과 가족들이 모두 참석하니 말이오. 확실한 지위를 얻었다면 모를까 지금 상태에선 가족들을 만나고 싶지 않을 것이오."

마호갈 경이 눈을 감고 고개를 설레설레 저었다. 아들이 장례식에 오지 못하게 할 정도였다니. 가정에 충실한 그는 상상하기도 어려운 일이었다. 그것을 입에 담지 않는 게 그의 기사도다. 세상의 모든 가정이 화목할 수 없는 법. 폴리아나를 보라. 아버지에게 버림받아 억지로 기사가 되었다. 그녀가 조금만 더 예뻤더라면, 조금 불성실했더라면, 그날 룩소스 1세와 만나지 못했다면 그들은 이렇게 만나지 못했을 것이다.

마침내 룩소스 1세의 생일날이 돌아왔다. 스트라 황비가 토리 황비의 도움을 받으며 열심히 노력한 끝에 누가 봐도 완벽한 준비가 끝났다. 토리와 함께 아크레아 출신 귀부인들의 자문을 구하고, 주방장과 요리를 정하고, 술을 정하는 등등. 연회는 열리지 않았지만 그간의 노고를 보답받는 기분이 들었다. 무언가 해냈다는 성취감이 스트라를 사로잡아 흔들었다.

스트라는 감격에 겨워 눈물을 글썽였다.

"모두 토리 덕분이에요!"

"……."

대답이 없었다. 스트라가 토리 쪽으로 고개를 돌렸다. 토리는 보기 안쓰러울 정도로 몸을 떨며 연회장을 노려보고 있었다. 스트라가 깜짝 놀라 토리의 손을 잡았다. 미세한 진동이 고스란히 전해졌다.

"토리? 어디 아파요?"

"아뇨. 조금 긴장했나 봐요."

"긴장은 제가 해야죠. 세상에, 왜 이렇게 떠세요."

"직접 하는 것보다 다른 사람이 하는 걸 지켜보는 게 더 어렵다더니. 그 말이 맞았네요. 저 사실은 엄청 긴장하고 있었나 봐요."

"쉬면 나아질 거예요."

"네. 그렇겠죠."

토리가 은은한 미소를 지었다. 스트라는 눈물을 닦고 활짝 웃었다. 토리는 주변을 살폈다. 연회장엔 그녀들 말고 사람이 많았다. 토리가 작게 손짓을 보내자 스트라가 그녀의 입가에 귀를 가져다 댔다. 토리가 작은 목소리로 귓속말했다.

"제가 비밀 하나 알려 드릴까요?"

"뭔데요?"

"사실은 스트라에게 얼음포도주를 주기 싫어요."

"아이참!"

예상치 못한 농담이었다. 스트라가 폭소했다. 배를 잡고 깔깔 웃던 황비는 곧 이성을 되찾아 손수건을 꺼내 입을 가렸다. 호호호, 이전보다 작은 웃음소리가 이어졌다.

"이렇게 된 이상 꼭 받아서 맛봐야겠어요!"

"네, 입에 맞으면 좋겠네요."

둘은 황비이기에 무언갈 하든 안 하든 이목이 집중됐다. 지금도 멀찍이 떨어져 있는 시녀들이 그녀들에게서 눈을 떼지 않았다. 토리는 눈을 감고 두 손을 모았다. 내일 알고 지낸 이들을 모두 만난다고 생각하니 심장이 떨려 진정되지 않았다.

연회는 성공적으로 시작했다. 시작은 나무랄 데가 없었다. 스트라가 지휘했다는 말에 트집을 잡으려던 귀족들은 대놓고 실망했다. 다행히 누군가를 까 내릴 때 그들의 사고는 유연했다. 황제를 위해서 다른 쪽에도 그 유연함을 써먹으면 좋으련만.

"나쁘지 않군요."

"중부 출신치고 신경 썼어요. 격식이 있고."

"토리 마마께서 같이 하셨으니 부족한 데가 없는 거 아니겠습니까."

"하긴. 중부의 천박한 연회만 접한 이가 어떻게 이런 격식 있는 연회를 열겠어."

아크레아의 연회 문화는 좋게 말하면 각이 잡혀 있고 검소하다. 나쁘게 말하면 고리타분한데 깐깐했다. 중앙의 춤출 수 있는 공간과 사교를 위한 공간만 혼성이었다. 식사는 남녀가 유별해 같은 식탁을 쓰지 못했다.

가문끼리 친분이 있는 청춘 남녀는 서로에게 인사하는 게 허락되고 춤을 출 수 있다. 남성이 마음에 드는 레이디에게 춤을 신청하는 게 30년 전부터 가능했다면 아무도 안 믿을 것이다. 여자가 먼저 남자에게 춤을 신청하는 건 엄격하게 금지된다. 미혼 여성은 가문의 보호자 없이 혼자 연회장을 돌아다닐 수 없으며 기혼이라도 욕을 먹었다.

요리는 아크레아식으로 화끈하게(스트라는 투박하다고 생각했다) 돼지와 사슴을 통으로 구웠다. 술은 굳이 아크레아식을 고집할 필요가 없기에 중부의 질 좋은 포도주를 제공했다.

어느 나라에선 높으신 분일수록 늦게 등장한다는 법도가 있는 모양이지만 아크레아는 그런 쪽으로 까다롭지 않았다. 대신 착석은 신분이 고귀한 순이었다. 룩소스 1세와 황비가 착석하자 다른 이들이 정해진 자리에 앉았다.

어느 때보다 화려하게 꾸민 룩소스 1세가 귀족들 면면을 살폈다. 서른이 넘어도 빛을 발하는 황제의 미모에 몇몇은 쓴웃음을 감추지 못했다. 룩소스 1세가 대륙 최고의 미모를 뽐냈다. 옆에 앉은 루조 대공도 대단한 미남자였으나 작정하고 꾸민 황제를 따라잡지 못했다.

물론 사촌 형제에겐 보기 눈부시다는 공통점이 있었다. 루조 대공의 머리는 반짝반짝 빛났고 룩소스 1세의 금발도 블링블링 빛이 났다. 모발이 시원찮은 남자들은 필사적으로 주문을 외웠다.

자라나라 머리머리.

룩소스 1세가 자리에서 일어났다. 목적한 귀족들이 모두 참석했다. 연회가 끝나면 한 명 한 명 불러 면담 시간을 갖겠지. 만만한 자들은 단체 면담을, 얄미운 자들은 개인 면담을 가질 것이다.

"얼마 전 슬픈 일이 있었다."

부인을 잃은 황제의 말에 모두가 고개를 숙였다.

"다행히 짐의 다른 부인들은 모두 건강하고 황녀 또한 건강해. 짐이 태어난 걸 축하해 주기 위해 모두들 모여 주어 고맙다. 스트라 황비도, 이렇게 훌륭한 연회를 열어 주어 고맙소."

룩소스 1세가 부인의 공을 치하했다. 스트라가 일어나 황제에게 고개 숙였다.

"과분한 칭찬이십니다. 토리 황비의 도움이 컸습니다."

"토리 황비 또한 고맙소. 부인 둘이 투기하지 않고 자매처럼 정다워 짐이 늘 고맙게 생각한다오."

"함께 폐하를 모시는 영광을 누리는데 어찌 질투하겠습니까. 방금 스트라 황비가 소녀와 공을 나눈 것처럼 상냥하여 제가 덕을 볼 뿐입니다."

나이 많은 귀족들의 덕담이 이어졌다. 모두 황제 폐하의 복이십니다. 룩소스 1세는 아쉬워했다. 원로들 말대로 복이 많다고 생각할 수 없었다.

'어떻게 죽은 영감이 하나도 없지.'

황제의 나쁜 생각(?)과 함께 만찬이 시작됐다. 시종들이 음식을 날랐다. 사람들이 즐겁게 웃고 떠들고 마시고 먹었다.

폴리아나는 토리의 옆에 앉았다. 가장 상석에 토리와 스트라가 앉는다. 그 옆에 루조 대공비가 앉고, 그다음으로 공작 부인들이 앉아야 하지만 폴리아나가 상석을 차지했다. 폴리아나는 옆에 앉은 세키 공작 부인과 어색하게 인사를 나눴다.

룩소스 1세의 양옆으로 루조 대공과 아이노 경이 앉았다. 황제가 앉은 식탁은 신분보다 황제의 신뢰를 우선시했다. 본래는 폴리아나도 저기로 가서 앉아야 했다. 남녀가 유별하여! 따로 앉았다.

이 부분은 룩소스 1세도 미처 생각하지 못한 부분이었다. 폴리아나도 마찬가지. 다른 연회에선 섞어 앉았는데 스트라가 최선을 다해 아크레아풍을 살렸다. 그녀의 노고를 알아서 자리를 바꿔 달라는 요청을 하지 못했다.

'저기로 가고 싶다.'

스트라는 루조 대공비와 정다이 얘기를 나눈다. 토리는 어디가 불편한지 쉽게 입을 열지 않았다. 상냥한 말 한마디 할 법한데 말이다.

예를 들자면 "후작이 입으신 초록색이 예뻐요. 마치 폐하의 눈동자처럼." 같은 거.

평소라면 황제의 옆자리에 아쉬워하지 않고 황비들과 즐겁게 이야기했을 것이다. 그런데 토리의 상태가 영 안 좋았다.

"토리 님. 어디 편찮으십니까?"

"아니요, 후작. 긴장이 안 풀려서……."

'긴장?'

"토리는 제가 연회 준비하는 동안 저 대신 긴장을 했어요. 그래서 그렇답니다."

"알 것 같습니다. 저도 제 부하랑 3근위대 부하가 결투할 때 더 긴장하고 그렇습니다."

"후작께 폐를 끼쳤네요. 안 되겠어요. 웃어야지."

토리가 빙그레 웃었다. 누가 봐도 완벽한 레이디의 미소였다. 폴리아나는 그 미소가 마음에 들지 않았다.

"토리 님. 힘드시면 억지로 웃지 않으셔도 됩니다."

"아니에요, 후작. 이건 제 의무예요. 후작께서도 평기사 시절엔 상관에게 웃으셨죠? 같은 거예요."

웃기 싫어도 웃어야 하는 건 모든 사회생활의 공통점이었다. 토리의 비유는 적절했지만 폴리아나가 고개를 저었다.

"전 이제 억지로 웃지 않습니다. 토리 님은 제국의 황비마마십니다. 억지 미소라니. 당치도 않습니다."

폴리아나가 이어서 말했다.

"누가 억지로 웃으라고 강요하면 제게 성명을 알려 주십시오. 흠씬 패겠습니다."

쿡쿡. 토리가 입을 가리고 가볍게 웃었다. 그녀에게 억지 웃음을 강요하는 자들이라니. 아크레아의 모든 귀족을 때려야 할 것이다. 폴리아나라면 정말 그럴 것 같았다. 덕분에 토리는 유쾌하게 웃었다.

만찬이 끝나고 본격적인 연회가 시작됐다. 자리에서 일어난 룩소스 1세가 토리에게 다가와 손을 내밀었다. 토리가 그 손을 살포시 잡았다. 황제는 곁눈질로 폴리아나를 살폈다.

오늘의 폴리아나는 평소와 달랐다. 조금 자란 머리를 기름을 발라 고정하고 싱그러운 초록색의 로브를 입었다. 시밍 부인이 노력해 발달된 상체 근육은 흠으로 보이지 않았다. 거기에 장신구를 몇 개 걸쳤다. 룩소스 1세는 폴리아나가 어느 모습이든 사랑하고 좋았으나 이런 진귀한 모습은 더더욱 사랑했다.

황제가 칭찬을 쏟아 냈다.

"초록색이 잘 어울리는구나. 앞으로 종종 치마를 입을 예정인 게냐?"

"아닙니다. 오늘은 이전 이 성에서 입은 치욕을 만회하려고 입었습니다."

폴리아나가 벌떡 일어나 혼자 스텝을 밟았다. 좌 삼삼, 우 삼삼, 앞으로 뒤로 턴. 어정거리지 않고 미끄러지지 않는다. 그녀는 치마를 입고 이렇게 잘 움직일 수 있었다.

"그때 경과 도나우가 참 용맹했는데."

"오늘은 정말 아무것도 안 가져왔습니다."

포기했어도 감정은 사라지지 않았다. 그저 참고 참으며 평생을 안고 삭여야 했다. 그래도 없어지지 않을 것이다. 죽는 순간까지 품고 가겠지. 룩소스 1세는 쓴웃음을 위정자의 미소로 가렸다. 폴리아나는 모르지만 권력의 정점인 자도 때로 억지 미소를 지어야 했다.

루조 대공이 대공비의 손을 잡고 걸어갔다. 춤을 추려는 남자들이 움직였다. 각자의 부인과 약혼녀를 찾았다.

폴리아나는 적당한 상대를 찾아 주변을 물색했다. 멀쩡히 걷는 걸 증명했다. 이젠 춤출 줄 안다는 걸 증명할 차례다. 동료들은 모두 부인의 손을 잡고 빙글빙글 돌고 있었다. 폴리아나는 기다리기로 했다. 기다리면 동료들이 진귀한 동물 보듯 관찰하다 손을 내밀 것이다.

'뻔하지.'

향수와 화장의 전적이 있기 때문일까. 그녀의 동료들은 은은한 자수가 들어간 초록색 로브에 놀라지 않았다. 이전, 이 야파 성에서 헛소리하던 때와 달랐다. 그들은 변했고 폴리아나도 변했다.

기사들은 여자가 꾸며도 극적으로 변하지 않을 수 있다는 걸 배웠다.

호박에 줄을 그으면 줄 그은 호박. 수박이 아니다. 대신 줄을 어떻게 긋냐에 따라 보는 사람에게 하여금 호박이지만 괜찮네 소리를 나오게 만들 수 있었다.

연회의 첫 곡이라 쉽게 끝나지 않았다. 파트너를 찾느라 중간에 끼어든 사람들을 배려하기 위해서였다. 멍하니 음악을 감상하는 폴리아나 앞에 불쑥 기사의 손이 내밀어졌다.

아이노 경이었다.

"뭐하시오?"

"춤?"

"경이? 나랑? 시켈 양은 어쩌…… 아."

시켈은 토리의 시녀로서 자리를 뜰 수 없었다. 미리 허락을 구하면 연회에 참석할 수 있었다. 시녀들 몇은 중앙으로 가 춤을 추고 있었다. 시켈은 오늘 시녀로 근무하길 희망했다. 보나마나 아이노 경이 원인이었다.

"춤추는 걸로 들러리 건을 상쇄하는 건 어떻소."

"당사자 의견도 없이 선언할 땐 언제고 딴소리하시오?"

"그땐 경이 다른 사람과 결혼할 줄 알았소."

"다른 사람 누구 말이오?"

"그런 사람이 있었소. 지랄병 환자……."

아이노 경이 있는 대로 짜증 냈다. 더 이상 말하기 싫다는 티를 팍팍 냈다. 이 거래는 심사숙고할 필요도 없이 폴리아나가 손해였다.

"어머니랑 추시는 건?"

폴리아나가 옆자리에 앉은 세키 공작 부인을 가리키자 공작 부인이 질색했다.

"아유, 저는 되었답니다. 오호호."

세키 공작 부인은 아들과 춤추는 걸 피하기 위해 남편에게로 도망쳤다.

"……."

'부모한테도 재수 없는 아들이었구나.'

"혹시 부모님과 사이가……."

"너무 완벽해서 부담 간다 하셨소."

'완벽이 아니라 재수 없는 거겠지.'

하기야. 원정에 결혼까지. 부모와 상의할 만한 중대한 일들을 제멋대로 정하는 아들이니 어느 부모가 좋다고 할까. 밖에서 새는 바가지 집 안에서 안 새겠는가. 더 잘 새겠지.

"출까, 말까, 출까, 말까."

폴리아나의 손이 아이노 경의 손을 잡을 둥 말 둥 약올렸다.

그러는 사이 첫 곡이 끝났다. 룩소스 1세가 토리를 에스코트해 데려왔다. 그리고 스트라의 손을 잡았다. 자연스럽게 가로수처럼 서 있는 남녀에게 시선이 갔다. 둘은 룩소스 1세의 길을 막고 있었다. 이른바 동선 방해.

"둘이 무엇하느냐? 짐이 억지로 쉬게 했다고 시위하는 것이야?"

스트라가 큭큭 웃으며 둘 사이에 오간 대화를 전했다. 폴리아나는 냉큼 일렀다.

“아이노 경이 제 결혼식에 들러리 서기 싫답니다. 한 입으로 두 말하고 있습니다, 폐하.”

“폐하, 소신이 왜 이러는지 아시리라 믿습니다.”

충신 하나는 이때다 싶어 고자질하고 충신 하나는 지랄병 때문에 이게 뭐냐고 한탄했다. 두 충신이 황제에게 모든 걸 맡기겠다는 듯 바라봤다. 룩소스 1세가 근엄하게 선언했다. 고민할 필요도 없었다.

“대륙 최강의 기사라면서 허언을 했느냐?”

“크윽.”

룩시, 감히 네가! 아이노 경이 배신감에 치를 떨었다. 우정보다 사랑을 택하는 벗 덕분에 이를 갈았다. 짝사랑이나 하는 주제에 사랑을 택하다니! 비록 지랄염병을 앓는 환자이나 아크레아의 황제. 아이노 경은 명을 받들었다.

“손 주시오.”

“폴 경, 그러지 말고 나와 춥시다.”

“나는 어떻소?”

“나도 시간 많다오! 난 부인이 폴 경과 추라고 보내 줬소!”

아이노 경과 폴리아나의 사이로 전우들이 몰려들었다. 자세한 사정은 모르지만 아이노 경을 엿 먹일 수 있는 절호의 기회였다. 폴리아나는 당연히 재수 있는 쪽의 편을 들었다. 아이노 세키는 모두에게 ‘재수 없는 새끼’였으니까.

“……다들 후회할 것이오.”

이 좋은 날. 폭력과 무력을 쓸 수 없어 아이노 경은 무력했다. 결국 대륙 최강인 걸 제외하면 그는 일개 고위 귀족에 불과했다. 고위 귀족에 일개를 붙여선 안 되지만 고위 귀족만 모인 자리에선 일개를 붙여도 문제없었다. 일신의 자유를 위해 작위를 받지 않은 아이노 경이 처음으로 후회했다. 공작 작위면 직접 안 때려도 다 이길 수 있었는데!

폴리아나가 가장 먼저 달려온 기사를 선택했다. 다른 기사들은 실망하지 않았다. 오히려 좋아했다. 누가 선택받았든 아이노 경만 아니면 그들은 신이 났다. 그 광경을 안쓰러이 지켜보던 토리가 시켈을 불렀다.

"시켈 양."

"네, 마마."

"허락해 줄 테니 아이노 경과 한 곡만 추고 오렴."

'이런 시발.'

자리에 있던 기사들의 얼굴이 짓무른 뒤 방치한 딸기처럼 썩었다. 파랗고 하얀 곰팡이가 피고 얼굴 근육이 아래로 뚝뚝 떨어졌다. 폴리아나도 마찬가지였다. 그녀도 기사니까. 아이노 경의 광대가 실룩였다. 시켈이 적극적으로 사양의 의사를 표했다.

"아닙니다, 마마. 저는 여기에 있겠습니다."

"아이노 경이 상대가 없어서 부탁하는 거란다. 한 곡만 추고 오렴."

'옘병.'

풀 죽은 동료 기사가 폴리아나의 손을 잡고 춤추는 장소로 이동했다. 그나 폴리아나나 풀이 죽어 시무룩했다. 춤곡은 신났지만 춤추는 둘은 신나지 않았다. 폴리아나는 호언장담한 대로 정석적인 춤을 선보였다. 현란한 기술이 없는 대신 칼밥 먹는 사람의 각이 잡혀 있었다. 같이 추는 사람도 기사라 둘의 춤은 기운이 없는데

각이 잡힌 기묘한 앙상블을 이뤘다.

폴리아나는 일부러 아이노 경과 시켈 쪽을 외면했다. 아이노 경이 실실 웃는 걸 봤다가 혈압이 올라 사망에 이를지도 몰랐기 때문이다. 기껏 엿 먹일 기회였건만 바로 만회하다니. 신은 그에게 너무 많은 걸 주셨다. 가문, 재능에 이어 연애운까지 주시다니.

불공평했다.

룩소스 1세가 폴리아나에게 '경과 춤을 추지 않겠다'고 말한 적이 있다. 날카로운 벽치기의 추억이 생긴 날이었다. 날카로운 벽치기의 감미로움은 황제의 고된 나날에 생명수처럼 활력소가 되어 줬다.

그때 말한 대로 룩소스 1세는 폴리아나에게 춤을 청하지 않았다. 황제는 다른 귀부인 몇과 춤을 췄다. 폴리아나는 한 번 춘 걸로 만족했는데 동료들이 계속 춤 신청을 넣었다. 그들은 폴리아나가 언제 또 이렇게 입고 연회에 참석할지 모른다고 여겼다. 일종의 한정판매 상품이었기에 폴리아나는 발바닥에 땀나도록 빙글빙글 돌았다. 체력이 튼튼한 그녀가 지칠 정도였다.

밤이 깊어 두 번째 만찬이 준비됐다. 토리가 갑자기 자리에서 일어섰다. 그녀가 눈짓을 주자 뒤에 서 있던 시녀가 상자를 가져왔다. 상자 안엔 얼음포도주가 들어 있었다. 시녀가 조심스럽게 술병을 꺼내 토리에게 건넸다. 토리는 술병을 받은 뒤 말했다.

“잠시 여기를 주목해 주세요.”

그녀가 말하지 않아도 연회장의 시선은 모두 토리에게, 정확하겐 얼음포도주병에 쏠려 있었다. 얼음포도주는 귀했다. 얼음포도 자체가 잘 자라지 않고 주인인 시이제 후작이 쉽게 판매하지 않았다. 대륙에서 제일 보기 힘든 술이라고 해도 과언이 아니다. 토리가 친히 술병의 마개를 땄다. 퐁! 하고 맑은 소리가 터졌다.

“오늘의 연회는 스트라 황비가 책임자로 성실히 임한 결과예요. 저는 열심히 하신 스트라 황비에게 얼음포도주를 주기로 약속했어요.”

와아! 사람들이 감탄했다. 귀한 술을 경쟁자에게 주는 배포가 컸다. 토리가 갑자기 일어나는 바람에 여자가 나댄다고 불평했던 이들은 혀를 찼다. 술을 잘 안 마시는 여자가 저 술의 참맛을 알겠어? 닭에게 사슴 고기를 주는 꼴이군.

스트라의 눈은 기대로 반짝였다. 토리는 직접 스트라의 술잔에 술을 따랐다. 얼음포도주 특유의 맑은 녹색 액체가 쪼르르 잔에 담겼다. 다들 색의 고움과 맑음에 감탄했다. 가까이에 있던 자는 청량하면서도 눈 냄새를 닮은 향에 취했다.

쩝. 룩소스 1세가 입맛을 다셨다. 그와 선왕은 시이제 후작과 사이가 안 좋아서 얼음포도주를 못 마셨다. 황제도 못 마신 술을 스트라가 먹게 된 것이다. 룩소스 1세는 침을 꿀꺽 삼켰다.

‘한 잔 정도는 주지 않을까.’

황제는 체면 불구하고 얻어 마시고 싶었다.

대륙에서 가장 값비싼 술. 돈이 있어도 없어서 못 마시는 술. 황제도 마셔 본 적 없는 그 술!

스트라가 얼음포도주가 가득 담긴 잔을 두 손으로 조심스럽게 들었다. 흔들리는 액체에서 달콤하고 진하면서 청량한 향이 후각을 사로잡았다.

"어머나."

향만으로 취할 것 같았다. 스트라가 탄성을 내뱉었다.

"향부터 달라요."

정말 부럽다. 술 애호가들은 지금 이 순간 스트라 황비가 세상에서 제일 부러웠다. 모두의 부러움을 한 몸에 받는 스트라가 병을 들어서 토리의 잔을 채웠다.

"귀한 걸 저만 마실 수 없죠. 토리 황비도 맛보세요."

부러운 사람이 한 명 늘었다.

쩝. 룩소스 1세가 다시 입맛을 다셨다. 열심히 쳐다보면 한 잔은 줄 줄 알았다. 그의 부인들은 남편을 안 챙기고 저들끼리 챙기느라 바빴다. 심지어 황제 쪽으론 눈길 한 번 보내지 않았다.

룩소스 1세는 결국 얼음포도주를 포기했다. 벤티에 경이 시이제 공작이 되면 맛볼 수 있을 것이다. 노세 노세 늙어서 노세. 노년기의 여가를 위해 청년기를 희생한 것처럼 황제는 훗날의 즐거움을 기대하기로 했다.

'언젠가 꼭 먹고 말 거야.'

각자의 잔을 든 토리와 스트라가 건배했다. 둘이 정답게 서로를 마주 보고 다른 이들에게도 미소를 뿌렸다. 스트라가 귀한 술에 대한 호기심과 흥미로 흥분했다면 토리는 상냥했다. 그녀는 이보다 더 상냥하고 정숙하게 웃을 수 없다는 듯, 레이디의 정석과 같은 미소를 지었다.

연회장의 모두가 기대에 차 두 황비를 응시했다. 다들 이 일을 흥미로워하고 술을 마신 둘의 반응을 궁금히 여겼다. 시이제 후작은 선물로 준 술이 제대로 쓰이는 게 기특해 푸근한 미소를 지었다.

토리의 눈이 시이제 후작에게 닿았다. 그녀는 자기도 모르게 시이제 후작을 외면해 버렸다. 시선을 옆으로 돌리자 폴리아나가 둘의 식음을 고대하고 있었다. 이런 생각을 하면 실례 같지만 간식을 기다리는 강아지 같았다. 폴리아나도 룩소스 1세처럼 열심히 쳐다보면 한 잔쯤 줄 거라고 생각하고 있었다.

"그럼 맛보겠어요."

"스트라, 잠시만요."

토리는 다정하고 상냥한 미소를 버리지 않았다. 그녀가 스트라를 제지해 술잔을 내려놓게 했다. 폴리아나는 미간을 좁혔다. 토리의 전신이 떨리고 있었다.

"역시 이건 아니에요."

토리가 덜덜 떨리는 손으로 스트라와 그녀의 술잔, 술병을 들어 자기 앞에 갖다 놓았다. 그녀는 토리에게 생긋 웃어 보인 뒤 말했다.

"존경하는 황제 폐하! 이 얼음포도주를 증거로 시이제 후작을 고발합니다!"

룩소스 1세의 눈이 이채를 띠었다. 사람들이 웅성거리는 와중 토리가 멀리 있는 사람이 알아챌 정도로 벌벌 떨기 시작했다. 토리에게 무언가 말하려는 스트라를 루조 대공비가 잡아끌어 의자에 앉혔다.

"지, 지금 토리가!"

"쉿! 마마, 괜히 얽히지 마세요!"

스트라의 시녀들까지 달려들어 스트라를 끌어안아 토리에게서 멀찍이 떨어트렸다. 폴리아나는 이동하지 않았다. 잠자코 상황을 주시했다.

그녀는 갑작스러운 상황 변화에 약하다. 짜증을 내고 투덜거리고, 주위에 히스테리를 부린다. 하지만 스스로 놀랄 정도로 폴리아나는 침착했다. 그녀는 곧 이유를 알아챘다. 이건 그녀의 전쟁이 아니라 토리의 전쟁이었다.

토리는 선전 포고를 하고 전장에 뛰어든 것이다. 어떠한 무기도 동료도 없이 단신으로.

동료로 참전하는 건 폴리아나의 자유였다.

"아하하하."

누군가 웃었다. 특정인을 찾아낼 수 없었다. 연회장 곳곳에서 웃음소리가 터졌다. 그것은 전장에서 들려선 안 되는 소리였다.

"토리 마마께서 주향만으로 취하셨나 봅니다."

"아니면 술을 이미 많이 드셨나?"

"시녀들이 제 일을 안 하고 있네요. 취한 주인이 주정하도록 내버려 두다니."

그 말에 시녀들이 움직였다. 시켈은 가만히 있었지만 다른 시녀들이 토리를 둘러쌌다. 덜덜 떠는 토리가 시녀들의 손짓에 저항할 수 있을 리 없었다.

"짐은 더 듣고 싶은데."

룩소스 1세가 시녀들에게 물러나도록 손짓했다. 시녀들이 주저하다가 뒤로 물러났다. 토리가 가쁜 숨을 쉬며 식탁 위에 손을 올려 몸을 지탱했다. 토리를 보는 시이제 후작의 눈빛은 담담했다.

"폐하, 아마 손녀아이가 과음하여 꿈과 현실을 구분하지 못하는 모양입니다. 황비마마의 무례를 대신 사죄드리겠습니다."

"아니다. 짐이 보기에 부인은 과음하지 않았어. 과음하였다 한들 재미있으니 계속 듣고 싶구나. 후작은 궁금하지 않은가? 짐의 부인이 무엇으로 백조부를 고발할지."

룩소스 1세가 손을 휘저었다. 그가 의자 등받이에서 몸을 뗐다.

"계속 말해 보거라."

연회장의 분위기가 싸늘해졌다. 귀족들은 황제가 여흥으로 황비를 놀리는 것인지, 진심으로 황비의 고발을 받아들인 것인지 혼란스러워했다. 아이노 경은 간단한 수신호로 마호갈 경에게 명령했다. 연회장의 경비를 서던 근위대원들이 조금씩 위치를 변경했다.

모두의 이목이 토리에게 집중됐다. 얼음포도주를 들고 있었을 때와 온도가 달랐다. 아크레아의 눈보라처럼 시린 추위에 토리가 이를 부딪쳤다.

"이…… 이, 술엔 독이 들어 있습니다."

그녀가 간신히 운을 뗐다. 누군가 그녀에게 질문했다.

"무슨 독입니까?"

"저는…… 모릅니다."

토리의 눈동자가 불안하게 흔들렸다. 그녀의 말이 끝나기가 무섭게 폭소가 터졌다. 누군가 말했다. 마마, 취하셨으면 곤히 주무시지요.

"무슨 독이 들었는지 모릅니다! 그렇지만 독이 들었습니다! 아마, 아마 여자에게 안 좋은 독일 겁니다. 시이제 후작은 소녀에게 이 술을 주었고 스트라 황비를 음독하게 하려 했습니다. 이 술을 조사하면 독이 나올 겁니다!"

토리의 주장을 사람들은 믿지 않았다. 술 취한 여자의 헛소리로 치부했다. 그도 그럴 것이 그녀의 논리가 이상했다. 누군가를 고발하려면 증거가 필요한데 그 증거라고 내놓은 것이 귀한 얼음포도주였다. 얼음포도주의 출처는 시이제 후작이 분명하다. 하지만 그 안에 독이 들었다니? 독이 들었다고 주장하면서 정작 그 독이 어떤 독인지 모른다는 건 말이 안 됐다.

"모함입니다."

시이제 후작은 긴말하지 않았다. 기가 차다는 듯 한마디로 끝냈다. 토리가 절박하게 말했다.

"진짜입니다. 독이 들었습니다. 들었을 겁니다. 시이제 후작이 제게 이 술을 스트라 황비에게 먹이라 명령했습니다."

"황비. 그만하시구려. 그댈 황비로 추천한 노구를 더 부끄럽게 하지 마시오."

"아닙니다, 술을 조사해 보면 독이 나올 겁니다. 이 술을."

"마마! 이제 그만하세요!"

토리의 뒤에서 시녀가 튀어나와 술잔과 술병을 엎었다. 대륙에서 가장 귀한 술이 바닥으로 흘렀다. 쳇. 폴리아나가 혀를 찼다.

'시녀들을 생각 못 했어.'

그녀는 남자들이 움직일 것만 경계했지 토리의 뒤에 모여 있던 시녀를 미처 생각하지 못했다. 술을 엎은 시녀가 식탁 앞으로 나와 무릎 꿇고 엎드렸다. 시녀의 긴 머리채가 바닥에 끌렸고 끝은 술이 적셨다.

"무례를 용서하소서, 폐하! 제 주인의 망령된 일을 더 이상 지켜볼 수 없었습니다! 이 술엔 독이 들은 것이 맞습니다! 허나 독을 넣은 건 시이제 후작이 아닌 토리 황비입니다! 술을 엎어 얼마나 악독한 독이 들었는지 밝혀지지 않게 하는 것이 제 마지막 충성입니다."

토리가 눈을 감았다. 두려움과 공포로 덜덜 떨리던 것이 잦아들었다. 그녀는 웃었다. 폴리아나가 깜짝 놀랐다. 그건 이럴 줄 알았다는 체념의 미소였다.

"내 너를 아꼈는데."

"마마! 왜 이런 짓을……!"

엎드린 시녀가 비통해 울었다. 토리의 뒤에서 다른 시녀가 나왔다.

"폐하, 토리 황비는 스트라 황비의 상상 임신 사건 때부터 그녀를 질시하고 있었습니다. 질투가 점점 심해졌지만 시녀인 저희들에게 화풀이하는 선에서 그쳤는데…… 레베카 황비의 임신에 이어 스트라 황비가 회임했다는 소문이 돌자 감정을 이기지 못한 것입니다! 어리석은 여자가 벌인 짓입니다! 부디 선처해 주셔요!"

"선처해 주셔요!"

시녀 몇이 더 나와 무릎 꿇고 엎드렸다. 시켈은 얼굴이 하얗게 질려 말뚝 박힌 것처럼 움직이지 않았다. 그녀가 느꼈던 위화감이 주인을 배신하는 걸로 끝난 것이다.

토리는 감은 눈을 유지했다. 이렇게 될지도 모른다고 생각했다. 일을 벌이기 전 황제에게 긴밀히 고해 보는 것도 고려했다. 하지만 룩소스 1세는 국정으로 바빴다. 후궁을 찾아도 토리에게 오지 않고 스트라에게 갔다. 일부러 황제를 찾아가면 보는 눈이 많았다. 토리가 원하는 건 황제와 단둘이 있는 시간이었으나 마지막까지 주어지지 않았다.

어릴 때부터 우정을 쌓은 시녀까지 믿을 수 없는 고립무원. 오늘의 일은 미친 황비의 발작으로 종결될 것이다. 그런 미친 여자가 있었다고 길이길이 전해지거나 쉬쉬하다 묻혀 기록에서 말살될 것이다.

그냥 스트라에게 술을 줘도 됐을 것이다. 출처가 분명한 술이니 극약을 넣진 않았을 거라고 토리는 확신했다. 아마 여자에게 안 좋거나, 다른 독을 같이 먹어야 효과가 있는 독이었겠지. 하지만 토리는 그러기 싫었다. 스트라는 너무 상냥했고 레베카는 가끔 엉뚱한 말을 하지만 가식이 없었다.

미친 황비로 몰려 죽어도 좋았다. 토리는 그저 스트라에게 독을 먹이기 싫었다. 그녀를 위해서, 그리고 그녀를 위해서.

그것이 그녀가 홀로 전장에 나선 이유다.

"어리석은 여자가 안위에 눈이 멀어 은혜를 원수로 갚는 짓을 저질렀습니다. 시이제 후작은 무고합니다, 폐하."

토리가 갑자기 말을 바꿨다. 사람들이 술렁였다. 룩소스 1세는 실망하는 대신 긴장했다. 지금부터 어떤 일이 벌어질 거라는 직감이 느껴졌다. 그가 미루고 미뤄 왔던 뱀 사냥이 지금, 뱀이 키운 새끼 뱀에 의해 시작되려 하고 있었다.

"독약 건은 무고합니다. 그러니 다른 걸로 시이제 후작을 고발하겠습니다. 시이제 후작은 국법을 어기고 사병을 육성하여 보유했습니다. 또한 사철을 밀매해 다른 귀족에게 판매했습니다. 국가에 신고한 것의 세 배가 되는 술을 주조했으며 이중 9할을 상인에게 강매했습니다. 현금을 받았으나 수익을 신고한 적 없으며 이를 수십 년 지속해 탈세 금액이 어지간한 영지 가격보다 높습니다."

"황비, 정녕 미친 게요? 어디서 헛소리를!"

토리는 그녀의 말을 끊은 귀족의 얼굴을 살폈다. 그리고 낭랑하게 말했다.

"비르드 남작은 과거 폐지된 초야권을 유지하고 그걸 빌미로 과세했습니다. 빈민 구제용으로 국가에서 나눠 준 밀을 사사로이 타국에 판매했으며 구제용 밀이 부족할 땐 군량에 손댔습니다."

"도, 도대체 무슨 말을……!"

토리가 말을 이었다. 막힘없었다. 눈에 들어온 귀족이 벌인 죄목을 일일이 말했다. 그러다 누군가 말도 안 된다 소리치면 그 사람의 죄목을 말했다. 연도까지 상세하게 기억하는가 하면 사람을 착각하는 일도 없었다.

작게는 적은 금액의 탈세, 크게는 반역에 이르기까지. 룩소스 1세가 알면서 봐주고 증거가 없어 잡지 못했고 미처 몰랐던 일들이 토리의 입에서 튀어나왔다.

어느 순간부터 룩소스 1세는 웃고 있었다. 그의 부인은 정말 영리했다. 살아오면서 무심코 지나쳤던 모든 일들을 기억하고 거기에 의미를 부여했다. 어려웠을 것이다. 그녀는 여자. 아크레아에선 여자를 가르치지 않는다. 오만해지기 때문이다. 남자를 따라잡을 수 없는 주제에 똑똑한 척하기 때문이다.

"이상의 죄목으로 시이제 후작과 원로원, 그 외 귀족들을 고발합니다."

항의가 빗발쳤다. 이십 대의 레이디가 견디기 어려운 매섭고 격렬한 항의였다. 혹자는 비난하고 혹자는 야유를 보냈다. 소란은 황제가 근위대의 검을 뺏어 검집으로 바닥을 내리칠 때까지 이어졌다.

"모두 조용히 하라! 짐의 앞이다. 잊었느냐?"

"폐하! 토리가 실성했습니다!"

"폐하께서도 모두 듣지 않으셨습니까, 지금 저 여잔 제정신이 아닙니다. 미쳤습니다."

"당장 저년을 끄집어내야 합니다!"

"토리."

룩소스 1세가 범인을 심문하듯 토리에게 물었다.

"그대가 한 말이 모두 사실인가?"

"네, 사실입니다."

"거짓말입니다!"

"미친년과 말을 섞지 마십시오, 폐하!"

"살을 섞었다고 정이 드셨습니까! 내치셔야 합니다!"

"그만! 짐은 실성한 여자를 부인으로 맞이했다는 오명을 지는 건 싫네. 그러니 얘기를 들어 보려 한다. 토리, 그대의 고발을 뒷받침할 증거나 증인이 있느냐."

"증인은 이 자리에 있는 저 죄인들입니다."

"그걸론 부족하다."

"증거가…… 있습니다."

"당장 가져와 봐라, 이 미친년아!"

"그래! 가져와! 보여 줘!"

귀족들이 토리에게 음식물이나 식기를 던지지 않은 건 근위대가 있기 때문이다. 그렇게 생각할 정도의 살기가 토리에게 몰렸다. 토리가 겁에 질려 몸을 움츠렸다. 그녀는 도망가지 않았다.

"증거는 있습니다, 하지만 지금 여기엔 없습니다."

누가 뭐라 하기 전 토리가 빠르게 말을 이었다.

"시이제 후작의 영주 성 2서재에 흑단 재질의 책상이 있습니다. 열쇠 구멍이 있는 서랍이 네 개, 열쇠를 순서대로 넣어 돌려야 열리는 잠금 서랍이 세 개 있습니다. 그리고 제대로 된 방식으로 열지 않으면 안의 내용물을 파손하는 장치가 된 서랍이 숨겨져 있습니다. 그 안에 제가 말한 죄목의 증거가 들어 있을 겁니다."

벤티에 경이 놀라 입을 벌렸다. 그는 그 책상을 알고 있지만 마지막 비밀 서랍의 존재는 몰랐다. 도대체 토리가 어떻게 그걸 알았을까?

벤티에 경은 곧 깨달았다. 벤티에 경이 들어가지 못했던 응접실에 토리는 차를 날랐다. 어리석은 여자라, 들어도 무슨 이야긴지 모를 여자라 무시했지만 토리는 모두 기억하고 있었다.

벤티에 경은 토리의 영리함을 알았으나 그녀를 신뢰하지 않았다. 어린 시절 토리를 거둬 기른 것이 시이제 후작이었기 때문이다. 그녀는 순종을 최우선으로 여기도록 길러졌다.

폴리아나의 말이 맞았다. 벤티에 경은 토리를 좀 더 믿어야 했다.

"폐하, 모두 사실일 겁니다."

"짐도 그렇게 생각한다. 그러나 지금은 말뿐이야. 선뜻 나설 수 없다."

룩소스 1세와 벤티에 경이 밀담을 주고받았다. 룩소스 1세는 토리가 영리한 걸 알고 있었다. 그도 편견에 사로잡힌 사람이라 영리해 봐야 일개 여성에 불과하다 과소평가하고 있었다. 깊은 후회만 남았다. 벤티에 경을 끌어들인 것처럼 그녀를 포섭했다면 얼마나 좋았을까.

만일 그러했다면 토리는 지금처럼 외로운 싸움을 벌이지 않아도 됐다. 여인의 몸으로 지금처럼 괴로운 일을 겪지 않아도 되었다.

'정말 아깝구나.'

그러는 사이 시이제 후작이 나섰다. 일흔이 넘은 노인은 기특하게 여겨 거둔 수양 손녀의 실성에 정신을 차리지 못했다.

"폐하! 이것은 실성한 여자의 망상입니다. 부디 귀담아듣지 말아주십시오. 이 노구는, 저보다 빨리 망령이 든 토리가 가엾을 뿐입니다! 아아! 차라리 이 늙은이가 노망이 났어야 하는데! 토리야, 토리야, 그 영특하던 네가 어찌!"

시이제 후작이 비통해하며 눈물 흘렸다. 보는 사람의 심금을 울리고 동정을 사게 하는 모습이었다. 울고 싶은 건 토리였다. 토리는 자신을 구성하던 세계를 배신했다. 토리 또한 세계의 구성원이었다. 세계의 파멸은 토리의 파멸, 그녀는 지금 자멸의 길을 걷고 있었다.

이 길을 걷기까지 그녀는 수없이 갈등했다. 잠자코 순종하는 것이 모두가 바라는 그녀의 역할이었다. 이 일로 토리가 쌓은 모든 게 무너질 것이다. 시녀가 쏟은 술처럼 다시 돌이킬 수 없는 것.

토리가 마지막 패를 꺼냈다.

"지미 백작, 스필 자작, 그 외 8명도 마찬가지입니다. 그들의 서재에도 동일한 책상이 있습니다. 왜냐하면 그 책상은 지미 백작의 솜씨 있는 장인에게 특별 주문한 물품이기 때문입니다."

말을 마친 토리는 현기증에 비틀거렸다. 그녀는 이미 모든 심력을 소비했다. 여자를 멸시하고 동시에 과보호하는 아크레아다. 그런 국가에서 토리는 최고의 레이디란 찬사를 들으며 살았다. 그녀는 웃었고, 춤추고, 노래하고, 수를 놓았다. 다른 사람에게 하는 대화는 소소한 사담에 한정됐다. 황비가 된 후 명령을 내려도 시녀와 시종에 한했다.

고발이라니. 토리는 이런 일에 익숙지 않았다. 누군가의 증오 어린 시선을 받는 건 두 다리가 후들거릴 정도로 무서웠다. 힘들었다. 괴로웠다. 울고 싶었다.

토리는 식탁에 간신히 몸을 기댔다.

"저는 미친 여자가 아니에요. 저는 미치지 않았어요. 죄인은 모두예요. 네, 모두. 그러니까 근위대! 당장 죄인과 그 일가를 포박하라!"

기껏 외쳤건만 아무도 토리의 명령에 따라 움직이지 않았다. 적막이 흘렀다. 토리는 패를 모두 내놨다. 할 수 있는 걸 모조리 했는데 근위대는 움직이지 않았다.

어쩔 수 없었다. 여자의 말엔 깊이가 없다. 여자는 거짓과 진실을 구분하지 못한다. 여자는 감정에 휘둘려 옳고 그름을 판단할 능력이 부족하다.

토리는 처음부터 도구였다. 쓰다가 쓸모가 다하면 버려질 운명이었다. 룩소스 1세가 시이제 후작을 내친다면 토리가 함께 내쳐질 것이고, 토리가 뜻대로 움직이지 않거나 더 좋은 대체품이 생기면 후작이 내칠 예정이었다.

어차피 버려질 것이라면 속이라도 시원해지자. 어차피 그렇게 될 운명이라면 같이 끝나자. 소모품이어도 살아 있다는 것을 보여 주자. 모두가 도구로 여길지라도 토리는 살아 있었다. 새 세상을 만나 새로운 것을 배워 알았다. 뜻대로 움직여 줄 거라고 믿는 게 이상하지 않은가?

결심한 후론 하루하루 사는 것 같지 않았다. 후회와 갈등이 그녀를 괴롭혔다. 토리를 돕겠다며 노력하는 스트라와 폴리아나와의 질답 시간이 유일한 위안이었다.

'이제 끝이야.'

토리가 두 눈을 질끈 감고 끝을 예상했다. 지켜보던 폴리아나가 외쳤다.

"다들 뭣들 하느냐! 황비마마의 명령을 받들어라!"

묻지도 따지지도 않고 폴리아나가 토리의 편을 들었다. 토리의 명령에 꿈쩍도 않던 근위대가 폴리아나의 호령에 일사불란하게 움직였다.

폴리아나가 토리의 옆에 섰다. 옆에 서 준 것뿐인데 든든한 방패처럼 느껴졌다. 폴리아나가 토리를 지켜 주고 있었다. 그녀의 명령에 따르는 사람이 있었다.

근위대원들은 출입문을 봉쇄하고 외부 경비를 서는 동료들에게 밧줄을 전달받았다. 토리가 죄목을 말한 귀족과 그렇지 않은 귀족을 분류하고 한데 모았다. 귀족들은 반항했으나…….

"존나 맞고 묶일래, 그냥 묶일래?"

"니미 시펄, 내가 천민 출신이라 불만이야? 이걸 확!"

연회장 경비를 맡은 근위대의 절반은 제1근위대 소속이었다. 그들은 아직 죄가 입증되지 않은 귀족들에게 폭력을 아끼지 않았다. 욕설과 구타가 몇 번 반복되자 반항하는 이가 생겼다. 근위대원과 비슷한 또래의 청년이었다.

"기사가 되어 어찌 이런 행패를 부리는가!"

"누가 기사 되고 싶어서 된 줄 알아? 강제로 기사 된 내 마음을, 은퇴 못 하는 날 아냐고!"

제1근위대원을 그만두려면 대체 인원을 구해 놓고 가야 한다. 하우 경처럼 장인어른 후광으로 수월히 빠져나간 경우는 드물었다.

아이노 경은 제 눈에 차지 않는 사람은 받지 않았다. 덕분에 마호갈 경을 비롯해 많은 기사들이 눈물을 머금고 제1근위대에 남아 있었다.

울분에 찬 근위대원이 반항하는 자를 팼다. 손속에 자비가 없었다. 오로지 실력만 보고 뽑았기에 넷이서 한꺼번에 덤벼들어도 소용없었다.

제1근위대의 포박은 순조로웠다. 문제가 생긴 건 제2근위대 쪽이다. 야파로 천도하면서 대거 물갈이가 되었으나 근위대 = 명문가 출신 공식은 변하지 않았다. 죄인이 된 귀족들과 근위대의 대부분은 가깝고 먼 친척이었고 교류가 있었다. 대장의 명령을 받아 포위하긴 했으나 밧줄로 묶는 건 껄끄러웠다. 무엇보다 죄인들의 태반이 노인이었다.

근위대원이 우물쭈물거리며 시이제 후작에게 다가갔다. 시이제 후작이 노회한 눈을 황제에게 던졌다.

"폐하. 이 늙은이의 서재에 흑단목 책상이 있는 건 사실이옵니다. 하오나 비밀 서랍에 대한 것은 금시초문이며 죄목 또한 억울할 따름입니다. 이 노인에게 죄가 있다면 정신이 온전치 않은 여자에게 속아 넘어간 것뿐이옵니다. 부디 현명한 판단을 내려 주십시오."

"그야 그렇지. 증거도 없이 그대들을 핍박해선 안 된다. 짐도 동의해."

룩소스 1세가 고개를 끄덕였다. 귀족들이 거 보라는 듯 밧줄을 풀라 종용했다. 시이제 후작 및 기타 원로의 주축은 포박당하지 않은 상태였다. 근위대가 어쩔 줄 모르고 황제와 폴리아나를 봤다. 폴리아나가 눈을 부라렸다.

뭘 봐. 확!

제2근위대원들은 고양이 앞의 쥐처럼 눈을 못 마주쳤다. 결국 그들은 타협했다. 밧줄로 묶기 꺼려지니 함부로 행동하지 못하도록 감시했다.

"죄목이 수백에 합치면 사형감이니 짐이 묵과할 수 없노라. 조사는 해 봐야 하니 그대들은 조사가 끝날 때까지 성에서 머물도록. 짐은 실성한 부인을 얻었다는 말을 듣고 싶지 않다. 그러니 확실히 조사해야겠다. 아이노 경, 각 영지로 근위대를 보내 조사하라."

"명 받들겠습니다."

책상을 공동 구매한 귀족들이 부들부들 떨었다. 세상에 털어서 먼지 한 톨 안 나오는 사람은 없다. 룩소스 1세가 보란 듯이 웃었다.

"너무 걱정하지 말거라. 귀족들 서재에 그런 장치 하나둘쯤은 있어야지. 짐도 다 안다. 납득 선의 탈세나 횡령, 자잘한 죄질은 눈감아 줄 테니 염려 말게. 그대들은 평생 아크레아를 지탱해 온 기둥들 아니냐."

기둥들은 황제의 배려에 감격하지 못했다. 그들이 저질러 온 일들은 소소한 탈세, 횡령이 아니었으니까. 소소한 죄질도 누적되면 대죄가 된다. 무죄를 증명하기 위해 조사하겠다는데 반대하면 스스로의 죄를 인정해 버리는 꼴이었다.

"기어이, 기어이 우리와 척을 지시겠다는 겁니까, 폐하."

시이제 후작의 음성은 덤덤했다. 그러나 눈빛만은 강렬했다. 시이제 후작을 포함해, 그들은 심증으론 모두 유죄였다. 폭군이라면 심증으로 사람을 처벌할지 모르나 룩소스 1세는 폭군이 아니다. 황제가 어깨를 으쓱였다.

"그대들의 무죄를 위해 조사하는 것을 어찌 그렇게 곡해하느냐. 후작, 가는귀가 먹었나?"

"우리가 아크레아를 어떻게 지탱했는데!"

수십 년간 왕과 비슷한 권세를 유지하던 노후작의 노성이 터져 나왔다. 룩소스 1세가 태연하게 대꾸했다.

"그대들의 노고를 알기에 짐은 침묵했다. 어쩌면 그대들이 죽을 때까지 현상이 유지될 거라 생각한 건 짐의 착각이었을지도 모르겠구나. 지금 그대들의 모습을 보라. 짐이 큰 착각을 했다."

황제가 자리에 앉은 채 두 팔을 벌렸다. 그가 자신의 모습을 자랑했다. 황제의 관을 쓰고, 누구보다 화려한 옷을 입었다. 그는 옛날의 소년왕이 아니었다.

"그대들은 짐을 주군으로 여겼느냐? 아직도 짐이 18세의 어린 왕으로 보이느냐? 짐이 쓴 건 왕관이 아닌 황제의 관이다. 북방의 얼어붙고 거친 땅이 세계의 전부로 보이는 것이냐? 짐은 대륙의 황제다! 그대들이 견제하고 속일 수 있는 인물이 아니다!"

삼십 대의 황제와 일흔의 노후작. 후작은 호통쳤고 황제는 덤덤히 말했다. 사람들을 압도한 건 룩소스 1세의 카리스마였다. 끝까지 버티던 원로 몇이 근위대에게 손을 내밀고 순순히 묶였다.

시이제 후작도 깨달았다. 룩소스 1세의 말대로 상대할 수 있는 인물이 아니었다. 왜 그걸 진작 알아채지 못했을까. 어린 시절부터, 아버지 대부터, 할아버지 대부터 알았기에 얕봤다. 어린 시절 방긋 웃던 모습에서 황제의 이미지를 고정했다.

다 끝났다.

패배를 인정하자 시이제 후작의 분노는 엉뚱한 곳으로 향했다.

늙은 뱀의 마지막 발악이었다.

"토리! 이 멍청한 년! 네가 무슨 짓을 저질렀는지 알아! 네가! 네가 가문을 배신하고 나를 배신해! 너를 기르고 먹인 은혜를 원수로 갚아?"

토리에게 다가가려는 시이제 후작을 근위대가 저지했다. 교차된 근위대의 팔 사이로 시이제 후작이 지팡이를 휘저었다. 토리는 가장 두려워하던 사람의 분노에 손으로 몸을 감쌌다.

"누가 너를 그 자리까지 올려 줬는지 아느냐! 다 누구 덕인지 알고! 네가 이제 상이라도 받을 줄 알아? 착각하지 마라, 어리석은 것! 다 끝났다, 다 끝났다고! 내가 이렇게 됐는데 너라고 무사할 줄 아느냐?

넌 역적의 딸이야, 역적의 자식이다! 무지한 계집 주제에 대의를 흉내 내고 싶었나 보지? 계집 주제에 검 들고 다니는 년을 보니 너도 뭐라도 되는 줄 알았더냐? 네가 누리는 모든 건 다 내 손에서 나왔다. 내가 없으면 넌 아무것도 아니야! 그저 얼굴 반반한 미친년에 불과해!"

"저도 알아요!"

시이제 후작의 노성이 쏟아지는 내내 토리는 벌벌 떨기만 했다. 그랬던 그녀가 천천히 고개 숙이고 시이제 후작을 똑바로 봤다. 몸은 여전히 떨렸다.

"저도 알아요! 다 알아요! 신의니, 충절이니, 정의니 대의니 모두 여자는 가져 봐야 쓸모없어요! 저도 안다고요! 저는 법을 몰라서 어떤 게 불법인지 몰라요. 그렇지만 어떤 게 나쁘고 잘못된 건지는 안다고요!

계집애에게 독 먹이는 게 무슨 대의고 애국인가요! 어리석은 계집 하나 죽여서 이뤄지는 대업이라면 말이 안 되잖아요! 계집은 그냥 도구일 뿐이고 어리석고, 하나가 죽으면 다른 하나로 대체하면 되는데 고작 그런 계집 죽였다고 어떻게 대업이 완성되냐고요!"

"천지분간도 못하는 어리석은 것!"

"네! 전 어리석어요! 감정에 따라 휘둘려요! 그러니까 대의나 대업 같은 건 몰라요! 친구한테 독을 먹이고 싶지 않다고요!"

모든 상황이 모순적이었다. 여자가 감정에 휘둘려 논리적 판단을 할 수 없다면서 왜 토리에게 독 든 술을 주었을까? 토리가 그들 말대로 어리석은 여자라 시이제 후작의 진의를 깨닫지 못하고 술을 마셨다면 어떻게 되었을까.

모든 상황이 모순적이었다. 시이제 후작의 인생을 끝내는 건 토리가 아닌 룩소스 1세였다. 토리의 배신과 고발이 결정적이었으나 법을 집행하고 처벌하는 건 황제. 그러나 시이제 후작은 토리에게 모든 화를 쏟아 냈다.

"네년……! 네년이 감히!"

시이제 후작이 근위대의 팔에 매달려 파르르 떨었다. 노기를 숨기지 않고 같은 말을 반복했다. 아들, 친구, 손자의 배신을 걱정했다. 후계자로 삼은 벤티에 경도 완전히 신임하지 않았다. 그런 와중 딸, 아내, 손녀의 배신은 염려하지 않았다. 여자는 아무것도 할 수 없다. 대를 잇기 위해 아이를 낳고 집의 불을 지키는 것이 여자의 일. 그랬는데.

"토리 네가!"

시이제 후작이 지팡이를 흔들자 막대가 쑥 빠져나왔다. 지팡이 안에서 쇠꼬챙이가 튀어나왔다. 시이제 후작이 쇠꼬챙이를 창처럼 던졌다. 목표물은 토리였다. 일흔에 가까운 노구에도 불구하고 몸 관리에 힘썼기 때문일까. 근위대는 후작의 갑작스러운 움직임을 막지 못했다. 실은 방심한 탓이 컸다.

폴리아나가 얼어붙은 토리의 뒤에서 그녀를 덮쳐 쓰러트렸다. 쇠꼬챙이가 폴리아나의 어깨를 맞혔다.

'시발!'

아찔한 통증보다 먼저 든 생각이 이러하다.

어깨뼈 나가면 평생 검 못 드는데! 그럼 어떡하지? 좋아. 은퇴해서 영지로 내려가 온천이나 즐겨야겠다!

순식간에 남은 인생 계획을 마친 폴리아나는 뼈 나가는 고통이 아니고 살 찢어지는 고통을 느꼈다. 즉각 계획을 수정했다.

어? 살만 찢어졌네? 좋아! 뼈에는 이상 무! 은퇴는 개뿔이 은퇴! 근위대장은 앞으로 30년 동안 내 거다!

"놔라! 놔!"

대장님이 다쳤다. 근위대가 다소 폭력적으로 시이제 후작을 포박했다. 폴리아나는 고개를 들어 시이제 후작을 맡은 부하 얼굴을 확인했다. 군기 빠진 새끼들에게 특별 훈련이 필요했다.

다음으로 황제를 확인했다. 룩소스 1세는 자리에서 벌떡 일어나 얼음이 되어 있었다. 아이노 경은 이 난리가 났음에도 불구하고 황제 옆에 딱 붙어 미동도 않고 있었다. 아이노 경이 폴리아나에게 엄지를 쳐들었다. 폴리아나는 벌떡 일어났다.

"토리 님 괜찮으십니까?"

"네, 네, 네, 네, 네에……."

토리가 다치지 않은 걸 확인한 폴리아나가 엄지를 치켜세웠다.

너 좀 하는 듯?

너야말로 미동도 않다니. 뻔뻔하기가 세계 제일인 듯?

아이노 경이 가볍게 고개를 젓고 시이제 후작을 가리켰다. 피식. 그가 비웃었다.

우리 애들이면 이런 일 없었음.

폴리아나는 화가 났다.

말하지 않아도 알아요. 10년 전우의 스킬로 대화를 끝낸 근위대장이 움직였다.

"시이제 후작이 황비마마를 공격했다! 이것은 반역에 준하는 죄다! 3근위대에 전해 내성과 외성문을 봉하고 죄인들의 사용인과 가족을 구금하라! 어서 움직여! 빨리!"

"네! 알겠습니다!"

"대장님 부상은 어떠십니까!"

"나 신경 쓰지 말고 어서 움직여라! 이 정도 부상은 우습지도 않다!"

꼬챙이가 어깨를 뚫은 게 아니라 찢고 지나갔다. 역대 그녀가 입은 부상들과 비교했을 때 상대적으로 경미했다. 근위대가 포박한 죄인들을 연회장 밖으로 끌고 나갔다. 묶여 가는 이 중에 벤티에 경과 일가족이 있었다.

'소수밖에 모르니까 어쩔 수 없지.'

그들의 주군께선 신의를 중시하시니 곧 풀려날 것이다. 벤티에 경도 그리 생각하는지 크게 근심하는 얼굴은 아니었다.

제1근위대 소속이 토리에게 다가오다 폴리아나의 발차기를 맛봤다.

'이게 죽을려고.'

죄인과 근위대가 대거 빠져나갔다. 연회장엔 세키 공작과 같은 황제파 귀족과 비아크레아 출신, 시녀와 시종이 남았다. 시녀 중 절반 이상이 함께 끌려갔다. 시켈을 포함한 시녀들은 여전히 무서워서 움직이지 못했다. 시켈이 용기를 내 토리가 일어나는 걸 도왔다.

"마마, 괜찮으셔요?"

토리가 시켈에게 기대 간신히 일어섰다. 그제야 주위를 돌아볼 여유를 얻었다. 스트라는 그녀의 시녀들에게 둘러싸여 실랑이를 벌이고 있었다. 무고한 귀족들은 기이한 걸 보는 눈으로 토리를 응시했다.

과거 토리는 아크레아 최고의 신붓감으로 불렸다. 황제의 비가 되었고 제국의 실질적 안주인이자 차기 황후 대우를 받았다. 귀족들의 시선은 시이제 후작의 시선보다 싸늘했다. 미친년, 못난 년, 배신자가 아닌 '괴물'을 보는 눈.

그야 그럴 수밖에 없다. 토리는 그들이 믿고 있던 규칙을 파괴했다.

'이런 거지.'

각오했던 일이다. 오히려 고발이 성공적으로 끝나서 놀랐다. 폴리아나가 그녀 대신 부상을 입은 것이 유일한 피해였다.

"후작, 괜찮으신가요?"

토리가 정신을 수습하자마자 폴리아나의 안위를 걱정했다. 폴리아나가 다친 쪽 팔을 휘둘렀다.

"괜찮습니다. 전시엔 몸에 단검을 박고 싸웠습니다."

"대장니임! 팔 돌리지 마십시오옥!"

몸을 아끼지 않는 모습에 제2근위대가 처절하게 외쳤다. 폴리아나는 부하들의 처절한 요청을 무시했다.

"토리!"

"안 돼요, 마마!"

"마마, 가지 마세요!"

스트라가 기어이 시녀들의 인간 감옥을 뚫고 토리에게 달려왔다. 스트라의 고운 얼굴이 눈물범벅이었다. 스트라는 토리의 손을 잡고 엉엉 울었다. 무어라 말을 하는데 우는 소리에 묻혀 아무도 해석하지 못했다. 토리가 스트라의 손을 뿌리쳤다.

"스트라 마마를 모셔 가!"

"엉엉, 토리이."

시녀 셋이 와서 스트라를 잡아끌었다. 스트라는 힘에 밀려 결국 루조 대공비가 있는 데까지 끌려갔다. 루조 대공과 얘기를 끝낸 대공비는 스트라를 데리고 연회장을 빠져나갔다.

"짐이 초대해 놓고 이런 말하기 뭣하나 연회는 끝났다. 객실로 돌아가라."

외성과 내성을 봉했다. 야파에 집이 없는 사람이 자택으로 돌아가는 건 오랜 시일이 걸릴 것이다. 그리고 지금 상황을 보건대, 야파에 집이 있는 사람도 못 돌아갈 확률이 높았다. 황제의 측근은 측근대로 바빠서, 어정쩡한 사람은 혹시 모르는 사태에 대비해 움직이지 않도록.

귀족들은 반항하지 않았다. 연회 규모를 축소하면서 룩소스 1세가 일부러 아크레아 출신 귀족만 초대해, 대부분이 아크레아 출신에 남은 이들은 황제파이거나 중립이었다. 이성을 갖고 생각하면 토리가 고발한 죄목이 모두 사실이었다. 원로원과 몇몇 귀족이 범한 죄가 엄청났다.

룩소스 1세가 처음으로 자리에서 이동했다. 황제가 토리의 앞에 섰다. 룩소스 1세는 폴리아나의 피에 젖은 로브를 보고 한숨지었다. 과거의 오욕을 청산하겠다더니 새로운 무용을 더했지 않나.

"경은 가서 치료부터 받아라."

"전 괜찮습니다."

"이십 대 다르고 삼십 대 다르고 사십 대 다르다. 후에 골골 앓으며 후회하지 말고 어서."

"뼈 안 다쳤습니다."

폴리아나가 다시 팔을 붕붕 돌렸다. 하여간 말은 지지리도 안 들었다. 스트라 때에 다시는 그러지 말라 명령했는데 똑같이 반복했다. 그때나 지금이나 운이 좋았다. 꼬챙이가 상체나 얼굴로 향했다면 위험했을 것이다.

"짐이 업어 줘야 가겠느냐?"

"다녀오겠습니다."

폴리아나가 경례하고 부리나케 도망갔다. 하필 다친 어깨가 오른쪽인데 경례를 하면서 또 움직였다. 폴리아나는 고개 숙이고 있는 토리를 지나쳤다. 조금 걱정이 됐다. 룩소스 1세는 상벌의 기준이 느슨했다. 상이 크면 벌을 면해 주는 일이 잦았다. 대신 벌이 확정되었을 땐 절대 손속에 자비를 두지 않았다.

자그마치 황비가 본인의 가문과 나라의 고위 귀족을 고발한 초유의 사태. 룩소스 1세는 어떤 반응을 보일 것인가.

폴리아나는 걱정과 근심을 접었다. 그녀의 주군은 세계에서 제일 위대하시다. 분명 폴리아나가 납득할 만한 판결을 내리실 것이다.

토리가 룩소스 1세의 앞에 무릎 꿇었다. 룩소스 1세는 이때까지 갖고 있던 생각을 정정했다. 그는 여복이 박하지 않았다. 오히려 넘쳤다. 이상한 쪽으로 과한 것이 문제일 뿐!

"지금까지 짐이 받은 생일 선물 중에 가장 놀라웠다."

"……."

당장 이야기할 것이 많으나 토리는 멀쩡히 대화할 상태가 아니었다. 전신을 사시나무 떨듯 떠는 토리를 보고 룩소스 1세가 짐짓 피곤한 기색을 비쳤다.

"짐은 피로하구나. 그대는 더 피곤하겠지. 일단 쉬어라. 그 뒤에 얘기하자꾸나."

줄 끊긴 인형처럼 토리는 기력이 없었다. 황제의 시녀가 그녀를 부축해 연회장 밖으로 이끌었다. 토리가 나가는 걸 끝까지 지켜본 뒤, 룩소스 1세가 말했다.

"아깝지 않느냐?"

몰려오는 기시감에 황제가 웃었다. 폴리아나를 사로잡은 그날. 에하스의 군사 서류를 살피던 룩소스 1세는 그녀의 재능을 아까워했다. 여자. 그리고 기사. 절대 융합될 수 없는 둘을 합쳐 여기사 폴리아나 윈터. 그녀는 황제가 원정 중에 얻은 최고의 보물이었다. 사랑하는 여인임을 차치하고 충신으로서, 전술가로서 룩소스 1세를 행복하게 만들었다.

"토리가 남자로 태어났으면 벤티에 경은 쫓겨났을 게야."

황제의 말에 웃음이 묻어났다. 그는 내내 토리의 영특함을 칭찬했다. 그러나 사실은 얕보았다. 폴리아나 윈터라는 전무후무한 기사를 거느렸으면서 다른 여자의 한계를 재단했다.

토리에게 기회를 주었다면 이토록 잔인한 일을 겪지 않아도 되었을 것을.

아이노 경이 오랜만에 충신 아이노 경이 되어 황제의 혼잣말에 대답했다.

"폐하의 뜻대로 하소서."

"내 뜻이 무엇인데?"

"솔직히 간언하건대, 윈터 후작 때보다 수월할 것입니다."

아이노 경의 말이 맞았다. 세상에 여자가 기사가 되는 것보다 어려운 일은 없을 것이다. 그러니 이 일은 그보다 쉬울 터. 폴리아나가 없었다면 떠올리지 못했을 발상이었다.

'그녀는 진정 짐의 보물이로다.'

결혼 준비하는 예비 신부를 향한 황제의 연심은 나날이 깊어졌다.

황제가 내키지 않아 질질 끌어온 뱀 사냥은 내부 고발로 하루 만에 종료됐다. 귀족용 감옥에 갇힌 벤티에 경은 룩소스 1세의 운에 놀라 혀를 내둘렀다. 과연 10년 만에 대륙을 통일하신 황제 폐하의 운이다.

가만히 있어도 주위에서 뱀을 치워 주니 정녕 모로 가도 황제가 될 운명이셨다.

18. 사냥 중 잠깐 휴식

18. 사냥 중 잠깐 휴식

제1근위대와 제2근위대, 제3근위대에서 병력이 차출되었다. 그들은 증거 수집의 의무를 띠고 아크레아 지방으로 이동했다.

마호갈 경과 자이노 경이 동행했다. 모두 아크레아의 명문가 출신으로 귀족들의 서재에 익숙하리란 판단에서다.

각 영지의 반항이나 반란을 고려하면 추가 병력이 필요하나, 다행히도! 룩소스 1세의 선견지명 아닌 선견지명으로 반란의 주축이 될 만한 귀족은 모두 야파에 구금된 상태였다.

원로원과 고위 귀족 몇은 국법으로 금지된 사병을 육성했다. 비밀리에 육성한 사병이 주인과의 의리를 지킬지, 순순히 투항하고 흩어질지 모르는 일.

그럼 뭐하나. 돈 주고 무기 쥐여 줄 주인이 잡혔는데.

룩소스 1세는 그저 "정말 나랑 아웅다웅하는 사이가 될 거야?" 물어보려고 불렀다. 그들도 별생각 없이 모였다.

내부 고발의 효과는 굉장했다! 원로원 대부분이 자폭했다.

함께 잡힌 벤티에 경은 한패인 척 사기 치고 다녔다. 작전명 자수하여 광명 찾자.

벤티에 경은 황제의 관대함을 설파하기 전에 심각한 얼굴로 겁부터 줬다.

지금 이대로 가면 일가족 처형이다. 영지도 격하될 것이다. 그냥 죽는 게 아니라 광장에서 사지를 찢을 수 있다.

폐하가 만만해 보이지만 그렇지 않다. 전쟁 중에 내가 옆에서 직접 봤다. 지금 솔직히 자백하고 용서를 빌면 본인은 죽더라도 가족 중 아녀자는 살릴 수 있다.

실제 황제와 상의한 내용은 아니었다. 그렇지만 룩소스 1세의 다정한 됨됨이를 보건대 당사자를 제외한 이들에게 악독한 처벌은 하지 않을 확률이 높았다.

무엇보다 룩소스 1세는 즉위한 지 10년이 넘었으나 제국에서 보자면 제위 초반. 초반에 악명을 높일 만한 일은 꺼리는 게 현명했다.

살날이 얼마 안 남은 늙은이들에게 증손자, 증손녀의 우는 소리를 들려주면 상황 종료였다.

그들은 완벽한 패배를 인정했기에 처벌 또한 겸허히 받아들였다. 언제 그렇게 고집부렸냐는 듯 온순한 태도였다.

'진작에 이러지.'

그랬다면 황제와 하하 호호 즐겁게 대화 나눌 수 있는 사이가 되었을 것이다. 덤으로 죽을 땐 침대에서 가족들에게 둘러싸여 편안하게 눈을 감았겠지.

벤티에 경이 마지막으로 찾은 건 시이제 후작이었다.

귀족용 감옥과 객실이 부족해 대부분 일가족이 함께 투옥되었다. 하지만 시이제 후작은 혼자였다. 독방을 쓰는 이유는 분명했다. 가장 죄목이 많은 위험인물이기 때문이었다.

벤티에 경이 문을 열고 들어오자 시이제 후작이 매서운 눈초리를 보냈다. 손자의 배신을 짐작했단 태도였다.

우습게도 시이제 후작이 경계한 손자 아닌 수양 손녀가 그를 배신했다.

시이제 후작이 벤티에 경을 비난했다.

"네가, 네가 토리를 꼬드겼지."

"저도 예상치 못한 일이었습니다."

"그러지 않고서야 아무것도 모르는 계집이 그런 일을 할 수 있을리 없어!"

벤티에 경도 처음에는 같은 생각이었다. 폴리아나의 예시를 보았으나 그건 어디까지나 예외 중의 예외라고, 그렇게 생각했다.

하지만 돌이켜 생각하니 아니었다. 남자들은 여자는 아무것도 못한다고 말한다. 그러면서 여자들을 이용했다.

그들은 아이를 낳았고, 집안을 보살폈고, 집이 따뜻하도록 불을 지켰다. 가문을 위해 정보를 빼 갔고 배운 대로, 길러진 대로 움직였다. 남자들이 허락한, 그녀들에게 주어진 일을 해냈다.

벤티에 경은 그가 깨달은 사실을 시이제 후작에게 말하지 않았다. 그런 노력은 불필요하다. 이미 생각이 닫힌 후작은 손자의 말을 믿지 않을 것이다.

"룩소스 1세가 네게 무엇을 준다고 하더냐? 무엇 때문에 가문과 친지를 배신해!"

"폐하는 제게 과로를 약속하셨습니다."

공작의 지위와 새 영지. 그것들은 룩소스 1세의 편에 서지 않아도 받을 수 있는 보상이었다. 벤티에 경은 황제의 편에 서면서 과로를 선물받았다.

"농담하지 마라! 도대체 뭘 약속받았나!"

부귀와 영화. 결국 인간의 일이다. 일정 지점을 넘어가면 다시 일정 지점을 넘어가기 전까지 큰 차이가 없다.

벤티에 경의 이득은 황제의 편에 서나 시이제 후작의 편에 서나 큰 차이를 보이지 않았다. 오히려 영지에서 왕 노릇 할 수 있는 걸 더 선호하는 사람도 있으리라.

다만 벤티에 경은 쪄 죽을 것 같은 더위가 무엇인지 알았다. 파충류가 무엇인지 직접 보았다. 중부와 남부의 귀족들이 부리는 사치의 신세계를 경험했다.

아크레아에 한정되어 있던 벤티에 경의 세계가 확대됐다. 시작은 코에몽 강이었다. 거기에서 계속 남으로, 결국엔 대륙의 끝을 보았다.

룩소스 1세는 약속을 지켰다. 황제 폐하 만만세를 외치며 울던 절벽에 벤티에 경이 서 있었음은 당연하다.

학정으로 고통 받는 백성들을 구제하겠다던 전쟁의 명분. 승리해 소유했으니 지키지 않아도 된다. 하지만 황제는 착실하게 지켰다. 이 정도로 성실한 군주는 보기 드물다.

거기에 능력과 운, 신하 복까지 갖췄으니 따르지 않으면 안 된다고 판단했다.

"말씀드려도 할아버지는 이해하지 못하실 겁니다."

벤티에 경도 시이제 후작과 원로원들을 이해하지 못했다.

벤티에 경은 시이제 후작에게 자백을 권하지 않았다. 원로원 및 귀족 무리의 수장으로서, 시이제 후작은 처형당할 것이다. 이것만은 조정할 수 없는 사안이었다.

이것이 조손이 감시 없이 나눌 수 있는 마지막 대화였다.

시이제 후작은 끝까지 벤티에 경을 비난했다. 벤티에 경은 침묵으로 마지막 예를 지켰다.

약간 과거로 돌아가서 폭로전이 벌어진 당일.

폴리아나는 그날 사건에서 유일하게 피를 본 피해자였다. 운이 안 좋았다기보다 사서 고생이었다.

황제의 명령이 있었기에 그녀는 의무실로 직행했다. 의사들이 혼비백산 놀라 모여들었다.

의사들은 이미 여러 일로 놀란 상태였다. 갑자기 병사와 기사들이 우르르 움직이질 않나, 성문이 폐쇄되질 않나, 토리 황비가 미쳤다질 않나, 귀족들이 반역을 했다질 않나.

두려움에 떠는 의사들은 의무실 밖으로 나가지 못했다. 이미 근위대원이 "괜히 어슬렁거리지 마."라고 경고했기 때문이었다.

바깥은 시끄럽지, 나갈 수는 없지. 궁금해서 미쳐 버리기 일보 직전이었던 의사들이었다.

사건의 핵심을 알고 있을 만한 인물(윈터 후작)의 등장은 모든 궁금증의 열쇠였다.

그러나 동시에 근심의 시작이기도 했다.

'윈터 후작이 부상을?'

'근위대원도 아니고 대장이 부상을 입을 만한 일이 벌어졌다는 건가?'

'다른 부상자는 없는 거야?'

근위대장직은 직접 몸으로 부딪치는 일이 아니다. 그들은 대장으로서 근위대원을 관리하는 관리직에 가까운 것이다.

그렇기 때문에 은퇴 연령은 자기 마음대로였고 예순의 노인도 할 수 있었다. '사슴 최후의 발광' 사건은 폴리아나가 유독 현장직과 관리직을 병행해 벌어진 참사였다.

'쇠꼬챙이' 사건도 원인이 동일했다. 그걸 모르는 의사들은 다름 아닌 '대장'이 부상당했다는 사실에 겁먹었다.

'진짜 반란이야?'

'무기 못 들고 가잖아.'

평소와 다른 폴리아나의 옷차림이 크게 공포의 불씨를 지폈다.

폴리아나가 치마를 입은 걸 본 의사들은 생각했다. 후작이 치마를 입었다. 이번엔 경비 임무에 나서지 않았을 것이다. 그런 후작이 다쳤다.

그것은 안 좋은 일이 생길시 가장 먼저 보호될 레이디들이 위험에 처할 정도로 큰일이 벌어졌다는 것이다!

황제의 눈색과 비슷한 선명하고 밝은 초록색 옷감에 피가 묻었다. 주 진료 대상이 성에 출입하는 귀족, 황족인 의사들은 여자가 다친 모습에 당황했다.

시녀나 하녀가 종종 다쳐서 의사를 찾긴 했다. 그러나 기껏해야 가위를 잘못 쓰거나 화병을 깨트려 손을 베이는 정도.

어깨에 피를 철철 흘리는 귀부인(?)은 없었다.

"뭣들 하시오!"

군의관으로 참전했던 의사가 가위와 기타 도구를 들고 달려왔다. 동료들을 질책하는 그도 사실은 귀부인이 다친 것에 놀란 차였다.

다행히 가까이서 보니 평소 그가 알던 폴리아나 윈터였다.

"윈터 후작, 부상은 어떠십니까?"

"아, 오랜만일세. 부상은 심하지 않아. 뼈도 멀쩡하고. 그리고 부상자는 나뿐이다. 부인과 전문의와 의사 몇은 황비마마들을 찾아가 주게."

폴리아나가 의사 몇에게 명령했다. 군의관 출신 의사와 폴리아나가 부상에 대해 얘기했다.

폴리아나가 옷을 벗으려 하자 의사가 말렸다.

"자꾸 움직이면 출혈이 심해집니다. 아시는 분이 왜 이러십니까."

"나도 좀 놀라서 말일세."

오늘 폴리아나는 타인의 전장을 구경했다. 이제껏 룩소스 1세의 전장에 황제의 기사로서 참전한 그녀였다. 완벽한 방관자의 입장에서 다른 사람의, 그것도 다른 여성의 전장을 보게 될 줄이야.

직접 전장에 선 것 같은 흥분이 그녀를 사로잡았다. 직접 작전을 짜 대승을 거둔 전투를 지켜보는 것처럼 짜릿했다.

'이래서 불법 투견, 투계, 투기가 안 끝나나?'

예상치 못한 상황을 질색하는 그녀였다.

오늘은 그녀가 주인공이 아니었기 때문일까. 그렇게 불쾌하지 않았다.

군의관 출신 의사가 가위를 짤각거렸다. 상처에서 흐른 피가 옷감과 엉겨 붙기 전에 처리해야 했다. 전장에선 그런 거 없이 북 찢고 그만이다.

느긋하게 진료할 수 있다는 건 의사로서 큰 기쁨이었다. 의사들 사이에서 윈터 후작은 개진상으로 유명했지만.

"그럼 안 되는 거 아닙니까, 선배?"

"응?"

갑자기 후배에게 반론이 들어왔다. 군의관 출신 의사가 의아해했다. 후배가 안절부절못하면서 손가락을 발발 떠는 프라우를 가리켰다.

"정식 약혼은 아니지만 예비 신랑이 있는데, 그…… 스네크 씨에게 맡기는 게 낫지 않겠습니까?"

"아, 맞다!"

폴리아나 윈터 후작은 귀부인이셨다! 내년에 결혼할!

레이디가 옷을 벗어야 진찰이 가능한 상황엔 인원을 최소한으로 해야 한다. 혹시 모를 불상사에 대비해 커튼과 같은 가림막 설치도 필수였다.

전장에서 자주 보던 얼굴이라 의사는 군의관 시절 버릇이 나와 버렸다. 폴리아나도 후작이 된 후론 다칠 일이 별로 없어 깜빡했다.

신랑 될 사람이 의사이니 굳이 그가 나설 필요가 없었다. 군의관 출신 의사가 무례를 사죄했다.

"무례를 용서해 주십시오, 후작님."

'아, 맞다!'

별생각 없이 치료받으려던 건 폴리아나도 마찬가지였다.

폴리아나는 근엄하게 사과를 받았다. 원래 높으신 분은 아랫사람이 사과하면 잘못하지 않았더라도 관대히 받아 줘야 한다. 그래야 아랫사람이 잘 때 악몽을 안 꾸거든.

거동이 불편한 환자였다면 가림막을 가져와 쳤을 것이다. 폴리아나는 제 발로 의무실까지 찾아온 환자였다.

폴리아나와 프라우가 별실로 이동했다. 프라우는 도구를 챙겨 오는 내내 울상이었다.

"후작님, 정말 괜찮으십니까?"

"아파."

뼈를 다치지 않았지만 살이 찢어졌다. 당연히 아프다. 물어볼 걸 물어봐야지. 폴리아나의 표정에 변화가 없으니 다들 괜찮으려니 생각하지만, 그건 다 허세였다.

기사들은 대부분 허세를 부린다. 고통을 잘 참는 기사와 호들갑 떠는 기사가 있으면 누구나 전자를 훌륭한 기사로 생각하니까.

또한 폴리아나는 어릴 때부터 아픈 티를 내면 개쌍욕을 먹었다. 편하게 아프다고 말할 수 있게 된 게 장족의 성과였다.

폴리아나가 옷을 벗으려 하자 프라우가 손으로 얼굴을 가렸다.

"아닙니다, 후작님! 어깨만 자르면 됩니다!"

그렇게, 황족의 옷을 책임지는 재봉사가 한 땀 한 땀 장인의 손길로 만든 로브가 개시 첫날 운명을 달리했다.

프라우가 젖은 천으로 환부를 닦고 소독했다. 그는 식은땀을 뻘뻘 흘렸다.

"크, 크게 다치지 않으셔서 천만다행입니다."

"그러게."

"화살에라도 스치셨습니까?"

"아냐, 꼬챙이."

'꼬챙이?'

으드득. 폴리아나가 이를 갈았다.

시이제 후작 덕분에 귀중한 경험을 하나 배웠다. 이래서 젊은이는 늙은이한테 배운다고 하나 보다.

지팡이라니. 앞으론 노귀족들 지팡이와 우산을 다 뺏어서 검사할 판이다.

"도대체 무슨 일이었습니까?"

"엄청난 일이 벌어졌지."

"엄청난!"

"그래. 엄청난."

폴리아나가 게슴츠레한 눈으로 프라우의 얼굴을 봤다. 그러고 보니 토리의 폭로 가문 중엔 스네크 백작가도 끼어 있었다.

'프라우는 잡지 말라고 말해 줘야겠군.'

근위대는 연회장에 있던 귀족들을 모두 가두고 성에서 근무하는 죄인의 친지들을 잡아들이고 있었다.

프라우가 옛날에 스네크 가문과 의절했다 한들 그의 이름은 여전히 프라우 스네크. 후에 무사히 풀려난다 해도 일단은 잡혀갈 대상이었다.

폴리아나는 예비 신랑을 위해 그 정도 뒷배는 되어 줄 수 있었다.

'권력이 짱이야.'

휘둘릴 땐 몰랐으나 휘두르니 깨닫는다. 권력이 최고였다.

프라우가 조심스럽게 찢어진 상처를 기웠다. 마취약을 권했으나 폴리아나가 거절했다.

휘두를 때 신나는 권력은 어디에서 온다? 그녀의 지위에서 왔다. 그녀는 제2근위대장으로서 황제의 명령을 완수한 후 일을 처리할 의무가 있었다.

"크게 안 다치셔서 정말 다행입니다."

내심 걱정했는지 프라우의 얼굴에 안도가 한가득이었다.

"걱정했나?"

"후작님 돌아가시면 전 어쩌나 하고…… 제 입을 꼬맬까요?"

프라우가 들고 있던 의료용 실과 바늘을 입으로 가져갔다. 하여간 쓸데없는 부분에서 솔직했다.

폴리아나는 그 모습이 안쓰러워 어깨를 두드려 줬다.

"솔직해서 좋다."

생각해 보라. 재산을 노리고 성, 평판, 명예, 남자의 긍지를 모두 버리고 청혼한 여자가 결혼 전에 죽으면?

정말 적자 나는 장사였다. 파산 신고를 해야 할 정도로.

그가 노린 폴리아나의 많고 많은 재산은 국가에 환수되고 프라우는 폴리아나가 줬던 용돈 조금으로 끝나는 것이다.

프라우가 온 정성을 다해, 마치 폴리아나의 로브를 만든 장인처럼 한 땀 한 땀 공을 들였다.

집중하느라 입을 작게 벌려서 사람이 좀 맹해 보였다. 힘없이 축 축 처지던 어깨는 웬일로 경직되어 있었다. 바늘이 폴리아나의 피부를 뚫고 나올 때마다 프라우가 작게 말했다.

"아픕니다~ 따끔~."

실제 느끼는 통증은 '따끔'을 뛰어넘어, 대부분의 환자들이 의사 멱살을 잡고 싶게 만드는 그 발언이었다.

어깨에 닿는 손가락 끝의 온기, 가까이 다가와 느껴지는 사람의 호흡. 폴리아나는 자각하지 못했지만 그녀의 볼이 조금 붉어졌다.

'혹시 이거 좋은 분위기?'

결혼을 약속한 성인 남녀 단둘. 밀실. 약간의 노출과 지속적인 신체 접촉.

이것은 로맨틱 성공이냐 실패냐.

귀족 출신답게 프라우와 폴리아나는 진도를 빼지 않았다. 그런 건 결혼한 뒤에 해도 충분했으니까. 피가 끓는 십 대 청춘이 아니기에 더욱 그랬다.

'뽀뽀나 입맞춤 정도는 약혼 기간에 해도 괜찮아.'

결혼식 당일 어색하고 낯설게 입 맞추느니 가볍고 형식적인 뽀뽀엔 익숙해지는 게 좋지 않을까? 폴리아나의 심장이 두근두근 뛰었다.

그녀가 용기 내어 다가가려 한 순간 프라우가 멀어졌다.

"다 되었습니다. 약은 꼭 드시고 어깨를 움직이지 마세요."

프라우가 폴리아나를 진료한 것은 이번이 처음. 그러나 군의관 경험이 있는 의사의 말과 다른 의사들의 말을 종합해 봤을 때 그녀는 진상 환자였다. 하지 말라는 건 다 하고 특히, 제 몸 아낄 줄 몰랐다.

프라우는 일부러 어깨와 팔을 움직이지 못하도록 고정해 버릴까 고심했다. 영 믿음이 안 갔다.

'제발 몸 좀 아꼈으면.'

최소한 결혼할 때까진 몸을 아꼈으면 하는 게 프라우의 희망사항이다.

결혼식에 대비해 전신 피부 관리를 하면 뭐하나. 이렇게 흉을 늘려 오는데.

상처가 다 나을 때까진 피부 관리가 중지될 테고, 뭔지 모르지만 대장이 다칠 정도로 엄청난 일이 벌어졌으니 느긋하게 관리받을 시간도 없을 것이다.

"후작님, 제발 몸을 아끼세요."

프라우가 간곡히 청했다. 폴리아나는 피식 웃고 고개를 끄덕였다.

그리고 다시 현재로 돌아온다. 기념비적 사건이 발생한 생일로부터 며칠 뒤.

"뭐?"

궁의 레디칼 남작의 보고에 황제가 깜짝 놀랐다. 궁의가 머리를 조아렸다. 충격적인 보고였으나 사실이었다.

"두 황비마마 모두 중독되었습니다."

"짐의 성 보안이 그렇게 허술하였느냐?"

룩소스 1세가 노여운 기색을 드러냈다. 당연한 일이었다.

성으로 반입되는 식자재는 철저한 검사를 거친다. 지정된 농장에서 지정된 가문이 농장과 일꾼을 관리했다.

품질이 조금 떨어지는 한이 있어도 안정된 먹거리를 확보하는 것. 그것이 지배 가문의 숙명이었다. 독살은 언제나 그들을 위협했다. 황제의 근위대는 그렇게 허술하지 않았다.

제2근위대는 폴리아나 윈터 후작의 지휘하에서 철통같은 경비와 보안을 자랑했다. 언뜻 보면 허술한 것처럼 보여도 기준을 반드시 지키는 데다 그 허술함을 역수로 잡아 불시에 기습 검사를 시행했다.

근위대의 노고를 생각하니 황제의 분노가 가라앉았다. 대충 언제부터인지 감이 왔다. 궁의의 말이 믿음을 뒷받침했다.

"독의 증세가 미약하고 중독된 시기가……."

"알겠다. 그때면 어쩔 수 없지."

황족과 귀족들이 대부분 야파를 비웠다 황제만 먼저 돌아온 혼란스러운 시기. 제2근위대장과 근위대가 대부분 자리를 비웠으며 대장이 돌아온 후 근신했던 기간.

시녀들은 물갈이됐고 후궁의 사용인들도 꽤 바뀌었다. 남부와 중부에서 사람이 드나들었고 장례식을 기점으로 인구의 이동이 많았다. 감시 인원이 부족해 어쩔 수 없었을 것이다.

무엇보다 당시엔 황제조차 제정신이 아니었다. 일에 몰두했다고 하지만 사실은 얼마나 국정을 잘 처리했을지 의문이 든다.

나중에 그때 처리한 안건들을 보면 과거의 자신을 욕하게 될 지도 모르겠다.

어느 멍청한 새끼가 일을 이따위로 처리했어?

나네?

황제는 레디칼 남작에게 함구를 명한 뒤 내보내고 곧장 제2근위부대장을 호출했다.

뜻밖의 대답이 돌아왔다.

"근신 중입니다."

"무어라?"

"부인이 이번에 지목된 가문 출신입니다. 알아서 옷 벗고 근신하고 있습니다."

룩소스 1세의 손이 절로 이마를 짚었다. 사실은 이래서 뱀을 잡기 싫었는지도 모른다.

아크레아는 땅만 넓지 인구수가 적은 소국이었다. 귀족의 수는 더 적었다. 그래서 기사 계급과 준귀족, 귀족 가문의 혼인이 타국보다 잦았고 명문가끼리는 거의 친인척이다. 성에서 일할 만한 사람들은 대부분 먼 친척 사이였다.

"짐은 부대장을 믿는다. 오라고 전해라."

"네, 알겠습니다."

근위대원이 나가고 룩소스 1세가 손가락으로 책상을 두드렸다.

"일이 재밌게 돌아가는구나……."

사실은 하나도 재미없었다. 혼자 있을 때도 허세를 부려야 하는 지배자의 습성이 황제는 몹시 서글펐다.

"어디서 일을 벌였을까……."

원로원?

그들의 수장인 시이제 후작이 토리를 통해 물밑에서 작업 중이었다. 가끔 개별적으로 행동하는 이들이 있어도 이렇게 적극적으로 나서진 않았을 것이다.

남부?

남부는 레베카의 일로 제정신이 아니었다. 그런 혼잡한 상황 속에서 일을 계획하고 실행에 옮겼다면 찬사를 해 마땅하다.

남은 건 중부였다.

스트라와 토리가 함께 중독되었으니 용의 선상에서 제외해 마땅하나 궁의의 보고대로라면 둘 다 중독 증세는 미약했다.

독은 생명을 위협하는 종류가 아니었다. 대신 가임기 여성이 음독하면 생리불순, 하혈 등의 증세를 보이며 임부가 복용했을 경우 유산이나 사산의 위험이 있었다. 독을 중화하는 해독제가 있으니 같이 먹이고 따로 해독제를 제공하면 끝.

스트라의 짓은 아니었다. 부인을 믿고 싶은 남편의 마음이라기보단 사람 됨됨이를 파악하고 내린 확신이다.

스트라는 감정 조율을 잘 못하고 이런 일을 벌이기엔 담이 약했다. 중부의 수작이었다.

'한 방 먹었군.'

과연 세련미 넘치는 중부다웠다. 본고장에서 한 방 먹고, 배울 게 많음을 깨달았다. 토리의 사건이 아니었다면 중독이 심화될 때까지 눈치채지 못했을 것이다.

누구에게나 시간은 천금보다 귀하고 황제의 시간은 특히 더 귀하다. 잠시의 기다림 끝에 제2근위대장과 부대장이 동시에 입장했다.

폴리아나는 녹색 로브를 벗고 아예 제복으로 갈아입었다. 룩소스 1세가 안타까워했다.

'어울린다 칭찬도 제대로 못 해 주었는데.'

폴리아나에게 퍼부었던 칭찬 세례를 까맣게 잊고 룩소스 1세가 한탄했다.

폴리아나와 제2근위부대장의 얼굴은 굳어 있었다. 들어오기 전 황제가 부른 이유를 중간에 마주친 레디칼 남작에게 언질을 받은 뒤였다. 폴리아나가 황제 앞에 무릎 꿇었다가 바로 일어났다.

"신의 부덕을 용서하십시오. 바쁘니 용서는 나중에 빌겠습니다."

"그래, 짐의 폴 경은 늘 일처리가 빠릿빠릿하여 좋다."

룩소스 1세가 깍지를 끼고 턱을 괴었다.

"어느 괘씸한 종자가 짐의 부인들에게 독을 먹였다. 짐은 그 녀석을 꼭 잡고 싶다."

"잡으실 겁니다."

폴리아나의 눈짓에 부대장이 들고 온 서류를 내려놓았다. 근위대장이 부재한 동안 출입한 자들의 목록이다. 폴리아나가 시간 나는 대로 부하들의 보고를 받고 직접 돌아다녀서 추리고 추린 명단이었다.

결혼 준비, 근신 후 뒷수습, 토리와 하는 질답 시간에 본래의 업무까지. 사실 폴리아나도 눈코 뜰 새 없이 바빴다.

"후궁에 스트라 황비의 임신 소문이 돈다는 건 알고 계실 겁니다."

'모르는데.'

부인의 임신 소문인데 남편은 아는 게 없었다. 후궁의 정보를 미주알고주알 물어다 주던 디크 경이 남부로 출장 갔기 때문이었다.

후궁에 있는 정보원의 존재를 수장밖에 모르다 보니 최근 황제에게 보고되는 정보엔 후궁 소식이 빠져 있었다. 그걸 모르는 폴리아나는 룩소스 1세가 당연히 안다는 전제하에 이야기를 꺼냈다. 룩소스 1세는 아는 척 넘어갔다.

"스트라 황비는 이전의 상상 임신 건 때문에 이런 얘기를 함부로 입에 담시 않습니다. 이번 소문은 시녀 중 누군가 고의로 흘린 성 보입니다. 주목할 게 바로 그 시녀입니다. 제가 근신 중일 때 새로 들어온 신입으로, 과자 장인과 함께 입성했습니다."

폴리아나가 두 주먹을 꽉 쥐고 이를 갈았다. 한눈에 봐도 분노로 몸이 떨리고 있었다.

"수상하다고 생각했지만 스트라 황비의 친정에서 보낸 시녀와 요리사이고 두 황비마마가 공평하게 드시기에 별문제 없다고 생각했습니다. 즈그 으르스그슴느드."

맨 마지막 문장은 어금니를 악물고 말해서 발음이 이상했다. 해석하자면 '제가 어리석었습니다' 정도일 것이다.

그녀의 추리가 맞는다고 가정했을 때, 폴리아나는 눈앞에서 경호 대상이 음독하는 걸 지켜봤다. 분노로 몸이 떨릴 만했다.

룩소스 1세는 더 늦기 전 즉각 용의자를 체포할 것을 명령했다. 제2근위부대장이 쏜살같이 경례하고 나갔다. 폴리아나는 나가지 않았다.

"할 말이 있느냐?"

"주제넘으나."

"폴 경."

룩소스 1세가 한숨과 함께 폴리아나의 말을 끊었다. 그가 차려진 밥상을 찬 후로 폴리아나가 자신을 전처럼 대하지 않으려는 걸 알았다. 그래서 할 말이 있었다.

"경이 짐에게 하는 일 중 주제넘은 건 없다. 세상에 짐이 누구보다 믿을 수 있는 자는 루조 대공, 비카 총독, 윈터 후작. 이렇게 셋이야. 그런 충신에게 주제넘음은 없다."

이런 얘기가 나올 때 폴리아나가 빼놓지 않고 하는 질문이 있었다.

"아이노 경은요?"

"이노는 말이다……."

룩소스 1세는 귀하신 얼굴을 찌푸렸다.

"요즘 하는 걸 봐선 사랑 때문에 짐도 베겠더구나."

"그렇죠."

폴리아나가 적극적으로 고개를 끄덕였다. 흔드는 속도가 빨라 잔상이 보일 정도였다.

그녀는 터지려는 웃음을 막았다. 마음속 라이벌 아이노 경을 이겼다. 게다가 존경하는 래비 경과 같이 충신으로 거론되었다. 존경하는 주군의 베스트 쓰리에 든 것이다.

기실 폴리아나는 룩소스 1세에게 영원한 넘버원이었다.

"하니 무엇이든 발언하라. 그것이 무엇이든 경이 스스로 불행의 길을 걷는 게 아니라면 주제넘지 않느니."

기분이 좋아 풀리려던 얼굴 근육이 경직되었다. 사안이 사안이니 신중을 기해야 했다.

"토리 황비의 처우를 어찌하실지 여쭈려 합니다."

'그거였나.'

과연, 가정일이고 국가의 일이니 주제넘다 여길 만도 했다.

"짐이 경을 거뒀을 때."

룩소스 1세가 등받이에 몸을 기댔다. 그가 오랜만에 옛날이야기를 꺼냈다.

이야기가 좀 길어질 것 같아서 폴리아나는 의자에 앉았다.

"짐은 그때 많은 게 부족했지. 처음으로 넘은 국경, 첫 전투, 첫 지휘, 그땐 완벽하기 위해 노력했는데 지금 와 생각해 보면 그렇게 어리석고 철없을 수 없었다."

"폐하는 그때도 완벽하셨습니다!"

아부는 적당히. 룩소스 1세가 손을 휘젓자 폴리아나가 입을 다물었다.

"귀경을 거둔 것도 일종의 치기였어. 나는 남들과 얼마나 다를까. 능력만 있다면 적국의 기사도 등용하는, 설령 그 기사의 성별이 여자여도 거두는 포부.

짐은 귀경에게 감사의 인사를 받을 만한 인물이 못 돼. 그렇게 거인이 아니다. 오히려 짐이 경에게 감사해야겠지. 짐이 그대에게 배운 게 좀 많으냐."

폴리아나는 룩소스 1세에게 여자의 각오를 보여 줬다. 노력의 소중함을 증명했다.

그가 그녀를 거뒀을 적만 해도 그는 알지 못했다. 폴리아나가 이렇게 승승장구해 근위대장이 될 줄이야.

다른 나라도 아닌 아크레아에서 적국 출신의 여기사가 근위대장이 되었다. 뇌물이나 아부가 아닌 본인의 힘으로 그 자리에 올랐다.

룩소스 1세가 그녀에게서 '사랑'을 배운 날, 그의 시야가 아주 조금 각도를 틀었다.

"짐이 예전에 이렇게 말했지. 경에게서 죽은 여자의 원한보다 산 여자의 집념이 무서운 걸 배웠다고. 그 또한 어리석은 발언이었다. 그건 여자의 집념이 아닌 사람의 집념이었다."

룩소스 1세의 말은 꼭 여자는 인간이 아니라는 것처럼 들렸다. 그리고 그게 진실이었다.

인간의 기본형은 남자다. 세상을 사는 누구도 부정 못 할 진실이었다. 사람들은 사람을 '남자'로 규정하고 여자는 '여자'로 규정했다.

사실은 둘 다 같은 인류라는 종족인데 말이다.

"가끔 레베카가 짐에게 그런 이야기를 꺼내곤 했지."

"레베카 마마가 말씀이십니까?"

어디 가서 함부로 하면 큰일 날 소리였다. 그걸 다른 사람도 아닌 황제에게 하다니.

처음 듣는 소리에 폴리아나의 눈이 커졌다. 서로 할 말 못 할 말 다 하기로 약속했으면서 그런 중요한 얘기를 쏙 빼놓다니!

죽은 자는 언제나 말이 없다.

룩소스 1세는 연약한 몸과 별개로 품은 야망이 거대했던 죽은 부인을 추억했다.

"그녀는 가끔 짐에게 물었단다. 귀경과 같이 훌륭한 인재가 있다면, 그 인재가 여자라면 등용할 것이냐고."

질문은 수차례. 하지만 대답은 언제나 같았다.

"짐은 언제나 아니라고 대답했다. 이유는 경도 잘 알리라."

"네. 당연한 일입니다. 제국은 이제 안정을 꾀할 때지 변화를 불러올 시기가 아닙니다."

"맞아, 그리고 그때 짐은 젊었노라. 실패해도 잃을 게 적은 소국의 청년왕이었노라. 지금은 아니다. 대륙을 발아래 거느린 제국의 황제다."

"지극히 당연한 일이옵니다."

"동시에 짐은 생각했다. 경은 어디까지나 하늘이 짐에게 준 귀한 선물, 세상에 경과 같이 뛰어난 인재가 또 있겠느냐."

없다.

룩소스 1세가 직접 단언했다. 그리고 이어 말했다.

"그렇게 짐이 어리석었다. 그리고 짐은 보았노라, 여인의…… 아니."

룩소스 1세의 미려한 턱이 좌우로 움직였다. 금발이 꿈결처럼 흔들려 반짝였다.

“사람의 긍지를.”

폴리아나는 자리를 벅차 무릎 꿇고 싶은 충동을 억눌렀다. 검을 뽑아 바닥에 꽂고 싶은 마음도 인내했다.

그녀의 주군께선 언제나 기대 이상의 답을 주셨다. 그래서 믿음에 흔들림이 없고 뒤따름에 망설임이 없다.

주군이 정하신 길은 분명 힘든 길. 그러나 폴리아나는 주군을 위해 싸울 준비가 되어 있었다.

“이것이 짐의 대답이다.”

“폐하를 모시게 된 건, 제 평생의 영광입니다!”

“경을 기사로 둔 건 짐 평생의 지복이다. 하하, 토리는 영리하니 그렇게 힘든 길은 거부할지도 모르겠구나.”

“아닙니다.”

폴리아나가 눈을 빛내며 확신했다.

폴리아나와 토리는 다르다. 폴리아나에겐 그것 말곤 길이 없었지만 토리에겐 다른 길이 주어질 예정.

그럼에도 단언하는 그녀의 태도에 황제가 호기심을 보였다.

“그것은 같은 여자로서의 감이더냐?”

“친구로서의 믿음입니다.”

룩소스 1세의 넘버원은 죽은 부인과 절친을 먹더니 그새 다른 부인과 친구가 되었다. 애매모호한 감정을 설명할 길이 없어 황제는 그냥 웃었다.

아리따웠던 모친께서 그에게 말씀하셨다. “어떤 표정을 지을 지 모르겠을 땐 그냥 웃으렴.” 유독 싱글생글 잘 웃는 황제에겐 그런 과거가 있었다.

폴리아나가 군기 바짝 든 경례를 남기고 떠났다. 룩소스 1세는 애매모호한 마음을 털어놓지 못하고 다른 일로 투덜거렸다.

"여자는 자질이 모자라고 부족하다는 아크레아나, 기사도를 위시해 레이디를 숭배하는 중부나, 각자의 레이디들을 음지에서 알차게도 써먹었구나."

남부에서 조용했던 것은 북부나 중부처럼 중심이 되는 세력이 없었기 때문일 터. 나니 대공비가 권력을 잡을 뻔했으나 말실수로 쫓겨났다.

생각을 정리한 후, 황제는 잊고 있던 인물을 떠올렸다.

'디크 경은 어디서 뭘 하고 있지?'

남부에서 돌아올 때가 지났는데 감감무소식이다. 기동력이 뛰어난 것이 정보부 수장의 첫째 조건인데 황성에서 대사건이 터졌음에도 코빼기도 보이지 않는 정보부 수장이라니.

츳츳. 룩소스 1세는 혀를 찼다.

그 시각. 황제가 궁금해하는 디크 경은 남부의 생명에 발목 잡혀 있었다.

세 청년은 귀부인의 명을 받들어 가엾은 레이디를 구하기 위해 총독 관저를 나섰다. 그런 청년들 위로 비가 쏟아졌다. 빗길이야

뚫고 가면 되는데 다른 문제가 발생했다.

사람을 죽일 것 같은 살인적인 폭우로 고라 강이 범람해 건널 수 없게 된 것이다.

결혼 저지의 사명을 띤 도나우 경과 하우 경이 발을 동동 굴렀다. 둘은 목숨을 걸고 고라 강을 건너려 했으나 그때마다 현지민에게 저지당했다.

"기사님들, 그러다 죽어요."

"우리가 여기서 이럴 때가 아닌데!"

"고작 비 때문에!"

형제가 머리를 싸매고 좌절했다.

폭우로 전서구까지 막혀 남부와 중부의 연결책이 끊긴 상황. 아무것도 모르는 정보부 수장 디크 경만 유유자적했다.

연락이 끊긴 건 실책이지만 디크 경은 느긋했다. 이 정도 기상 악화라면 룩소스 1세는 관대히 양해해 주실 분이니까.

그는 몰랐다. 그가 해고의 위험에 처했다는 사실을.

모르는 게 약이었다.

토리는 혼자였다. 궁의가 찾아와 그녀를 진단하고 황제의 시녀가 직접 찾아와 환복과 씻는 걸 도운 후로 찾아오는 이가 없었다.

토리의 주변엔 늘 시녀들이 있었다. 인간 방패처럼. 혹은 인간

벽처럼. 지금 그녀는 아무도 없이 혼자였다. 그녀 혼자.

토리는 이 고독이 낯설면서 반갑고 또 두려웠다.

현재 토리가 머무는 장소는 후궁이 아니었다. 그녀의 신변은 황제의 시녀가 돌봤다. 토리의 시녀 대부분이 그녀를 배신했으니 꼭 필요한 조치였다. 토리는 그녀들을 원망하지 않았다. 토리가 그들을 배신하기 전까지, 토리 또한 그들과 같았다.

죽음을 불사한 용기를 냈기 때문일까. 토리는 앞으로 어떻게 될지 궁금하지 않았다. 걱정이나 두려움보단 해낸 일로 인한 만족이 컸다.

그러나 기쁨을 느끼기엔 공허했고 동시에 허탈감이 일었다. 고양감을 느끼기보다는 무리에서 떨어진 양처럼 막막했다.

어디든 가야 하는데 사방이 뻥 뚫려 어디로도 갈 수 있었다. 그래서 막막했다. 이건 겪어 보지 못한 사람은 모르리라.

룩소스 1세의 방문이 반가웠던 것은 그 때문이다. 결과가 무엇이든 토리는 다 받아들일 자신이 있었다.

룩소스 1세는 탄신연 때보다 수척해 보였다. 피로는 그의 미모를 앗아 가지 못하고 다른 방향의 미를 제시했다. 언제 어느 때나 아름다워서 가끔은 무서운 남자는 들어오자마자 농담을 꺼냈다.

"부인이 주신 생일 선물이 너무 과해 짐이 쉴 틈이 없구려."

늘 그랬듯이 룩소스 1세의 농담은 듣는 사람 입장에서 재미없었다. 반절 이상은 농담이 아니었기 때문에 더욱.

토리가 터트린 폭로전은 원로원과 몇몇 고위 귀족에게만 국한되지 않는다. 귀족이란 결국 혈족 집단. 성에서 일하는 사용인과 문관, 무관들의 대부분이 알게 모르게 연관이 있었다.

결백하지만 일단은 붙잡힌 인원도 꽤 있었다. 일할 사람이 없어지자 당장 하고 있던 일마저 중단되었다.

"짐이 뱀 사냥을 하지 않은 데에는 그런 이유도 있었는데……."

"……."

토리가 말없이 고개를 수그렸다. 룩소스 1세가 고개를 저었다.

"그대를 탓하려는 것이 아니다. 그대는 짐에게 모든 뱀을 잡아 바쳤다. 짐이 귀찮아서 하지 않은 일을 대신 해냈으니 공이 커."

"……."

토리가 아무 말도 하지 않자 룩소스 1세가 말했다.

"듣거라. 짐은 그대를 벌하려는 것이 아니다. 그대는 황제의 짐을 덜었다. 그 공로를 인정해 마땅한 포상을 내리려 한다."

"소녀는……."

토리가 긴 망설임 끝에 입을 열었다. 그리고 다시 머뭇거렸다.

"바라는 것이 있느냐."

"감히 있겠나이까."

토리가 고개를 저었다. 시이제 후작은 사병 육성을 포함한 중죄를 지었다. 죄질이 나빠 역적으로 분류된다. 역적은 삼족을 멸한다. 벤티에 경처럼 물밑에서 암약하고 황제와 미리 말이 오가지 않았다면 참작의 여지가 없었다.

토리는 본래 시이제 후작의 직계 혈족이 아닌 먼 친척이다. 그러나 그걸 핑계로 빠져나오기도 어려웠다. 토리의 부모 또한 반역죄를 지었다.

아이와 여자는 선처한다지만 기껏해야 사형을 면제해 주는 것이 일반적으로, 정도로 귀족 신분 박탈은 면치 못한다.

그리고 부모가 귀족 신분을 상실할 경우 토리는 자연스럽게 신분을 박탈당한다. 이러한 상황에서 자유로울 수 있는 건 스스로 입지를 다질 수 있는 남자뿐이었다.

미리 황제의 편에 섰던 벤티에 경. 죄질이 가벼워 잘못을 시인하고 용서를 빈 몇몇 귀족. 그 안에 여자는 없었다. 그녀들은 남편, 아버지, 오라버니, 혹은 동생의 부속품이기 때문이다.

"소녀는 어리석은 여인이나 주제를 압니다. 폐하께 공을 세웠다 한들 가문과 가족을 배신한 건 변하지 않지요. 가문, 일가친지의 목숨을 바친 대가로 어찌 상을 바라겠습니까. 소녀는 감정에 휘둘려 일을 저질러 놓고 그에 만족하는 우매한 여인이랍니다."

토리는 죽음을 각오했다. 황제에게 선처를 빌지 않았다. 시이제 후작가가 역적이 되었으니 그녀의 신분은 천민으로 강등될 것이다. 신분의 차이가 그렇게 심한 결혼은 성립될 수 없다.

토리와 룩소스 1세의 혼인은 무효가 됐다.

혼인 무효. 가문을 배신하고 황비의 지위마저 상실한 여자에게 주어지는 미래란 뻔한 것.

황제가 자비를 베풀어 평민으로 승급해 주면 감읍할 일이다. 재물을 받을 수 있어도 토지는 받지 못하고, 그마저도 남자 보호자가 없으면 눈 뜬 채 뺏길 것.

황제가 호의로 보호자를 찾아 붙여 줄 수도 있다. 하지만 가문을 배신한 여자를 진심으로 잘 돌봐 줄 보호자가 존재할까?

목숨을 구가하면 수치만 남은 삶을 이어 가야 하는 것. 그렇게 될 미래를 토리는 자신하지 못했다. 그런 미래에 그녀는 정말 가문을 배신한 걸 후회하지 않을 자신이 있을까?

"그대가 황비로 남길 바란다면 짐이 어떻게든 해 보겠다."

"감히 바라지 않습니다. 거둬 주셔요."

"그대가 없어지면 성의 안살림 맡을 이가 사라지는데."

"스트라 황비마마께 무슨 일이 생겼나요?"

토리가 깜짝 놀랐다. 룩소스 1세가 참으로 복잡한 미소를 지었다.

"실은 말이다. 그녀가 짐에게 이혼을 요구했다."

"네?"

토리의 어안이 벙벙해졌다.

놀란 건 룩소스 1세도 마찬가지였다. 생일을 기점으로 부인 한 명과는 혼인 무효, 남은 한 명과는 이혼하게 생기다니. 그의 여복은 정말 이상한 부분에서 과하고 박했다.

"스트라 황비는 임신했을 가능성이 있습니다."

"임신이 아니다. 그녀는 중독되었다. 그대도 마찬가지야."

중독이란 말에 토리가 제 몸을 살폈다. 딱히 이상을 느낀 적은 없었다. 그녀가 예상치 못한 곳에서 또 다른 암수가 횡행했다는 이야기에 멍했던 정신이 맑아졌다. 잠에서 깨어난 듯 머리가 깨끗했다.

"스트라의 시녀와 요리사 소행이다. 스트라는 결백하나 사주한 자가 그녀의 아버지이니. 그녀 귀에 닿지 않도록 조사했는데 귀에 들어간 모양이다. 오늘 그대를 만나러 오기 전 스트라가 울면서 이혼 신청서를 작성해 짐을 찾아왔지."

정쟁의 본고장 중부의 왕녀이나 스트라의 고귀한 성품은 그런 걸 견뎌 내지 못했다. 스트라는 시녀를 단속하지 못한 책임과 가문의 책임을 직접 짊어지겠다고 말했다. 그것이 토리에 대한 예의라나.

중부의 건을 어떻게 할까 고심하던 룩소스 1세로선 날벼락도 그런 날벼락이 없었다. 살면서 부인에게 이혼 요청을 들을 걸 상상하는 남자가 몇이나 있겠는가? 심지어 그는 대륙의 황제이자 유일한 지배자로, 전 세계에 이름을 떨친 미남이었다.

부인에게 박하게 군 적 없고, 심하게 군 적 없다. 정략결혼이라 감정 상했다 한들 이혼 서류를 내밀 이유 없는 담백한 관계.

스트라는 도리와 예의, 책임을 명분으로 들었다. 북부에선 있을 수 없는 일이지만 중부에서는 아내가 남편에게 이혼을 요구할 권한을 가졌다. 스트라의 독단적인 결정이니 분명 가문에 피해가 갈 것이다. 하지만 그녀는 결심을 번복하지 않았다.

토리는 우정을 위해 모든 걸 버렸다. 스트라 또한 옳다고 생각하는 일을 행해야 했다.

룩소스 1세는 너무 당황한 나머지 거절하지 못하고 서류를 받아 버렸다.

사랑하지 않았지만 자존심 상한다. 그것이 바로 복잡하고 이기적인 남자, 아니, 사람의 마음.

혹시나 해서 토리에게 물어봤는데("부인 계속할래?") 토리도 마찬가지였다. 원래 정략결혼이 다 그런 것을 알지만 부인들 섭섭하지 않도록 노력했던 황제는 조금 섭섭했다.

하여간 인간은 이기적인 존재다.

"스트라 황비가 지금은 감정이 앞서 이혼을 요청했지만 시간이 지나면 분명 후회할 것입니다, 폐하. 이혼하지 마셔요."

"그대도 감정이 앞서 뱀을 잡아 놓고 시간이 지나면 후회하여 무르고 싶어질까?"

토리의 말문이 막혔다. 황제가 다정한 목소리로 타일렀다.

"그러지 마라, 토리. 짐이 본 그대는 사람의 도리와 인의를 알고 옳고 그름을 판별할 줄 안다. 감정에 휘둘려 일을 그르친다니. 감정이 없으면 그것이 사람이냐. 그대는 본인의 피해를 감수하고 옳다고 생각하는 일을 해냈어. 짐이 본 중 가장 용기 있는 행동이었다."

말을 마친 룩소스 1세가 손바닥을 펼쳤다.

지금부턴 제안의 시간이다. 그걸 받아들이고 말고는 토리의 마음이었지만 기왕이면 받아 주길 바랐다. 토리는 갑자기 밝아진 황제의 표정을 눈치채지 못했다.

"스트라와 그대가 모두 떠나면 성의 안주인 자리가 공백이 된다. 그러다 짐은 떠올렸다. 사실 아크레아는 안주인이 부재한 기간이 길어. 짐은 모후를 일찍 여의었고 원정을 나가면서 옥좌를 비웠다. 그대들과 혼인한 기간이 안주인이 존재했던 기간이지. 그러면 안주인이 없다고 성과 나라가 쫄딱 망하느냐, 그것이 아니란다. 그 이유를 알고 있느냐?"

"대신 일을 한 이들이 있기 때문이죠."

"그래. 정답이다. 영주가 영지를 비우면 세리와 가신들이 영지를 다스린다. 사장이 가게를 비우면 점원이 일을 대신 봐. 지주는 놀리는 땅에 소작을 놓지. 귀족가의 레이디들은 직접 안살림을 하지 않고 하녀를 둔다. 아이는 유모에게 맡기고 요리는 요리사가 도맡아."

의도를 몰라도 황제의 말. 일단 경청하고 있던 토리의 입술이 조금씩 벌어졌다. 대화할 때를 빼면 그녀의 고개는 계속 바닥을 향했다.

지금 토리는 처음 듣는 소리에 깜짝 놀란 강아지처럼 눈을 크게 떴다.

황제가 그녀에게 취직자리를 권하고 있었다!

"안주인이 부재하면 그 일을 대신할 사람을 구하면 된다. 짐은 그대에게 그 자리를 권하고 싶다. 미리 말해 두마. 아주 힘들 것이다. 그대는 모두가 보는 앞에서 가문과 친지를 배신하고 여인에 대한 모두의 믿음 또한 부쉈다. 야파에 남는 것 자체가 그대에게 힘겨울 것이다. 거부해도 짐은 실망하지 않는다. 오히려 그대의 영특함을 칭찬할 것이다."

어찌할 것이냐?

룩소스 1세가 눈으로 질문했다.

룩소스 1세의 말이 옳다. 황제의 부인이었다가 가문이 멸문당해 혼인이 무효화한 레이디가 성에 남는다? 그 자체로 추문이다. 부인도 아닌 정부 취급을 당할 것이 뻔하다. 하지만 룩소스 1세가 보인 제안은 적어도 토리에게 있어 거부할 수 없는 제안이었다.

토리가 천천히 굽었던 허리를 폈다. 단정한 자세를 한 레이디는 총명함이 빛나는 눈동자로 대답을 대신했다.

"상속이 가능한 작위는 줄 수 없다. 대신 관직에 맞는 단승작을 내려주마."

여자가 어떻게 관직에 오르고 어떻게 작위를 받을 수 있냐는 질문은 필요 없었다. 둘은 이미 선례를 보았다. 여자의 몸으로 관직에 오르고 여자의 몸으로 작위를 받고 여자의 몸으로 영주가 된 사람이 있다. 폴리아나 윈터 후작.

선례가 있으니 그 뒤를 따르는 새로운 예외가 탄생한다. 이상한 건 하나도 없었다.

평온한 삶을 영위하기 위해서라면 고개 젓는 편이 낫다. 그러나 평온한 삶을 위해서만 행동했다면 이런 제안을 받지도 못했을 터.

토리는 무릎 꿇고 룩소스 1세의 손등에 입을 맞췄다. 앞으로 다시는 저 아름다운 입술에 입술을 포개고, 가슴에 안기는 일 없을 것이다. 아쉽지 않았다. 처음부터 사랑이 아니었기에 토리는 새로이 정립된 군신 관계가 마음에 들었다.

남편의 가슴 대신 황제의 손등에 이마를 댔다. 그제야 토리는 참았던 눈물을 터트렸다.

룩소스 1세는 스트라에게 토리와 동일한 제안을 했다.

스트라는 거절했다. 차라리 시녀나 시녀장으로 봉사하지, 아직 직명이 정해지지 않은 미지의 직업은 무리였다.

"토리는 괜찮은가요?"

토리가 자신도 모르는 사이에 독을 먹게 된 것은 스트라에게 큰 충격이었다. 스트라가 다시 눈물을 훌쩍였다. 룩소스 1세는 '전前'부인(……)이 눈물을 그칠 때까지 기다렸다.

정말 이혼하겠느냐 물었다가 재차 차인 터다. 일평생 여자 아쉬운 걸 몰랐던 그였다. 다른 사람도 아닌 결혼한 부인들에게 나란히 차이다니.

'인생이란.'

정말이지 한 치 앞도 알기 어려운 게 사람 인생이었다. 신하들에 이어 전부인들(……)에게까지. 룩소스 1세는 남들로부터 보고 겪어 배우는 게 많았다.

"그럼, 훌쩍, 다시 결혼, 흑, 하실 거세요?"

"후계자가 없으니."

"훌쩍, 하면 윈터 후작에게 청혼하실 건가요?"

"갑자기 윈터 후작 얘기가 왜 나오나?"

"사랑하시잖아요?"

쿨럭. 침 삼키다 사레들린 룩소스 1세가 병 걸려 털 빠진 거위처럼 켁켁거렸다. 미모를 씹어 먹는 애처로운 모습이었다. 스트라가 룩소스 1세의 등을 상냥하게 토닥였다. 룩소스 1세가 간신히 정신을 수습했다.

'실수했다.'

사레들리는 게 아니라 뻔뻔하게 잡아떼야 했다.

'아직 늦지 않았다. 사레는 우연이고 그렇지 않다고 우기면……!'

늦지 않았다고 생각할 때는 이미 늦었다고 하던가. 스트라의 청순한 얼굴엔 한 치의 의심이 없었다. 정말 진실로 믿고 있는 얼굴.

'어떻게 알았지?'

룩소스 1세가 한숨을 쉬고 설명하려다 멈칫했다. 한 명의 부인과 사별, 한 명과 혼인 무효, 한 명과 이혼. 삼연의 충격이 황제를 비관적 사고로 몰아넣었다.

'서, 설마 모두 알고 있는데 짐을 위해 비밀로 해 주고 있었던 것은……!'

최악의 상황이었다. 룩소스 1세는 고개를 설레설레 저었다. 만약 그게 사실이라면 혀 깨물고 죽어 버릴 심사였다.

"어떻게 알았는가?"

황제의 측근이자 절친한 벗 아이노 경 외엔 아무도 모르는 특급 비밀이다. 감정 중에 사랑이 제일 감추기 힘들다고 하지만 룩소스 1세는 날 때부터 왕족이었다. 분명한 감정을 두고 아닌 척 뭉뚱그리는 것이 주특기.

스스로에게 결백하고 감정을 숨기기 위해 룩소스 1세는 필사적이었다. 공사를 구분했고 결혼 얘기만 아니면 폴리아나에게 질척질척하게 달라붙지 않았다고 자신했다.

스트라가 어떻게 알게 된 것인지, 아는 사람이 더 있는지 룩소스 1세는 정말정말 궁금했다. 황제 폐하의 호기심은 끝이 없었다.

"어쩌다 알았냐면요."

정복지의 왕녀는 침략자 군주에게 연심을 품었다. 전쟁 중에 사람이 죽었으나 왕성의 공주님과는 먼 이야기. 스트라가 들은 건 전장의 소문과 항복을 관대하게 받아들인 젊은 왕의 자비였다. 직접 대면한 젊은 황제는 로망스 속 기사나 왕자님보다 아름다웠다. 왕녀는 쉽게 사랑에 빠졌다.

"후작이 사슴에 차였을 때 폐하의 표정을 보고 알았지요."

라는 말은 거짓말. 사실은 이전부터 알고 있었다.

사랑에 빠졌기 때문일까, 아니면 그냥 운이 좋았을까. 스트라는 룩소스 1세의 시선 끝에 여기사가 있는 걸 알았다.

여기사는 소문대로 박색이었다. 황제와 여기사의 사이는 소문과 다르게 결백했다. 그것은 황제의 일방적인 연심이고 여기사의 일방적인 결백이었다.

"짐이 그때 그렇게 티를 냈느냐?"

"저 말곤 아무도 모를 거예요. 제 위치에서만 보였거든요."

스트라는 황제의 약점을 잡았다. 기쁘지 않았다. 룩소스 1세는 필사적으로 연심을 숨기려고 했다. 마음의 향방을 안 건 전적으로 우연이었다.

질투는 나지 않았다. 질투를 하기에 여기사는 너무 친절했고, 너무 멋있었다.

폴리아나는 황비들에게 있어 전혀 다른 방향에 선 이해자였다. 그런 사람을 어떻게 질투할 수 있을까. 왕녀의 사랑은 반한 속도만큼이나 빠르게 식었다. 대신 스트라는 다른 데에 관심을 가졌다.

황제의 짝사랑. 이 세기의 로맨스는 어떻게 끝이 날까?

스트라가 생각하기에 룩소스 1세를 향한 자신의 연심은 진짜였다. 그런데 1년도 되지 않아 피시식 식어 버렸다. 한편 폴리아나에 대한 황제의 마음은 스트라가 알아챈 이후 내내 변하지 않았다. 도대체 언제부터 시작된 마음일까? 언제 끝이 날까?

나날이 깊어지는 짝사랑은 지켜보는 스트라의 애를 태웠다.

그런데 이제!

둘의 결혼의 최대 장애물인 폴리아나의 불임 문제가 해결되었다! 그리고 황제는 돌싱이 되었다. 비록 애 딸린 홀아비라지만 룩소스 1세는 대륙의 황제! 둘 다 서로에게 홀딱 반했으니(반함의 종류는 다르지만) 문제 될 건 없었다.

'아, 폐하는 아직 모르시나?'

폴리아나가 달거리를 다시 시작한 것을 야파의 사람들은 아직 몰랐다. 여자의 가장 개인적인 부분이니 떠드는 사람이 없었던 것이다. 폴리아나가 야파에 온 후로 많은 일이 있었고, 황제와 그런 개인적 얘길 나눌 시간이 부족했다.

스트라는 룩소스 1세가 폴리아나에게 청혼하지 않은 이유가 불임 때문이라고 굳게 믿고 있었다. 이 고급 정보를 들으면 룩소스 1세는 분명 기뻐하리라.

그녀는 그렇게 생각했다.

"혹시 후작의 불임 때문이라면……."

"그것 때문이 아니야. 아니. 처음엔 그 이유가 컸지. 하지만 이젠 아니야. 스트라, 윈터 후작은 짐과 결혼하는 순간 그녀가 이룩한 모든 것을 잃게 된다."

영예로운 근위대장의 직위. 그녀가 직접 얻은 재화, 영지, 작위. 심지어는 '겨울'까지.

룩소스 1세는 사랑하는 여자를 불행으로 몰고 싶지 않았다. 그래서 폴리아나를 포기했다.

"짐은 진실로 후작이 행복하길 바란다. 그걸 위해서라면 그녀를 포기할 수 있고, 다른 남자와 결혼하는 것도 축하해 줄 수 있다. 그녀가 위험천만하게 계속 몸을 날리는 것도……."

룩소스 1세의 눈동자가 침잠했다.

스트라는 어두워진 분위기에 시무룩해졌다. 듣고 보니 황제의 말이 맞았다. 그녀가 너무 단순하게 생각했다.

그들이 아는 폴리아나는 황제에게 청혼받았다고 감격하고 행복해할 여성이 아니었다. 도리어 룩소스 1세의 안구 건강을 걱정하고 정신 건강을 염려하여 궁의를 부를 위인이었다.

폐하는 정말 후작을 사랑하시는구나.

절반의 감탄과 절반의 질투라는 양가적 감성에 스트라가 젖은 그때, 룩소스 1세는 두 모습의 폴리아나에 사로잡혔다.

스트라가 사슴 발에 차일 것 같자 몸을 날리는 폴리아나. 토리에게 쇠꼬챙이가 날아가자 몸을 날리는 폴리아나.

그가 사랑하는 여자는 여자면서 기사였다.

경호 대상을 지키기 위해 몸을 아끼지 않는 투혼은 칭찬받아 마땅했다. 하지만 룩소스 1세는 '사슴 최후의 발광' 때 분명히 명령했다. 살아 달라고. 몸을 아끼라고.

그가 보는 앞에서 사랑하는 여자가 죽을 뻔했다. 무려 두 번이나.

룩소스 1세는 폴리아나의 행복을 진심으로 빌었다. 그녀가 정한 상대라면 좋은 남자(호구)가 아닌 꽃뱀이어도 찬성할 수 있었다.

하지만 폴리아나는 결혼을 앞뒀음에도 불구하고 위험에 몸을 날렸다. 죽으면 아무 소용없는데.

룩소스 1세의 주먹이 부르르 떨렸다. 그는 벌떡 일어났다.

"그대의 말이 맞아. 짐은 진실로 폴을 사랑한다."

서류 접수했으니 부인 아니라고 막말이 쩔었다.

스트라는 투덜거리지 못했다. 황제가 뭔가에 홀린 듯 중얼거렸다.

"짐은 여복이 없어. 어머니는 일찍 돌아가시고 첫 여자는 풍토병에 걸려 요절했다. 부인 한 명은 아이를 남겨 두고 떠났고 다른 두 부인은 생일을 기점으로 이혼하고 관계가 소멸했구나."

룩소스 1세의 눈동자 초점이 흐려졌다.

"그리고 윈터 후작은 올해에만 두 번이나 죽을 뻔했다."

사라진 초점이 돌아왔다. 어디서 생기를 얻고 온 듯 기름 부은 장작더미처럼 빛났다. 룩소스 1세는 의지를 다졌다.

"짐은 이기적이고 욕심 많은 새끼인즉, 더는 물러서지 않겠다."

"폐하?"

"윈터 후작에게 청혼하고 오마."

사랑하는 여자에게 청혼하러 가는 남자의 얼굴과 의지가 눈부실 정도로 아름다웠다. 그 말을 하는 대상이 이혼할 예정인 부인만 아니었다면 참 좋았겠다.

룩소스 1세가 당당하게 나갔다. 망토를 걸치지 않았는데 흩날리는 천 자락이 뒤를 장식하는 환각이 보였다. 스트라는 눈을 비볐다.

그녀의 '예비' 전남편은 마지막까지 막말이 쩔었다.

폴리아나는 황성에 없었다. 룩소스 1세가 부상을 이유로 휴가를 줬다. 레베카 건으로 황제의 심기를 거스른 뒤, 폴리아나는 그런 종류의 명령을 칼같이 지켰다.

룩소스 1세는 호위를 물리고 단신으로 후작 저택으로 향했다. 그의 주머니 안에서 나나바에서 미처 두고 오지 못한 어머니의 반지가 데굴데굴 굴렀다.

"화, 황제 폐하!"

기별도 없이 찾아온 황제의 방문에 후작가 집사가 당황했다.

"얼른 후작에게 알리겠습니다."

"되었다, 환자를 귀찮게 하지 마라."

집사의 눈이 룩소스 1세의 손에 들린 꽃송이로 향했다.

황성 정원에서 마구잡이로 꺾은 꽃과 폴리아나의 손에 맞지 않을 반지. 그것이 황제가 준비한 청혼 물품이었다. 룩소스 1세는 기묘한 패기를 풍기며 채 성큼성큼 걸었다.

죽이든 밥이든 일단 청혼하자!

룩소스! 한다! 청혼!

'이젠 아무래도 좋다!'

폴리아나가 불임이면 어떠랴. 그에겐 튼튼하신 조카님이 계셨다. 조카를 후계자로 삼으면 제국이 흔들릴 터이니 그걸 막기 위해서 황제는 큰 인생 계획을 포기했다. 바로 '노세 노세 늙어서 노세' 계획을!

룩소스 1세가 과로하고 피로할 때마다 노후 계획 하나로 버텼다. 그걸 감안하면 폴리아나를 향한 황제의 사랑이 이렇게 크고 깊었다.

늙어 죽을 때까지 옥좌를 벗어나지 못해도 좋았다. 평생 일만 하다 죽어도 좋았다. 룩소스 1세는 폴리아나 윈터를 사랑했다. 청사진에 어울리지 않는 그녀를 위해서라면 청사진을 버리겠다. 누구도 비웃지 못하도록 황후의 자리에 앉힐 것이다.

만약 반대하는 놈팡이가 있으면 그 놈팡이 집안의 혼사는 다 반대해 줄 것이다!

룩소스 1세는 진지했다. 내내 밀기만 하던 사내가 한 번 당기기 시작했다. 인내가 길었고 고되었기에 후폭풍이 거셌다.

흐읍! 폴리아나의 침실 문을 열기 전 룩소스 1세가 꽃송이에 코를 묻었다. 달콤하고 자극적인 향기에 그는 깊이 빠져들었다.

'그래, 이런 꽃이다. 앞으로 폴에게 꽃길만 걷게 해 주겠어!'

룩소스 1세가 힘차게 침실 문을 열었다.

"폐하, 언제 오셨습니까."

갑자기 열린 문에서 황제가 나타났다!

이럴 땐 당황하지 않고 침착해야 한다. 폴리아나가 태연하게 웃으면서 인사했다.

룩소스 1세는 웃지 못했다. 침실엔 두 사람이 있었다. 여자 침실인데 성인 남성이, 그것도 폴리아나는 상체를 벗은 채로.

"화, 화, 황제 폐하를 뵙습니다!"

프라우가 갑작스런 황제 폐하 행차에 놀라서 펄쩍 뛰었다. 그는 바닥에 무릎 꿇었다가 다시 놀라서 펄쩍 뛰었다.

프라우가 주위를 두리번거렸다. 행동이 묘하게 굼떠 더 정신 사나웠다. 그가 급한 마음에 테이블보를 빼내 폴리아나의 상체를 가렸다. 테이블보 뒤의 폴리아나가 작게 웃었다.

"폐하는 내 몸 많이 보셨으니 굳이 안 가려도, 아. 이런 말 하면 안 되나."

"아무리 그래도 그, 그, 그, 그럼 안 되죠, 후작님!"

"그의 말이 맞다. 짐이 기척 없이 들어왔어."

"뭘 그러십니까."

폴리아나가 움직이려고 했다. 룩소스 1세는 뒷걸음질 쳤다.

"움직이지 말거라. 짐은 그냥 문병, 문병 왔다. 이건 문병 선물."

룩소스 1세가 오기 전까지 프라우가 폴리아나의 상처를 살피고 있었다. 룩소스 1세의 의지가 절반쯤 꺾였다. 결정타는 폴리아나의 행복해 보이는 미소였다. 큰 감정 없이 시작된 혼사지만 그가 모르는 사이 폴리아나의 감정이 진전되고 있었다.

"와, 꽃이다. 은근 꽃 좋아하신다니까. 제게 뭐 주실 때마다 꽃인 거 아십니까?"

"그랬느냐?"

"그러셨습니다, 으흐흐. 폐하, 전 먹는 게 더 좋습니다."

폴리아나가 옷을 걸치고 테이블보 뒤에서 나왔다. 프라우가 그제야 덜덜 떨던 걸 멈췄다. 룩소스 1세는 웃었다. 그는 이미 뒷걸음질 쳤다. 여기서 웃음을 잃어버리면 완벽한 그의 패배였다.

황제에게 고개도 들지 못하는 프라우야 처음부터 눈에 들어오지 않았다. 그를 장악한 것은 사랑하는 여자의 웃는 얼굴. 지금 세상을 다 가진 듯 행복하진 않아도 나름 행복하다는 소소한 미소였다.

한때 도나우 경을 꺾은 진실 어린 미소는 룩소스 1세에게도 효과를 발휘했다. 사랑에 빠지면 약자라더니. 참으로 공평했다.

룩소스 1세가 의지를 잃고 폴리아나에게 꽃을 건넸다. 그가 꺾을 적만 해도 생기 있게 싱그러웠던 꽃이 쭈글쭈글해 보였다. 꽃은 변하지 않았다. 보는 사람의 마음이 쭈그리가 된 탓이다.

"경…… 아주 행복해 보이는구나."

"아, 그렇습니까? 으흥흥, 나쁘진 않습니다. 으흥흥."

"코도 그렇게 흥흥거리고. 짐의 생각보다 이번 결혼이 많이 좋은 모양이야."

"으흐흐흐흐흥."

폴리아나가 손에 쥔 꽃을 만지작거리더니 코에 가져갔다. 평소와 다른 놀라운 태도 변화였다. 룩소스 1세는 착잡한 심정을 감추고 조금 진심이 되어 웃었다.

"그래. 그럼 됐다. 경만 행복하다면 짐은 좋다."

쉬어라. 그 한마디를 남기고 룩소스 1세가 사랑하는 여인에게서 돌아섰다.

"잡지 않아도 되나요?"

"음. 가시는 태도를 봐선 내가 잔소리할까 봐 도망가시는 것 같다. 심적으로 지치셨을 테니 잔소리는 하지 말아야겠어."

프라우와 폴리아나는 그런 대화를 나눴다. 룩소스 1세는 눈가를 적셨다. 그는 깨달았다. 정말 이 마음을 접을 때가 오고 만 것이다.

폴리아나만 행복하다면 마땅히 그래야지. 그녀가 원하면 결혼식에서 축가도 부를 것이다. 결혼 선물은 누구라도 탐낼 만큼 값지고 귀한 것을 챙겨 주고, 세상에서 가장 호화로운 결혼식을 열어 줄 것이다.

그날은 폴리아나도 아름답다는 얘기를 들을 수 있도록 제국 최고의 분장 기술사를 섭외하고…….

"크흡."

황제가 주먹을 입에 물었다. 눈물을 참으려니 너무 힘들었다.

이 나이 먹어서 남의 집에서 무슨 짓이냐, 도대체.

고백한다며 등신아. 어쩌라고 병신아.

돌아온 등신&병신에게 인사할 틈도 없었다. 룩소스 1세의 주머니에선 어머니의 반지가 굴러다녔다.

문 주먹에서 피가 비치는데 갑자기 계단 쪽이 시끄러워졌다. 룩소스 1세가 고백을 위해 주거층엔 아무도 들이지 말라고 했는데, 이상한 일이었다.

"가시면 안 됩니다!"

"우리가 누군지 알아? 나 이런 사람이야!"

"알아도 안 됩니다! 위층엔 더 대단한 분이 계십니다!"

나 이런 사람이야. 알아서 기어.

너보다 더 대단한 사람 있으니 너야말로 기어라.

옥신각신 소음이 룩소스 1세의 심기를 거슬렀다. 기껏 실연의 슬픔을 억누르려 노력하는데 괘씸한 자들이 산통을 깼다.

"환자가 있는 집에서 무슨 소란이냐."

참다못한 황제가 계단 아래로 고개를 내밀었다. 저택 현관에서 집사와 옥신각신하던 이들이 고개를 들어 올렸다. 그리운 얼굴이 등장했다.

"폐하?"

"폐하!"

하우 경과 도나우 경이 황제에게 경례했다. 룩소스 1세는 둘이 야파로 온 것에 놀랐다. 상거지 꼴인 것엔 배로 놀랐다.

"경들 꼬락서니가 그게 무어냐. 둘 다 집에서 쫓겨났느냐?"

남부에서 총독을 장인어른으로 두고 잘 먹고 잘 살아야 할 두 청년이다. 흙먼지와 오물이 뒤덮인 꼴로 야파에 있을 사람들이 아니었다.

룩소스 1세가 둘을 알아본 것도 저와 같은 거지꼴을 10년간 봐왔기 때문에 가능했다. 솔직히 원정 때보다 지금 모습이 더 심했다. 하우 경과 도나우 경은 행보관 아버지를 둬 위생에 철저했다.

룩소스 1세가 궁금한 만큼 형제가 할 말도 많았다. 둘은 입을 쩍 벌리다가 말을 쏟아 냈다. 마구마구.

"폐하, 원로원을 일망타진한 게 사실이온지요!"

"폐하, 벤티에 경이 잡혀갔다는데 진짜입니까?"

"폐하, 저희가 야파에 오자마자 여기로 와서 아는 게 하나도 없습니다!"

"정신도 없습니다!"

자랑이 아닌 것을 당당하게 말하는 것을 보니 남부에서 행복했나 보다.

상거지 꼴로 형제가 시끄럽게 떠드니 보기에 좋지 않았다. 룩소스 1세가 그들에게 진정하라 명령했다.

"환자 있는 집에서 시끄럽구나."

"누님이 다치셨습니까?"

놀란 도나우 경이 계단으로 뛰어왔다. 집사가 그의 앞을 가로막았다. 황제가 슬쩍 고개를 저었다. 집사가 물러났다. 룩소스 1세는 당장 폴리아나의 침실로 달려가려는 도나우 경을 붙잡았다. 그리고 천천히 아래로 내몰았다.

"어허, 약혼자와 좋은 시간 보내고 있는데 방해해서 쓰겠느냐. 그 모습으로 주인을 만나는 것도 예의가 아니니 씻고 오거라."

"지금 그럴 때가 아닙니다, 폐하!"

"그 개만도 못한 새끼가 지금 여기 있습니까?"

하우 경이 거칠고 탁한 음성으로 물었다. 도나우 경은 눈에 살기를 머금고 위층을 노려봤다. 룩소스 1세는 뭔가 이상하다고 생각했다.

저 형제가 상거지 꼴이 될 정도로 이동했다. 야파를 떠들썩하게 만든 소문을 들을 여유도 없는 여정이었다. 형제의 눈빛은 사흘 굶은 늑대처럼 형형했다.

"무슨 일이더냐. 일단 짐에게 고해라."

"폐하, 그 개새끼가, 아니, 개에게 실례죠. 개만도 못한 새끼가 누님과 결혼한다는 게 사실입니까?"

"개만도 못한 자식이 프라우 스네크라면 맞다."

룩소스 1세로선 애석한 일이었다. 하지만 이미 결정된 사안.

결혼 준비는 착착 진행 중이고 소문은 다 퍼졌다. 다들 어울리지 않는 결혼이라고 여겨 관심을 두진 않았다. 아이노 경과 시켈의 혼사가 인기를 끌고 있는 것과 대조적이었다.

“이 결혼 반댑니다!”

“결사반대!”

‘실은 짐도 반대야.’

황제는 잠시 처연하고 애잔한 미소를 지었다. 그러다 곧 마음을 굳게 먹었다. 하우 경과 도나우 경이 반대하는 이유야 뻔했다. 이미 야파에서도 한 차례 소란이 있었다.

룩소스 1세는 방금 전 폴리아나가 보여 준 소박한 미소를 떠올렸다. 그녀의 행복만 있다면 황제는 참을 수 있었다.

“워워, 경들. 진정해라. 격이 맞지 않는 혼사인 건 짐도 안다. 하지만 폴 경이 프라우 그 새…… 그 사람을 제법 좋아하고 행복해하고 있어. 경들도 직접 보면 알 것이다.”

“뭐요? 폴이 그 새끼를 좋아해?”

“그럼 더 안 됩니다!”

“그 새끼 하녀랑 결혼해서 가문에서 쫓겨났습니다!”

“맞아요! 결혼!”

“결혼?”

결혼은 처음 듣는 얘기였다. 하지만 황제의 허락을 받지 못했으니 그냥 동거 수준에 불과하다. 룩소스 1세도 남자라, 그런 과거엔 큰 의미를 두지 않았다. 사회적으로 젊어서 보인 방황으로 용납되는 수준이었다. 무엇보다 하녀가 죽었다. 살아 있다면 문제가 되지만 죽은 사람은 언제나 말이 없으니.

"하녀가 죽지 않았느냐."

워어 워어, 진정하거라.

모순적이게도 룩소스 1세가 하우 경과 도나우 경을 설득하고 있었다. 촌극도 이런 촌극이 없었다. 좋아하는 여자가 다른 남자랑 결혼하는데, 그걸 반대하는 사람을 설득하는 남자라니. 음유시인이 주절거리다 술병에 맞고 쫓겨날 얘기였다.

"경들 진정하고."

"진정하게 생겼습니까!"

하우 경이 목에 핏대를 세웠다. 앞을 막아선 게 황제라도 한 대 칠 기세였다. 거기에 도나우 경이 합세했다. 룩소스 1세는 조금 노엽게 느꼈다. 그래서 호통을 치려는 찰나.

"그 새끼 애도 있단 말입니다!"

그럼 얘기가 다르지.

금시초문인 이야기에 룩소스 1세가 형제를 붙잡았다. 그의 발치에서부터 머리끝까지 잔잔한 분노가 설설 기어 다녔다.

황제는 살며 이토록 진노한 적이 없었다. 만일 형제의 말이 사실이라면 프라우 그 새끼를 머리끝부터 발끝까지 부숴 주리라.

"자세히 얘기해 보거라."

룩소스 1세는 직감했다. 뱀 사냥은 아직 끝나지 않았다. 가장 무섭고 흉측한 뱀이 남아 있었다.

유혈목이, 살모사 같은 독사는 끼지도 못했다. 더 무서운 뱀.

꽃뱀.

19. 꽃뱀 퇴치

19. 꽃뱀 퇴치

폴리아나와 절친한 세 남자는 장소를 옮겼다. 룩소스 1세가 하우 경과 도나우 경에게 진정하라고 명령했다. 이번 사건은 보통 사건이 아니기 때문에 말하는 사람이 침착해야 했다.

남부에서 올라온 형제는 꽃뱀 사건에 더불어 급변한 야파 정세에 혼란스러워했다. 둘이 진정하고 정보를 최신 야파 버전으로 업데이트해야 했다.

형제가 쉬고 정신을 수습하는 동안 룩소스 1세는 기사들을 소집했다. 멤버는 이전, 폴리아나의 결혼 선언이 터졌을 때와 비슷했다.

다들 폴리아나를 아픈 손가락으로 각별히 아끼는 남자들이었다. 마호갈 경이 아크레아 지방으로 떠나 참가하지 못해 아쉬움을 남겼다.

분위기는 비장했다. 일단 기사들을 소집한 룩소스 1세의 기운이 흉흉했다.

뱀이 뭐냐. 정말 용이라도 때려잡으러 갈 기세였다. 전시의 사령부 막사. 그와 비슷한 긴장된 분위기가 감돌았다.

하우 경, 도나우 경과 함께 야파에 도착해서 헤어진 디크 경은 다시 합류했다. 형제는 폴리아나와 친밀해 감정이 앞서니 디크 경이 차분히 설명하라는 것이다.

프라우 스네크. 선대 스네크 백작의 오남. 그는 가문의 하녀를 사랑했다. 둘은 신분을 뛰어넘어 사랑의 완성을 꿈꿨다. 당연하게도 집안의 반대가 있었다. 프라우는 하녀와 둘만의 결혼식을 올리고 집을 나갔다. 사랑의 도피였다.

도피는 실패했다. 누가 봐도 둘은 신분이 달랐다. 부부는 하녀의 고향으로 숨었다. 고향은 하녀를 반기지 않았다. 귀족만 평민과의 결합을 꺼리는 것이 아니다. 평민들 또한 귀족과의 결혼을 꺼렸다.

고향에서 하녀는 주제넘은 창녀가 되었다. 프라우는 정신 나간, 그리고 조만간 현실을 깨닫고 가문으로 돌아갈 도련님이었다. 하녀가 스네크 가문의 영지민인 것도 좋지 못했다. 고향 사람들은 하녀를 얌전한 도련님 꼬신 헤픈 여자로 보았다.

사랑하면 첩으로 들이시면 되는 것 아니오? 다른 귀족 나리들도 다 그렇게 하시는데. 첩 들여서 호의호식시켜 주면 되는데 왜 저 지랄이랴?

세금을 걷으러 온 세리가 프라우를 발견하고 '앗 시발, 도련님 왜 여기 계세요.' 하는 표정을 짓는데 잘 살 수 있을 리가 없다.

스네크 가문에선 프라우에게 선택을 종용했다. 버리고 돌아오거나, 진짜 절연하거나. 프라우는 절연을 택했다. 대신 시골 마을에 남지 않고 나나바로 돌아갔다.

이대로는 먹고살기 막막하니 기술이 필요했다. 스네크 가문에서 열심히 막았기에 소문은 많이 퍼지지 않았다.

사정을 모르는 궁의 레디칼 남작은 프라우가 그냥 재수 없게 쫓겨난 줄 알고 제자로 받아 줬다. 프라우는 의술을 배웠다. 의사는 기사와 문관보다 천해도 반드시 필요한 직종이었으니까.

둘이 함께라면.

괜찮았다.

하녀가 임신했다. 프라우는 대충 배우고 얼른 독립해서 오손도손 가정을 꾸리길 바랐다.

하녀가 죽었다. 과다 출혈이었다.

프라우는 의술을 배웠으나 그건 어디까지나 인간(남자)을 상대하는 의술. 산부인과는 문외한이었고 배우려고 들지도 않았다. 여자를 진찰하는 일은 어디까지나 소수의 산부인과 전문의와 산파의 몫이라고 여겼다.

마을의 산파는 하녀를 돌보는 일을 거부했다. 영주님의 심기를 거스를 수 없다는 지극히 합당한 이유였다.

셋이 되었다가 하나가 죽고 다시 둘이 되었다. 수는 같지만 프라우는 견디지 못했다. 그는 결국 가문의 문을 두드렸다. 아버지와 어머니의 노성이 떨어졌다.

애를 버리고 와라. 아니면 사생아로 인지해라.

프라우는 거절했다. 그의 아들은 그가 결혼한 아내에게서 본 장남이다. 스네크 백작이 피를 토하듯 외쳤다.

"내 장례식에도 부르지 마라!"

프라우는 아이를 하녀의 부모에게 맡겼다. 의사 소득은 귀족다운 생활을 영위하기엔 부족해도 평민들 입장에서 보면 크다. 아이를 제대로 키우려면 전처럼 대충 배우지 않고 제대로 배운 뒤 독립해야겠다는 판단이 섰다.

기반 자본도 필요했다. 프라우는 틈틈이 귀족 전문 의사와 평민 의사의 차이를 연구했다. 둘 다 가업을 잇는 경우가 많았고 귀족 의사의 연구가 더 훌륭하지 않을 때도, 평민 의사의 민간요법이 더 나을 때도 있었다.

아내를 잃은 그는 때로 깊은 우울에 시달렸다. 아이를 잘 키워야 하는 걸 알지만 귀족들도, 평민들도 아이를 사생아 대하듯 한다.

그나마 마을 사람들이 어린 아이에겐 죄가 없다는 생각에 차별 없이 대해 주긴 해도, 하녀의 부모가 이대로 마을에서 얌전히 죽은 듯 살자고 해도.

프라우는 아크레아의 명문 스네크 백작가의 도련님이었다. 그는 귀족으로 태어나 귀족으로 자랐다. 사랑 때문에 신분을 포기했으나 아버지가 된 후 프라우는 부모 마음을 이해했다.

그의 부모가 하녀를 반대한 건 자식에 대한 애정 때문이다. 프라우가 하녀와 결혼하면 준귀족 취급받는 프라우와 다르게 자식은 정말 평민이 된다.

프라우의 그림자도 밟지 않던 세리에게 프라우의 아들이 넙죽 절했다. 프라우는 그때 처음으로 후회했다. 프라우가 그러지 말라고 해도 외조부 외조모가 아이를 평민으로 키우려 드니 소용이 없었다.

프라우는 깊은 고민에 빠졌다. 그는 사랑 때문에 신분을 버렸다. 그러나 그를 막 대하는 사람은 없었다. 그러나 사랑으로 태어난 아들은 달랐다.

프라우에게 함부로 못하는 평민들이 그의 아들은 평민으로 대했다. 그는 그걸 납득할 수 없었다. 하지만 그렇게 살아야 한다. 형제들은 프라우를 용서하지 않았고 가문의 일원으로 인정하길 거부했다. 받아 주겠다는 형제도 아이를 버리라고 했다. 아이에겐 귀족 신분을 줄 수 없다는 것이다.

차라리 본인이 계속 평민으로 살면 살았지, 아이를 버릴 수 없었다. 프라우에겐 아이가 전부였다.

아이를 위해서라면 가능한 한 돈을 모아 가르쳐 문관으로 만들어야 한다. 그러나 과연 가문에서 그걸 용납할까? 프라우는 막막했다.

프라우가 윈터 여후작에 대한 이야기를 들은 건 그즈음이었다.

"씨발, 여자에게 작위라니."

"후작이면 감히 올려다보지도 못하는 지위잖아."

"공이 커도 너무한 것 아니신가?"

"불임이라며?"

"그럼 결혼하면 작위가 남편에게 가는 건가?"

"그건 아니고, 자식에게만 승계할 수 있다는데 석녀가 무슨 자식을 낳아. 양자 들이는 거지."

"천애 고아나 다름없다고 하던데…… 후계자로 데려올 친척 애도 없는 거 아닌가? 그럼 후작 가문이 1대에서 끝날 것 같은데."

"애 딸린 홀아비가 장가가면 아들 좋은 일 시켜 주는 거지!"

"미쳤냐! 아무리 애한테 작위 주고 싶어도 그런 박색이랑?"

저열하고 허세 가득한 비방 속에 프라우의 귀를 잡은 내용이 있었다. 프라우는 그날 윈터 여후작을 조사했다.

에하스는 남자 후계자가 없을 경우 여식에게 작위를 상속한다.

여자의 상속이 법으로 금지된 아크레아에선 가까운 친척의 아이를 양자로 들여 가문을 잇게 한다.

그럼 여기서 문제. 여자와 이혼할 수 없는데 애가 없고 친척도 씨가 말랐을 땐?

유일하게 사생아의 양자 입적이 가능하다.

프라우 스네크는 간도 크게 그걸 노렸다.

물론 기사들은 그런 자세한 사정을 몰랐다. 알고 싶지도 않았다.

중요한 것은 프라우가 자식이 있다는 사실을 의도적으로 감추었다는 사실이다. 만일 알았다면 폴리아나가 결혼을 결심했을까? 아니다. 폴리아나가 아무리 꽃뱀에게 낚인 호구라도 정도가 있었다.

룩소스 1세는 차분하게 분노했다.

폴리아나 윈터의 재산과 권력은 홀로 누리기엔 지나치게 많다. 같이 공유하자고 달려드는 승냥이가 많았다. 하지만! 그러한 승냥이들도 페어플레이 정신을 발휘해 사기는 안 쳤다. 자식 있는 놈은 있다고 밝히고, 첩 있는 놈은 있다고 밝혔다.

폴리아나는 아크레아 귀족 사회를 잘 모르고 뒤에서 떠도는 숨겨진 일들도 모르니 얼마든지 속일 수 있다. 하지만 그들은 그러지 않았다.

그 이유는 폴리아나가 룩소스 1세의 측근이요, 총애를 한 몸에 받았기 때문이다. 폴리아나에게 개수작 부리는 순간 황제의 진노가 뒤따른다. 폴리아나 본인도 만만한 상대는 아니었다. 아는 사람은 다 알았다. 모르는 새끼들이 병신이다.

프라우는 모르는 병신이었다.

생각이 없는 건지 미쳤는지.

귀족의 결혼은 일종의 거래다. 상도덕을 준수하지 않을시 신뢰를 잃는 책임을 져야 하지 않겠는가. 신뢰를 기반으로 한 공정 거래는 시장의 수질을 유지하는 기본 중의 기본이었다. 이러한 악질 사기꾼은 혼자서 물을 똥물로 흐리는 개만도 못한 새끼였다.

룩소스 1세를 포함해, 폴리아나를 각별히(?) 아끼는 남자들이 조용히 분노했다. 몇이 뒷목을 잡았다.

"아주, 아주 악질적인 꽃뱀이다. 우리가 그간 봐 온 꽃뱀들 중에서 제일 질이 나빠. 재산을 노리고 있음을 선수 쳐 밝혀 어리숙함을 강조했으나 실은 재산이 아니라 작위를 노리고 있었다. 사생아를 후작으로 만들려고!"

룩소스 1세는 프라우와 하녀의 결혼을 허락하지 않았다. 당시 국왕 대리였던 루조 대공도 마찬가지. 귀족의 혼인은 군주의 허락을 받아야 하며 그렇지 못한 혼인은 무효. 결국 그 아이는 사생아다.

프라우가 그렇게 귀족 지위를 유지하길 원한다면 아이는 사생아가 되는 것이고, 평민으로 살겠다면 적자가 되는 것. 물론 그렇게 되면 재취 자리가 되는 것이니 폴리아나는 프라우를 결혼 상대로 고려하지 않았을 것이다.

프라우가 아이를 후작으로 만들 생각이건 아니건 간에 사기 결혼이었다.

의누님이 받은 모욕을 견디지 못한 도나우 경이 부들부들 떨었다. 하우 경은 옆에서 전시에 세작에게나 활용하는 고문법을 주절주절 늘어놓았다. 형제가 말은 많아도 결론은 동일했다.

곱게 안 죽인다!

우리 누님이 남자 친척 없다고 만만해 보였나 본데, 의동생이 눈 시퍼렇게 뜨고 살아 있거든!

10년 3650일 고문하자!

“근데 윈터 후작이 그 사실을 알고도 결혼하겠다고 하면 어떡하오?”

“누님이 그럴 리 없습니다!”

“우리가 호구를 잡아 오랬지 호구가 되라고 했나! 폴이 그럴 리 없습니다!”

아르르 알알. 누군가의 질문에 도나우 경과 하우 경이 침 튀겨 가며 발광했다. 룩소스 1세도 마찬가지였다. 그는 살면서 이토록 깊게 분노한 적이 없었다. 원정 도중 루조 공작이 뒤통수를 쳤어도 이렇게 화나지 않았을 것이다.

“이건 후작을 우롱하고, 나아가 짐을 우롱한 것이다. 감히! 감히 짐의 폴 경에게!”

지랄염병이 깊어서 건드리지도 못하는 사람에게!

분노한 나머지 진심이 나왔지만 다들 오해(?)하지 않았다. 폴리아나는 룩소스 1세의 기사이고 둘은 알몸으로 같이 있어도 의심스럽지 않았다. 그들은 꽃뱀에게 완벽하게 속아 넘어간 폴리아나의 낮은 남자 면역력에 한탄했다.

사내놈 불알을 1개 대대 단위로 까면 뭐하나. 남자 꽃뱀, 아니지, 못생겼으니까 꽃을 떼야 했다. 뱀 같은 새끼에게 물린 것을!

부와 권력을 쥔 그들은 무서울 게 없었다. 기사에게 두 번째로 중요한 명예(첫 번째는 주군의 명예)가 훼손되었다. 무력을 보여 줄 차례다.

"일단 가서 죽이죠."

"불에 태웁시다."

"사지를 자른 다음 광장에 거꾸로 매달아서 돌을 던지게 할까요?"

"일단 사지를 자르고 못 박은 통에 넣어 광장에서 굴립시다."

"경들 너무 관대하시오. 사지를 자르다니. 사지를 찢어야지!"

"거짓말을 했으니 입부터 찢읍시다!"

"그럽시다!"

"혀도 불로 지집시다!"

"멋져!"

온갖 다양한 고문법이 튀어나왔다. 전쟁 시 사령부 막사에서 이렇게 열심히 작전을 짰다면 10년 원정이 5년으로 단축되었을지도 모른다.

그들은 전쟁에 참여해 직접 사람을 벤 전사였다. 고문에 자비는 없었다. 하물며 전우를 모욕한 자에게 동정이라니? 지나가는 개를 가여워하지.

"도망가기 전에 잡아 오죠."

"부하들 시키면 되나?"

"안 돼. 폴리아나 경의 명예에 해가 될 거야. 우리 선에서 해결하자고."

"맞아. 윈터 후작 명성에 똥칠을 하게 된다고. 내가 가서 잡아 오겠소."

일단 잡아서 족치자! 행동력 빠른 기사 몇이 의자에서 몸을 일으켰다. 도나우 경이 이를 빠득빠득 갈더니 그들을 잡았다.

"당장 가서 잡는 건 안 됩니다!"

"왜가!"

"지금 여기서 그 새끼를 잡으면 누님에게 해가 됩니다. 보십시오, 누님과 그 새끼의 결혼 얘기는 모두가 알고 있습니다. 약혼은 안 했어도 약혼 관계나 마찬가지예요. 그런데 여기서 우리가 그 새끼를 잡아 족치면?

다들 생각할 겁니다. 아, 쟤한테 뭐가 있구나. 후작이 속았구나. 윈터 후작이 뱀 새끼에게 우롱당한 게 만천하에 밝혀집니다."

듣고 보니 맞는 말이었다. 논리적으로 반박할 수 없었다. 룩소스 1세가 턱을 괴고 고개를 끄덕였다. 더 말해 보라는 신호였다.

"중요한 건 겉으로 보이는 일입니다. 이미 누님의 결혼 소식은 아는 사람은 다 아는 일이 되었습니다. 다행히 이 결혼을 주도하는 건 누님이고 뱀 새끼에겐 주도권이 없습니다. 누님이 중간에 마음이 돌변해 파투 내도 후작의 변덕으로 생각하지 뱀 새끼 문제라곤 생각 안 하게 됩니다."

제2근위대장과 의사. 후작과 준귀족. 격의 차이가 극심한 결혼이었다. 폴리아나가 결혼을 진행하다 갑자기 마음이 돌변해도 뭐라고 할 사람이 없었다. 오히려 후작이 콩깍지가 벗겨졌나 보다 소리나 듣고 말겠지.

룩소스 1세가 열정적으로 말하는 도나우 경에게 손짓했다. 도나우 경이 룩소스 1세에게 머리를 드밀었다. 룩소스 1세가 도나우 경의 머리를 쓰다듬었다.

"우리 도나우가 원래도 총명했는데 장가가더니 더 똘똘해졌노라."

"황공합니다."

도나우 경이나 하우 경이나 그 머리가 그 머리. 그런데 하우 경은 요령이 좋아서 약삭빠르다 소리를 들었고 도나우 경은 조금 따분하다는 소리를 들었다.

하지만 이제는 그것도 옛말이 되었다. 총독인 장인어른 밑에서 도나우 경은 이것저것 많이 배웠다. 그쪽도 기사보단 문관이 부족했던지라 근육이 줄고 꾀가 늘었다. 요령 좋은 형과 요령 없는 아우에서 요령 좋은 형제로 진화했다. 긍정적인 변화였다.

"그럼 윈터 후작에게 알리는 게 급선무겠습니다."

"그렇소. 본인 일인데 모르고 있으니……."

"오늘 누님 댁을 방문하면서 알리겠습니다."

"아니."

황제가 단호하게 거부 의사를 밝혔다. 폴리아나의 명예를 안전지대로 옮겼다. 이제 그녀의 마음을 안전하게 보호할 차례다. 정말 슬프게도 폴리아나는 프라우에게 마음을 주었다. 배신당한 것을 알게 되면 분명 슬퍼할 것이다.

"그건 짐이…… 짐이 알려 주겠노라."

폴리아나를 각별히 아끼는 모임이 해산했다. 하우 경과 도나우 경은 윈터 후작 저택으로 돌아갔다. 그들이 야파에 온 표면적 이유는 정보 수집이 될 것이다.

모임이 해산한 자리에 두 남자가 남았다. 폴리아나를 세상에서 아주 각별히 아끼는 남자와 안 아끼는 남자.

정보부의 수장 디크 경은 황제 앞에 무릎 꿇었다. 일단 빌었다. 빌면서 시작했다. 룩소스 1세의 눈썹이 꿈틀거렸다.

"다른 귀족도 아니고 제국의 후작이다. 남편감에게 이런 치명적인 결격 사유가 있는 것을 정보부 수장이 몰랐다는 게 말이 된다고 생각하느냐?"

"폐하! 죽을죄를 지었습니다! 남부의 홍수로 야파에서 벌어진 일을 이제야 알았으니 제 죄가 큽니다!"

룩소스 1세가 화내는 이유와 디크 경이 사죄하는 이유가 달랐다. 룩소스 1세가 더 화내려 하자 디크 경이 입을 털었다.

"정말 송구합니다! 실은 누이의 부탁으로 프라우에 대해 조사했으나 중요성을 알지 못해 야파 인근에서만 조사했습니다. 나나바와 스네크 가문을 조사했으면 알 수 있었을 정보인데…… 소신의 실책이옵니다."

룩소스 1세는 처음 듣는 이야기에 고개를 기울였다. 그가 자세한 것을 캐물었다.

디크 경은 후궁의 정보원이 시켈이며, 봉급 대신 프라우에 대한 정보를 요구했던 일들을 상세히 보고했다. 룩소스 1세의 얼굴에 호기심이 돌았다.

"잉그레터 영애가 반대했었다고?"

"네. 프라우는 괜히 꺼려져서 싫다고 했었습니다."

"흐음…… 여성의 감인가……."

잠시 생각하던 황제가 이어 디크 경을 질책했다.

"결국 경의 잘못이다. 누이가 봉급 대신 부탁한 일을 제대로 조사하지 않은 결과가 이렇게 드러나지 않았느냐!"

"송구합니다!"

"짐이 다시 기회를 주겠다! 프라우에 대한 모든 것을 조사해서 가져와라!"

"명 받들겠사옵니다!"

모든 일은 폴리아나가 모르도록 은밀히 진행되었다.

황제는 일부러 폴리아나에게 내준 휴가 기간을 늘렸다. 폴리아나가 반박하자 징벌의 의미도 있다고 거짓말했다. 황제가 다시는 그러지 말라던 짓을 또 한 죄가 있다. 폴리아나는 납득하고 물러났다.

그런 와중 그녀의 의동생이 야파에 방문했다!

폴리아나는 그리움과 반가움을 가득 담아 하우 경과 도나우 경을 끌어안았다. 편지 왕래 백 번 해 보아야 한 번 대면하는 것만 못한 법. 오랜만에 만난 의동생은 폴리아나를 함박웃음 짓게 만들었다.

의동생이 폴리아나의 주의를 끄는 동안 룩소스 1세는 일부러 프라우가 폴리아나와 만날 수 없도록 만들었다.

정보부에선 금방 필요한 정보를 캐냈다. 프라우의 아이가 살고 있는 지역, 하녀의 부모, 프라우가 그들에게 송금하는 돈.

프라우는 종종 아크레아 지방의 지인에게 편지를 썼다. 실은 편지가 아니라 아이를 키우는 장인 장모에게 보내는 생활비였다. 궁에서 근무하는 의사가 셋방살이를 하는 건 검소해서가 아니다. 돈이 없어서다.

또한 그는 야파로 이주한 후에도 아이를 보러 갔다. 최근 반년은 야파에서 일이 빵빵 터져 아이를 보지 못했다.

아이가 보고 싶을 것이다. 엄청 보고 싶을걸.

룩소스 1세는 확신했다.

정보부에선 일부러 프라우 근처에 거짓 정보를 흘렸다. 스네크 백작 가문은 폭로전에 걸려든 뱀 중의 하나. 스네크 백작령으로 간 황제의 기사들이 백작의 사병과 충돌하면서 인근 마을 몇이 피해를 봤다는 소문이 몇 다리를 거쳐 프라우에게 전해졌다. 프라우는 눈에 띄게 불안해했다.

결국 룩소스 1세의 확신대로 프라우가 휴가를 신청했다. 폴리아나에겐 지인이 걱정되니 보러 간다고 거짓말했다. 그 지인이 장인 장모와 친아들이라는 것을 숨긴 것이 프라우가 범한 죄였다.

"그 지인들도 결혼식에 초대하나?"

"네? 아, 아닙니다. 여행이 힘들어서요."

"직접 보러 갈 정도면 친분이 제법 있을 텐데. 아쉽군."

친분뿐이랴. 혈연관계다.

"그, 그렇죠."

진상을 아는 자에겐 너무나도 뻔한 속내를 폴리아나는 눈치채지 못했다.

프라우의 더듬거리는 말이나 삐질삐질 흐르는 땀. 그러한 거짓의 조건을 폴리아나는 자신을 무서워해서 보인다고 착각했다.

하우 경과 도나우 경은 오래 머무르지 않고 야파를 떠났다. 룩소스 1세의 방해 공작으로 프라우는 계속 바빴기 때문에 서로 만나지 못했다.

폴리아나는 아쉬워했으나 프라우에겐 잘된 일이었다. 만약 마주쳤다면 형제는 분을 참지 못하고 프라우의 척추를 접었을 것이다.

프라우, 도나우 경, 하우 경이 모두 떠났다. 스트라도 이혼과 관련한 일을 처리하러 고향으로 돌아갔다. 토리는 아직 면회가 금지된 상태.

권력의 힘을 빌려 못 만날 게 없으나 폴리아나는 아직 휴가 중. 황제가 반강제로 내린 휴가이기 때문에 폴리아나는 근신 정도로 인식하고 있었다.

이전처럼 철저하게 근신을 지키진 않았다. 대신 결혼 준비를 착착착 진행했다. 룩소스 1세로선 복장 터지는 일이었다.

룩소스 1세는 프라우가 야파를 떠나고 며칠 뒤에 윈터 후작가를 찾았다.

폴리아나는 결혼반지 중앙에 박을 보석을 고민하고 있었다. 폴리아나는 주군의 방문을 반겼다. 자신보다 주군의 미적 감각이 더 뛰어났기 때문이다.

"폐하, 마침 잘 오셨습니다. 결혼반지에 쓸 보석으로 뭐가 좋을까요?"

"그런 중요하지 않은 일은 뒤로 미루고, 짐과 야유라도 가지 않겠느냐."

결혼반지가 중요하지 않다니! 보석으로 진지하게 고민 중이던 폴리아나는 내심 충격받았다.

뭣이 진짜 중한 것인지 모르는 폴리아나가 룩소스 1세는 안타까웠다.

"폴 경은 휴가라 한가하고 짐은 일이 몰아쳐 답답하니, 같이 야유라도 가지 않겠느냐."

"죄송합니다. 바쁩니다."

폴리아나가 일언지하에 거절했다. 진짜 바쁜 것이 아니다. 지금처럼 시국이 뒤숭숭한 때에 황제가 외유를 나가는 건 적절하지 못했다. 근위대장으로서 간과할 수 없는 사안이다.

룩소스 1세가 애절한 자세를 취했다.

"짐의 부탁이다."

폴리아나는 마음이 약해졌다. 그러지 않아도 이혼 소리를 전해 들었다. 졸지에 애 딸린 홀아비 신세가 된 주군이 너무 가엾었다.

"호위는 몇을 생각하십니까?"

"둘이 가자."

"아이노 경과 접니까?"

"아니. 짐과 경만이다."

"안 됩니다."

거기까지. 폴리아나가 더 대화할 생각 없다는 듯 입을 다물고 고개를 돌렸다. 무례한 행동이었지만 그걸 탓할 사람은 없었다. 황제의 신변을 보호하는 근위대장으로서 당연한 거절이었다. 룩소스 1

세의 안전을 위해서라면 차라리 아이노 경과 단둘이 나가는 게 이로웠다.

"이노는 요즘 연애하느라 짐을 버렸어. 데리고 가면 연애 얘기만 주구장창 해 댈 것이다."

"아무리 그래도 그러겠습니까."

사람이 눈치가 있고 양심이 있으면 돌싱 앞에서 깨소금 떨어지는 연애 얘기는 안 하겠지. 하지만 아이노 경이 보통 인간이던가. 그는 룩소스 1세가 말하는 애증의 대상이며 속칭 '재수 없는 새끼'였다.

난리가 난 와중에도 아이노 경과 시켈의 연애 소문이 제도를 휩쓸었다. 폴리아나가 은근히 질문했다.

"소문대로 잘된답니까?"

"잘된다더라."

폴리아나의 얼굴이 심드렁해졌다. 아이노 경이 쪼개고 다니니 폴리아나가 표정을 구겨 균형을 맞췄다.

'의외네.'

폴리아나는 의아했다. 아직 그녀가 넘긴 연애운이 효과를 발휘할 시기다. 그런데 잘되고 있다니…….

"차이라고 연애운을 넘겼는데…… 제 올해와 내년 운수가 괜찮았나 봅니다."

'그래서 경 연애가 이 모양 이 꼴이었구나.'

아이노 경과 폴리아나 사이에 룩소스 1세가 모르는 무언가가 있었다. 그리고 그건 연애운을 주고받느니 하는, 그런 대화였다.

룩소스 1세가 보기에 올해 아이노 경의 연애운은 대박이었다. 자기 성질머리대로 혼담을 진행하면 필히 피를 봤을 것을, 레베카가 사망하면서 1년의 여유가 생겼다.

뭔지 모르지만 시켈과 자주 대화를 나누면서 사이도 꽤 진척된 것 같았다. 최근 시켈과 아이노 경은 곧 결혼할 연인으로 여겨지고 있었다.

똑같이 격이 안 맞는 결혼이어도 여자가 더 지위가 높은 폴리아나의 결혼은 풋, 하고 실소를 내고 끝난다. 그러나 시켈과 아이노 경의 결혼은 로맨틱하다는 평가와 함께 뭇 여성들의 입에 오르내리고 있었다.

장남 성질머리를 아는 세키 공작 부부는 혼인을 허락했고 권력에 눌린 잉그레터 부부도 허락했다. 여러모로 축복받은 인생이었다.

'재수 없어.'

아이노 경이 누리는 그 행복, 그 연애운이 폴리아나의 것이어야 했다. 단순한 미신에 불과하지만 룩소스 1세는 그렇게 굳게 믿었다. 그가 미신을 원체 좋아하기도 했고, 그런 생각이 절로 들 정도로 폴리아나의 결혼 상대가 나빴다.

세상에 상도덕을 준수하는 귀족이 많고 많다. 그런데 어디서 그런 개만도 못한 못생긴 놈팡이에게 걸렸는지. 생각하면 생각할수록 분통이 터졌다. 그리고 안쓰러웠다. 룩소스 1세의 표정이 절로 울적해졌다.

실의에 젖은 황제의 얼굴에 폴리아나는 마음이 약해졌다. 단기간에 부인 셋을 잃은 주군이 안타까웠다. 그런데 가장 친한 친구까지 연애하느라 바빠서 안 놀아 준다니.

룩소스 1세는 성인이고 대륙의 지배자이나 인간이다. 인간은 다 외롭단 말이다!

외로워서 결혼을 결심한 그녀이기에 측은지심이 더욱 강해졌다. 결국 폴리아나는 고개를 끄덕였다.

'멀리 가시겠어? 근처 숲으로 사냥이나 가시겠지.'

룩소스 1세는 제 몸 귀한 줄 아는 황제다. 스스로를 위험에 빠트릴 분이 아니셨다.

폴리아나의 승낙에 황제는 애매한 미소를 지었다. 폴리아나는 뭔가 더 있음을 직감했다.

"폐하? 설마 당일치기가 아닌 것은?"

"하하하, 폴 경은 이런 데에서 눈치가 빨라 좋아. 그럼 준비는 짐이 해 둘 터이니 경은 몸만 나오게."

폴리아나가 "아니 되옵니다, 폐하!"를 외치기 전. 룩소스 1세가 쌩하니 도망갔다. 폴리아나는 머리를 싸맸다.

다음 날. 변복한 주종이 야파를 떠났다. 역사에 길이 남을 날치기 천도 이후 황제의 행적에 예민해진 신하들이 폴리아나에게 신신당부했다.

"혹시 또 이사 가시는 거라면 밧줄로 묶어서라도 모시고 오십시오, 후작."

"천도한 지 몇 년이나 지났다고 또 천도요? 말이 되는 소릴 하시오."

"전적이 있잖소!"

“귀하들이나 몰랐지 나 같은 측근은 몇 년 전부터 알고 있었소이다.”

신신당부하던 사람들의 눈이 동그래졌다. 곧 그 눈에 서러움이 담겼다.

왜 너한테만 알려 주고 나는 안 알려 줌? 나는 측근 아님? 빼애액!

폴리아나는 서러워서 눈물이 날락 말락 하는 남자들에게서 도망쳤다.

‘여자가 눈물 많긴 무슨!’

그녀의 경험상, 남자든 여자든 눈물 많은 놈은 많고 적은 놈은 적었다. 하여간 다들 머리에 눈물과 콧물, 가래침만 가득 찼다.

주종은 말을 타고 이동했다. 황제가 목적지를 알려 주지 않았기 때문에 폴리아나는 묵묵히 따랐다. 폴리아나의 상처가 깊지 않았기에 말을 타도 무리는 없었다.

“호위를 더 데려오시지…….”

폴리아나가 투덜거렸다. 아이노 경이 연애에 정신 팔린 건 진짜였다. 평소라면 무슨 수를 써서든 따라왔을 텐데 심드렁한 얼굴로 손만 저어 배웅해서 폴리아나는 깜짝 놀랐다.

‘이상하게 찜찜하네.’

왜일까. 아이노 경이 그녀를 보는 표정이 좋지 못했다. 꼭 축제 전날에 찍어 둔 돼지를 보는 눈이었다. 황제가 제국의 후작을 팔아치울 것도 아니고, 도축해서 잡아먹을 것도 아닌데 왜 그런 눈빛이었을까.

“아니야, 괜찮다. 짐은 강하다. 경이야 말로 부상 부위가 아프지 않으냐?”

“뼈가 다치지 않아 괜찮습니다. 염증이 생기지 않도록 관리만 잘하면 됩니다. 한데 벤티에 경이 감금되었는데 국정은 어찌합니까?"

룩소스 1세는 일정 또한 알려 주지 않았다. 그래서 폴리아나는 이게 며칠 예정인지 몰랐다. 일단 하루는 넘고, 이틀도 넘을 것 같았다.

재상이 제자리에 없는데 황제가 자리를 비웠다. 국정을 봐야 하는 수장 둘이 자리를 비운 것이다.

룩소스 1세가 시원하게 웃었다.

"우리 루조 대공이 있지."

'크윽.'

폴리아나는 가엾은 루조 대공을 위해 잠시 묵념했다.

주종의 이동 속도는 빨랐다. 부상자가 있음에도 속도가 처지지 않았다. 10년 만에 대륙을 종단한 경험이 어디 가지 않는 것이다. 빠른 속도와 대조적으로 여정은 한가로웠다. 도중에 전투가 없는 게 결정적이었다.

"폐하. 도대체 어디를 목적으로 가십니까?"

이 여정엔 분명한 목적지가 있다. 폴리아나는 목적지를 알지 못해 답답했다. 나나바도 아니고, 루조 대공령도 아니고, 지도를 뜯어봐도 가는 방향에 이거다 싶은 지역이 없었다.

폴리아나는 지도에서 익숙한 이름을 발견했다. 스네크 백작령.

'설마 여기겠어.'

설마는 언제나 항상 예기치 못한 순간 사람을 잡는다. 룩소스 1세는 슬슬 털어놓아도 된다는 생각에 긍정했다.

"스네크 백작령이다."

"엄청 진귀한 사냥감이 발견되었습니까? 아니면 좋은 볼거리라도……."

"그래. 짐이 반드시 잡아야 하는 사냥감이 거기에 산다는구나. 그리고 경에게 꼭 보여 주고 싶은 것도 있고."

꼭 잡아야 하는 사냥감 = 꽃뱀.

경에게 꼭 보여 주고 싶은 것 = 사기 결혼의 진상.

룩소스 1세는 거짓말을 하지 않았다. 폴리아나는 사냥감과 볼거리를 별개로 생각했다. 한 번의 외유로 두 가지 목적을 충족한다니. 일거양득이라고 좋아했다.

그렇게 도착한 한적한 시골 마을. 한적하다고 해 봐야 산세 험한 아크레아라 지형이 험한 산촌이었다. 폴리아나는 이곳이 목적지라고는 꿈에도 생각지 못한 채 마을을 구경했다.

영주인 스네크 백작이 감옥에 갇혔지만 산촌은 별문제 없이 돌아갔다. 크지도 작지도 않은 중간 규모의 마을. 근처에 있는 산이 인근의 주요 사냥터인지 사냥꾼을 위한 시설이 갖춰져 있었다. 덕분에 여관 겸 주점이 있어 노숙을 면했다.

휘적휘적. 폴리아나가 한가롭게 마을을 거닐었다. 외부인의 등장에 경계하던 마을 주민들은 외부인이 여자인 걸 알고 경계를 풀었다.

"돈깨나 있어 보이는데?"

"가죽 사러 왔나?"

"여자가 혼자 다녀?"

"아냐, 남자랑 같이 왔어."

여자는 어지간해선 여행을 하지 않는다. 여자 외지인의 등장에 사람들의 시선이 꽂혔다.

신기하게 보는 눈이지 수상하게 보는 눈은 아니었다. 이유는 자명했다. 폴리아나가 못생겼기 때문이다. 자고로 갑자기 등장한 미녀는 수상해도 박색은 의심하지 않는 법.

"돈 좀 있어 보이는데 얼굴에 저 흉은 뭐야."

"그러게, 늑대 앞발에 얼굴이라도 맞았나."

"어릴 때 아버지 무기고에서 놀다가 쓰러트려서 깔린 거 아냐?"

못생긴 여자는 예쁜 여자보다 흔하다. 외지인의 차림과 자세에서 느껴지는 돈 냄새도 가끔 부자나 귀족들에게서 맛볼 수 있었다. 하지만 저렇게 얼굴에 자잘한 흉과 큰 흉이 공존하는 여자는 드물었다. 못생긴 건 그렇다 쳐도, 흉터는 신기했다.

여자 얼굴에 흉터라니 정말 안된 일이다. 마을 주민들이 폴리아나를 두고 쑥덕거렸다.

이야기는 곧 여자 얼굴에 난 상처로 이어졌다.

"몇 년 전에 뒷집 막내가 활 가지고 장난치다 얼굴에 촉 맞았잖아."

"막내면 계집애잖아. 그 계집애 얼굴 멀끔하던데?"

"그때 다행히 프라우 도련님이 계셨지. 도련님이 약 주셔서 흉 없이 나았어."

"그래? 엄청 각오하고 부탁드렸겠네."

"그 집에 딸이라고 막내 하난데 얼굴에 흉 지면 시집 못 보내니까 걱정이 컸겠지. 맞아 죽을 각오하고 찾아갔었다지."

"나도 얼마 전부터 발바닥에서 피고름이 나는데 찾아가 볼까……. 프라우 도련님 아직 계시는 거 맞지?"

"아서라. 자주 뵙는다고 귀족이 귀족 아니게 되는 거 아니다."

마을 사람들의 대화 속에 폴리아나가 아는 사람의 이름이 거론됐다. 폴리아나의 귀가 자동적으로 그쪽을 향했다. 그녀는 그들을 불렀다. 마을 주민들은 처음에 알아듣지 못하다가 재차 불리자 알아챘다.

"저희를 부르셨습니까요, 마님."

마을 주민이 폴리아나에게 굽신거리며 다가왔다. 폴리아나의 얼굴에 흉이 있고 외지인인 것과 별개로, 그녀에겐 범인이 가질 수 없는 기품과 기백, 타인을 압도하는 상전의 기운이 있었다. 어느 큰 지주댁의 마님이거나, 어쩌면 귀족가와 연이 닿은 분일 것이다. 마을 주민은 그렇게 생각했다.

"그대들이 프라우 프라우 얘기하던데. 프라우 도련님이 스네크 백작가의 프라우 스네크 맞나?"

"헉! 마님, 도련님과 아는 사이십니까."

"면식이 있다. 지금 프라우가 이 마을에 머무르고 있다는 말이 사실인가?"

"예예, 사실입니다요."

폴리아나가 정말 귀족과 안면이 있다는 걸 알게 된 마을 주민의 태도가 더 공손해졌다.

폴리아나는 마을 주민에게서 프라우가 머무는 집의 위치를 알았다. 그녀도 모르게 입가에 미소가 걸렸다.

'우와, 엄청 우연이네.'

룩소스 1세의 외유를 따라왔는데 거기에서 프라우와 마주치다니. 뜻밖의 우연이 폴리아나는 내심 좋았다. 흥흥흥. 그녀가 작게 콧노래를 불렀다.

'우연이 아니라 운명이라거나.'

너무 손발이 오그라드는 생각이었다. 폴리아나는 체면을 잊고 혼자 낄낄 웃었다. 다행히 지나가는 사람이 적었다.

희희낙락하던 그녀는 금방 목적지에 도착했다. 작은 집은 비어 있고, 뒷문 쪽에서 인기척이 느껴졌다. 멀리서 아이가 신나게 웃는 소리가 들렸다. 폴리아나는 덩달아 미소 지었다.

"……그렇게 말씀하셔도……."

"이제 물릴 수 없어."

프라우의 목소리였다.

'여기가 맞네.'

폴리아나가 반가워서 흥흥 웃었다. 몰래 놀래 줄 속셈으로 폴리아나는 발자국 소리를 죽였다.

"다시 생각해 보십시오, 나으리. 나으리는 물론이고 아이도 다칠 수 있습니다. 이 미천한 것들은 잊으시고 새 출발 하셔야지요."

"아버지가 아들을 어떻게 버리겠나! 그런 소리 말게!"

심상치 않은 대화가 들렸다. 폴리아나의 발걸음이 멈췄다.

그녀는 흥흥흥 웃지 않았다. 대신 이를 악물었다. 턱에 힘이 들어갔다. 그리고 집 벽에 몸을 붙이고 뒤뜰 쪽으로 이동했다. 곧 뒤뜰에서 대화 중인 노인과 프라우를 발견했다.

"나으리, 그 귀족 마님께서 아시면 크게 노하실 겁니다요."

"알리지 않을 생각이네."

"하오면 어떻게……."

"문맹인 자네들에겐 해당되지 않지만 귀족들에겐 귀족들의 상속법이 있어. 그 여자는 아이를 갖지 못해. 나와 결혼한 상태에서 죽으면 가문의 상속은 내 아이가 받게 된다."

노인은 아는 게 없어 반박하지 못했다. 하지만 내키지 않는지 계속 입술을 달싹였다. 본래라면 귀하신 도련님이 하시는 말씀에 토를 다는 것도 있을 수 없는 일이다. 노인의 딸과 도련님이 부부의 연을 맺었다고 해도 노인은 그걸 믿지 않았다.

프라우 도련님이 딸과 아이를 아끼는 건 감사한 일이다. 하지만 그것이 꼭 좋은 결과를 내놓진 않는다.

"도련님이 먼저 돌아가시면……."

"수를 써야지."

프라우가 말했다.

폴리아나는 심호흡했다. 멀리서 들리던 아이의 웃음소리가 가까워졌다. 아이가 달려와 프라우에게 안겼다.

"아버지!"

"하하하, 잘 있었니?"

프라우가 남자아이를 번쩍 들어 안았다. 그가 아이에게 뽀뽀를 퍼부었다. 아이가 깔깔 웃으면서 프라우를 끌어안았다. 화목한 부자의 재회에 폴리아나는 웃을 수 없었다.

아이는 평범했다. 아버지를 닮아 어깨가 동그랗고, 산촌의 노부부가 기른 것치곤 영양 상태가 좋은 것. 그 외엔 특별한 구석이 없었다. 될성부른 나무는 떡잎부터 다르다는데, 비범한 구석이라곤 하나도 없는 산촌의 아이였다.

'저 애한테 후작위를 주겠다고?'

폴리아나의 왼쪽 입술이 꿈틀거렸다. 일국의 왕보다 많은 재산. 모두가 부러워하는 영지. 명예로운 근위대장의 직책. 황제의 변함없는 신뢰. 그녀가 10년 동안 받은 수많은 특권. 폴리아나가 가진 것들을 부러워하는 사람이 많았다. 하지만 저 중에 그녀의 보물은 없었다.

폴리아나가 세상에서 가장 아끼는 보물은 그녀의 이름이다. 그 날의 겨울을 잊지 말자는 의미에서 받은 성은 '윈터'.

뼈가 얼어붙을 정도로 추웠던 냉혹함과, 그 모든 수치와 추위, 고통을 잊게 만든 기사의 맹세가 공존한 날이었다. 폴리아나의 인생에서 가장 행복한 날이었다.

폴리아나는 분명 여러 번 말했다. 좋은 자질의 아이가 있다면 양자로 들여 성을 잇게 하겠노라. 친분이나 혈연으로 선정하지 않는다. 그녀가 받은 고귀하고도 소중한 보물에 걸맞은 아이를 선별해 후계자 삼을 셈이었다.

그 사실을 아는 지인들은 어릴 때부터 조기 교육 시켜야겠다고 농담한다.

'그걸 날로 먹겠다고? 내가 허락하지도 않았는데?'

윈터 후작가의 가주는 폴리아나다. 사생아가 가문을 잇는 건 가주가 허락하기에 가능한 일이다. 폴리아나는 당연히 허락할 마음이 없다. 아니, 아이가 있는 걸 알았다면 결혼상대로 고려하지 않았으리라.

그녀가 프라우를 좋게 본 것은 재산을 노렸다는 패기와 동갑인 나이가 이유였다. 아이가 있는 걸 알았다면 청혼받는 순간 검을 뽑았을 것이다.

폴리아나의 몸이 부들부들 떨렸다. 그녀는 주체할 수 없는 분노를 억눌렀다. 그것도 모르고 프라우는 불난 데 기름을 부었다.

"우리 아들. 아버지가 널 반드시 귀족으로 만들어 주마."

빠드득. 폴리아나가 어금니를 악물었다. 누군가 다정하게 그녀의 어깨에 손을 올렸다. 폴리아나는 상대를 눈치챘다. 룩소스 1세였다. 그의 표정을 보고 폴리아나는 깨달았다. 이 외유의 목적이 무엇인지.

반드시 잡아야 하는 사냥감은 프라우고 그녀가 봐야 하는 장면은 이것이었다.

폴리아나의 얼굴이 일순간 무너졌다.

그녀는 멍청한 자신을 견딜 수 없었다. 멍청하고 멍청해서 꽃뱀에게 속아 넘어간 그녀.

“심려를 끼쳐 죄송합니다. 제가 좀 더 처신을 바로 했다면…….”

“경의 잘못이 아니다. 저자의 죄지.”

룩소스 1세가 재빨리 위로했다. 그럼에도 폴리아나의 얼굴엔 상심이 가득 찼다.

“하하.”

폴리아나가 허탈하게 웃었다. 절로 웃음이 튀어나왔다. 황제 앞에서 감정을 폭주할 수 없기에 이를 악물었다. 수습하고 억누르려고 해도 계속 웃음이 나왔다.

그녀는 부끄러웠다. 죽고 싶었다. 울고 싶었다. 웃음이 계속 터졌다. 때리고 싶었다. 도망가고 싶었다. 불 지르고 싶었다. 다 필요없으니 콱 죽어 버리고 싶었다. 아니, 죽여 버리고 싶었다.

폴리아나는 일생을 검과 함께 살았다. 그녀는 살기 위해 죽였고, 목적을 위해 죽였고, 꿈을 위해 죽였다. 그녀는 피를 보는 것을 두려워하거나 꺼리지 않으며 필요하다면 마땅히 해야 할 일로 여긴다.

‘끔찍해.’

가장 끔찍하고 죽여 버리고 싶은 건 그녀 자신이었다.

도대체 어쩌다 일이 이렇게 되었을까. 그녀는 그저 동갑내기 의사를 괜찮게 봤을 뿐이다. 그에게 정을 줬을 뿐이다. 그게 이런 결과를 맞이할 만큼 잘못된 선택이었을까? 보는 눈이 없는 것이 죄라면 이 벌은 너무 가혹했다.

도대체 얼마나.

폴리아나가 고개를 숙였다. 그녀는 도저히 황제를 볼 자신이 없었다. 도대체 얼마나 부족하면 주군이 기사의 이런 일에까지 나서시는가. 주군 보시기에 사람이 얼마나 어리석고 모자랐을까.

직접 말해 주셨으면 폴리아나가 부끄러워할까 봐, 친히 처벌하면 폴리아나가 죄스러워할까 봐 직접 보여 주시는 마음은 얼마나 관대한가.

룩소스 1세는 그녀에게 보여 주지 않아도 이 일을 처리할 수 있었다. 그냥 결혼을 불허하면 되었다. 그런데도 굳이 이렇게 보여 주시는 건 그가 그녀의 마음을 알아차렸기 때문이다.

폴리아나가 프라우에게 마음을 줬다. 그 마음이 깊지 않아도 진실하니 룩소스 1세는 진실을 알려 주게 된 것이다.

'쓸데없이 들떠서.'

그래. 들떴다. 폴리아나는 들떠 있었다. 결혼하는 일에, 가족이 생기는 일에, 가정을 꾸리는 일에, 결혼 준비하는 내내 들떴다.

그저 들떴다.

남자가 접근한 일에 들떴다. 청혼받은 일에 들떴다. 같이 돌아다니는 일에 웃고, 같이 식사하는 것에 의미를 부여하고, 같이 초대객을 고르고 초청장 디자인을 고심하는 일에 두근거렸다. 그렇게 들떠서 자세히 알아보지 않고 남자를 잡았다.

외로웠다고 변명하기엔 상대는 사기꾼이었다. 그녀의 외로움을 이용해 먹은 것이다.

'개나…… 개나 키울걸.'

절대 주인을 배신하지 않는 혈통 좋은 개들을 권유받았다. 그런 개들은 폴리아나를 이렇게 슬프게 하지 않았을 것이다. 그녀를 분노케 하지도 않았을 것이다.

그냥 개를 데려왔다면 이런 일이 없었을 것이다.

어리석었다. 처음부터 재산 노린다는 이야기가 나왔을 때 버려야 했다. 그것이 진짜 목적을 숨기기 위한 연막이든 당황해서 튀어나온 또 다른 목적이든 버려야 했다. 처음부터 기초적인 상도덕을 어긴 상대였다. 거래를 이어 가다니, 도대체 뭘 믿고.

사람이 어설퍼 실수를 했다고 생각했다. 정말 어설프고 좋은 사람이면 재산을 위해 결혼을 하지도 않았을 건데. 그런 걸 몰랐다. 청혼에 놀라 그렇게 생각하지 못했다. 그렇게 상식적이고 단순한 것도 잊고…….

폴리아나는 창피했다. 수치스러웠다.

인간적으로 너무 창피해서 죽고 싶었다. 다른 사람이 아닌 주군께서 친히 신경 써 준 것이 너무 부끄러웠다. 죄스러웠다. 송구했다. 부인들을 줄줄이 잃고 원로원 일로 바쁜 황제가 이런 일까지 신경 쓰게 만들다니. 신하 된 도리가 아니었다.

'왜 나는. 왜 나만.'

그녀의 동료 기사들은 잡음 없이 결혼했다. 다들 평범하게 결혼해서 평범하게 살았다. 그런데 폴리아나는 남들 다 하는 결혼도 제대로 하지 못해서 이 사달을 냈다.

혼자 결혼 못 하는 게 죄송했다. 욕 처먹는 것도 죄송했다. 남자 보는 눈 없어서 이런 일에까지 나서게 만든 것이 죄송했다. 차라리 전장에서 대패하였으면 실력의 부족을 통탄하지 이렇게 부끄럽고 수치스럽진 않았을 것이다.

"다시는…… 이런 일이…… 없도록…… 하겠습니다……."

그녀는 간신히 눈물을 참았다.

그간 폴리아나는 룩소스 1세에게 여러 차례 알몸을 보여 줬다. 하지만 지금의 이 일은, 알몸을 보여 주고 다리를 벌려 치부를 드러내는 것보다 훨씬, 몇 배는 더 부끄러웠다.

그 광경을 지켜본 룩소스 1세는 다짐했다.

'저 새끼 곱게 안 죽인다.'

"그렇게 참지 말고 울거라."

룩소스 1세가 부들부들 떠는 폴리아나에게 손을 뻗었다. 그대로 끌어안을 속셈이었지만 폴리아나는 그의 품을 벗어났다.

폴리아나가 하늘의 솔개처럼 비상했다. 솔개가 사냥감을 낚아챘다. 검집째로 프라우의 머리통을 후려갈긴 것이다.

"죽어라!"

달려들어 전력으로 후려치니 공격력이 장난 아니었다.

프라우가 앞으로 고꾸라지고 안겨 있던 아이가 땅으로 쓰러졌다. 아이가 울고 프라우는 현기증에 정신을 못 차리다 폴리아나를 발견했다.

"이, 이건……!"

"이 개만도 못한 새끼! 감히 나한테 사기를 쳐?"

"후작님, 이건!"

"뭐? 네 아들이 후작? 누구 마음대로! 미천한 하녀의 배에서 나온 평민 사생아를 후자악? 평민 주제에 준귀족처럼 굴더니 제정신이 아니었구나."

변명은 필요 없었다. 폴리아나는 필요한 정보를 모두 들었다. 그녀의 발이 프라우의 턱을 걷어찼다. 변복하느라 금속을 덧댄 군화를 신지 않은 것이 아쉬웠다.

타격감이 별로였기 때문에 폴리아나는 검을 고쳐 쥐었다. 검집째 입에 박아 넣자 프라우의 입술이 찢어지고 앞니가 부러졌다.

바닥에 떨어지는 바람에 정신을 못 차리던 아이가 폴리아나에게 달려들었다.

"아줌마 왜 우리 아빠 때려! 나빠아아아!"

"죄인은 네 아비다!"

아이를 걷어차려던 폴리아나가 발을 내렸다. 폴리아나는 발로 가볍게 아이를 차서 뒤로 밀었다.

울면서 다시 달려드려는 아이를 노인이 붙잡았다. 갑자기 등장해 도련님을 인정사정없이 폭행하는 여자는 범인이 아니었다. 절도 있는 몸놀림과 사람을 패기 위해 갈고 닦은 기술. 노인은 폴리아나의 정체를 알아채고 사색이 되었다.

프라우의 입에서 검집이 빠졌다. 찢어진 입에서 나온 피, 침, 살점, 부러진 치아 조각이 흘러나왔다. 폴리아나는 그가 일어나지 못하도록 가슴을 짓밟았다. 쿨럭. 프라우가 기침했다. 피가 폴리아나의 치맛자락에 튀었다. 그녀는 상의 안에 있던 단검을 꺼내 프라우의 턱 밑에 가져갔다.

프라우가 덜덜 떨었다.

"후작? 누구 마음대로? 사생아 따위가 넘볼 수 있는 자리라고 생각했나? 말해 봐라, 프라우 스네크. 내가 그렇게 우스워 보였나? 이 몸이? 제국의 근위대장이자 황제 폐하의 측근이고, 후작인 내가?"

"제, 제, 제발 아이만 살려 주……."

"나는 거짓말쟁이가 싫어."

프라우의 목을 노리던 단검이 입으로 들어왔다. 그는 이미 비릿한 쇠 맛을 느꼈지만 단검이 입에 들어오자 쇠 맛이 더 진해졌다.

프라우의 부러진 이가 단검에 부딪쳤다. 룩소스 1세가 이 말과 함께 갈리 3세의 입을 찢었다. 코파이의 국왕을 고자로 만들었다.

그가 착각한 것이 있다면 코파이의 우리온 12세를 고자로 만든 건 룩소스 1세가 아니었다는 것이다. 우리온 12세를 고자로 만든 건 폴리아나였다. 일국의 왕이었던 자를 상대해도 자비를 모르는 그녀였다. 일개 사기꾼 따위에게 베풀 자비란 티끌만큼도 존재하지 않았다.

폴리아나는 잠시 생각하다가 단검을 회수했다. 프라우가 안도하는 동시에 그녀의 발이 프라우의 코를 짓뭉갰다. 폴리아나는 프라우의 위에서 내려왔다. 폴리아나는 손에 든 단검을 프라우의 위로 던졌다.

"잘라."

"으에에."

"잘라."

프라우가 벌벌 떨면서 일어났다. 그가 단검을 주워 입으로 가져갔다. 폴리아나는 고개를 저었다. 평민과 일국의 왕이었던 자가 같은 벌을 받을 리 없었다. 평민이 귀족을 모욕하고 우롱했다. 마땅히 더 큰 처벌을 받아야 했다.

"잘라."

폴리아나가 프라우의 가랑이 사이를 가리켰다. 프라우의 눈이 커졌다.

"이보십시오. 어느 귀한 분이신지, 프라우 도련님이 무슨 죄를 지었는지 모르나 너무하신 것 아닙니까."

아이는 울고 노인은 바닥에 엎드려 잘못을 빈다. 소란에 마을 사람들이 몰려왔다. 개중 용기 있는 자가 나섰다. 폴리아나의 신분이 만만치 않아 보이나 프라우는 영주님의 형제였다. 죽는 걸 방치했다가 불똥이 튀면 곤란했다.

"그분은 스네크 백작가의 도련님이십니다요."

"그래서?"

"저희 영주님의 가족이라 그러시면 곤란……."

전장에서 20년 가까이 구른 기사의 기백에 용기 있는 자는 쫄았다.

"스네크 백작가는 끝났다. 정 걱정된다면 내가 이 영지의 주인이 되어 주마."

폴리아나가 마을 사람들에게 말했다. 부유한 평민 정도로 변복했지만 대귀족의 기품과 기사의 기백이 폴리아나의 신분을 증명했다.

"나는 지고하신 황제 폐하 룩소스 1세의 충신이며 황족의 수호를 맡은 윈터 후작이다! 이자는 내 명예를 더럽히고! 내 가문의 이름을 더럽히고! 내 믿음을 저버렸으며 나의 신뢰를 이용했다!

무엇보다 나를 수치스럽게 하고 폐하의 명예까지 더럽혔으니! 이 모욕! 마땅히 생명으로 갚아야 한다! 그러나 이 새끼는! 귀족도! 준귀족도! 하다못해 기사도 아니어서 저 보잘것없는 생명으론 무엇도 갚을 수 없다! 그러니 내가 직접 처벌하는 것이다!"

말로만 듣던 여후작의 등장에 마을 사람들이 엎드려 절했다. 그녀가 본인이 아닐 것이란 의심은 하지 않았다. 귀족 사칭은 중죄 중의 중죄요, 누가 보아도 폴리아나에게선 대귀족의 위엄이 느껴졌기 때문이다.

후작 정도 되는 대귀족이라면 타 영지의 영민을 취미로 죽여도 미안하다는 말 한마디로 넘길 수 있었다. 죄를 지어 처벌하겠다는데 어떻게 말릴까.

"잘라."

폴리아나가 하찮은 개미 보는 눈으로 프라우에게 명령했다. 권력이 이렇게 좋았다. 더 이상 그녀는 그녀를 조롱하고 모욕하는 자들을 인내하지 않아도 되었다. 그녀를 얕보고 어리석은 짓을 저지른 자에게, 그에 합당한 벌을 내릴 수 있었다.

본보기를 보일 땐 자비 없이, 가차 없이, 누구보다 잔혹하게. 앞으로 또 어리석은 짓을 벌이는 자가 없도록 철저하게 짓밟아야 한다.

룩소스 1세에게 감화되어 공포와 폭력으로 사람을 지배하던 건 그만둔 지 오래다. 아예 버린 것은 아니다. 지금처럼 필요할 땐 꺼내야 했다.

"으으으."

프라우가 바닥에 머리를 박으며 자비를 구걸했다. 폴리아나는 무시했다. 자비는 그럴 가치가 있는 사람에게 베푸는 것이다.

"내 분노가 아이에게 향하기 전에 잘라라."

그 말에 프라우가 움직였다. 그는 벌벌 떨며 바지를 내렸다. 공포로 쪼그라든 보잘것없는 물건에 폴리아나의 시선이 박혔다.

"아이만은…… 용서를……."

"아빠아아아!"

노인에게 붙잡힌 아이가 아빠를 찾으며 울었다. 폴리아나는 참았다. 아이가 일의 원흉이긴 하지만 부모 욕심이 과해서 생긴 일. 아이는 처벌 대상이 아니다.

'왜 내가 악역 같지?'

마을 사람들이 모두 나와 바닥에 엎드리고 있다. 가운데엔 얻어맞아 피 흘리며 질질 짜는 남자가 있다. 그리고 그 남자를 보고 우는 아이가 있다.

모두가 엎드린 와중 유일하게 서서 남자에게 고자가 되라고 윽박지르는 여자.

폴리아나는 굉장히 억울했다. 상황은 그녀를 나쁜 년으로 몰아갔다. 사정 모르는 사람이 보면 그녀를 악독한 마녀로 착각할 판이다.

저 새끼가 나쁜 거임!

폴리아나는 차분히 기다렸다. 프라우가 덜덜 떨며 단검을 성기로 가져갔다. 잠시 후, 뜸들이던 그가 힘을 줬다. 시뻘건 선혈이 솟구치다 아래로 힘없이 줄줄 흘렀다.

"끄아악!"

프라우가 고통스러워하며 앞으로 쓰러졌다. 폴리아나는 냉정히 지켜봤다. 그녀는 바닥으로 떨어진 남성기를 발로 밟아 뭉갰다.

이것으로 프라우는 고자가 되었다. 성불구자가 되었다 이 말이다. 그는 앞으로 성관계를 할 수 없고 처치를 잘못하면 죽겠지만.

'지가 의사니까 알아서 하겠지.'

아주 관대한 처사였다. 죽이려다 만 건 아이가 있어서다.

"이후로 부자가 내 눈에 띄면 둘 다 죽인다. 이 일이 내게 안 좋게 소문나도 죽인다. 내 명예에 해가 되는 소문을 내면 죽인다. 내 가문을 모욕하면 죽인다.

윈터. 폐하께 하사받은 귀한 이름에 흠이 가면 죽인다. 곱게 안 죽일 것이다. 무슨 일이 있어도 네 아이가 너보다 먼저 죽는 걸 보게 될 것이다."

성기를 단번에 자를 만큼 아이를 아끼는 부정. 그것은 폴리아나에게 와 닿지 않았다. 그 부정이 사건의 싹이었다.

'애 있으니까 고자 되어도 문제없음. 좋아.'

폴리아나가 마을 사람들에게 말했다.

"다들 이 일을 어떻게 다뤄야 할지 알 것이다! 이 영지의 영주가 되겠다는 내 말은 거짓이 아니다. 새 주인의 심기를 거스르지 말도록!"

폴리아나는 한결 후련해져서 황제가 있는 곳으로 돌아갔다. 뒤에서 무슨 난리가 벌어지든 이제 그녀와 무관했다. 여관을 잡아 놨지만 이 마을에 더 머무르고 싶지 않았다. 해가 지기 전 다른 마을로 이동하기로 결심했다.

'그전에.'

"다시는 이런 일이 없도록 하겠습니다."

폴리아나는 룩소스 1세에게 사죄했다. 고개 숙인 그녀를 룩소스 1세는 안타까워 바라봤다.

"경 잘못이 아니래도……."

"제가 처신을 잘못해 폐하께 누를 끼쳤습니다. 정말 뵐 면목이 없습니다."

"아니다. 경은 잘못한 게 없다. 경의 처신은 나무랄 데 없었어.

잘했어."

룩소스 1세가 폴리아나를 끌어당겨 그의 품에 기대도록 했다. 폴리아나는 쉽게 끌려왔다. 머리를 황제의 어깨에 기댔다. 룩소스 1세는 그녀의 머리를 쓰다듬고 연신 말했다.

"잘했다. 잘했다. 참 잘했다. 경은 잘못한 게 하나도 없어."

'스네크 가문은 짐이 처리해야겠구나.'

그 새끼들 알면서 안 알려 줬다. 속내야 뻔했다. 외국인 여자가 백작보다 높은 후작위를 받았으니 배알이 뒤틀렸을 터. 이번 기회에 엿이나 먹어라, 이런 것이겠지.

스네크 백작이 저지른 죄목 이상의 처벌을 하면 말이 나올 것이다. 은밀하게 털어야 했다. 다행히 스네크 가문은 시이제 후작가와 사이가 돈독했다. 폭로된 것 외에도 무수히 많은 죄목이 있을 것이다.

늙은 뱀 뭉치에 이어 가장 질 나쁜 꽃뱀까지. 룩소스 1세가 혐오하는 뱀들을 모조리 잡았다.

사지를 찢고 가죽을 벗겨도 시원찮을 판에 폴리아나의 처벌은 너무나도 관대했다. 치가 떨리지만 폴리아나의 처벌을 존중하려 애썼다. 룩소스 1세가 나쁜 황제라면 폴리아나는 친절한 기사님이었다.

눈엣가시 같은 뱀 사냥이 끝났다. 이제 남은 건 단 하나!

'청혼뿐이야.'

룩소스 1세는 청혼의 꿈을 품었다. 황궁 정원에서 급하게 꺾은 꽃이 아닌 온실을 가득 메운 꽃의 향연. 어머니의 반지. 황후의 자리. 대륙 통일 이후 품어 온 진심. 그 모든 걸 걸고 당당히 청혼할 것이다.

황제는 다짐했다. 차여도 좋다. 고백을 하자!

그는 이 친절한 기사님에게 그녀를 이렇게 사랑하는 남자가 있다는 사실을 알려 주고 싶었다.

누구보다 절실히. 그리고 가슴 아프게.

– 〈황제와 여기사〉 4권에서 계속

BLACK LABEL CLUB 027
황제와 여기사 3

1판 1쇄 발행 2016년 10월 24일
1판 5쇄 발행 2023년 2월 10일

지은이 안경원숭이
펴낸이 신현호
편집장 예숙영
책임편집 박상희
편집디자인 한방울
영업 김민원
물류 이순우 박찬수

펴낸곳 ㈜디앤씨미디어
출판등록 2002년 5월 1일 제117-90-51792호
주소 서울시 구로구 디지털로 26길 111 JnK디지털타워 503호
대표전화 (02)333-2513 팩스 (02)333-2514
전자우편 dncbooks@dncmedia.co.kr
디앤씨북스 블로그 http://blog.naver.com/dncbooks

ISBN 979-11-264-3948-5 (04810)
ISBN 979-11-264-3662-0 (세트)